W9-ADB-933

Franz Kafka
Schriften Tagebücher Briefe

Franz Kafka
Schriften Tagebücher Briefe
Kritische Ausgabe

Herausgegeben von
Jürgen Born, Gerhard Neumann,
Malcolm Pasley und Jost Schillemeit

unter Beratung von
Nahum Glatzer, Rainer Gruenter, Paul Raabe
und Marthe Robert

S. Fischer

Franz Kafka

Das Schloß

Herausgegeben
von Malcolm Pasley

WITHDRAWN

S. Fischer

Burgess
PT
2621
.A26
S3
1982

c.1

v.1

Redaktion dieses Bandes:
Michael Müller
Forschungsstelle Prager deutsche Literatur
Universität-Gesamthochschule-Wuppertal

Die Ausgabe wird
von der Deutschen Forschungsgemeinschaft
und dem Minister für Wissenschaft und Forschung
des Landes Nordrhein-Westfalen gefördert

Das Schloß, herausgegeben von Max Brod,
erschien erstmals im Jahre 1926
in der Kurt Wolff Verlag A.G., München

2. Auflage, 1983
Lizenzausgabe mit Genehmigung
von Schocken Books Inc., New York City, USA
für die S. Fischer Verlag GmbH, Frankfurt a. M.
Copyright 1935 by Schocken Verlag, Berlin
Copyright 1946 by Schocken Books Inc., New York City, USA
Copyright 1963, 1974 by Schocken Books Inc., New York City, USA
Für diese Ausgabe:
© 1982 Schocken Books Inc., New York City, USA
Gestaltung: Peter W. Schmidt
Satz und Druck: Beck'sche Buchdruckerei, Nördlingen
Einband: G. Lachenmaier, Reutlingen
Printed in Germany 1983
ISBN 3-10-038100-9
ISBN 3-10-038133-5 (Textband)
ISBN 3-10-038134-3 (Apparatband)

Das Schloß

Ankunft

Es war spät abend als K. ankam. Das Dorf lag in tiefem Schnee. Vom Schloßberg war nichts zu sehn, Nebel und Finsternis umgaben ihn, auch nicht der schwächste Lichtschein deutete das große Schloß an. Lange stand K. auf der Holzbrücke die von der Landstraße zum Dorf führt und blickte in die scheinbare Leere empor.

Dann gieng er ein Nachtlager suchen; im Wirtshaus war man noch wach, der Wirt hatte zwar kein Zimmer zu vermieten, aber er wollte, von dem späten Gast äußerst überrascht und verwirrt, K. in der Wirtsstube auf einem Strohsack schlafen lassen, K. war damit einverstanden. Einige Bauern saßen noch beim Bier aber er wollte sich mit niemandem unterhalten, holte selbst den Strohsack vom Dachboden und legte sich in der Nähe des Ofens hin. Warm war es, die Bauern waren still, ein wenig prüfte er sie noch mit den müden Augen, dann schlief er ein.

Aber kurze Zeit darauf wurde er schon geweckt. Ein junger Mann, städtisch angezogen, mit schauspielerhaftem Gesicht, die Augen schmal, die Augenbrauen stark, stand mit dem Wirt neben ihm. Die Bauern waren auch noch da, einige hatten ihre Sessel herumgedreht um besser zu sehn und zu hören. Der junge Mann entschuldigte sich sehr höflich K. geweckt zu haben, stellte sich als Sohn des Schloßkastellans vor und sagte dann: „Dieses Dorf ist Besitz des Schlosses, wer hier wohnt oder übernachtet, wohnt oder übernachtet gewissermaßen im Schloß. Niemand darf das ohne gräfliche Erlaubnis. Sie aber haben eine solche Erlaubnis nicht oder haben sie wenigstens nicht vorgezeigt."

K. hatte sich halbaufgerichtet, hatte die Haare zurechtgestrichen, blickte die Leute von unten her an und sagte: „In welches Dorf habe ich mich verirrt? Ist denn hier ein Schloß?"

„Allerdings", sagte der junge Mann langsam, während hier und dort einer den Kopf über K. schüttelte, „das Schloß des Herrn Grafen Westwest."

„Und man muß die Erlaubnis zum Übernachten haben?" fragte K., als wollte er sich davon überzeugen, ob er die früheren Mitteilungen nicht vielleicht geträumt hätte.

„Die Erlaubnis muß man haben", war die Antwort und es lag darin ein grober Spott für K., als der junge Mann mit ausgestrecktem Arm den Wirt und die Gäste fragte: „Oder muß man etwa die Erlaubnis nicht haben?"

„Dann werde ich mir also die Erlaubnis holen müssen", sagte K. gähnend und schob die Decke von sich, als wolle er aufstehn.

[8]

„Ja von wem denn?" fragte der junge Mann.

„Vom Herrn Grafen", sagte K., „es wird nichts anderes übrig bleiben."

„Jetzt um Mitternacht die Erlaubnis vom Herrn Grafen holen?" rief der junge Mann und trat einen Schritt zurück.

„Ist das nicht möglich?" fragte K. gleichmütig. „Warum haben Sie mich also geweckt?"

Nun geriet aber der junge Mann außer sich, „Landstreichermanieren!" rief er, „ich verlange Respekt vor der gräflichen Behörde! Ich habe Sie deshalb geweckt um Ihnen mitzuteilen, daß Sie sofort das gräfliche Gebiet verlassen müssen."

„Genug der Komödie", sagte K. auffallend leise, legte sich nieder und zog die Decke über sich, „Sie gehn junger Mann ein wenig zu weit und ich werde morgen noch auf Ihr Benehmen zurückkommen. Der Wirt und die Herren dort sind Zeugen, soweit ich überhaupt Zeugen brauche. Sonst aber lassen Sie es sich gesagt sein, daß ich der Landvermesser bin, den der Graf hat kommen lassen. Meine Gehilfen mit den Apparaten kommen morgen im Wagen nach. Ich wollte mir den Marsch durch den Schnee nicht entgehn lassen, bin aber leider einigemal vom Weg abgeirrt und deshalb erst so spät angekommen. Daß es jetzt zu spät war im Schloß mich zu melden, wußte ich schon aus Eigenem noch vor Ihrer Belehrung. Deshalb habe ich mich auch mit diesem

[9]

Nachtlager hier begnügt, das zu stören Sie die – gelinde gesagt – Unhöflichkeit hatten. Damit sind meine Erklärungen beendet. Gute Nacht, meine Herren." Und K. drehte sich zum Ofen hin.

„Landvermesser?" hörte er noch hinter seinem Rükken zögernd fragen, dann war allgemeine Stille. Aber der junge Mann faßte sich bald und sagte zum Wirt in einem Ton, der genug gedämpft war um als Rücksichtnahme auf K.'s Schlaf zu gelten, und laut genug, um ihm verständlich zu sein: „Ich werde telephonisch anfragen." Wie, auch ein Telephon war in diesem Dorfwirtshaus? Man war vorzüglich eingerichtet. Im einzelnen überraschte es K., im Ganzen hatte er es freilich erwartet. Es zeigte sich daß das Telephon fast über seinem Kopf angebracht war, in seiner Verschlafenheit hatte er es übersehn. Wenn nun der junge Mann telephonieren mußte, dann konnte er bei bestem Willen K.'s Schlaf nicht schonen, es handelte sich nur darum ob K. ihn telephonieren lassen sollte, er beschloß es zuzulassen. Dann hatte es freilich aber auch keinen Sinn den Schlafenden zu spielen und er kehrte deshalb in die Rückenlage zurück. Er sah die Bauern scheu zusammenrücken und sich besprechen, die Ankunft eines Landvermessers war nichts Geringes. Die Tür der Küche hatte sich geöffnet, türfüllend stand dort die mächtige Gestalt der Wirtin, auf den Fußspitzen näherte sich ihr der Wirt, um ihr zu berichten. Und nun begann das Telephongespräch. Der Kastellan schlief,

[10]

aber ein Unterkastellan, einer der Unterkastellane, ein
Herr Fritz war da. Der junge Mann, der sich als Schwarzer vorstellte, erzählte wie er K. gefunden, einen Mann
in den Dreißigern, recht zerlumpt, auf einem Strohsack
ruhig schlafend mit einem winzigen Rucksack als Kopf   5
kissen, einen Knotenstock in Reichweite. Nun sei er ihm
natürlich verdächtig gewesen und da der Wirt offenbar
seine Pflicht vernachlässigt hatte, sei es seine, Schwarzers
Pflicht gewesen der Sache auf den Grund zu gehn. Das
Gewecktwerden, das Verhör, die pflichtgemäße Andro   10
hung der Verweisung aus der Grafschaft habe K. sehr
ungnädig aufgenommen, übrigens wie sich schließlich
gezeigt hat vielleicht mit Recht, denn er behaupte ein
vom Herrn Grafen bestellter Landvermesser zu sein.
Natürlich sei es zumindest formale Pflicht diese Behaup   15
tung nachzuprüfen und Schwarzer bitte deshalb Herrn
Fritz sich in der Zentralkanzlei zu erkundigen, ob ein
Landvermesser dieser Art wirklich erwartet werde, und
die Antwort gleich zu telephonieren.

Dann war es still, Fritz erkundigte sich drüben und   20
hier wartete man auf die Antwort, K. blieb wie bisher,
drehte sich nicht einmal um, schien gar nicht neugierig,
sah vor sich hin. Die Erzählung Schwarzers in ihrer Mischung von Bosheit und Vorsicht gab ihm eine Vorstellung von der gewissermaßen diplomatischen Bildung,   25
über die im Schloß selbst so kleine Leute wie Schwarzer
leicht verfügten. Und auch an Fleiß ließen sie es dort

[11]

nicht fehlen, die Zentralkanzlei hatte Nachtdienst. Und gab offenbar sehr schnell Antwort, denn schon klingelte Fritz. Dieser Bericht schien allerdings sehr kurz, denn sofort warf Schwarzer wütend den Hörer hin. „Ich habe es ja gesagt", schrie er, „keine Spur von Landvermesser, ein gemeiner lügnerischer Landstreicher, wahrscheinlich aber ärgeres." Einen Augenblick dachte K., alles, Schwarzer, Bauern, Wirt und Wirtin würden sich auf ihn stürzen, um wenigstens dem ersten Ansturm auszuweichen verkroch er sich ganz unter die Decke, da – er steckte langsam den Kopf wieder hervor – läutete das Telephon nochmals und wie es K. schien, besonders stark. Trotzdem es unwahrscheinlich war, daß es wieder K. betraf, stockten alle und Schwarzer kehrte zum Apparat zurück. Er hörte dort eine längere Erklärung ab und sagte dann leise: „Ein Irrtum also? Das ist mir recht unangenehm. Der Bureauchef selbst hat telephoniert? Sonderbar, sonderbar. Wie soll ich es aber jetzt dem Herrn Landvermesser erklären?"

K. horchte auf. Das Schloß hatte ihn also zum Landvermesser ernannt. Das war einerseits ungünstig für ihn, denn es zeigte, daß man im Schloß alles Nötige über ihn wußte, die Kräfteverhältnisse abgewogen hatte und den Kampf lächelnd aufnahm. Es war aber andererseits auch günstig, denn es bewies seiner Meinung nach, daß man ihn unterschätzte und daß er mehr Freiheit haben würde als er hätte von vornherein hoffen dürfen. Und wenn

[12]

man glaubte durch diese geistig gewiß überlegene Anerkennung seiner Landvermesserschaft ihn dauernd in
Schrecken halten zu können, so täuschte man sich, es
überschauerte ihn leicht, das war aber alles.

Dem sich schüchtern nähernden Schwarzer winkte K. 5
ab; ins Zimmer des Wirtes zu übersiedeln, wozu man
ihn drängte, weigerte er sich, nahm nur vom Wirt einen
Schlaftrunk an, von der Wirtin ein Waschbecken mit
Seife und Handtuch und mußte gar nicht erst verlangen,
daß der Saal geleert werde, denn alles drängte mit abge- 10
wendeten Gesichtern hinaus, um nicht etwa morgen von
ihm erkannt zu werden, die Lampe wurde ausgelöscht
und er hatte endlich Ruhe. Er schlief tief, kaum ein-
zweimal von vorüberhuschenden Ratten flüchtig gestört, bis zum Morgen. 15

Nach dem Frühstück, das wie überhaupt K.'s ganze
Verpflegung nach Angabe des Wirts vom Schloß bezahlt
werden sollte, wollte er gleich ins Dorf gehn. Aber da
der Wirt, mit dem er bisher in Erinnerung an sein gestri-
ges Benehmen nur das Notwendigste gesprochen hatte, 20
mit stummer Bitte sich immerfort um ihn herumdrehte,
erbarmte er sich seiner und ließ ihn bei sich für ein Weilchen sich niedersetzen.

„Ich kenne den Grafen noch nicht", sagte K., „er soll
gute Arbeit gut bezahlen, ist das wahr? Wenn man wie 25
ich so weit von Frau und Kind reist, dann will man auch
etwas heimbringen."

[13]

„In dieser Hinsicht muß sich der Herr keine Sorgen machen, über schlechte Bezahlung hört man keine Klage."

„Nun", sagte K., „ich gehöre ja nicht zu den Schüchternen und kann auch einem Grafen meine Meinung sagen, aber in Frieden mit den Herren fertig zu werden, ist natürlich weit besser."

Der Wirt saß K. gegenüber am Rand der Fensterbank, bequemer wagte er sich nicht zu setzen, und sah K. die ganze Zeit über mit großen braunen, ängstlichen Augen an. Zuerst hatte er sich an K. herangedrängt und nun schien es, als wolle er am liebsten weglaufen. Fürchtete er über den Grafen ausgefragt zu werden? Fürchtete er die Unzuverlässigkeit des „Herrn" für den er K. hielt? K. mußte ihn ablenken. Er blickte auf die Uhr und sagte: „Nun werden bald meine Gehilfen kommen, wirst Du sie hier unterbringen können?"

„Gewiß, Herr", sagte er, „werden sie aber nicht mit Dir im Schlosse wohnen?"

Verzichtete er so leicht und gern auf die Gäste und auf K. besonders, den er unbedingt ins Schloß verwies?

„Das ist noch nicht sicher", sagte K., „erst muß ich erfahren, was für eine Arbeit man für mich hat. Sollte ich z. B. hier unten arbeiten, dann wird es auch vernünftiger sein, hier unten zu wohnen. Auch fürchte ich, daß mir das Leben oben im Schloß nicht zusagen würde. Ich will immer frei sein."

„Du kennst das Schloß nicht“, sagte der Wirt leise.

„Freilich“, sagte K., „man soll nicht verfrüht urteilen. Vorläufig weiß ich ja vom Schloß nichts weiter, als daß man es dort versteht, sich den richtigen Landvermesser auszusuchen. Vielleicht gibt es dort noch andere Vorzüge.“ Und er stand auf, um den unruhig seine Lippen beißenden Wirt von sich zu befreien. Leicht war das Vertrauen dieses Mannes nicht zu gewinnen.

Im Fortgehn fiel K. an der Wand ein dunkles Porträt in einem dunklen Rahmen auf. Schon von seinem Lager aus hatte er es bemerkt, hatte aber in der Entfernung die Einzelheiten nicht unterschieden und geglaubt, das eigentliche Bild sei aus dem Rahmen fortgenommen und nur ein schwarzer Rückendeckel zu sehen. Aber es war doch ein Bild, wie sich jetzt zeigte, das Brustbild eines etwa fünfzigjährigen Mannes. Den Kopf hielt er so tief auf die Brust gesenkt, daß man kaum etwas von den Augen sah, entscheidend für die Senkung schien die hohe lastende Stirn und die starke hinabgekrümmte Nase. Der Vollbart, infolge der Kopfhaltung am Kinn eingedrückt, stand weiter unten ab. Die linke Hand lag gespreizt in den vollen Haaren, konnte aber den Kopf nicht mehr heben. „Wer ist das“, fragte K., „der Graf?“ K. stand vor dem Bild und blickte sich gar nicht nach dem Wirt um. „Nein“, sagte der Wirt, „der Kastellan.“ „Einen schönen Kastellan haben sie im Schloß, das ist wahr“, sagte K., „schade daß er einen so mißratenen

[15]

Sohn hat." „Nein", sagte der Wirt, zog K. ein wenig zu
sich herunter und flüsterte ihm ins Ohr: „Schwarzer hat
gestern übertrieben, sein Vater ist nur ein Unterkastellan
und sogar einer der letzten." In diesem Augenblick kam
der Wirt K. wie ein Kind vor. „Der Lump!" sagte K.
lachend, aber der Wirt lachte nicht mit, sondern sagte:
„Auch *sein* Vater ist mächtig." „Geh!" sagte K., „Du
hältst jeden für mächtig. Mich etwa auch?" „Dich",
sagte er schüchtern aber ernsthaft, „halte ich nicht für
mächtig." „Du verstehst also doch recht gut zu beobachten", sagte K., „mächtig bin ich nämlich, im Vertrauen gesagt, wirklich nicht. Und habe infolgedessen
vor den Mächtigen wahrscheinlich nicht weniger Respekt als Du, nur bin ich nicht so aufrichtig wie Du und
will es nicht immer eingestehn." Und K. klopfte dem
Wirt, um ihn zu trösten und sich geneigter zu machen,
leicht auf die Wange. Nun lächelte er doch ein wenig. Er
war wirklich ein Junge mit seinem weichen fast bart-
losen Gesicht. Wie war er zu seiner breiten ältlichen Frau
gekommen, die man nebenan hinter einem Guckfenster,
weit die Elbogen vom Leib, in der Küche hantieren sah.
K. wollte aber jetzt nicht mehr weiter in ihn dringen, das
endlich erwirkte Lächeln nicht verjagen, er gab ihm also
nur noch einen Wink ihm die Tür zu öffnen und trat in
den schönen Wintermorgen hinaus.

Nun sah er oben das Schloß deutlich umrissen in der
klaren Luft und noch verdeutlicht durch den alle For-

[16]

men nachbildenden, in dünner Schicht überall liegenden
Schnee. Übrigens schien oben auf dem Berg viel weniger
Schnee zu sein als hier im Dorf, wo sich K. nicht weniger
mühsam vorwärtsbrachte als gestern auf der Landstraße.
Hier reichte der Schnee bis zu den Fenstern der Hütten
und lastete gleich wieder auf dem niedrigen Dach, aber
oben auf dem Berg ragte alles frei und leicht empor,
wenigstens schien es so von hier aus.

Im Ganzen entsprach das Schloß, wie es sich hier von
der Ferne zeigte, K.'s Erwartungen. Es war weder eine
alte Ritterburg, noch ein neuer Prunkbau, sondern eine
ausgedehnte Anlage, die aus wenigen zweistöckigen,
aber aus vielen eng aneinanderstehenden niedrigern Bau-
ten bestand; hätte man nicht gewußt daß es ein Schloß
ist, hätte man es für ein Städtchen halten können. Nur
einen Turm sah K., ob er zu einem Wohngebäude oder
einer Kirche gehörte war nicht zu erkennen. Schwärme
von Krähen umkreisten ihn.

Die Augen auf das Schloß gerichtet, gieng K. weiter,
nichts sonst kümmerte ihn. Aber im Näherkommen ent-
täuschte ihn das Schloß, es war doch nur ein recht elendes Städtchen, aus Dorfhäusern zusammengetragen, ausgezeichnet nur dadurch, daß vielleicht alles aus Stein
gebaut war, aber der Anstrich war längst abgefallen, und
der Stein schien abzubröckeln. Flüchtig erinnerte sich K.
an sein Heimatstädtchen, es stand diesem angeblichen
Schlosse kaum nach, wäre es K. nur auf die Besichtigung

[17]

angekommen, dann wäre es schade um die lange Wanderschaft gewesen und er hätte vernünftiger gehandelt, wieder einmal die alte Heimat zu besuchen, wo er schon so lange nicht gewesen war. Und er verglich in Gedanken den Kirchturm der Heimat mit dem Turm dort oben. Jener Turm, bestimmt, ohne Zögern, geradenwegs nach oben sich verjüngend, breitdachig abschließend mit roten Ziegeln, ein irdisches Gebäude – was können wir anderes bauen? – aber mit höherem Ziel als das niedrige Häusergemenge und mit klarerem Ausdruck als ihn der trübe Werktag hat. Der Turm hier oben – es war der einzige sichtbare –, der Turm eines Wohnhauses, wie sich jetzt zeigte, vielleicht des Hauptschlosses, war ein einförmiger Rundbau, zum Teil gnädig von Epheu verdeckt, mit kleinen Fenstern, die jetzt in der Sonne aufstrahlten – etwas Irrsinniges hatte das – und einem söllerartigen Abschluß, dessen Mauerzinnen unsicher, unregelmäßig, brüchig wie von ängstlicher oder nachlässiger Kinderhand gezeichnet sich in den blauen Himmel zackten. Es war wie wenn irgendein trübseliger Hausbewohner, der gerechter Weise im entlegensten Zimmer des Hauses sich hätte eingesperrt halten sollen, das Dach durchbrochen und sich erhoben hätte, um sich der Welt zu zeigen.

Wieder stand K. still, als hätte er im Stillestehn mehr Kraft des Urteils. Aber er wurde gestört. Hinter der Dorfkirche, bei der er stehen geblieben war – es war

eigentlich nur eine Kapelle, scheunenartig erweitert um
die Gemeinde aufnehmen zu können – war die Schule.
Ein niedriges langes Gebäude, merkwürdig den Charakter des Provisorischen und des sehr Alten vereinigend,
lag es hinter einem umgitterten Garten, der jetzt ein 5
Schneefeld war. Eben kamen die Kinder mit dem Lehrer
heraus. In einem dichten Haufen umgaben sie den Lehrer, aller Augen blickten auf ihn, unaufhörlich schwätz-
ten sie von allen Seiten, K. verstand ihr schnelles Sprechen gar nicht. Der Lehrer, ein junger, kleiner, schmal- 10
schultriger Mensch, aber, ohne daß es lächerlich wurde,
sehr aufrecht, hatte K. schon von der Ferne ins Auge
gefaßt, allerdings war außer seiner Gruppe K. der einzige Mensch weit und breit. K. als Fremder grüßte zuerst, gar einen so befehlshaberischen kleinen Mann. 15
„Guten Tag Herr Lehrer", sagte er. Mit einem Schlag
verstummten die Kinder, diese plötzliche Stille als Vor-
bereitung für seine Worte mochte wohl dem Lehrer gefallen. „Ihr sehet das Schloß an?" fragte er, sanftmütiger
als K. erwartet hatte aber in einem Tone als billige er 20
nicht das was K. tue. „Ja", sagte K., „ich bin hier fremd,
erst seit gestern abend im Ort." „Das Schloß gefällt
Euch nicht?" fragte der Lehrer schnell. „Wie?" fragte K.
zurück, ein wenig verblüfft und wiederholte in milderer
Form die Frage: „Ob mir das Schloß gefällt? Warum 25
nehmet Ihr an, daß es mir nicht gefällt?" „Keinem Fremden gefällt es", sagte der Lehrer. Um hier nichts Unwill-

kommenes zu sagen, wendete K. das Gespräch und fragte: „Sie kennen wohl den Grafen?" „Nein", sagte der Lehrer und wollte sich abwenden, K. gab aber nicht nach und fragte nochmals: „Wie? Sie kennen den Grafen nicht?" „Wie sollte ich ihn kennen?" sagte der Lehrer leise und fügte laut auf französisch hinzu: „Nehmen Sie Rücksicht auf die Anwesenheit unschuldiger Kinder." K. holte daraus das Recht zu fragen: „Könnte ich Sie Herr Lehrer einmal besuchen? Ich bleibe hier längere Zeit und fühle mich schon jetzt ein wenig verlassen, zu den Bauern gehöre ich nicht und ins Schloß wohl auch nicht." „Zwischen den Bauern und dem Schloß ist kein Unterschied", sagte der Lehrer. „Mag sein", sagte K., „das ändert an meiner Lage nichts. Könnte ich Sie einmal besuchen?" „Ich wohne in der Schwanengasse beim Fleischhauer." Das war nun zwar mehr eine Adressenangabe als eine Einladung, dennoch sagte K.: „Gut, ich werde kommen." Der Lehrer nickte und zog mit dem gleich wieder losschreienden Kinderhaufen weiter. Sie verschwanden bald in einem jäh abfallenden Gäßchen.

K. aber war zerstreut, durch das Gespräch verärgert. Zum erstenmal seit seinem Kommen fühlte er wirkliche Müdigkeit. Der weite Weg hierher schien ihn ursprünglich gar nicht angegriffen zu haben – wie war er durch die Tage gewandert, ruhig Schritt für Schritt! – jetzt aber zeigten sich doch die Folgen der übergroßen Anstrengung, zur Unzeit freilich. Es zog ihn unwiderstehlich

hin, neue Bekanntschaften zu suchen, aber jede neue
Bekanntschaft verstärkte die Müdigkeit. Wenn er sich in
seinem heutigen Zustand zwang, seinen Spaziergang wenigstens bis zum Eingang des Schlosses auszudehnen,
war übergenug getan.

So ging er wieder vorwärts, aber es war ein langer
Weg. Die Straße nämlich, diese Hauptstraße des Dorfes
führte nicht zum Schloßberg, sie führte nur nahe heran,
dann aber wie absichtlich bog sie ab und wenn sie sich
auch vom Schloß nicht entfernte, so kam sie ihm doch
auch nicht näher. Immer erwartete K., daß nun endlich
die Straße zum Schloß einlenken müsse, und nur weil er
es erwartete ging er weiter; offenbar infolge seiner Müdigkeit zögerte er die Straße zu verlassen, auch staunte er
über die Länge des Dorfes, das kein Ende nahm, immer-
wieder die kleinen Häuschen und vereiste Fensterschei-
ben und Schnee und Menschenleere – endlich riß er sich
los von dieser festhaltenden Straße, ein schmales Gäßchen nahm ihn auf, noch tieferer Schnee, das Herauszie-
hen der einsinkenden Füße war eine schwere Arbeit,
Schweiß brach ihm aus, plötzlich stand er still und
konnte nicht mehr weiter.

Nun, er war ja nicht verlassen, rechts und links standen Bauernhütten, er machte einen Schneeball und warf
ihn gegen ein Fenster. Gleich öffnete sich die Tür – die
erste sich öffnende Tür während des ganzen Dorfweges
– und ein alter Bauer, in brauner Pelzjoppe, den Kopf

[21]

seitwärts geneigt, freundlich und schwach stand dort.
„Darf ich ein wenig zu Euch kommen", sagte K., „ich
bin sehr müde." Er hörte gar nicht was der Alte sagte,
dankbar nahm er es an, daß ihm ein Brett entgegenge-
schoben wurde, das ihn gleich aus dem Schnee rettete
und mit paar Schritten stand er in der Stube.

Eine große Stube im Dämmerlicht. Der von draußen
Kommende sah zuerst gar nichts. K. taumelte gegen ei-
nen Waschtrog, eine Frauenhand hielt ihn zurück. Aus
einer Ecke kam viel Kindergeschrei. Aus einer andern
Ecke wälzte sich Rauch und machte aus dem Halblicht
Finsternis, K. stand wie in Wolken. „Er ist ja betrunken", sagte jemand. „Wer seid Ihr?" rief eine herrische
Stimme und wohl zu dem Alten gewendet: „Warum hast
Du ihn hereingelassen? Kann man alles hereinlassen, was
auf den Gassen herumschleicht?" „Ich bin der gräfliche
Landvermesser", sagte K. und suchte sich so vor den
noch immer Unsichtbaren zu verantworten. „Ach, es ist
der Landvermesser", sagte eine weibliche Stimme und
nun folgte eine vollkommene Stille. „Ihr kennt mich?"
fragte K. „Gewiß", sagte noch kurz die gleiche Stimme.
Daß man K. kannte schien ihn nicht zu empfehlen.

Endlich verflüchtigte sich ein wenig der Rauch und K.
konnte sich langsam zurechtfinden. Es schien ein allge-
meiner Waschtag zu sein. In der Nähe der Tür wurde
Wäsche gewaschen. Der Rauch war aber aus der linken
Ecke gekommen, wo in einem Holzschaff, so groß wie

K. noch nie eines gesehen hatte, es hatte etwa den Umfang von zwei Betten, in dampfendem Wasser zwei Männer badeten. Aber noch überraschender, ohne daß man
genau wußte worin das Überraschende bestand, war die
rechte Ecke. Aus einer großen Luke, der einzigen in der 5
Stubenrückwand, kam dort, wohl vom Hof her, bleiches
Schneelicht und gab dem Kleid einer Frau, die tief in der
Ecke in einem hohen Lehnstuhl müde fast lag, einen
Schein wie von Seide. Sie trug einen Säugling an der
Brust. Um sie herum spielten paar Kinder, Bauernkinder 10
wie zu sehen war, sie aber schien nicht zu ihnen zu
gehören, freilich, Krankheit und Müdigkeit macht auch
Bauern fein.
„Setzt Euch!" sagte der eine der Männer, ein Vollbär-
tiger, überdies mit einem Schnauzbart, unter dem er den 15
Mund schnaufend immer offen hielt, zeigte, komisch anzusehn, mit der Hand über den Rand des Kübels auf eine
Truhe hin und bespritzte dabei K. mit warmem Wasser
das ganze Gesicht. Auf der Truhe saß schon vor sich
hindämmernd der Alte der K. eingelassen hatte. K. war 20
dankbar sich endlich setzen zu dürfen. Nun kümmerte
sich niemand mehr um ihn. Die Frau beim Waschtrog,
blond, in jugendlicher Fülle, sang leise bei der Arbeit,
die Männer im Bad stampften und drehten sich, die Kinder wollten sich ihnen nähern, wurden aber durch mäch- 25
tige Wasserspritzer die auch K. nicht verschonten immer
wieder zurückgetrieben, die Frau im Lehnstuhl lag wie

leblos, nicht einmal auf das Kind an ihrer Brust blickte sie hinab, sondern unbestimmt in die Höhe.

K. hatte sie wohl lange angesehn, dieses sich nicht verändernde schöne traurige Bild, dann aber mußte er eingeschlafen sein, denn als er von einer lauten Stimme gerufen, aufschreckte, lag sein Kopf an der Schulter des Alten neben ihm. Die Männer hatten ihr Bad, in dem sich jetzt die Kinder von der blonden Frau beaufsichtigt herumtrieben, beendet und standen angezogen vor K. Es zeigte sich daß der schreierische Vollbärtige der Geringere von den zweien war. Der andere nämlich, nicht größer als der Vollbärtige und mit viel geringerem Bart, war ein stiller, langsam denkender Mann, von breiter Gestalt, auch das Gesicht breit, den Kopf hielt er gesenkt. „Herr Landvermesser", sagte er, „hier könnt Ihr nicht bleiben. Verzeiht die Unhöflichkeit." „Ich wollte auch nicht bleiben", sagte K., „nur ein wenig mich ausruhn. Das ist geschehn und nun gehe ich." „Ihr wundert Euch wahrscheinlich über die geringe Gastfreundlichkeit", sagte der Mann, „aber Gastfreundlichkeit ist bei uns nicht Sitte, wir brauchen keine Gäste." Ein wenig erfrischt vom Schlaf, ein wenig hellhöriger als früher freute sich K. über die offenen Worte. Er bewegte sich freier, stützte seinen Stock einmal hier einmal dort auf, näherte sich der Frau im Lehnstuhl, war übrigens auch der körperlich größte im Zimmer.

„Gewiß", sagte K., „wozu brauchtet Ihr Gäste. Aber

hie und da braucht man doch einen, z. B. mich, den Landvermesser." „Das weiß ich nicht", sagte der Mann langsam, „hat man Euch gerufen, so braucht man Euch wahrscheinlich, das ist wohl eine Ausnahme, wir aber, wir kleinen Leute, halten uns an die Regel, das könnt Ihr uns nicht verdenken." „Nein, nein", sagte K., „ich habe Euch nur zu danken, Euch und allen hier." Und unerwartet für jedermann kehrte sich K. förmlich in einem Sprunge um und stand vor der Frau. Aus müden blauen Augen blickte sie K. an, ein seidenes durchsichtiges Kopftuch reichte ihr bis in die Mitte der Stirn hinab, der Säugling schlief an ihrer Brust. „Wer bist Du?" fragte K. Wegwerfend, es war undeutlich ob die Verächtlichkeit K. oder ihrer eigenen Antwort galt, sagte sie: „Ein Mädchen aus dem Schloß."

Das alles hatte nur einen Augenblick gedauert, schon hatte K. rechts und links einen der Männer und wurde, als gäbe es kein anderes Verständigungsmittel schweigend aber mit aller Kraft zur Tür gezogen. Der Alte freute sich über irgendetwas dabei und klatschte in die Hände. Auch die Wäscherin lachte bei den plötzlich wie toll lärmenden Kindern.

K. aber stand bald auf der Gasse, die Männer beaufsichtigten ihn von der Schwelle aus, es fiel wieder Schnee, trotzdem schien es ein wenig heller zu sein. Der Vollbärtige rief ungeduldig: „Wohin wollt Ihr gehn? Hier führt es zum Schloß, hier zum Dorf." Ihm antwor-

tete K. nicht, aber zu dem andern, der ihm trotz seiner
Überlegenheit der umgänglichere schien, sagte er: „Wer
seid Ihr? Wem habe ich für den Aufenthalt zu danken?"
„Ich bin der Gerbermeister Lasemann", war die Antwort, „zu danken habt Ihr aber niemandem." „Gut",
sagte K., „vielleicht werden wir noch zusammenkom-
men." „Ich glaube nicht", sagte der Mann. In diesem
Augenblick rief der Vollbärtige mit erhobener Hand:
„Guten Tag Artur, guten Tag Jeremias!" K. wandte sich
um, es zeigten sich in diesem Dorf also doch noch Menschen auf der Gasse! Aus der Richtung vom Schlosse her
kamen zwei junge Männer von mittlerer Größe, beide
sehr schlank, in engen Kleidern, auch im Gesicht einander sehr ähnlich, die Gesichtsfarbe war ein dunkles
Braun, von dem ein Spitzbart in seiner besondern
Schwärze dennoch abstach. Sie gingen bei diesen Stra-
ßenverhältnissen erstaunlich schnell, warfen im Takt die
schlanken Beine. „Was habt Ihr?" rief der Vollbärtige.
Man konnte sich nur rufend mit ihnen verständigen, so
schnell gingen sie und hielten nicht ein. „Geschäfte",
riefen sie lachend zurück. „Wo?" „Im Wirtshaus."
„Dorthin gehe auch ich", schrie K. auf einmal mehr als
alle andern, er hatte großes Verlangen von den zwei mitgenommen zu werden; ihre Bekanntschaft schien ihm
zwar nicht sehr ergiebig aber gute aufmunternde Wegbe-
gleiter waren sie offenbar. Sie aber hörten K.'s Worte,
nickten jedoch nur und waren schon vorüber.

[26]

K. stand noch immer im Schnee, hatte wenig Lust den
Fuß aus dem Schnee zu heben, um ihn ein Stückchen
weiter wieder in die Tiefe zu senken; der Gerbermeister
und sein Genosse, zufrieden damit K. endgiltig hinaus-
geschafft zu haben, schoben sich langsam, immer nach
K. zurückblickend, durch die nur wenig geöffnete Tür
ins Haus und K. war mit dem ihn einhüllenden Schnee
allein. „Gelegenheit zu einer kleinen Verzweiflung", fiel
ihm ein, „wenn ich nur zufällig, nicht absichtlich hier
stünde."

Da öffnete sich in der Hütte linker Hand ein winziges
Fenster, geschlossen hatte es tiefblau ausgesehn, vielleicht im Widerschein des Schnees, und war so winzig
daß als es jetzt geöffnet war nicht das ganze Gesicht des
Hinausschauenden zu sehen war, sondern nur die Augen, alte braune Augen. „Dort steht er", hörte K. eine
zittrige Frauenstimme sagen. „Es ist der Landvermesser", sagte eine Männerstimme. Dann trat der Mann
zum Fenster und fragte nicht unfreundlich, aber doch so
als sei ihm daran gelegen, daß auf der Straße vor seinem
Haus alles in Ordnung sei: „Auf wen wartet Ihr?" „Auf
einen Schlitten, der mich mitnimmt", sagte K. „Hier
kommt kein Schlitten", sagte der Mann, „hier ist kein
Verkehr." „Es ist doch die Straße, die zum Schloß
führt", wendete K. ein. „Trotzdem, trotzdem", sagte
der Mann mit einer gewissen Unerbittlichkeit, „hier ist
kein Verkehr." Dann schwiegen beide. Aber der Mann

[27]

überlegte offenbar etwas, denn das Fenster, aus dem
Rauch strömte, hielt er noch immer offen. „Ein schlechter Weg", sagte K., um ihm nachzuhelfen. Er aber sagte
nur: „Ja freilich." Nach einem Weilchen sagte er aber
doch: „Wenn Ihr wollt, fahre ich Euch mit meinem
Schlitten." „Tut das bitte", sagte K. sehr erfreut, „wieviel verlangt Ihr dafür?" „Nichts", sagte der Mann. K.
wunderte sich sehr. „Ihr seid doch der Landvermesser",
sagte der Mann erklärend, „und gehört zum Schloß.
Wohin wollt Ihr denn fahren?" „Ins Schloß", sagte K.
schnell. „Dann fahre ich nicht", sagte der Mann sofort.
„Ich gehöre doch zum Schloß", sagte K., des Mannes
eigene Worte wiederholend. „Mag sein", sagte der Mann
abweisend. „Dann fahrt mich also zum Wirtshaus",
sagte K. „Gut", sagte der Mann, „ich komme gleich mit
dem Schlitten." Das Ganze machte nicht den Eindruck
besonderer Freundlichkeit, sondern eher den einer Art
sehr eigensüchtigen ängstlichen fast pedantischen Be-
strebens, K. von dem Platz vor dem Hause wegzu-
schaffen.

Das Hoftor öffnete sich und ein kleiner Schlitten für
leichte Lasten, ganz flach ohne irgendwelchen Sitz,
von einem schwachen Pferdchen gezogen kam hervor,
dahinter der Mann, nicht alt aber schwach, gebückt,
hinkend, mit magerem rotem verschnupftem Gesicht,
das besonders klein erschien durch einen fest um den
Hals gewickelten Wollshawl. Der Mann war sichtlich

krank und nur um K. wegbefördern zu können, war er
doch hervorgekommen. K. erwähnte etwas derartiges,
aber der Mann winkte ab. Nur daß er der Fuhrmann
Gerstäcker war, erfuhr K., und daß er diesen unbequemen Schlitten genommen habe, weil er gerade bereit stand
und das Hervorziehn eines andern zu viel Zeit gebraucht
hätte. „Setzt Euch", sagte er und zeigte mit der Peitsche
hinten auf den Schlitten. „Ich werde mich neben Euch
setzen", sagte K. „Ich werde gehn", sagte Gerstäcker.
„Warum denn?" fragte K. „Ich werde gehn", wiederholte Gerstäcker und bekam einen Hustenanfall, der ihn
so schüttelte, daß er die Beine in den Schnee stemmen
und mit den Händen den Schlittenrand halten mußte. K.
sagte nichts weiter, setzte sich hinten auf den Schlitten,
der Husten beruhigte sich langsam und sie fuhren.

Das Schloß dort oben, merkwürdig dunkel schon, das
K. heute noch zu erreichen gehofft hatte, entfernte sich
wieder. Als sollte ihm aber noch zum vorläufigen
Abschied ein Zeichen gegeben werden, erklang dort ein
Glockenton, fröhlich beschwingt, eine Glocke, die wenigstens einen Augenblick lang das Herz erbeben ließ, so
als drohe ihm – denn auch schmerzlich war der Klang –
die Erfüllung dessen, wonach es sich unsicher sehnte.
Aber bald verstummte diese große Glocke und wurde
von einem schwachen eintönigen Glöckchen abgelöst,
vielleicht noch oben, vielleicht aber schon im Dorfe.
Dieses Geklingel paßte freilich besser zu der langsamen

Fahrt und dem jämmerlichen aber unerbittlichen Fuhrmann.

„Du", rief K. plötzlich – sie waren schon in der Nähe
der Kirche, der Weg ins Wirtshaus nicht mehr weit, K.
durfte schon etwas wagen – „ich wundere mich sehr, daß
Du auf Deine eigene Verantwortung mich herumzufah-
ren wagst. Darfst Du denn das?" Gerstäcker kümmerte
sich nicht darum und schritt ruhig weiter neben dem
Pferdchen. „He", rief K., ballte etwas Schnee vom
Schlitten zusammen und traf Gerstäcker damit voll ins
Ohr. Nun blieb dieser doch stehn und drehte sich um;
als ihn K. aber nun so nahe bei sich sah – der Schlitten
hatte sich noch ein wenig weiter geschoben – diese ge-
bückte, gewissermaßen mißhandelte Gestalt, das rote
müde schmale Gesicht mit irgendwie verschiedenen
Wangen, die eine flach, die andere eingefallen, den offenen aufhorchenden Mund, in dem nur paar vereinzelte
Zähne waren, mußte er das was er früher aus Bosheit
gesagt hatte, jetzt aus Mitleid wiederholen, ob Gerstäk-
ker nicht dafür, daß er K. transportiere, gestraft werden
könne. „Was willst Du?" fragte Gerstäcker verständnislos, erwartete aber auch keine weitere Erklärung, rief
dem Pferdchen zu und sie fuhren wieder.

Als sie – K. erkannte es an einer Wegbiegung – fast
beim Wirtshaus waren, war es zu seinem Erstaunen
schon völlig finster. War er solange fort gewesen? Doch
nur ein, zwei Stunden etwa, nach seiner Berechnung.

Und am Morgen war er fortgegangen. Und kein Essensbedürfnis hatte er gehabt. Und bis vor kurzem war gleichmäßige Tageshelle gewesen, erst jetzt die Finsternis. „Kurze Tage, kurze Tage", sagte er zu sich, glitt vom Schlitten und ging dem Wirtshaus zu.

Oben auf der kleinen Vortreppe des Hauses stand, ihm sehr willkommen, der Wirt und leuchtete mit erhobener Laterne ihm entgegen. Flüchtig an den Fuhrmann sich erinnernd blieb K. stehn, irgendwo hustete es im Dunkel, das war er. Nun, er würde ihn ja nächstens wiedersehn. Erst als er oben beim Wirt war, der demütig grüßte, bemerkte er zu beiden Seiten der Tür je einen Mann. Er nahm die Laterne aus der Hand des Wirts und beleuchtete die zwei; es waren die Männer, die er schon getroffen hatte und die Artur und Jeremias angerufen worden waren. Sie salutierten jetzt. In Erinnerung an seine Militärzeit, an diese glücklichen Zeiten, lachte er. „Wer seid Ihr?" fragte er und sah von einem zum andern. „Euere Gehilfen", antworteten sie. „Es sind die Gehilfen", bestätigte leise der Wirt. „Wie?" fragte K., „Ihr seid meine alten Gehilfen, die ich nachkommen ließ, die ich erwarte?" Sie bejahten es. „Das ist gut", sagte K. nach einem Weilchen, „es ist gut, daß Ihr gekommen seid." „Übrigens", sagte K. nach einem weiteren Weilchen, „Ihr habt Euch sehr verspätet, Ihr seid sehr nachlässig." „Es war ein weiter Weg", sagte der eine. „Ein weiter Weg", wiederholte K., „aber ich habe

[31]

Euch getroffen, wie Ihr vom Schlosse kamt." „Ja", sagten sie ohne weitere Erklärung. „Wo habt Ihr die Apparate?" fragte K. „Wir haben keine", sagten sie. „Die
Apparate, die ich Euch anvertraut habe", sagte K. „Wir
haben keine", wiederholten sie. „Ach, seid Ihr Leute!"
sagte K., „versteht Ihr etwas von Landvermessung?"
„Nein", sagten sie. „Wenn Ihr aber meine alten Gehilfen
seid, müßt Ihr das doch verstehn", sagte K. Sie schwiegen. „Dann kommt also", sagte K. und schob sie vor
sich ins Haus.

2

Barnabas

Sie saßen dann zudritt ziemlich schweigsam in der Wirtsstube beim Bier, an einem kleinen Tischchen, K. in der Mitte, rechts und links die Gehilfen. Sonst war nur ein Tisch mit Bauern besetzt, ähnlich wie am Abend vorher. „Es ist schwer mit Euch", sagte K. und verglich wie schon öfters ihre Gesichter, „wie soll ich Euch denn unterscheiden. Ihr unterscheidet Euch nur durch die Namen, sonst seid Ihr Euch ähnlich wie" – er stockte, unwillkürlich fuhr er dann fort – „sonst seid Ihr Euch ja ähnlich wie Schlangen." Sie lächelten. „Man unterscheidet uns sonst gut", sagten sie zur Rechtfertigung. „Ich glaube es", sagte K., „ich war ja selbst Zeuge dessen, aber ich sehe nur mit meinen Augen und mit denen kann ich Euch nicht unterscheiden. Ich werde Euch deshalb wie einen einzigen Mann behandeln und beide Artur nennen, so heißt doch einer von Euch, Du etwa? –" fragte K. den einen. „Nein", sagte dieser, „ich heiße Jeremias." „Gut, es ist ja gleichgültig", sagte K., „ich werde Euch beide Artur nennen. Schicke ich Artur irgendwohin so geht Ihr beide, gebe ich Artur eine Arbeit, so macht Ihr sie beide, das hat zwar für mich den großen

[33]

Nachteil, daß ich Euch nicht für gesonderte Arbeit verwenden kann, aber dafür den Vorteil, daß Ihr für alles was ich Euch auftrage, gemeinsam ungeteilt die Verantwortung tragt. Wie Ihr unter Euch die Arbeit aufteilt ist

5 mir gleichgültig, nur ausreden dürft Ihr Euch nicht aufeinander, Ihr seid für mich ein einziger Mann." Sie überlegten das und sagten: „Das wäre uns recht unangenehm." „Wie denn nicht", sagte K., „natürlich muß Euch das unangenehm sein, aber es bleibt so." Schon ein

10 Weilchen lang hatte K. einen der Bauern den Tisch umschleichen sehn, endlich entschloß er sich, gieng auf einen Gehilfen zu und wollte ihm etwas zuflüstern. „Verzeiht", sagte K., schlug mit der Hand auf den Tisch und stand auf, „dies sind meine Gehilfen und wir haben jetzt

15 eine Besprechung. Niemand hat das Recht uns zu stören." „Oh bitte, oh bitte", sagte der Bauer ängstlich und ging rücklings zu seiner Gesellschaft zurück. „Dieses müßt Ihr vor allem beachten", sagte K. dann wieder sitzend, „Ihr dürft mit niemandem ohne meine Erlaub-

20 nis sprechen. Ich bin hier ein Fremder und wenn Ihr meine alten Gehilfen seid, dann seid auch Ihr Fremde. Wir drei Fremde müssen deshalb zusammenhalten, reicht mir darauf hin Euere Hände." Allzu bereitwillig streckten sie sie K. entgegen. „Laßt Euch die Pratzen",

25 sagte er, „mein Befehl aber gilt. Ich werde jetzt schlafen gehn und auch Euch rate ich das zu tun. Heute haben wir einen Arbeitstag versäumt, morgen muß die Arbeit

[34]

sehr frühzeitig beginnen. Ihr müßt einen Schlitten zur Fahrt ins Schloß verschaffen und um sechs Uhr hier vor dem Haus mit ihm bereitstehn." „Gut", sagte der eine. Der andere aber fuhr dazwischen: „Du sagst: Gut und weißt doch daß es nicht möglich ist." „Ruhe", sagte K., „Ihr wollt wohl anfangen, Euch von einander zu unterscheiden." Doch nun sagte auch schon der erste: „Er hat recht, es ist unmöglich, ohne Erlaubnis darf kein Fremder ins Schloß." „Wo muß man um die Erlaubnis ansuchen?" „Ich weiß nicht, vielleicht beim Kastellan." „Dann werden wir dort telephonisch ansuchen, telephoniert sofort an den Kastellan, beide." Sie liefen zum Apparat, erlangten die Verbindung – wie sie sich dort drängten, im Äußerlichen waren sie lächerlich folgsam – und fragten an ob K. mit ihnen morgen ins Schloß kommen dürfe. Das „Nein" der Antwort hörte K. bis zu seinem Tisch, die Antwort war aber noch ausführlicher, sie lautete: „weder morgen noch ein anderesmal." „Ich werde selbst telephonieren", sagte K. und stand auf. Während K. und seine Gehilfen bisher, abgesehen von dem Zwischenfall des einen Bauern, wenig beachtet worden waren, erregte seine letzte Bemerkung allgemeine Aufmerksamkeit. Alle erhoben sich mit K. und trotzdem sie der Wirt zurückzudrängen suchte gruppierten sie sich beim Apparat in engem Halbkreis um ihn. Es überwog unter ihnen die Meinung, daß K. gar keine Antwort bekommen werde. K. mußte sie bitten

[35]

ruhig zu sein, er verlange nicht ihre Meinungen zu
hören.

Aus der Hörmuschel kam ein Summen, wie K. es
sonst beim Telephonieren nie gehört hatte. Es war wie
wenn sich aus dem Summen zahlloser kindlicher Stimmen – aber auch dieses Summen war keines, sondern war
Gesang fernster, allerfernster Stimmen – wie wenn sich
aus diesem Summen in einer geradezu unmöglichen
Weise eine einzige hohe aber starke Stimme bilde, die an
das Ohr schlug so wie wenn sie fordere tiefer einzudringen als nur in das armselige Gehör. K. horchte ohne zu
telephonieren, den linken Arm hatte er auf das Tele-
phonpult gestützt und horchte so.

Er wußte nicht wie lange, so lange bis ihn der Wirt am
Rocke zupfte, ein Bote sei für ihn gekommen. „Weg“,
schrie K. unbeherrscht, vielleicht in das Telephon hinein,
denn nun meldete sich jemand. Es entwickelte sich folgendes Gespräch: „Hier Oswald, wer dort?“ rief es, eine
strenge hochmütige Stimme, mit einem kleinen Sprach-
fehler, wie K. schien, den sie über sich selbst hinaus
durch eine weitere Zugabe von Strenge auszugleichen
versuchte. K. zögerte sich zu nennen, dem Telephon gegenüber war er wehrlos, der andere konnte ihn nieder-
donnern, die Hörmuschel weglegen und K. hatte sich
einen vielleicht nicht unwichtigen Weg versperrt. K.'s
Zögern machte den Mann ungeduldig. „Wer dort?“ wiederholte er und fügte hinzu: „es wäre mir sehr lieb,

[36]

wenn dortseits nicht so viel telephoniert würde, erst vor
einem Augenblick ist telephoniert worden." K. ging auf
diese Bemerkung nicht ein und meldete mit einem plötzlichen Entschluß: „Hier der Gehilfe des Herrn Landvermessers." „Welcher Gehilfe? Welcher Herr? Welcher
Landvermesser?" K. fiel das gestrige Telephongespräch
ein, „Fragen Sie Fritz", sagte er kurz. Es half, zu seinem
eigenen Erstaunen. Aber mehr noch als darüber, daß es
half, staunte er über die Einheitlichkeit des Dienstes
dort. Die Antwort war: „Ich weiß schon. Der ewige
Landvermesser. Ja, ja. Was weiter? Welcher Gehilfe?"
„Josef", sagte K. Ein wenig störte ihn hinter seinem
Rücken das Murmeln der Bauern, offenbar waren sie
nicht damit einverstanden, daß er sich nicht richtig meldete. K. hatte aber keine Zeit sich mit ihnen zu beschäftigen, denn das Gespräch nahm ihn sehr in Anspruch.
„Josef?" fragte es zurück. „Die Gehilfen heißen" – eine
kleine Pause, offenbar verlangte er die Namen jemandem
andern ab – „Artur und Jeremias." „Das sind die neuen
Gehilfen", sagte K. „Nein, das sind die alten." „Es sind
die neuen, ich aber bin der alte, der dem Herrn Landvermesser heute nachkam." „Nein", schrie es nun. „Wer
bin ich also?" fragte K. ruhig wie bisher. Und nach einer
Pause sagte die gleiche Stimme mit dem gleichen Sprach-
fehler und war doch wie eine andere tiefere achtungs-
wertere Stimme: „Du bist der alte Gehilfe."

K. horchte dem Stimmklang nach und überhörte dabei

fast die Frage: „Was willst Du?" Am liebsten hätte er
den Hörer schon weggelegt. Von diesem Gespräch erwartete er nichts mehr. Nur gezwungen fragte er noch
schnell: „Wann darf mein Herr ins Schloß kommen?"
„Niemals", war die Antwort. „Gut", sagte K. und hing
den Hörer an.

Hinter ihm die Bauern waren schon ganz nah an ihn
herangerückt. Die Gehilfen waren mit vielen Seitenblik-
ken nach ihm damit beschäftigt die Bauern von ihm abzuhalten. Es schien aber nur Komödie zu sein, auch gaben die Bauern, von dem Ergebnis des Gespräches
befriedigt, langsam nach. Da wurde ihre Gruppe von
hinten mit raschem Schritt von einem Mann geteilt, der
sich vor K. verneigte und ihm einen Brief übergab. K. behielt den Brief in der Hand und sah den Mann an, der ihm
im Augenblick wichtiger schien. Es bestand eine große
Ähnlichkeit zwischen ihm und den Gehilfen, er war so
schlank wie sie, ebenso knapp gekleidet, auch so gelen-
kig und flink wie sie, aber doch ganz anders. Hätte K.
doch lieber ihn als Gehilfen gehabt! Ein wenig erinnerte
er ihn an die Frau mit dem Säugling, die er beim Gerbermeister gesehen hatte. Er war fast weiß gekleidet, das
Kleid war wohl nicht aus Seide, es war ein Winterkleid
wie alle andern, aber die Zartheit und Feierlichkeit eines
Seidenkleides hatte es. Sein Gesicht war hell und offen,
die Augen übergroß. Sein Lächeln war ungemein auf-
munternd; er fuhr mit der Hand über sein Gesicht, so als

[38]

wolle er dieses Lächeln verscheuchen, doch gelang ihm
das nicht. „Wer bist Du?" fragte K. „Barnabas heiße
ich", sagte er, „ein Bote bin ich." Männlich und doch
sanft öffneten und schlossen sich seine Lippen beim Reden. „Gefällt es Dir hier?" fragte K. und zeigte auf die
Bauern, für die er noch immer nicht an Interesse verloren hatte und die mit ihren förmlich gequälten Gesichtern – der Schädel sah aus als sei er oben platt geschlagen
worden und die Gesichtszüge hätten sich im Schmerz
des Geschlagenwerdens gebildet – ihren wulstigen Lippen, ihren offenen Mündern zusahen aber doch auch
wieder nicht zusahn, denn manchmal irrte ihr Blick ab
und blieb ehe er zurückkehrte lange an irgendeinem
gleichgültigen Gegenstande haften, und dann zeigte K.
auch auf die Gehilfen, die einander umfaßt hielten,
Wange an Wange lehnten und lächelten, man wußte
nicht, ob demütig oder spöttisch, er zeigte diese alle, so
als stellte er ein ihm durch besondere Umstände aufge-
zwungenes Gefolge vor und erwartete – darin lag Ver-
traulichkeit und auf die kam es K. an – daß Barnabas
verständig unterscheiden werde zwischen ihm und
ihnen. Aber Barnabas nahm – in aller Unschuld freilich,
das war zu erkennen – die Frage gar nicht auf, ließ sie
über sich ergehn, wie ein wohlerzogener Diener ein für
ihn nur scheinbar bestimmtes Wort des Herrn, und
blickte nur im Sinne der Frage umher, begrüßte durch
Handwinken Bekannte unter den Bauern und tauschte

[39]

mit den Gehilfen paar Worte aus, das alles frei und
selbstständig, ohne sich mit ihnen zu vermischen. K.
kehrte – abgewiesen aber nicht beschämt – zu dem Brief
in seiner Hand zurück und öffnete ihn. Sein Wortlaut
war: „Sehr geehrter Herr! Sie sind, wie Sie wissen, in die
herrschaftlichen Dienste aufgenommen. Ihr nächster
Vorgesetzter ist der Gemeindevorsteher des Dorfes, der
Ihnen auch alles Nähere über Ihre Arbeit und die Lohnbedingungen mitteilen wird und dem Sie auch Rechenschaft schuldig sein werden. Trotzdem werde aber auch
ich Sie nicht aus den Augen verlieren. Barnabas, der
Überbringer dieses Briefes, wird von Zeit zu Zeit bei
Ihnen nachfragen, um Ihre Wünsche zu erfahren und
mir mitzuteilen. Sie werden mich immer bereit finden,
Ihnen soweit es möglich ist, gefällig zu sein. Es liegt mir
daran zufriedene Arbeiter zu haben." Die Unterschrift
war nicht leserlich, beigedruckt aber war ihr: Der Vorstand der X. Kanzlei. „Warte!" sagte K. zu dem sich
verbeugenden Barnabas, dann rief er den Wirt, daß er
ihm sein Zimmer zeige, er wollte mit dem Brief eine
Zeitlang allein sein. Dabei erinnerte er sich daran, daß
Barnabas bei aller Zuneigung die er für ihn hatte doch
nichts anderes als ein Bote war und ließ ihm ein Bier
geben. Er gab acht, wie er es annehmen würde, er nahm
es offenbar sehr gern an und trank sogleich. Dann gieng
K. mit dem Wirt. In dem Häuschen hatte man für K.
nichts als ein kleines Dachzimmer bereitstellen können

[40]

und selbst das hatte Schwierigkeiten gemacht, denn man
hatte zwei Mägde, die bisher dort geschlafen hatten, anderswo unterbringen müssen. Eigentlich hatte man
nichts anderes getan, als die Mägde weggeschafft, das
Zimmer war sonst wohl unverändert, keine Wäsche in
dem einzigen Bett, nur paar Pölster und eine Pferde-
decke in dem Zustand, wie alles nach der letzten Nacht
zurückgeblieben war, an der Wand paar Heiligenbilder
und Photographien von Soldaten, nicht einmal gelüftet
war worden, offenbar hoffte man, der neue Gast werde
nicht lange bleiben und tat nichts dazu, ihn zu halten. K.
war aber mit allem einverstanden, wickelte sich in die
Decke, setzte sich zum Tisch und begann bei einer Kerze
den Brief nochmals zu lesen.

Er war nicht einheitlich, es gab Stellen wo mit ihm wie
mit einem Freien gesprochen wurde, dessen eigenen
Willen man anerkennt, so war die Überschrift, so war
die Stelle, die seine Wünsche betraf. Es gab aber wieder
Stellen, wo er offen oder versteckt als ein kleiner vom
Sitz jenes Vorstandes kaum bemerkbarer Arbeiter behandelt wurde, der Vorstand mußte sich anstrengen „ihn
nicht aus den Augen zu verlieren", sein Vorgesetzter
war nur der Dorfvorsteher, dem er sogar Rechenschaft
schuldig war, sein einziger Kollege war vielleicht der
Dorfpolicist. Das waren zweifellose Widersprüche, sie
waren so sichtbar daß sie beabsichtigt sein mußten. Den
einer solchen Behörde gegenüber wahnwitzigen Gedan-

ken, daß hier Unentschlossenheit mitgewirkt habe,
streifte K. kaum. Vielmehr sah er darin eine ihm offen
dargebotene Wahl, es war ihm überlassen, was er aus den
Anordnungen des Briefes machen wollte, ob er Dorfar-
5 beiter mit einer immerhin auszeichnenden aber nur
scheinbaren Verbindung mit dem Schlosse sein wollte
oder aber scheinbarer Dorfarbeiter, der in Wirklichkeit
sein ganzes Arbeitsverhältnis von den Nachrichten des
Barnabas bestimmen ließ. K. zögerte nicht, zu wählen,
10 hätte auch ohne die Erfahrungen die er schon gemacht
hatte nicht gezögert. Nur als Dorfarbeiter, möglichst
weit den Herren vom Schloß entrückt, war er imstande
etwas im Schloß zu erreichen, diese Leute im Dorf, die
noch so mißtrauisch gegen ihn waren, würden zu spre-
15 chen anfangen, wenn er, wo nicht ihr Freund, so doch
ihr Mitbürger geworden war, und war er einmal ununterscheidbar etwa von Gerstäcker oder Lasemann – und
sehr schnell mußte das geschehn, davon hing alles ab –
dann erschlossen sich ihm gewiß mit einem Schlage alle
20 Wege, die ihm wenn es nur auf die Herren oben und ihre
Gnade angekommen wäre, für immer nicht nur versperrt
sondern unsichtbar geblieben wären. Freilich eine Gefahr bestand und sie war in dem Brief genug betont, mit
einer gewissen Freude war sie dargestellt, als sei sie un-
25 entrinnbar. Es war das Arbeitersein. Dienst, Vorgesetzter, Arbeit, Lohnbedingungen, Rechenschaft, Arbeiter,
davon wimmelte der Brief und selbst wenn anderes, per-

[42]

sönlicheres gesagt war, war es von jenem Gesichtspunkt aus gesagt. Wollte K. Arbeiter werden, so konnte er es werden, aber dann in allem furchtbaren Ernst, ohne jeden Ausblick anderswohin. K. wußte, daß nicht mit wirklichem Zwang gedroht war, den fürchtete er nicht und hier am wenigsten, aber die Gewalt der entmutigenden Umgebung, der Gewöhnung an Enttäuschungen, die Gewalt der unmerklichen Einflüsse jedes Augenblicks, die fürchtete er allerdings, aber mit dieser Gefahr mußte er den Kampf wagen. Der Brief verschwieg ja auch nicht, daß, wenn es zu Kämpfen kommen sollte, K. die Verwegenheit gehabt hatte, zu beginnen, es war mit Feinheit gesagt und nur ein unruhiges Gewissen – ein unruhiges, kein schlechtes – konnte es merken, es waren die drei Worte „wie Sie wissen" hinsichtlich seiner Aufnahme in den Dienst. K. hatte sich gemeldet und seither wußte er, wie sich der Brief ausdrückte, daß er aufgenommen war.

K. nahm ein Bild von der Wand und hing den Brief an den Nagel, in diesem Zimmer würde er wohnen, hier sollte der Brief hängen.

Dann stieg er in die Wirtsstube hinunter, Barnabas saß mit den Gehilfen bei einem Tischchen. „Ach, da bist Du", sagte K., ohne Anlaß, nur weil er froh war Barnabas zu sehn. Er sprang gleich auf. Kaum war K. eingetreten, erhoben sich die Bauern, um sich ihm zu nähern, es war schon ihre Gewohnheit geworden ihm immer nach-

zulaufen. „Was wollt Ihr denn immerfort von mir?" rief
K. Sie nahmen es nicht übel und drehten sich langsam zu
ihren Plätzen zurück. Einer sagte im Abgehn zur Erklärung leichthin mit einem undeutbaren Lächeln, das
einige andere aufnahmen: „Man hört immer etwas
Neues" und er leckte sich die Lippen als sei das Neue
eine Speise. K. sagte nichts Versöhnliches, es war gut,
wenn sie ein wenig Respekt vor ihm bekamen, aber
kaum saß er bei Barnabas spürte er schon den Atem
eines Bauern im Nacken, er kam, wie er sagte, das Salzfaß zu holen, aber K. stampfte vor Ärger auf, der Bauer
lief denn auch ohne das Salzfaß weg. Es war wirklich
leicht K. beizukommen, man mußte z. B. nur die Bauern
gegen ihn hetzen, ihre hartnäckige Teilnahme schien ihm
böser als die Verschlossenheit der andern und außerdem
war es auch Verschlossenheit, denn hätte K. sich zu ihrem Tisch gesetzt, wären sie gewiß dort nicht sitzen geblieben. Nur die Gegenwart des Barnabas hielt ihn ab
Lärm zu machen. Aber er drehte sich doch noch drohend nach ihnen um, auch sie waren ihm zugekehrt. Wie
er sie aber so dasitzen sah, jeden auf seinem Platz, ohne
sich mit einander zu besprechen, ohne sichtbare Verbindung unter einander, nur dadurch mit einander verbunden, daß sie alle auf ihn starrten, schien es ihm, als sei es
gar nicht Bosheit, was sie ihn verfolgen ließ, vielleicht
wollten sie wirklich etwas von ihm und konnten es nur
nicht sagen, und war es nicht das, dann war es vielleicht

nur Kindlichkeit; Kindlichkeit, die hier zuhause zu sein schien; war nicht auch der Wirt kindlich, der ein Glas Bier, das er irgendeinem Gast bringen sollte, mit beiden Händen hielt, stillstand, nach K. sah und einen Zuruf der Wirtin überhörte, die sich aus dem Küchenfensterchen vorgebeugt hatte.

Ruhiger wandte sich K. an Barnabas, die Gehilfen hätte er gern entfernt, fand aber keinen Vorwand, übrigens blickten sie still auf ihr Bier. „Den Brief", begann K., „habe ich gelesen. Kennst Du den Inhalt?" „Nein", sagte Barnabas. Sein Blick schien mehr zu sagen, als seine Worte. Vielleicht täuschte sich K. hier im Guten, wie bei den Bauern im Bösen, aber das Wohltuende seiner Gegenwart blieb. „Es ist auch von Dir in dem Brief die Rede, Du sollst nämlich hie und da Nachrichten zwischen mir und dem Vorstand vermitteln, deshalb hatte ich gedacht, daß Du den Inhalt kennst." „Ich bekam", sagte Barnabas, „nur den Auftrag den Brief zu übergeben, zu warten, bis er gelesen ist, und, wenn es Dir nötig scheint, eine mündliche oder schriftliche Antwort zurückzubringen." „Gut", sagte K., „es bedarf keines Schreibens, richte dem Herrn Vorstand – wie heißt er denn? Ich konnte die Unterschrift nicht lesen." „Klamm", sagte Barnabas. „Richte also Herrn Klamm meinen Dank für die Aufnahme aus wie auch für seine besondere Freundlichkeit, die ich als einer, der sich hier noch gar nicht bewährt hat, zu schätzen weiß. Ich werde

[45]

mich vollständig nach seinen Absichten verhalten. Besondere Wünsche habe ich heute nicht." Barnabas, der genau aufgemerkt hatte, bat den Auftrag vor K. wiederholen zu dürfen, K. erlaubte es, Barnabas wiederholte alles wortgetreu. Dann stand er auf, um sich zu verabschieden.

Die ganze Zeit über hatte K. sein Gesicht geprüft, nun tat er es zum letztenmal. Barnabas war etwa so groß wie K., trotzdem schien sein Blick sich zu K. zu senken, aber fast demütig geschah das, es war unmöglich daß dieser Mann jemanden beschämte. Freilich, er war nur ein Bote, kannte nicht den Inhalt der Briefe, die er auszutragen hatte, aber auch sein Blick, sein Lächeln, sein Gang schien eine Botschaft zu sein, mochte er auch von dieser nichts wissen. Und K. reichte ihm die Hand, was ihn offenbar überraschte, denn er hatte sich nur verneigen wollen.

Gleich als er gegangen war – vor dem Öffnen der Tür hatte er noch ein wenig mit der Schulter an der Tür gelehnt und mit einem Blick, der keinem Einzelnen mehr galt, die Stube umfaßt – sagte K. zu den Gehilfen: „Ich hole aus dem Zimmer meine Aufzeichnungen, dann besprechen wir die nächste Arbeit." Sie wollten mitgehn. „Bleibt!" sagte K. Sie wollten noch immer mitgehn. Noch strenger mußte K. den Befehl wiederholen. Im Flur war Barnabas nicht mehr. Aber er war doch eben jetzt weggegangen. Doch auch vor dem Haus –

[46]

neuer Schnee fiel – sah K. ihn nicht. Er rief: Barnabas!
Keine Antwort. Sollte er noch im Haus sein? Es schien
keine andere Möglichkeit zu geben. Trotzdem schrie K.
noch aus aller Kraft den Namen, der Namen donnerte
durch die Nacht. Und aus der Ferne kam nun doch eine
schwache Antwort, so weit war also Barnabas schon. K.
rief ihn zurück und ging ihm gleichzeitig entgegen; wo
sie einander trafen, waren sie vom Wirtshaus nicht mehr
zu sehn.

„Barnabas", sagte K. und konnte ein Zittern seiner
Stimme nicht bezwingen, „ich wollte Dir noch etwas
sagen. Ich merke dabei, daß es doch recht schlecht eingerichtet ist, daß ich nur auf Dein zufälliges Kommen angewiesen bin, wenn ich etwas aus dem Schloß brauche.
Wenn ich Dich jetzt nicht zufällig noch erreicht hätte –
wie Du fliegst, ich dachte Du wärest noch im Haus – wer
weiß wie lange ich auf Dein nächstes Erscheinen hätte
warten müssen." „Du kannst ja", sagte Barnabas, „den
Vorstand bitten, daß ich immer zu bestimmten von Dir
angegebenen Zeiten komme." „Auch das würde nicht
genügen", sagte K., „vielleicht will ich ein Jahr lang gar
nichts sagen lassen, aber gerade eine Viertelstunde nach
Deinem Weggehn etwas Unaufschiebbares." „Soll ich
also", sagte Barnabas, „dem Vorstand melden, daß zwischen ihm und Dir eine andere Verbindung hergestellt
werden soll, als durch mich." „Nein, nein", sagte K.,
„ganz und gar nicht, ich erwähne diese Sache nur neben-

[47]

bei, diesmal habe ich Dich ja noch glücklich erreicht."
„Wollen wir", sagte Barnabas, „ins Wirtshaus zurück-
gehn, damit Du mir dort den neuen Auftrag geben
kannst?" Schon hatte er einen Schritt weiter zum Haus
hin gemacht. „Barnabas", sagte K., „es ist nicht nötig,
ich gehe ein Stückchen Wegs mit Dir." „Warum willst
Du nicht ins Wirtshaus gehn?" fragte Barnabas. „Die
Leute stören mich dort", sagte K., „die Zudringlichkeit
der Bauern hast Du selbst gesehn." „Wir können in
Dein Zimmer gehn", sagte Barnabas. „Es ist das Zimmer
der Mägde", sagte K., „schmutzig und dumpf; um dort
nicht bleiben zu müssen, wollte ich ein wenig mit Dir
gehn, Du mußt nur", fügte K. hinzu, um sein Zögern
endgiltig zu überwinden, „mich in Dich einhängen lassen, denn Du gehst sicherer." Und K. hing sich an seinen
Arm. Es war ganz finster, sein Gesicht sah K. gar nicht,
seine Gestalt undeutlich, den Arm hatte er schon ein
Weilchen vorher zu ertasten versucht.

Barnabas gab ihm nach, sie entfernten sich vom Wirtshaus. Freilich fühlte K. daß er trotz größter Anstrengung gleichen Schritt mit Barnabas zu halten nicht imstande war, seine freie Bewegung hinderte und daß unter
gewöhnlichen Umständen schon an dieser Nebensäch-
lichkeit alles scheitern müsse, gar in jenen Seitengassen,
wie jener wo K. am Vormittag im Schnee versunken war
und aus der er nur, von Barnabas getragen, herauskom-
men könnte. Doch hielt er solche Besorgnisse jetzt von

[48]

sich fern, auch tröstete ihn daß Barnabas schwieg; wenn
sie schweigend gingen, dann konnte doch auch für Barnabas nur das Weitergehn selbst den Zweck ihres Bei-
sammenseins bilden.

Sie gingen, aber K. wußte nicht wohin, nichts konnte ₅
er erkennen, nicht einmal ob sie schon an der Kirche
vorübergekommen waren, wußte er. Durch die Mühe,
welche ihm das bloße Gehn verursachte, geschah es, daß
er seine Gedanken nicht beherrschen konnte. Statt auf
das Ziel gerichtet zu bleiben, verwirrten sie sich. Immer ₁₀
wieder tauchte die Heimat auf und Erinnerungen an sie
erfüllten ihn. Auch dort stand auf dem Hauptplatz eine
Kirche, zum Teil war sie von einem alten Friedhof und
dieser von einer hohen Mauer umgeben. Nur sehr wenige Jungen hatten diese Mauer schon erklettert, auch K. ₁₅
war es noch nicht gelungen. Nicht Neugier trieb sie
dazu, der Friedhof hatte vor ihnen kein Geheimnis
mehr, durch seine kleine Gittertür waren sie schon oft
hineingekommen, nur die glatte hohe Mauer wollten sie
bezwingen. An einem Vormittag – der stille leere ₂₀
Platz war von Licht überflutet, wann hatte K. ihn je,
früher oder später, so gesehn? – gelang es ihm überraschend leicht; an einer Stelle wo er schon oft abgewiesen
worden war, erkletterte er, eine kleine Fahne zwischen
den Zähnen, die Mauer im ersten Anlauf. Noch rieselte ₂₅
Gerölle unter ihm ab, schon war er oben. Er rammte die
Fahne ein, der Wind spannte das Tuch, er blickte hinun-

[49]

ter und in die Runde, auch über die Schulter hinweg auf
die in der Erde versinkenden Kreuze, niemand war jetzt
und hier größer als er. Zufällig kam dann der Lehrer
vorüber, trieb K. mit einem ärgerlichen Blick hinab,
beim Absprung verletzte sich K. am Knie, nur mit Mühe
kam er nachhause, aber auf der Mauer war er doch gewesen, das Gefühl dieses Sieges schien ihm damals für ein
langes Leben einen Halt zu geben, was nicht ganz töricht
gewesen war, denn jetzt nach vielen Jahren in der
Schneenacht am Arm des Barnabas kam es ihm zuhilfe.
   Er hing sich fester ein, fast zog ihn Barnabas, das
Schweigen wurde nicht unterbrochen; von dem Weg
wußte K. nur daß sie nach dem Zustand der Straße zu
schließen, noch in keine Seitengasse eingebogen waren.
Er gelobte sich, durch keine Schwierigkeit des Weges
oder gar durch die Sorge um den Rückweg sich vom
Weitergehn abhalten zu lassen; um schließlich weiterge-
schleift werden zu können, würde seine Kraft wohl noch
ausreichen. Und konnte denn der Weg unendlich sein?
Bei Tag war das Schloß wie ein leichtes Ziel vor ihm
gelegen und der Bote kannte gewiß den kürzesten Weg.
   Da blieb Barnabas stehn. Wo waren sie? Gieng es
nicht mehr weiter? Würde Barnabas K. verabschieden?
Es würde ihm nicht gelingen. K. hielt des Barnabas Arm
fest, daß es fast ihn selbst schmerzte. Oder sollte das
Unglaubliche geschehen sein und sie waren schon im
Schloß oder vor seinen Toren? Aber sie waren ja soweit

es K. wußte gar nicht gestiegen. Oder hatte ihn Barnabas einen so unmerklich ansteigenden Weg geführt? „Wo sind wir?" fragte K. leise, mehr sich als ihn. „Zuhause", sagte Barnabas ebenso. „Zuhause?" „Jetzt aber gib acht, Herr, daß Du nicht ausgleitest. Der Weg geht abwärts." Abwärts? „Es sind nur paar Schritte", fügte er hinzu und schon klopfte er an eine Tür.

Ein Mädchen öffnete, sie standen an der Schwelle einer großen Stube fast im Finstern, denn nur über einem Tisch links im Hintergrunde hing eine winzige Öllampe. „Wer kommt mit Dir, Barnabas?" fragte das Mädchen. „Der Landvermesser", sagte er. „Der Landvermesser", wiederholte das Mädchen lauter zum Tisch hin. Daraufhin erhoben sich dort zwei alte Leute, Mann und Frau, und noch ein Mädchen. Man begrüßte K. Barnabas stellte ihm alle vor, es waren seine Eltern und seine Schwestern Olga und Amalia. K. sah sie kaum an, man nahm ihm den nassen Rock ab, um ihn beim Ofen zu trocknen, K. ließ es geschehn.

Also nicht sie waren zuhause, nur Barnabas war zuhause. Aber warum waren sie hier? K. nahm Barnabas zur Seite und sagte: „Warum bist Du nachhause gegangen? Oder wohnt Ihr schon im Bereich des Schlosses?" „Im Bereich des Schlosses?" wiederholte Barnabas, als verstehe er K. nicht. „Barnabas", sagte K., „Du wolltest doch aus dem Wirtshaus ins Schloß gehn." „Nein, Herr", sagte Barnabas, „ich wollte nachhause gehn, ich

[51]

gehe erst früh ins Schloß, ich schlafe niemals dort."
„So", sagte K., „Du wolltest nicht ins Schloß gehn, nur
hierher" – matter schien ihm sein Lächeln, unscheinbarer er selbst – „warum hast Du mir das nicht gesagt?"
„Du hast mich nicht gefragt, Herr", sagte Barnabas,
„Du wolltest mir nur noch einen Auftrag geben, aber
weder in der Wirtsstube noch in Deinem Zimmer, da
dachte ich, Du könntest mir den Auftrag ungestört hier
bei meinen Eltern geben – sie werden sich alle gleich
entfernen, wenn Du es befiehlst – auch könntest Du,
wenn es Dir bei uns besser gefällt, hier übernachten.
Habe ich nicht recht getan?" K. konnte nicht antworten.
Ein Mißverständnis war es also gewesen, ein gemeines,
niedriges Mißverständnis und K. hatte sich ihm ganz
hingegeben. Hatte sich bezaubern lassen von des Barnabas enger seiden glänzender Jacke, die dieser jetzt aufknöpfte und unter der ein grobes, grauschmutziges, viel
geflicktes Hemd erschien über der mächtigen kantigen
Brust eines Knechts. Und alles ringsherum entsprach
dem nicht nur, überbot es noch, der alte gichtische Vater, der mehr mit Hilfe der tastenden Hände als der sich
langsam schiebenden steifen Beine vorwärtskam, die
Mutter mit auf der Brust gefalteten Händen, die wegen
ihrer Fülle auch nur die winzigsten Schritte machen
konnte, beide, Vater und Mutter, gingen schon seitdem
K. eingetreten war, aus ihrer Ecke auf ihn zu und hatten
ihn noch lange nicht erreicht. Die Schwestern, Blondi-

nen, einander und dem Barnabas ähnlich, aber mit härteren Zügen als Barnabas, große starke Mägde, umstanden die Ankömmlinge und erwarteten von K. irgendein Begrüßungswort, er konnte aber nichts sagen, er hatte geglaubt, hier im Dorf habe jeder für ihn Bedeutung und es war wohl auch so, nur gerade diese Leute hier bekümmerten ihn gar nicht. Wäre er imstande gewesen, allein den Weg ins Wirtshaus zu bewältigen, er wäre gleich fortgegangen. Die Möglichkeit früh mit Barnabas ins Schloß zu gehn, lockte ihn gar nicht. Jetzt in der Nacht, unbeachtet, hatte er ins Schloß dringen wollen, von Barnabas geführt, aber von jenem Barnabas, wie er ihm bisher erschienen war, einem Mann, der ihm näher war, als alle die er bisher hier gesehen hatte, und von dem er gleichzeitig geglaubt hatte, daß er weit über seinen sichtbaren Rang hinaus eng mit dem Schloß verbunden war. Mit dem Sohn dieser Familie aber, zu der er völlig gehörte und mit der er schon beim Tisch saß, mit einem Mann, der bezeichnender Weise nicht einmal im Schloß schlafen durfte, an seinem Arm am hellen Tag ins Schloß zu gehn, war unmöglich, war ein lächerlich hoffnungsloser Versuch.

K. setzte sich auf eine Fensterbank, entschlossen dort auch die Nacht zu verbringen und keinen Dienst sonst von der Familie in Anspruch zu nehmen. Die Leute aus dem Dorf, die ihn wegschickten oder die vor ihm Angst hatten, schienen ihm ungefährlicher, denn sie verwiesen

ihn im Grund nur auf ihn selbst, halfen ihm seine Kräfte
gesammelt zu halten, solche scheinbare Helfer aber, die
ihn statt ins Schloß, dank einer kleinen Maskerade in
ihre Familie führten, lenkten ihn ab, ob sie wollten oder
nicht, arbeiteten an der Zerstörung seiner Kräfte. Einen
einladenden Zuruf vom Familientisch beachtete er gar
nicht, mit gesenktem Kopf blieb er auf seiner Bank.

Da stand Olga auf, die sanftere der Schwestern, auch
eine Spur mädchenhafter Verlegenheit zeigte sie, kam zu
K. und bat ihn zum Tisch zu kommen, Brot und Speck
sei dort vorbereitet, Bier werde sie noch holen. „Von
wo?" fragte K. „Aus dem Wirtshaus", sagte sie. Das war
K. sehr willkommen, er bat sie, kein Bier zu holen aber
ihn ins Wirtshaus zu begleiten, er habe dort noch wichtige Arbeiten liegen. Es stellte sich nun aber heraus, daß
sie nicht so weit, nicht in sein Wirtshaus gehn wollte,
sondern in ein anderes, viel näheres, den Herrenhof.
Trotzdem bat K., sie begleiten zu dürfen, vielleicht, so
dachte er, findet sich dort eine Schlafgelegenheit; wie sie
auch sein mochte, er hätte sie dem besten Bett hier im
Hause vorgezogen. Olga antwortete nicht gleich, blickte
sich nach dem Tisch um. Dort war der Bruder aufgestanden, nickte bereitwillig und sagte: „Wenn der Herr es
wünscht –." Fast hätte K. diese Zustimmung dazu bewegen können, seine Bitte zurückzuziehn, nur Wertlosem
konnte jener zustimmen. Aber als dann die Frage besprochen wurde, ob man K. in das Wirtshaus einlassen

[54]

werde und alle daran zweifelten, bestand er doch dringend darauf mitzugehn, ohne sich aber die Mühe zu
nehmen, einen verständlichen Grund für seine Bitte zu
erfinden; diese Familie mußte ihn hinnehmen wie er war,
er hatte gewissermaßen kein Schamgefühl vor ihr. Darin   5
beirrte ihn nur Amalia ein wenig mit ihrem ernsten gera-
den unrührbaren vielleicht auch etwas stumpfen Blick.
    Auf dem kurzen Weg ins Wirtshaus – K. hatte sich in
Olga eingehängt und wurde von ihr, er konnte sich nicht
anders helfen, fast so gezogen wie früher von ihrem Bru-   10
der – erfuhr er, daß dieses Wirtshaus eigentlich nur für
Herren aus dem Schloß bestimmt sei, die dort, wenn sie
etwas im Dorf zu tun haben, essen und sogar manchmal
übernachten. Olga sprach mit K. leise und wie vertraut,
es war angenehm mit ihr zu gehn, fast so wie mit dem   15
Bruder, K. wehrte sich gegen das Wohlgefühl, aber es
bestand.
    Das Wirtshaus war äußerlich sehr ähnlich dem Wirts-
haus in dem K. wohnte, es gab im Dorf wohl überhaupt
keine großen äußern Unterschiede, aber kleine Unter-   20
schiede waren doch gleich zu merken, die Vortreppe
hatte ein Geländer, eine schöne Laterne war über der
Tür befestigt, als sie eintraten flatterte ein Tuch über
ihren Köpfen, es war eine Fahne mit den gräflichen Far-
ben. Im Flur begegnete ihnen gleich, offenbar auf einem   25
beaufsichtigenden Rundgang befindlich, der Wirt; mit
kleinen Augen, prüfend oder schläfrig, sah er K. im Vor-

übergehn an und sagte: „Der Herr Landvermesser darf
nur bis in den Ausschank gehn." „Gewiß", sagte Olga,
die sich K.'s gleich annahm, „er begleitet mich nur." K.
aber, undankbar, machte sich von Olga los und nahm
den Wirt beiseite, Olga wartete unterdessen geduldig am
Ende des Flurs. „Ich möchte hier gerne übernachten",
sagte K. „Das ist leider unmöglich", sagte der Wirt, „Sie
scheinen es noch nicht zu wissen, das Haus ist ausschließlich für die Herren vom Schloß bestimmt." „Das
mag Vorschrift sein", sagte K., „aber mich irgendwo in
einem Winkel schlafen zu lassen, ist gewiß möglich."
„Ich würde Ihnen außerordentlich gern entgegenkommen", sagte der Wirt, „aber auch abgesehn von der
Strenge der Vorschrift, über die Sie nach Art eines Fremden sprechen, ist es auch deshalb undurchführbar, weil
die Herren äußerst empfindlich sind, ich bin überzeugt,
daß sie unfähig sind, wenigstens unvorbereitet den Anblick eines Fremden zu ertragen; wenn ich Sie also hier
übernachten ließe und Sie durch einen Zufall – und die
Zufälle sind immer auf Seite der Herren – entdeckt würden, wäre nicht nur ich verloren sondern auch Sie selbst.
Es klingt lächerlich, aber es ist wahr." Dieser hohe, fest
zugeknöpfte Herr, der, die eine Hand gegen die Wand
gestemmt, die andere in der Hüfte, die Beine gekreuzt,
ein wenig zu K. herabgeneigt, vertraulich zu ihm sprach,
schien kaum mehr zum Dorf zu gehören, wenn auch
noch sein dunkles Kleid nur bäuerisch festlich aussah.

[56]

„Ich glaube Ihnen vollkommen", sagte K., „und auch
die Bedeutung der Vorschrift unterschätze ich gar nicht,
wenn ich mich auch ungeschickt ausgedrückt habe. Nur
auf eines will ich Sie noch aufmerksam machen, ich habe
im Schloß wertvolle Verbindungen und werde noch
wertvollere bekommen, sie sichern Sie gegen jede Gefahr, die durch mein Übernachten hier entstehen könnte
und bürgen Ihnen dafür, daß ich imstande bin für eine
kleine Gefälligkeit vollwertig zu danken." „Ich weiß
es", sagte der Wirt und wiederholte nochmals: „das
weiß ich." Nun hätte K. sein Verlangen nachdrücklicher
stellen können, aber gerade diese Antwort des Wirtes
zerstreute ihn, deshalb fragte er nur: „Übernachten
heute viele Herren vom Schloß hier?" „In dieser Hinsicht ist es heute vorteilhaft", sagte der Wirt gewissermaßen lockend, „es ist nur ein Herr hiergeblieben." Noch
immer konnte K. nicht drängen, hoffte nun auch schon
fast aufgenommen zu sein, so fragte er nur nach dem
Namen des Herrn. „Klamm", sagte der Wirt nebenbei,
während er sich nach seiner Frau umdrehte, welche in
sonderbar abgenützten veralteten, mit Rüschen und Falten überladenen, aber feinen städtischen Kleidern heran-
gerauscht kam. Sie wollte den Wirt holen, der Herr Vorstand habe irgendeinen Wunsch. Ehe der Wirt aber ging
wandte er sich noch an K., als habe nicht mehr er selbst
sondern K. wegen des Übernachtens zu entscheiden. K.
konnte aber nichts sagen; besonders der Umstand, daß

[57]

gerade sein Vorgesetzter hier war, verblüffte ihn; ohne
daß er es sich selbst ganz erklären konnte, fühlte er sich
Klamm gegenüber nicht so frei, wie sonst gegenüber
dem Schloß, von ihm hier ertappt zu werden, wäre für
5 K. zwar kein Schrecken im Sinne des Wirtes, aber doch
eine peinliche Unzukömmlichkeit gewesen, so etwa als
würde er jemanden, dem er zu Dankbarkeit verpflichtet
war, leichtsinnig einen Schmerz bereiten, dabei aber be-
drückte es ihn schwer zu sehn, daß sich in solcher Be-
10 denklichkeit offenbar schon die gefürchteten Folgen des
Untergeordnetseins, des Arbeiterseins zeigten und daß
er nicht einmal hier wo sie so deutlich auftraten, imstande war sie niederzukämpfen. So stand er, zerbiß sich
die Lippen und sagte nichts. Noch einmal, ehe der Wirt
15 in einer Tür verschwand, sah er zu K. zurück, dieser sah
ihm nach und ging nicht von der Stelle, bis Olga kam
und ihn fortzog. „Was wolltest Du von dem Wirt?"
fragte Olga. „Ich wollte hier übernachten", sagte K.
„Du wirst doch bei uns übernachten", sagte Olga ver-
20 wundert. „Ja, gewiß", sagte K. und überließ ihr die
Deutung der Worte.

3

Frieda

Im Ausschank, einem großen, in der Mitte völlig leeren
Zimmer, saßen an den Wänden, bei Fässern und auf ihnen, einige Bauern, die aber anders aussahen als die
Leute in K.'s Wirtshaus. Sie waren reinlicher und einheitlich in graugelblichen groben Stoff gekleidet, die
Jacken waren gebauscht, die Hosen anliegend. Es waren
kleine, auf den ersten Blick einander sehr ähnliche Männer mit flachen knochigen und doch rundwangigen Gesichtern. Alle waren ruhig und bewegten sich kaum, nur
mit den Blicken verfolgten sie die Eintretenden, aber
langsam und gleichgültig. Trotzdem übten sie, weil es so
viele waren und weil es so still war, eine gewisse Wirkung auf K. aus. Er nahm wieder Olgas Arm, um damit
den Leuten sein Hiersein zu erklären. In einer Ecke erhob sich ein Mann, ein Bekannter Olgas, und wollte auf
sie zugehn, aber K. drehte sie mit dem eingehängten Arm
in eine andere Richtung, niemand außer ihr konnte es bemerken, sie duldete es mit einem lächelnden Seitenblick.
Das Bier wurde von einem jungen Mädchen ausge-
schenkt, das Frieda hieß. Ein unscheinbares kleines
blondes Mädchen mit traurigen Zügen und magern

[59]

Wangen, das aber durch ihren Blick überraschte, einen
Blick von besonderer Überlegenheit. Als dieser Blick auf
K. fiel, schien es ihm, daß dieser Blick schon K. betreffende Dinge erledigt hatte, von deren Vorhandensein er
selbst noch gar nicht wußte, von deren Vorhandensein
aber der Blick ihn überzeugte. K. hörte nicht auf, Frieda
von der Seite anzusehn, auch als sie schon mit Olga
sprach. Freundinnen schienen Olga und Frieda nicht zu
sein, sie wechselten nur wenige kalte Worte. K. wollte
nachhelfen und fragte deshalb unvermittelt: „Kennen Sie
Herrn Klamm?" Olga lachte auf. „Warum lachst Du?"
fragte K. ärgerlich. „Ich lache doch nicht", sagte sie,
lachte aber weiter. „Olga ist noch ein recht kindisches
Mädchen", sagte K. und beugte sich weit über den
Schenktisch, um nochmals Friedas Blick fest auf sich zu
ziehn. Sie aber hielt ihn gesenkt und sagte leise: „Wollen
Sie Herrn Klamm sehn?" K. bat darum. Sie zeigte auf
eine Tür, gleich links neben sich. „Hier ist ein kleines
Guckloch, hier können Sie durchsehn." „Und die Leute
hier?" fragte K. Sie warf die Unterlippe auf und zog K.
mit einer ungemein weichen Hand zur Tür. Durch das
kleine Loch, das offenbar zu Beobachtungszwecken ge-
bohrt war, übersah er fast das ganze Nebenzimmer. An
einem Schreibtisch in der Mitte des Zimmers in einem
bequemen Rundlehnstuhl saß grell von einer vor ihm
niederhängenden Glühlampe beleuchtet Herr Klamm.
Ein mittelgroßer dicker schwerfälliger Herr. Das Ge-

sicht war noch glatt, aber die Wangen senkten sich doch schon mit dem Gewicht des Alters ein wenig hinab. Der schwarze Schnurrbart war lang ausgezogen. Ein schief aufgesetzter, spiegelnder Zwicker verdeckte die Augen. Wäre Herr Klamm völlig beim Tisch gesessen hätte K. nur sein Profil gesehn, da ihm aber Klamm stark zugedreht war, sah er ihm voll ins Gesicht. Den linken Elbogen hatte Klamm auf dem Tisch liegen, die rechte Hand, in der er eine Virginia hielt, ruhte auf dem Knie. Auf dem Tisch stand ein Bierglas; da die Randleiste des Tisches hoch war, konnte K. nicht genau sehn, ob dort irgendwelche Schriften lagen, es schien ihm aber, als wäre er leer. Der Sicherheit halber bat er Frieda durch das Loch zu schauen und ihm darüber Auskunft zu geben. Da sie aber vor kurzem im Zimmer gewesen war, konnte sie K. ohneweiters bestätigen, daß dort keine Schriften lagen. K. fragte Frieda, ob er schon weggehn müsse, sie aber sagte er könne hindurch schauen, so lange er Lust habe. K. war jetzt mit Frieda allein, Olga hatte, wie er flüchtig feststellte, doch den Weg zu ihrem Bekannten gefunden, saß hoch auf einem Faß und strampelte mit den Füßen. „Frieda", sagte K. flüsternd, „kennen Sie Herrn Klamm sehr gut?" „Ach ja", sagte sie, „sehr gut." Sie lehnte neben K. und ordnete spielerisch ihre, wie K. jetzt erst auffiel, leichte ausgeschnittene cremefarbige Bluse, die wie fremd auf ihrem armen Körper lag. Dann sagte sie: „Erinnern Sie sich nicht an Olgas

[61]

Lachen?" „Ja, die Unartige", sagte K. „Nun", sagte sie
versöhnlich, „es war Grund zum Lachen, Sie fragten ob
ich Klamm kenne und ich bin doch" – hier richtete sie
sich unwillkürlich ein wenig auf und wieder ging ihr
sieghafter, mit dem was gesprochen wurde, gar nicht
zusammenhängender Blick über K. hin – „ich bin doch
seine Geliebte." „Klamms Geliebte", sagte K. Sie nickte.
„Dann sind Sie", sagte K. lächelnd, um nicht allzuviel
Ernst zwischen ihnen aufkommen zu lassen, „für mich
eine sehr respektable Person." „Nicht nur für Sie", sagte
Frieda, freundlich, aber ohne sein Lächeln aufzunehmen. K. hatte ein Mittel gegen ihren Hochmut und
wandte es an, er fragte: „Waren Sie schon im Schloß?"
Es verfieng aber nicht, denn sie antwortete: „Nein, aber
ist es nicht genug, daß ich hier im Ausschank bin?" Ihr
Ehrgeiz war offenbar toll und gerade an K., so schien es,
wollte sie ihn sättigen. „Freilich", sagte K., „hier im
Ausschank, Sie versehen ja die Arbeit des Wirtes." „So
ist es", sagte sie, „und begonnen habe ich als Stallmagd
im Wirtshaus zur Brücke." „Mit diesen zarten Händen", sagte K. halb fragend und wußte selbst nicht, ob er
nur schmeichelte oder auch wirklich von ihr bezwungen
war. Ihre Hände allerdings waren klein und zart, aber
man hätte sie auch schwach und nichtssagend nennen
können. „Darauf hat damals niemand geachtet", sagte
sie, „und selbst jetzt –" K. sah sie fragend an, sie schüttelte den Kopf und wollte nicht weiter reden. „Sie haben

[62]

natürlich", sagte K., „Ihre Geheimnisse und Sie werden
über sie nicht mit jemandem reden, den Sie eine halbe
Stunde lang kennen und der noch keine Gelegenheit
hatte, Ihnen zu erzählen, wie es sich eigentlich mit ihm
verhält." Das war nun aber wie sich zeigte eine unpasse 5
Bemerkung, es war als hätte er Frieda aus einem ihm
günstigen Schlummer geweckt, sie nahm aus der Leder-
tasche, die sie am Gürtel hängen hatte, ein Hölzchen,
verstopfte damit das Guckloch, sagte zu K. sichtbar sich
bezwingend, um ihn von der Änderung ihrer Gesinnung 10
nichts merken zu lassen: „Was Sie betrifft, so weiß ich
doch alles, Sie sind der Landvermesser", fügte dann
hinzu: „nun muß ich aber an die Arbeit", und ging an
ihren Platz hinter dem Ausschanktisch, während sich
von den Leuten hie und da einer erhob um sein leeres 15
Glas von ihr füllen zu lassen. K. wollte noch einmal
unauffällig mit ihr sprechen, nahm deshalb von einem
Ständer ein leeres Glas und ging zu ihr: „Nur eines noch
Fräulein Frieda", sagte er, „es ist außerordentlich und
eine auserlesene Kraft ist dazu nötig, sich von einer Stall- 20
magd zum Ausschankmädchen vorzuarbeiten, ist damit
aber für einen solchen Menschen das endgültige Ziel erreicht? Unsinnige Frage. Aus Ihren Augen, lachen Sie
mich nicht aus, Fräulein Frieda, spricht nicht so sehr der
vergangene, als der zukünftige Kampf. Aber die Wider- 25
stände der Welt sind groß, sie werden größer mit den
größern Zielen und es ist keine Schande sich die Hilfe

[63]

selbst eines kleinen einflußlosen aber ebenso kämpfenden Mannes zu sichern. Vielleicht könnten wir einmal in Ruhe miteinander sprechen, nicht von sovielen Augen angestarrt." „Ich weiß nicht was Sie wollen", sagte sie und in ihrem Ton schienen diesmal gegen ihren Willen nicht die Siege ihres Lebens, sondern die unendlichen Enttäuschungen mitzuklingen, „wollen Sie mich vielleicht von Klamm abziehn? Du lieber Himmel!" und sie schlug die Hände zusammen. „Sie haben mich durchschaut", sagte K. wie ermüdet von soviel Mißtrauen, „gerade das war meine geheimste Absicht. Sie sollten Klamm verlassen und meine Geliebte werden. Und nun kann ich ja gehn. Olga!" rief K., „wir gehn nachhause." Folgsam glitt Olga vom Faß, kam aber nicht gleich von den sie umringenden Freunden los. Da sagte Frieda leise, drohend K. anblickend: „Wann kann ich mit Ihnen sprechen?" „Kann ich hier übernachten?" fragte K. „Ja", sagte Frieda. „Kann ich gleich hier bleiben?" „Gehn Sie mit Olga fort, damit ich die Leute hier wegschaffen kann. In einem Weilchen können Sie dann kommen." „Gut", sagte K. und wartete ungeduldig auf Olga. Aber die Bauern ließen sie nicht, sie hatten einen Tanz erfunden, dessen Mittelpunkt Olga war, im Reigen tanzten sie herum und immer bei einem gemeinsamen Schrei trat einer zu Olga, faßte sie mit einer Hand fest um die Hüften und wirbelte sie einigemal herum, der Reigen wurde immer schneller, die Schreie, hungrig röchelnd, wurden

allmählich fast ein einziger, Olga, die früher den Kreis
hatte lächelnd durchbrechen wollen, taumelte nur noch
mit aufgelöstem Haar von einem zum andern. „Solche
Leute schickt man mir her", sagte Frieda und biß im
Zorn an ihren dünnen Lippen. „Wer ist es?" fragte K.   5
„Klamms Dienerschaft", sagte Frieda, „immer wieder
bringt er dieses Volk mit, dessen Gegenwart mich zer-
rüttet. Ich weiß kaum was ich heute mit Ihnen Herr
Landvermesser gesprochen habe, war es etwas Böses,
verzeihen Sie es, die Gegenwart dieser Leute ist schuld   10
daran, sie sind das Verächtlichste und Widerlichste was
ich kenne und ihnen muß ich das Bier in die Gläser
füllen. Wie oft habe ich Klamm schon gebeten, sie zuhause zu lassen, muß ich die Dienerschaft anderer Herren
schon ertragen, er könnte doch Rücksicht auf mich neh-   15
men, aber alles Bitten ist umsonst, eine Stunde vor seiner
Ankunft stürmen sie immer schon herein, wie das Vieh
in den Stall. Aber nun sollen sie wirklich in den Stall, in
den sie gehören. Wären Sie nicht da, würde ich die Tür
hier aufreißen und Klamm selbst müßte sie hinaustrei-   20
ben." „Hört er sie denn nicht?" fragte K. „Nein", sagte
Frieda, „er schläft." „Wie!" rief K., „er schläft? Als ich
ins Zimmer sehn habe, war er doch noch wach und saß
bei Tisch." „So sitzt er noch immer", sagte Frieda,
„auch als Sie ihn gesehen haben, hat er schon geschlafen   25
– hätte ich Sie denn sonst hineinsehn lassen? – das war
seine Schlafstellung, die Herren schlafen sehr viel, das

[65]

kann man kaum verstehn. Übrigens, wenn er nicht soviel schliefe, wie könnte er diese Leute ertragen. Nun werde ich sie aber selbst hinaustreiben müssen." Sie nahm eine Peitsche aus der Ecke und sprang mit einem einzigen hohen nicht ganz sicheren Sprung, so wie etwa ein Lämmchen springt, auf die Tanzenden zu. Zuerst wandten sie sich gegen sie als sei eine neue Tänzerin angekommen und tatsächlich sah es einen Augenblick lang so aus, als wolle Frieda die Peitsche fallen lassen, aber dann hob sie sie wieder, "Im Namen Klamms", rief sie, "in den Stall, alle in den Stall", nun sahen sie, daß es ernst war, in einer für K. unverständlichen Angst begannen sie in den Hintergrund zu drängen, unter dem Stoß der ersten gieng dort eine Türe auf, Nachtluft wehte herein, alle verschwanden mit Frieda, die sie offenbar über den Hof bis in den Stall trieb. In der nun plötzlich eingetretenen Stille aber hörte K. Schritte vom Flur. Um sich irgendwie zu sichern, sprang er hinter den Ausschankpult, unter welchem die einzige Möglichkeit sich zu verstecken war, zwar war ihm der Aufenthalt im Ausschank nicht verboten, aber da er hier übernachten wollte, mußte er vermeiden jetzt noch gesehen zu werden. Deshalb glitt er, als die Tür wirklich geöffnet wurde, unter den Tisch. Dort entdeckt zu werden war freilich auch nicht ungefährlich, immerhin war dann die Ausrede nicht unglaubwürdig, daß er sich vor den wild gewordenen Bauern versteckt habe. Es war der Wirt, "Frieda!" rief er und

[66]

ging einigemale im Zimmer auf und ab, glücklicherweise
kam Frieda bald und erwähnte K. nicht, klagte nur über
die Bauern und gieng in dem Bestreben K. zu suchen
hinter den Pult, dort konnte K. ihren Fuß berühren und
fühlte sich von jetzt an sicher. Da Frieda K. nicht erwähnte, mußte es der Wirt schließlich tun. „Und wo ist
der Landvermesser?" fragte er. Er war wohl überhaupt
ein höflicher, durch den dauernden und verhältnismäßig
freien Verkehr mit weit Höhergestellten fein erzogener
Mann, aber mit Frieda sprach er in einer besonders ach-
tungsvollen Art, das fiel vor allem deshalb auf, weil er
trotzdem im Gespräch nicht aufhörte Arbeitgeber gegenüber einer Angestellten zu sein, gegenüber einer
recht kecken Angestellten überdies. „Den Landvermesser habe ich ganz vergessen", sagte Frieda und setzte K.
ihren kleinen Fuß auf die Brust. „Er ist wohl schon
längst fortgegangen." „Ich habe ihn aber nicht gesehn",
sagte der Wirt, „und war fast die ganze Zeit über im
Flur." „Hier ist er aber nicht", sagte Frieda kühl. „Vielleicht hat er sich versteckt", sagte der Wirt, „nach dem
Eindruck den ich von ihm hatte, ist ihm manches zuzu-
trauen." „Diese Kühnheit wird er doch wohl nicht haben", sagte Frieda und drückte stärker ihren Fuß auf K.
Etwas Fröhliches, Freies war in ihrem Wesen, was K.
früher gar nicht bemerkt hatte und es nahm ganz unwahrscheinlich überhand, als sie plötzlich lachend mit
den Worten: „Vielleicht ist er hier unten versteckt" sich

[67]

zu K. hinabbeugte, ihn flüchtig küßte und wieder auf-
sprang und betrübt sagte: „Nein, er ist nicht hier." Aber
auch der Wirt gab Anlaß zum Erstaunen, als er nun
sagte: „Es ist mir sehr unangenehm, daß ich nicht mit
Bestimmtheit weiß, ob er fortgegangen ist. Es handelt
sich nicht nur um Herrn Klamm, es handelt sich um die
Vorschrift. Die Vorschrift gilt aber für Sie, Fräulein
Frieda, so wie für mich. Für den Ausschank haften Sie,
das übrige Haus werde ich noch durchsuchen. Gute
Nacht! Angenehme Ruhe!" Er konnte das Zimmer noch
gar nicht verlassen haben, schon hatte Frieda das elektrische Licht ausgedreht und war bei K. unter dem Pult,
„Mein Liebling! Mein süßer Liebling!" flüsterte sie, aber
rührte K. gar nicht an, wie ohnmächtig vor Liebe lag sie
auf dem Rücken und breitete die Arme aus, die Zeit war
wohl unendlich vor ihrer glücklichen Liebe, sie seufzte
mehr als sie sang irgendein kleines Lied. Dann schrak sie
auf, da K. still in Gedanken blieb, und fing an wie ein
Kind ihn zu zerren: „Komm, hier unten erstickt man
ja", sie umfaßten einander, der kleine Körper brannte in
K.'s Händen, sie rollten in einer Besinnungslosigkeit,
aus der sich K. fortwährend aber vergeblich zu retten
suchte, paar Schritte weit, schlugen dumpf an Klamms
Tür und lagen dann in den kleinen Pfützen Bieres und
dem sonstigen Unrat, von dem der Boden bedeckt war.
Dort vergiengen Stunden, Stunden gemeinsamen Atems,
gemeinsamen Herzschlags, Stunden, in denen K. immer-

[68]

fort das Gefühl hatte, er verirre sich oder er sei soweit in
der Fremde, wie vor ihm noch kein Mensch, eine
Fremde, in der selbst die Luft keinen Bestandteil der
Heimatluft habe, in der man vor Fremdheit ersticken
müsse und in deren unsinnigen Verlockungen man doch
nichts tun könne als weiter gehn, weiter sich verirren.
Und so war es wenigstens zunächst für ihn kein Schrek-
ken, sondern ein tröstliches Aufdämmern, als aus
Klamms Zimmer mit tiefer befehlend-gleichgültiger
Stimme nach Frieda gerufen wurde. „Frieda", sagte K.
in Friedas Ohr und gab so den Ruf weiter. In einem
förmlich eingeborenen Gehorsam wollte Frieda aufspringen, aber dann besann sie sich, wo sie war, streckte
sich, lachte still und sagte: „Ich werde doch nicht etwa
gehn, niemals werde ich zu ihm gehn." K. wollte dagegen sprechen, wollte sie drängen zu Klamm zu gehn,
begann die Reste ihrer Bluse zusammenzusuchen, aber
er konnte nichts sagen, allzu glücklich war er Frieda in
seinen Händen zu halten, allzu ängstlich-glücklich auch,
denn es schien ihm, wenn Frieda ihn verlasse, verlasse
ihn alles, was er habe. Und als sei Frieda gestärkt durch
K.'s Zustimmung ballte sie die Faust, klopfte mit ihr an
die Tür und rief: „Ich bin beim Landvermesser! Ich bin
beim Landvermesser!" Nun wurde Klamm allerdings
still. Aber K. erhob sich, kniete neben Frieda und blickte
sich im trüben Vormorgenlicht um. Was war geschehn?
Wo waren seine Hoffnungen? Was konnte er nun von

[69]

Frieda erwarten, da alles verraten war? Statt vorsichtigst
entsprechend der Größe des Feindes und des Zieles vor-
wärtszugehn hatte er sich hier eine Nachtlang in den
Bierpfützen gewälzt, deren Geruch jetzt betäubend war.
„Was hast Du getan?" sagte er vor sich hin. „Wir beide
sind verloren." „Nein", sagte Frieda, „nur ich bin verloren, doch ich habe Dich gewonnen. Sei ruhig. Sieh aber,
wie die zwei lachen." „Wer?" fragte K. und wandte sich
um. Auf dem Pult saßen seine beiden Gehilfen, ein wenig übernächtig, aber fröhlich, es war die Fröhlichkeit,
welche treue Pflichterfüllung gibt. „Was wollt Ihr hier",
schrie K. als seien sie an allem schuld, er suchte ringsherum die Peitsche, die Frieda abend gehabt hatte. „Wir
mußten Dich doch suchen", sagten die Gehilfen, „da Du
nicht herunter zu uns in die Wirtsstube kamst, wir suchten Dich dann bei Barnabas und fanden Dich endlich
hier, hier sitzen wir die ganze Nacht. Leicht ist ja der
Dienst nicht." „Ich brauche Euch bei Tag, nicht in der
Nacht", sagte K., „fort mit Euch!" „Jetzt ist ja Tag",
sagten sie und rührten sich nicht. Es war wirklich Tag,
die Hoftüre wurde geöffnet, die Bauern mit Olga, die K.
ganz vergessen hatte, strömten herein, Olga war lebendig wie am Abend, so übel auch ihre Kleider und Haare
zugerichtet waren, schon in der Tür suchten ihre Augen
K. „Warum bist Du nicht mit mir nachhause gegangen?"
sagte sie fast unter Tränen. „Wegen eines solchen Frau-
enzimmers!" sagte sie dann und wiederholte das einige

Male. Frieda, die für einen Augenblick verschwunden war, kam mit einem kleinen Wäschebündel zurück, Olga trat traurig beiseite. „Nun können wir gehn", sagte Frieda, es war selbstverständlich, daß sie das Wirtshaus zur Brücke meinte, in das sie gehen sollten. K. mit Frieda, hinter ihnen die Gehilfen, das war der Zug, die Bauern zeigten viel Verachtung für Frieda, es war verständlich weil sie sie bisher streng beherrscht hatte, einer nahm sogar einen Stock und tat so, als wolle er sie nicht fortlassen, ehe sie über den Stock springe, aber ihr Blick genügte, um ihn zu vertreiben. Draußen im Schnee atmete K. ein wenig auf, das Glück im Freien zu sein war so groß, daß es diesmal die Schwierigkeit des Weges erträglich machte, wäre K. allein gewesen, wäre es noch besser gegangen. Im Wirtshaus ging er gleich in sein Zimmer und legte sich aufs Bett, Frieda machte sich daneben auf dem Boden ein Lager zurecht, die Gehilfen waren miteingedrungen, wurden vertrieben, kamen dann aber durchs Fenster wieder herein. K. war zu müde, um sie nochmals zu vertreiben. Die Wirtin kam eigens hinauf, um Frieda zu begrüßen, wurde von Frieda Mütterchen genannt, es gab eine unverständlich herzliche Begrüßung mit Küssen und langem Aneinanderdrücken. Ruhe war in dem Zimmerchen überhaupt wenig, öfters kamen auch die Mägde in ihren Männerstiefeln hereingepoltert, um irgendetwas zu bringen oder zu holen. Brauchten sie etwas aus dem mit ver-

[71]

schiedenen Dingen vollgestopften Bett, zogen sie es
rücksichtslos unter K. hervor. Frieda begrüßten sie als
ihresgleichen. Trotz dieser Unruhe blieb doch K. im Bett
den ganzen Tag und die ganze Nacht. Kleine Handreichungen besorgte ihm Frieda. Als er am nächsten Morgen sehr erfrischt endlich aufstand, war es schon der
vierte Tag seines Aufenthaltes im Dorf.

4

Erstes Gespräch mit der Wirtin

Er hätte gern mit Frieda vertraulich gesprochen aber die
Gehilfen, mit denen übrigens Frieda hie und da auch
scherzte und lachte, hinderten ihn daran durch ihre
bloße aufdringliche Gegenwart. Anspruchsvoll waren
sie allerdings nicht, sie hatten sich in einer Ecke auf dem
Boden auf zwei alten Frauenröcken eingerichtet, es war,
wie sie mit Frieda öfters besprachen, ihr Ehrgeiz den
Herrn Landvermesser nicht zu stören und möglichst wenig Raum zu brauchen, sie machten in dieser Hinsicht,
immer freilich unter Lispeln und Kichern, verschiedene
Versuche, verschränkten Arme und Beine, kauerten sich
gemeinsam zusammen, in der Dämmerung sah man in
ihrer Ecke nur ein großes Knäuel. Trotzdem aber wußte
man leider aus den Erfahrungen bei Tageslicht, daß es
sehr aufmerksame Beobachter waren, immer zu K. her-
überstarrten, sei es auch daß sie in scheinbar kindlichem
Spiel etwa ihre Hände als Fernrohre verwendeten und
ähnlichen Unsinn trieben oder auch nur herüberblinzel-
ten und hauptsächlich mit der Pflege ihrer Bärte beschäftigt schienen, an denen ihnen sehr viel gelegen war und

die sie unzähligemal der Länge und Fülle nach miteinander verglichen und von Frieda beurteilen ließen. Oft sah K. von seinem Bett aus dem Treiben der Drei in völliger Gleichgültigkeit zu.

Als er nun sich kräftig genug fühlte, das Bett zu verlassen, eilten alle herbei ihn zu bedienen. So kräftig sich gegen ihre Dienste wehren zu können, war er noch nicht, er merkte, daß er dadurch in eine gewisse Abhängigkeit von ihnen geriet, die schlechte Folgen haben konnte, aber er mußte es geschehen lassen. Es war auch gar nicht sehr unangenehm bei Tisch den guten Kaffee zu trinken, den Frieda geholt hatte, sich am Ofen zu wärmen den Frieda geheizt hatte, die Gehilfen in ihrem Eifer und Ungeschick die Treppen zehnmal hinab- und hinauflaufen zu lassen, um Waschwasser, Seife, Kamm und Spiegel zu bringen und schließlich, weil K. einen leisen dahin deutbaren Wunsch ausgesprochen hatte, auch ein Gläschen Rum.

Inmitten dieses Befehlens und Bedientwerdens sagte K. mehr aus behaglicher Laune, als in der Hoffnung auf einen Erfolg: „Geht nun weg, Ihr zwei, ich brauche vorläufig nichts mehr und will allein mit Fräulein Frieda sprechen", und als er nicht geradezu Widerstand auf ihren Gesichtern sah, sagte er noch um sie zu entschädigen: „Wir drei gehn dann zum Gemeindevorsteher, wartet unten in der Stube auf mich." Merkwürdigerweise folgten sie, nur daß sie vor dem Weggehn noch sagten:

„Wir könnten auch hier warten" und K. antwortete:
„Ich weiß es, aber ich will es nicht."

Ärgerlich aber und in gewissem Sinne doch auch willkommen war es K. als Frieda, die sich gleich nach dem
Weggehn der Gehilfen auf seinen Schoß setzte, sagte:
„Was hast Du Liebling gegen die Gehilfen? Vor ihnen
müssen wir keine Geheimnisse haben. Sie sind treu."
„Ach treu", sagte K., „sie lauern mir fortwährend auf, es
ist sinnlos, aber abscheulich." „Ich glaube Dich zu
verstehn", sagte sie und hieng sich an seinen Hals und
wollte noch etwas sagen, konnte aber nicht weiter sprechen und weil der Sessel gleich neben dem Bette stand,
schwankten sie hinüber und fielen hin. Dort lagen sie,
aber nicht so hingegeben wie damals in der Nacht. Sie
suchte etwas und er suchte etwas, wütend, Grimmassen
schneidend, sich mit dem Kopf einbohrend in der Brust
des andern suchten sie und ihre Umarmungen und ihre
sich aufwerfenden Körper machten sie nicht vergessen,
sondern erinnerten sie an die Pflicht zu suchen, wie
Hunde verzweifelt im Boden scharren so scharrten sie an
ihren Körpern und hilflos enttäuscht, um noch letztes
Glück zu holen, fuhren manchmal ihre Zungen breit
über des andern Gesicht. Erst die Müdigkeit ließ sie still
und einander dankbar werden. Die Mägde kamen dann
auch herauf, „sieh, wie die hier liegen", sagte eine und
warf aus Mitleid ein Tuch über sie.

Als sich später K. aus dem Tuche freimachte und um-

[75]

hersah, waren – das wunderte ihn nicht – die Gehilfen
wieder in ihrer Ecke, ermahnten mit dem Finger auf K.
zeigend einer den andern zum Ernst und salutierten –
aber außerdem saß dicht beim Bett die Wirtin und
strickte an einem Strumpf, eine kleine Arbeit welche wenig paßte zu ihrer riesigen das Zimmer fast verdunkeln-
den Gestalt. „Ich warte schon lange", sagte sie und hob
ihr breites von vielen Altersfalten durchzogenes, aber in
seiner großen Masse doch noch glattes, vielleicht einmal
schönes Gesicht. Die Worte klangen wie ein Vorwurf,
ein unpassender, denn K. hatte ja nicht verlangt, daß sie
komme. Er bestätigte daher nur durch Kopfnicken ihre
Worte und setzte sich aufrecht, auch Frieda stand auf,
verließ aber K. und lehnte sich an den Sessel der Wirtin.
„Könnte nicht, Frau Wirtin", sagte K. zerstreut, „das
was Sie mir sagen wollen, aufgeschoben werden, bis ich
vom Gemeindevorsteher zurückkomme? Ich habe eine
wichtige Besprechung dort." „Diese ist wichtiger, glauben Sie mir Herr Landvermesser", sagte die Wirtin,
„dort handelt es sich wahrscheinlich nur um eine Arbeit,
hier aber handelt es sich um einen Menschen, um Frieda,
meine liebe Magd." „Ach so", sagte K., „dann freilich,
nur weiß ich nicht, warum man diese Angelegenheit
nicht uns beiden überläßt." „Aus Liebe, aus Sorge",
sagte die Wirtin und zog Friedas Kopf, die stehend nur
bis zur Schulter der sitzenden Wirtin reichte, an sich.
„Da Frieda zu Ihnen ein solches Vertrauen hat", sagte

[76]

K., „kann auch ich nicht anders. Und da Frieda erst vor
kurzem meine Gehilfen treu genannt hat, so sind wir ja
Freunde unter uns. Dann kann ich Ihnen also, Frau Wirtin, sagen, daß ich es für das Beste halten würde, wenn
Frieda und ich heiraten undzwar sehr bald. Leider, leider   5
werde ich Frieda dadurch nicht ersetzen können, was sie
durch mich verloren hat, die Stellung im Herrenhof und
die Freundschaft Klamms." Frieda hob ihr Gesicht, ihre
Augen waren voll Tränen, nichts von Sieghaftigkeit war
in ihnen. „Warum ich? Warum bin gerade ich dazu aus-   10
ersehn?" „Wie?" fragten K. und die Wirtin gleichzeitig.
„Sie ist verwirrt, das arme Kind", sagte die Wirtin, „verwirrt vom Zusammentreffen zuvielen Glücks und Unglücks." Und wie zur Bestätigung dieser Worte stürzte
sich Frieda jetzt auf K., küßte ihn wild, als sei niemand   15
sonst im Zimmer und fiel dann weinend, immer noch
ihn umarmend, vor ihm in die Knie. Während K. mit
beiden Händen Friedas Haar streichelte, fragte er die
Wirtin: „Sie scheinen mir recht zu geben?" „Sie sind ein
Ehrenmann", sagte die Wirtin, auch sie hatte Tränen in   20
der Stimme, sah ein wenig verfallen aus und atmete
schwer, trotzdem fand sie noch die Kraft zu sagen: „es
werden jetzt nur gewisse Sicherungen zu bedenken sein,
die Sie Frieda geben müssen, denn wie groß auch nun
meine Achtung vor Ihnen ist, so sind Sie doch ein Frem-   25
der, können sich auf niemanden berufen, Ihre häuslichen
Verhältnisse sind hier unbekannt, Sicherungen sind also

[77]

nötig, das werden Sie einsehn, lieber Herr Landvermesser, haben Sie doch selbst hervorgehoben, wieviel Frieda durch die Verbindung mit Ihnen immerhin auch verliert." „Gewiß, Sicherungen, natürlich", sagte K., „die werden wohl am besten vor dem Notar gegeben werden, aber auch andere gräfliche Behörden werden sich ja vielleicht noch einmischen. Übrigens habe auch ich noch vor der Hochzeit unbedingt etwas zu erledigen. Ich muß mit Klamm sprechen." „Das ist unmöglich", sagte Frieda, erhob sich ein wenig und drückte sich an K., „was für ein Gedanke!" „Es muß sein", sagte K., „wenn es mir unmöglich ist es zu erwirken, mußt Du es tun." „Ich kann nicht, K., ich kann nicht", sagte Frieda, „niemals wird Klamm mit Dir reden. Wie kannst Du nur glauben, daß Klamm mit Dir reden wird!" „Und mit Dir würde er reden?" fragte K. „Auch nicht", sagte Frieda, „nicht mit Dir, nicht mit mir, es sind bare Unmöglichkeiten." Sie wandte sich an die Wirtin mit ausgebreiteten Armen: „Sehen Sie nur Frau Wirtin, was er verlangt." „Sie sind eigentümlich, Herr Landvermesser", sagte die Wirtin und war erschreckend wie sie jetzt aufrechter dasaß, die Beine auseinandergestellt, die mächtigen Knie vorgetrieben durch den dünnen Rock, „Sie verlangen Unmögliches." „Warum ist es unmöglich?" fragte K. „Das werde ich Ihnen erklären", sagte die Wirtin in einem Ton, als sei diese Erklärung nicht etwa eine letzte Gefälligkeit, sondern schon die erste Strafe, die sie aus-

teile, „das werde ich Ihnen gern erklären. Ich gehöre
zwar nicht zum Schloß und bin nur eine Frau und bin
nur eine Wirtin hier in einem Wirtshaus letzten Ranges –
es ist nicht letzten Ranges, aber doch nicht weit davon –
und so könnte es sein, daß Sie meiner Erklärung nicht
viel Bedeutung beilegen, aber ich habe in meinem Leben
die Augen offen gehabt und bin mit viel Leuten zusammengekommen und habe die ganze Last der Wirtschaft
allein getragen, denn mein Mann ist zwar ein guter
Junge, aber ein Gastwirt ist er nicht und was Verant-
wortlichkeit ist, wird er nie begreifen. Sie z.B. verdanken es doch nur seiner Nachlässigkeit – ich war an dem
Abend schon müde zum Zusammenbrechen – daß Sie
hier im Dorf sind, daß Sie hier auf dem Bett in Frieden
und Behagen sitzen.“ „Wie?“ fragte K. aus einer gewissen Zerstreutheit aufwachend, aufgeregt mehr von Neugierde, als von Ärger. „Nur seiner Nachlässigkeit verdanken Sie es“, rief die Wirtin nochmals mit gegen K.
ausgestrecktem Zeigefinger. Frieda suchte sie zu be-
schwichtigen. „Was willst Du“, sagte die Wirtin mit ra-
scher Wendung des ganzen Leibes, „der Herr Landvermesser hat mich gefragt und ich muß ihm antworten.
Wie soll er es denn sonst verstehn, was uns selbstverständlich ist, daß Herr Klamm niemals mit ihm sprechen
wird, was sage ich ‚wird‘, niemals mit ihm sprechen
kann. Hören Sie Herr Landvermesser. Herr Klamm ist
ein Herr aus dem Schloß, das bedeutet schon an und für

[79]

sich, ganz abgesehen von Klamms sonstiger Stellung, einen sehr hohen Rang. Was sind nun aber Sie, um dessen Heiratseinwilligung wir uns hier so demütig bewerben. Sie sind nicht aus dem Schloß, Sie sind nicht aus dem Dorfe, Sie sind nichts. Leider aber sind Sie doch etwas, ein Fremder, einer der überzählig und überall im Weg ist, einer wegen dessen man immerfort Scherereien hat, wegen dessen man die Mägde ausquartieren muß, einer dessen Absichten unbekannt sind, einer der unsere liebste kleine Frieda verführt hat und dem man sie leider zur Frau geben muß. Wegen alles dessen mache ich Ihnen ja im Grunde keine Vorwürfe; Sie sind, was Sie sind; ich habe in meinem Leben schon zu viel gesehen, als daß ich nicht auch noch diesen Anblick ertragen sollte. Nun aber stellen Sie sich vor, was Sie eigentlich verlangen. Ein Mann wie Klamm soll mit Ihnen sprechen. Mit Schmerz habe ich gehört, daß Frieda Sie hat durchs Guckloch schauen lassen, schon als sie das tat, war sie von Ihnen verführt. Sagen Sie doch, wie haben Sie überhaupt Klamms Anblick ertragen. Sie müssen nicht antworten, ich weiß es, Sie haben ihn sehr gut ertragen. Sie sind ja gar nicht imstande Klamm wirklich zu sehen, das ist nicht Überhebung meinerseits, denn ich selbst bin es auch nicht imstande. Klamm soll mit Ihnen sprechen, aber er spricht doch nicht einmal mit Leuten aus dem Dorf, noch niemals hat er selbst mit jemandem aus dem Dorf gesprochen. Es war ja die große Auszeichnung Friedas, eine Auszeichnung, die mein Stolz sein wird bis an mein Ende, daß er wenigstens Friedas Namen zu rufen pflegte und daß sie zu ihm sprechen konnte nach Belieben und die Erlaubnis des Guckloches bekam, gesprochen aber hat er auch mit ihr nicht. Und daß er Frieda manchmal rief, muß gar nicht die Bedeutung haben, die man dem gern zusprechen möchte, er rief einfach den Namen Frieda – wer kennt seine Absichten? – daß Frieda natürlich eilends kam war ihre Sache und daß sie ohne Widerspruch zu ihm zugelassen wurde war Klamms Güte, aber daß er sie etwa geradezu gerufen hätte, kann man nicht behaupten. Freilich nun ist auch das was war, für immer dahin. Vielleicht wird Klamm noch den Namen Frieda rufen, das ist möglich, aber zugelassen wird sie zu ihm gewiß nicht mehr, ein Mädchen, das sich mit Ihnen abgegeben hat. Und nur eines, nur eines kann ich nicht verstehn mit meinem armen Kopf, daß ein Mädchen, von dem man sagte es sei Klamms Geliebte – ich halte das übrigens für eine sehr übertriebene Bezeichnung – sich von Ihnen auch nur berühren ließ."

„Gewiß das ist merkwürdig", sagte K. und nahm Frieda, die sich, wenn auch mit gesenktem Kopf, gleich fügte, zu sich auf den Schooß, „es beweist aber, glaube ich, daß sich auch sonst nicht alles genau so verhält, wie Sie glauben. So haben Sie z.B. gewiß Recht, wenn Sie sagen, daß ich vor Klamm ein Nichts bin und wenn ich jetzt auch verlange mit Klamm zu sprechen und nicht

einmal durch Ihre Erklärungen davon abgebracht bin, so
ist damit noch nicht gesagt, daß ich imstande bin, den
Anblick Klamms ohne dazwischenstehende Tür auch
nur zu ertragen und ob ich nicht schon bei seinem Erscheinen aus dem Zimmer renne. Aber eine solche wenn
auch berechtigte Befürchtung, ist für mich noch kein
Grund, die Sache nicht doch zu wagen. Gelingt es mir
aber ihm standzuhalten, dann ist es gar nicht nötig, daß
er mit mir spricht, es genügt mir wenn ich den Eindruck
sehe, den meine Worte auf ihn machen und machen sie
keinen oder hört er sie gar nicht, habe ich doch den
Gewinn frei vor einem Mächtigen gesprochen zu haben.
Sie aber Frau Wirtin mit Ihrer großen Lebens- und Menschenkenntnis und Frieda, die noch gestern Klamms Geliebte war – ich sehe keinen Grund von diesem Wort
abzugehn – können mir gewiß leicht die Gelegenheit
verschaffen mit Klamm zu sprechen, ist es auf keine andere Weise möglich, dann eben im Herrenhof, vielleicht
ist er auch heute noch dort."

„Es ist unmöglich", sagte die Wirtin, „und ich sehe,
daß Ihnen die Fähigkeit fehlt es zu begreifen. Aber sagen
Sie doch, worüber wollen Sie denn mit Klamm sprechen?"

„Über Frieda natürlich", sagte K.

„Über Frieda?" fragte die Wirtin verständnislos und
wandte sich an Frieda. „Hörst Du Frieda, über Dich will
er, er, mit Klamm, mit Klamm sprechen."

„Ach", sagte K., „Sie sind, Frau Wirtin, eine so kluge
achtungeinflößende Frau und doch erschreckt Sie jede
Kleinigkeit. Nun also, ich will über Frieda mit ihm sprechen, das ist doch nicht so sehr ungeheuerlich, als vielmehr selbstverständlich. Denn Sie irren gewiß auch,   5
wenn Sie glauben, daß Frieda von dem Augenblick an,
wo ich auftrat, für Klamm bedeutungslos geworden ist.
Sie unterschätzen ihn, wenn Sie das glauben. Ich fühle
gut, daß es anmaßend von mir ist, Sie in dieser Hinsicht
belehren zu wollen, aber ich muß es doch tun. Durch   10
mich kann in Klamms Beziehung zu Frieda nichts geändert worden sein. Entweder bestand keine wesentliche
Beziehung – das sagen eigentlich diejenigen welche
Frieda den Ehrennamen Geliebte nehmen – nun dann
besteht sie auch heute nicht, oder aber sie bestand, wie   15
könnte sie dann durch mich, wie Sie richtig sagten, ein
Nichts in Klamms Augen, wie könnte sie dann durch
mich gestört sein. Solche Dinge glaubt man im ersten
Augenblick des Schreckens, aber schon die kleinste
Überlegung muß das richtigstellen. Lassen wir übrigens   20
doch Frieda ihre Meinung hiezu sagen."

Mit in die Ferne schweifendem Blick, die Wange an
K.'s Brust sagte Frieda: „Es ist gewiß so, wie Mutter
sagt: Klamm will nichts mehr von mir wissen. Aber freilich nicht deshalb weil Du, Liebling, kamst, nichts derar- 25
tiges hätte ihn erschüttern können. Wohl aber glaube ich
ist es sein Werk, daß wir uns dort unter dem Pult zusam-

mengefunden haben, gesegnet, nicht verflucht, sei die Stunde.“

„Wenn es so ist“, sagte K. langsam, denn süß waren Friedas Worte, er schloß paar Sekunden lang die Augen, um sich von den Worten durchdringen zu lassen, „wenn es so ist, ist noch weniger Grund, sich vor einer Aussprache mit Klamm zu fürchten.“

„Wahrhaftig“, sagte die Wirtin und sah K. von hoch herab an, „Sie erinnern mich manchmal an meinen Mann, so trotzig und kindlich wie er sind Sie auch. Sie sind paar Tage im Ort und schon wollen Sie alles besser kennen, als die Eingeborenen, besser als ich alte Frau und als Frieda, die im Herrenhof so viel gesehn und gehört hat. Ich leugne nicht, daß es möglich ist einmal auch etwas ganz gegen die Vorschriften und gegen das Althergebrachte zu erreichen, ich habe etwas derartiges nicht erlebt, aber es gibt angeblich Beispiele dafür, mag sein, aber dann geschieht es gewiß nicht auf die Weise wie Sie es tun, indem man immerfort Nein nein sagt und nur auf seinen Kopf schwört und die wohlmeinendsten Ratschläge überhört. Glauben Sie denn, meine Sorge gilt Ihnen? Habe ich mich um Sie gekümmert, solange Sie allein waren? Trotzdem es gut gewesen wäre und manches sich hätte vermeiden lassen? Das einzige was ich damals meinem Mann über Sie sagte, war: ‚Halt Dich von ihm fern.‘ Das hätte auch heute noch für mich gegolten, wenn nicht Frieda jetzt in Ihr Schicksal mithin-

eingezogen worden wäre. Ihr verdanken Sie – ob es Ihnen gefällt oder nicht – meine Sorgfalt, ja sogar meine
Beachtung. Und Sie dürfen mich nicht einfach abweisen,
weil Sie mir, der einzigen, die über der kleinen Frieda
mit mütterlicher Sorge wacht, streng verantwortlich
sind. Möglich, daß Frieda recht hat und alles was geschehen ist der Wille Klamms ist, aber von Klamm weiß ich
jetzt nichts, ich werde niemals mit ihm sprechen, er ist
mir gänzlich unerreichbar, Sie aber sitzen hier, halten
meine Frieda und werden – warum soll ich es verschweigen? – von mir gehalten. Ja, von mir gehalten, denn
versuchen Sie es junger Mann, wenn ich Sie aus dem
Hause weise irgendwo im Dorf ein Unterkommen zu
finden, und sei es in einer Hundehütte."
   „Danke", sagte K., „das sind offene Worte und ich
glaube Ihnen vollkommen. So unsicher ist also meine
Stellung und damit zusammenhängend auch die Stellung
Friedas."
   „Nein", rief die Wirtin wütend dazwischen, „Friedas
Stellung hat in dieser Hinsicht gar nichts mit Ihrer zu
tun. Frieda gehört zu meinem Haus und niemand hat das
Recht ihre Stellung hier eine unsichere zu nennen."
   „Gut, gut", sagte K., „ich gebe Ihnen auch darin
recht, besonders da Frieda aus mir unbekannten Grün-
den zu viel Angst vor Ihnen zu haben scheint, um sich
einzumischen. Bleiben wir also vorläufig nur bei mir.
Meine Stellung ist höchst unsicher, das leugnen Sie nicht,

[85]

sondern strengen sich vielmehr an es zu beweisen. Wie
bei allem was Sie sagen ist auch dieses nur zum größten
Teil richtig aber nicht ganz. So weiß ich z. B. von einem
recht guten Nachtlager, das mir freisteht."

„Wo denn? Wo denn?" riefen Frieda und die Wirtin,
so gleichzeitig und so begierig, als hätten sie die gleichen
Beweggründe für ihre Frage.

„Bei Barnabas", sagte K.

„Die Lumpen!" rief die Wirtin. „Die abgefeimten
Lumpen! Bei Barnabas! Hört Ihr –" und sie wandte sich
nach der Ecke der Gehilfen, aber diese waren schon
längst hervorgekommen und standen Arm in Arm hinter
der Wirtin, die jetzt als brauche sie einen Halt die Hand
des Einen ergriff, „hört Ihr wo sich der Herr herum-
treibt, in der Familie des Barnabas! Freilich dort bekommt er ein Nachtlager, ach hätte er es doch lieber dort
gehabt, als im Herrenhof. Aber wo wart denn Ihr?"

„Frau Wirtin", sagte K., noch ehe die Gehilfen antworteten, „es sind meine Gehilfen, Sie aber behandeln
sie so, wie wenn es Ihre Gehilfen, aber meine Wächter
wären. In allem andern bin ich bereit, höflichst über Ihre
Meinungen zumindest zu diskutieren, hinsichtlich meiner Gehilfen aber nicht, denn hier liegt die Sache doch
zu klar. Ich bitte Sie daher mit meinen Gehilfen nicht zu
sprechen und wenn meine Bitte nicht genügen sollte,
verbiete ich meinen Gehilfen Ihnen zu antworten."

„Ich darf also nicht mit Euch sprechen", sagte die

[86]

Wirtin und alle drei lachten, die Wirtin spöttisch aber viel sanfter als K. erwartet hatte, die Gehilfen in ihrer gewöhnlichen, viel und nichts bedeutenden, jede Verantwortung ablehnenden Art.

„Werde nur nicht böse", sagte Frieda, „Du mußt unsere Aufregung richtig verstehn. Wenn man will, verdanken wir es nur Barnabas, daß wir jetzt einander gehören. Als ich Dich zum erstenmal im Ausschank sah – Du kamst herein, eingehängt in Olga – wußte ich zwar schon einiges über Dich, aber im Ganzen warst Du mir doch völlig gleichgültig. Nun nicht nur Du warst mir gleichgültig, fast alles, fast alles war mir gleichgültig. Ich war ja auch damals mit vielem unzufrieden und manches ärgerte mich, aber was war das für eine Unzufriedenheit und was für ein Ärger. Es beleidigte mich z. B. einer der Gäste im Ausschank – sie waren ja immer hinter mir her, Du hast die Burschen dort gesehn, es kamen aber noch viel ärgere, Klamms Dienerschaft war nicht die ärgste – also einer beleidigte mich, was bedeutete mir das? Es war mir als sei es vor vielen Jahren geschehn oder als sei es gar nicht mir geschehn oder als hätte ich es nur erzählen hören oder als hätte ich selbst es schon vergessen. Aber ich kann es nicht beschreiben, ich kann es nicht einmal mir mehr vorstellen, so hat sich alles geändert seitdem Klamm mich verlassen hat. –"

Und Frieda brach ihre Erzählung ab, traurig senkte sie den Kopf, die Hände hielt sie gefaltet im Schooß.

[87]

„Sehen Sie", rief die Wirtin und sie tat es so, als spreche sie nicht selbst sondern leihe nur Frieda ihre Stimme, sie rückte auch näher und saß nun knapp neben Frieda, „sehen Sie nun Herr Landvermesser die Folgen Ihrer Taten, und auch Ihre Gehilfen, mit denen ich ja nicht sprechen darf, mögen zu ihrer Belehrung zusehn. Sie haben Frieda aus dem glückseligsten Zustand gerissen, der ihr je beschieden war und es ist Ihnen vor allem deshalb gelungen weil Frieda in ihrem kindlich übertriebenen Mitleid es nicht ertragen konnte, daß Sie an Olgas Arm hingen und so der Barnabas'schen Familie ausgeliefert schienen. Sie hat Sie gerettet und sich dabei geopfert. Und nun da es geschehen ist und Frieda alles was sie hatte eingetauscht hat für das Glück auf Ihrem Knie zu sitzen, nun kommen Sie und spielen es als Ihren großen Trumpf aus, daß Sie einmal die Möglichkeit hatten, bei Barnabas übernachten zu dürfen. Damit wollen Sie wohl beweisen, daß Sie von mir unabhängig sind. Gewiß, wenn Sie wirklich bei Barnabas übernachtet hätten, wären Sie so unabhängig von mir, daß Sie im Nu, aber allerschleunigst, mein Haus verlassen müßten."

„Ich kenne die Sünden der Barnabas'schen Familie nicht", sagte K. während er Frieda, die wie leblos war, vorsichtig aufhob, langsam auf das Bett setzte und selbst aufstand, „vielleicht haben Sie darin recht, aber ganz gewiß hatte ich Recht, als ich Sie ersucht habe, unsere Angelegenheiten, Friedas und meine, uns beiden allein zu überlassen. Sie erwähnten damals etwas von Liebe und Sorge, davon habe ich dann aber weiter nicht viel gemerkt, desto mehr aber von Haß und Hohn und Hausverweisung. Sollten Sie es darauf angelegt haben, Frieda von mir oder mich von Frieda abzubringen, so war es ja recht geschickt gemacht, aber es wird Ihnen doch glaube ich nicht gelingen und wenn es Ihnen gelingen sollte, so werden Sie es – erlauben Sie mir auch einmal eine dunkle Drohung – bitter bereuen. Was die Wohnung betrifft, die Sie mir gewähren – Sie können damit nur dieses abscheuliche Loch meinen – so ist es durchaus nicht gewiß, daß Sie es aus eigenem Willen tun, vielmehr scheint darüber eine Weisung der gräflichen Behörde vorzuliegen. Ich werde nun dort melden, daß mir hier gekündigt worden ist und wenn man mir dann eine andere Wohnung zuweist, so werden Sie wohl befreit aufatmen, ich aber noch tiefer. Und nun gehe ich in dieser und in andern Angelegenheiten zum Gemeindevorsteher, bitte, nehmen Sie sich wenigstens Friedas an, die Sie mit Ihren sozusagen mütterlichen Reden übel genug zugerichtet haben.''

Dann wandte er sich an die Gehilfen. „Kommt'', sagte er, nahm den Klammschen Brief vom Haken und wollte gehn. Die Wirtin hatte ihm schweigend zugesehn, erst als er die Hand schon auf der Türklinke hatte, sagte sie: „Herr Landvermesser, noch etwas gebe ich Ihnen mit auf den Weg, denn welche Reden Sie auch führen mögen

[89]

und wie Sie mich auch beleidigen wollen, mich alte Frau,
so sind Sie doch Friedas künftiger Mann. Nur deshalb
sage ich es Ihnen, daß Sie hinsichtlich der hiesigen Verhältnisse entsetzlich unwissend sind, der Kopf schwirrt
einem, wenn man Ihnen zuhört und wenn man das was
Sie sagen und meinen in Gedanken mit der wirklichen
Lage vergleicht. Zu verbessern ist diese Unwissenheit
nicht mit einem Male und vielleicht gar nicht, aber vieles
kann besser werden, wenn Sie mir nur ein wenig glauben
und sich diese Unwissenheit immer vor Augen halten.
Sie werden dann z. B. sofort gerechter gegen mich werden und zu ahnen beginnen, was für einen Schrecken ich
durchgemacht habe – und die Folgen des Schreckens
halten noch an – als ich erkannt habe, daß meine liebste
Kleine gewissermaßen den Adler verlassen hat um sich der
Blindschleiche zu verbinden, aber das wirkliche Verhältnis ist ja noch viel schlimmer und ich muß es immerfort
zu vergessen suchen, sonst könnte ich kein ruhiges Wort
mit Ihnen sprechen. Ach nun sind Sie wieder böse. Nein
gehen Sie noch nicht, nur diese Bitte hören Sie noch an:
Wohin Sie auch kommen, bleiben Sie sich dessen bewußt,
daß Sie hier der Unwissendste sind und seien Sie vorsichtig; hier bei uns wo Friedas Gegenwart Sie vor Schaden
schützt, mögen Sie sich dann das Herz frei schwätzen,
hier können Sie uns dann z. B. zeigen, wie Sie mit
Klamm zu sprechen beabsichtigen, nur in Wirklichkeit,
nur in Wirklichkeit, bitte, bitte, tun Sie's nicht.“

[90]

Sie stand auf, ein wenig schwankend vor Aufregung, ging zu K., faßte seine Hand und sah ihn bittend an. „Frau Wirtin", sagte K., „ich verstehe nicht, warum Sie wegen einer solchen Sache sich dazu erniedrigen mich zu bitten. Wenn es, wie Sie sagen, für mich unmöglich ist mit Klamm zu sprechen, so werde ich es eben nicht erreichen ob man mich bittet oder nicht. Wenn es aber doch möglich sein sollte, warum soll ich es dann nicht tun, besonders da dann mit dem Wegfall Ihres Hauptein-wandes auch Ihre weiteren Befürchtungen sehr fraglich werden. Freilich unwissend bin ich, die Wahrheit bleibt jedenfalls bestehn und das ist sehr traurig für mich, aber es hat doch auch den Vorteil, daß der Unwissende mehr wagt und deshalb will ich die Unwissenheit und ihre gewiß schlimmen Folgen gerne noch ein Weilchen tra-gen, solange die Kräfte reichen. Diese Folgen treffen aber doch im Wesentlichen nur mich, und deshalb vor allem verstehe ich nicht, warum Sie bitten. Für Frieda werden Sie doch gewiß immer sorgen und verschwinde ich gänzlich aus Friedas Gesichtskreis, kann es doch in Ihrem Sinn nur ein Glück bedeuten. Was fürchten Sie also? Sie fürchten doch nicht etwa – dem Unwissenden scheint alles möglich" – hier öffnete K. schon die Tür – „Sie fürchten doch nicht etwa für Klamm?" Die Wirtin sah ihm schweigend nach, wie er die Treppe hinabeilte und die Gehilfen ihm folgten.

[91]

5

Beim Vorsteher

Die Besprechung mit dem Vorsteher machte K. fast zu
seiner eigenen Verwunderung wenig Sorgen. Er suchte
es sich dadurch zu erklären, daß nach seinen bisherigen
Erfahrungen der amtliche Verkehr mit den gräflichen
Behörden für ihn sehr einfach gewesen war. Das lag einerseits daran, daß hinsichtlich der Behandlung seiner
Angelegenheiten offenbar ein für alle Mal ein bestimmter, äußerlich ihm sehr günstiger Grundsatz ausgegeben
worden war und andererseits lag es an der bewunde-
rungswürdigen Einheitlichkeit des Dienstes, die man besonders dort wo sie scheinbar nicht vorhanden war als
eine besonders vollkommene ahnte. K. war, wenn er
manchmal nur an diese Dinge dachte, nicht weit davon
entfernt, seine Lage zufriedenstellend zu finden, trotzdem er sich immer nach solchen Anfällen des Behagens
schnell sagte, daß gerade darin die Gefahr lag. Der di-
rekte Verkehr mit Behörden war ja nicht allzu schwer,
denn die Behörden hatten, so gut sie auch organisiert
sein mochten, immer nur im Namen entlegener unsicht-
barer Herren entlegene unsichtbare Dinge zu verteidigen, während K. für etwas lebendigst Nahes kämpfte,

[92]

für sich selbst, überdies zumindest in der allerersten Zeit aus eigenem Willen, denn er war der Angreifer, und nicht nur er kämpfte für sich, sondern offenbar noch andere Kräfte, die er nicht kannte, aber an die er nach den Maßnahmen der Behörden glauben konnte. Da- durch nun aber, daß die Behörden K. von vorherein in unwesentlicheren Dingen – um mehr hatte es sich bisher nicht gehandelt – weit entgegenkamen, nahmen sie ihm die Möglichkeit kleiner leichter Siege und mit dieser Möglichkeit auch die zugehörige Genugtuung und die aus ihr sich ergebende gut begründete Sicherheit für wei- tere größere Kämpfe. Statt dessen ließen sie K., aller- dings nur innerhalb des Dorfes, überall durchgleiten, wo er wollte, verwöhnten und schwächten ihn dadurch, schalteten hier überhaupt jeden Kampf aus und verlegten ihn dafür in das außeramtliche, völlig unübersichtliche, trübe, fremdartige Leben. Auf diese Weise konnte es, wenn er nicht immer auf der Hut war, wohl geschehn, daß er eines Tages trotz aller Liebenswürdigkeit der Be- hörden und trotz der vollständigen Erfüllung aller so übertrieben leichten amtlichen Verpflichtungen, ge- täuscht durch die ihm erwiesene scheinbare Gunst sein sonstiges Leben so unvorsichtig führte, daß er hier zu- sammenbrach, und die Behörde, noch immer sanft und freundlich, gleichsam gegen ihren Willen aber im Namen irgendeiner ihm unbekannten öffentlichen Ordnung, kommen mußte, um ihn aus dem Weg zu räumen. Und

[93]

was war es eigentlich hier, jenes sonstige Leben? Nirgends noch hatte K. Amt und Leben so verflochten gesehen wie hier, so verflochten, daß es manchmal scheinen konnte, Amt und Leben hätten ihre Plätze gewechselt. Was bedeutete z. B. die bis jetzt nur formelle Macht welche Klamm über K.'s Dienst ausübte, verglichen mit der Macht die Klamm in K.'s Schlafkammer in aller Wirklichkeit hatte. So kam es, daß hier ein etwas leichtsinnigeres Verfahren, eine gewisse Entspannung nur direkt gegenüber den Behörden am Platze war, während sonst aber immer große Vorsicht nötig war, ein Herumblicken nach allen Seiten vor jedem Schritt.

Seine Auffassung der hiesigen Behörden fand K. zunächst beim Vorsteher sehr bestätigt. Der Vorsteher, ein freundlicher dicker glattrasierter Mann, war krank, hatte einen schweren Gichtanfall und empfieng K. im Bett. „Da ist also unser Herr Landvermesser", sagte er, wollte sich zur Begrüßung aufrichten, konnte es aber nicht zustandebringen und warf sich, entschuldigend auf die Beine zeigend, wieder zurück in die Kissen. Eine stille, im Dämmerlicht des kleinfenstrigen, durch Vorhänge noch verdunkelten Zimmers fast schattenhafte Frau brachte K. einen Sessel und stellte ihn zum Bett, „Setzen Sie sich, setzen Sie sich Herr Landvermesser", sagte der Vorsteher, „und sagen Sie mir Ihre Wünsche." K. las den Brief Klamms vor und knüpfte einige Bemerkungen daran. Wieder hatte er das Gefühl der außerordentlichen

[94]

Leichtigkeit des Verkehrs mit den Behörden. Sie trugen förmlich jede Last, alles konnte man ihnen auferlegen und selbst blieb man unberührt und frei. Als fühle das in seiner Art auch der Vorsteher, drehte er sich unbehaglich im Bett. Schließlich sagte er: „Ich habe, Herr Landvermesser, wie Sie ja gemerkt haben von der ganzen Sache gewußt. Daß ich selbst noch nichts veranlaßt habe hat seinen Grund erstens in meiner Krankheit und dann darin, daß Sie so lange nicht kamen, ich dachte schon, Sie seien von der Sache abgekommen. Nun aber da Sie so freundlich sind selbst mich aufzusuchen, muß ich Ihnen freilich die volle unangenehme Wahrheit sagen. Sie sind als Landvermesser aufgenommen, wie Sie sagen, aber, leider, wir brauchen keinen Landvermesser. Es wäre nicht die geringste Arbeit für ihn da. Die Grenzen unserer kleinen Wirtschaften sind abgesteckt, alles ist ordentlich eingetragen, Besitzwechsel kommt kaum vor und kleine Grenzstreitigkeiten regeln wir selbst. Was soll uns also ein Landvermesser?" K. war, ohne daß er allerdings früher darüber nachgedacht hätte, im innersten davon überzeugt, eine ähnliche Mitteilung erwartet zu haben. Ebendeshalb konnte er gleich sagen: „Das überrascht mich sehr. Das wirft alle meine Berechnungen über den Haufen. Ich kann nur hoffen, daß ein Mißverständnis vorliegt." „Leider nicht", sagte der Vorsteher, „es ist so, wie ich sage." „Aber wie ist das möglich", rief K., „ich habe doch diese endlose Reise nicht gemacht, um jetzt

[95]

wieder zurückgeschickt zu werden." „Das ist eine andere Frage", sagte der Vorsteher, „die ich nicht zu entscheiden habe, aber wie jenes Mißverständnis möglich war, das kann ich Ihnen allerdings erklären. In einer so großen Behörde wie der gräflichen kann es einmal vorkommen, daß eine Abteilung dieses anordnet, die andere jenes, keine weiß von der andern, die übergeordnete Kontrolle ist zwar äußerst genau, kommt aber ihrer Natur nach zu spät und so kann immerhin eine kleine Verwirrung entstehn. Immer sind es freilich nur winzigste Kleinigkeiten, wie z. B. Ihr Fall, in großen Dingen ist mir noch kein Fehler bekannt geworden, aber die Kleinigkeiten sind oft auch peinlich genug. Was nun Ihren Fall betrifft, so will ich Ihnen ohne Amtsgeheimnisse zu machen – dazu bin ich nicht genug Beamter, ich bin Bauer und dabei bleibt es – den Hergang offen erzählen. Vor langer Zeit, ich war damals erst einige Monate Vorsteher, kam ein Erlaß, ich weiß nicht mehr von welcher Abteilung, in welchem in der den Herren dort eigentümlichen kategorischen Art mitgeteilt war, daß ein Landvermesser berufen werden solle und der Gemeinde aufgetragen war, alle für seine Arbeiten notwendigen Pläne und Aufzeichnungen bereit zu halten. Dieser Erlaß kann natürlich nicht Sie betroffen haben, denn das war vor vielen Jahren und ich hätte mich nicht daran erinnert, wenn ich nicht jetzt krank wäre und im Bett über die lächerlichsten Dinge nachzudenken Zeit genug hätte." „Mizzi",

sagte er, plötzlich seinen Bericht unterbrechend, zu der
Frau, die noch immer in unverständlicher Tätigkeit
durch das Zimmer huschte, „bitte sieh dort im Schrank
nach, vielleicht findest Du den Erlaß." „Er ist nämlich",
sagte er erklärend zu K., „aus meiner ersten Zeit, damals
habe ich noch alles aufgehoben." Die Frau öffnete gleich
den Schrank, K. und der Vorsteher sahen zu. Der
Schrank war mit Papieren vollgestopft, beim Öffnen
rollten zwei große Aktenbündel heraus, welche rund gebunden waren so wie man Brennholz zu binden pflegt;
die Frau sprang erschrocken zur Seite. „Unten dürfte es
sein, unten", sagte der Vorsteher, vom Bett aus dirigie-
rend. Folgsam warf die Frau, mit beiden Armen die Akten zusammenfassend, alles aus dem Schrank, um zu den
untern Papieren zu gelangen. Die Papiere bedeckten
schon das halbe Zimmer. „Viel Arbeit ist geleistet worden", sagte der Vorsteher nickend, „und das ist nur ein
kleiner Teil. Die Hauptmasse habe ich in der Scheune
aufbewahrt und der größte Teil ist allerdings verloren
gegangen. Wer kann das alles zusammenhalten! In der
Scheune ist aber noch sehr viel." „Wirst Du den Erlaß
finden können?" wandte er sich dann wieder zu seiner
Frau, „Du mußt einen Akt suchen, auf dem das Wort
‚Landvermesser' blau unterstrichen ist." „Es ist zu dunkel hier", sagte die Frau, „ich werde eine Kerze holen"
und sie gieng über die Papiere hinweg aus dem Zimmer.
„Meine Frau ist mir eine große Stütze", sagte der Vorste-

[97]

her, „in dieser schweren Amtsarbeit die doch nur nebenbei geleistet werden muß, ich habe zwar für die schriftlichen Arbeiten noch eine Hilfskraft, den Lehrer, aber es
ist trotzdem unmöglich fertig zu werden, es bleibt immer viel Unerledigtes zurück, das ist dort in jenem Kasten gesammelt" und er zeigte auf einen andern Schrank.
„Und gar wenn ich jetzt krank bin, nimmt es überhand", sagte er und legte sich müde aber doch auch stolz
zurück. „Könnte ich nicht", sagte K., als die Frau mit
der Kerze zurückgekommen war und vor dem Kasten
kniend den Erlaß suchte, „Ihrer Frau beim Suchen helfen?" Der Vorsteher schüttelte lächelnd den Kopf: „Wie
ich schon sagte, ich habe keine Amtsgeheimnisse vor
Ihnen, aber Sie selbst in den Akten suchen lassen, soweit
kann ich denn doch nicht gehn." Es wurde jetzt still im
Zimmer, nur das Rascheln der Papiere war zu hören, der
Vorsteher schlummerte vielleicht sogar ein wenig. Ein
leises Klopfen an der Tür ließ K. sich umdrehn. Es waren natürlich die Gehilfen. Immerhin waren sie schon
ein wenig erzogen, stürmten nicht gleich ins Zimmer,
sondern flüsterten zunächst durch die ein wenig geöffnete Tür: „Es ist uns zu kalt draußen." „Wer ist es?"
fragte der Vorsteher aufschreckend. „Es sind nur meine
Gehilfen", sagte K., „ich weiß nicht, wo ich sie auf mich
warten lassen soll, draußen ist zu kalt und hier sind sie
lästig." „Mich stören sie nicht", sagte der Vorsteher
freundlich, „lassen Sie sie hereinkommen. Übrigens

kenne ich sie ja. Alte Bekannte." „Mir aber sind sie lästig", sagte K. offen, ließ den Blick von den Gehilfen zum Vorsteher und wieder zurück zu den Gehilfen wandern und fand aller drei Lächeln ununterscheidbar gleich. „Wenn Ihr aber nun schon hier seid", sagte er ⁵ dann versuchsweise, „so bleibt und helft dort der Frau Vorsteher einen Akt suchen, auf dem das Wort Landvermesser blau unterstrichen ist." Der Vorsteher erhob keinen Widerspruch; was K. nicht durfte, die Gehilfen durften es, sie warfen sich auch gleich auf die ¹⁰ Papiere, aber sie wühlten mehr in den Haufen als daß sie suchten, und während einer eine Schrift buchstabierte, riß sie ihm der andere immer aus der Hand. Die Frau dagegen kniete vor dem leeren Kasten, sie schien gar nicht mehr zu suchen, jedenfalls stand die Kerze sehr ¹⁵ weit von ihr.

„Die Gehilfen", sagte der Vorsteher mit einem selbstzufriedenen Lächeln, so als gehe alles auf seine Anordnungen zurück, aber niemand sei imstande das auch nur zu vermuten, „sie sind Ihnen also lästig. Aber es sind ²⁰ doch Ihre eigenen Gehilfen." „Nein", sagte K. kühl, „sie sind mir erst hier zugelaufen." „Wie denn zugelaufen", sagte er, „zugeteilt worden, meinen Sie wohl." „Nun denn zugeteilt worden", sagte K., „sie könnten aber ebensogut herabgeschneit sein, so bedenkenlos war ²⁵ diese Zuteilung." „Bedenkenlos geschieht hier nichts", sagte der Vorsteher, vergaß sogar den Fußschmerz und

[99]

setzte sich aufrecht. „Nichts", sagte K., „und wie verhält es sich mit meiner Berufung?" „Auch Ihre Berufung war wohl erwogen", sagte der Vorsteher, „nur Nebenumstände haben verwirrend eingegriffen, ich werde es Ihnen an der Hand der Akten nachweisen." „Die Akten werden ja nicht gefunden werden", sagte K. „Nicht gefunden?" rief der Vorsteher, „Mizzi, bitte, such ein wenig schneller! Ich kann Ihnen jedoch zunächst die Geschichte auch ohne Akten erzählen. Jenen Erlaß, von dem ich schon sprach, beantworteten wir dankend damit, daß wir keinen Landvermesser brauchen. Diese Antwort scheint aber nicht an die ursprüngliche Abteilung, ich will sie A nennen, zurückgelangt zu sein, sondern irrtümlicherweise an eine andere Abteilung B. Die Abteilung A blieb also ohne Antwort, aber leider bekam auch B nicht unsere ganze Antwort; sei es daß der Akteninhalt bei uns zurückgeblieben war, sei es daß er auf dem Weg verloren gegangen ist – in der Abteilung selbst gewiß nicht, dafür will ich bürgen – jedenfalls kam auch in der Abteilung B nur ein Aktenumschlag an, auf dem nichts weiter vermerkt war, als daß der umliegende, leider in Wirklichkeit aber fehlende Akt von der Berufung eines Landvermessers handle. Die Abteilung A wartete inzwischen auf unsere Antwort, sie hatte zwar Vormerke über die Angelegenheit, aber wie dies begreiflicherweise öfters geschieht und bei der Präcision aller Erledigungen geschehen darf, verließ sich der Referent

darauf, daß wir antworten würden und daß er dann entweder den Landvermesser berufen oder nach Bedürfnis
weiter über die Sache mit uns korrespondieren würde.
Infolgedessen vernachlässigte er die Vormerke und das
Ganze geriet bei ihm in Vergessenheit. In der Abteilung
B kam aber der Aktenumschlag an einen wegen seiner
Gewissenhaftigkeit berühmten Referenten, Sordini heißt
er, ein Italiener, es ist selbst mir, einem Eingeweihten,
unbegreiflich warum ein Mann von seinen Fähigkeiten
in der fast untergeordnetesten Stellung gelassen wird.
Dieser Sordini schickte uns natürlich den leeren Aktenumschlag zur Ergänzung zurück. Nun waren aber seit
jenem ersten Schreiben der Abteilung A schon viele Monate, wenn nicht Jahre vergangen, begreiflicher Weise,
denn wenn, wie es die Regel ist, ein Akt den richtigen
Weg geht, gelangt er an seine Abteilung spätestens in
einem Tag und wird am gleichen Tag noch erledigt,
wenn er aber einmal den Weg verfehlt, und er muß bei
der Vorzüglichkeit der Organisation den falschen Weg
förmlich mit Eifer suchen, sonst findet er ihn nicht,
dann, dann dauert es freilich sehr lange. Als wir daher
Sordinis Note bekamen, konnten wir uns an die Angelegenheit nur noch ganz unbestimmt erinnern, wir waren
damals nur zwei für die Arbeit, Mizzi und ich, der Lehrer war mir damals noch nicht zugeteilt, Kopien bewahr-
ten wir nur in den wichtigsten Angelegenheiten auf –
kurz, wir konnten nur sehr unbestimmt antworten, daß

wir von einer solchen Berufung nichts wüßten und daß
nach einem Landvermesser bei uns kein Bedarf sei."

„Aber", unterbrach sich hier der Vorsteher, als sei er
im Eifer des Erzählens zu weit gegangen oder als sei es
wenigstens möglich daß er zu weit gegangen sei, „lang-
weilt Sie die Geschichte nicht?"

„Nein", sagte K., „sie unterhält mich."

Darauf der Vorsteher: „Ich erzähle es Ihnen nicht zur
Unterhaltung."

„Es unterhält mich nur dadurch", sagte K., „daß ich
einen Einblick in das lächerliche Gewirre bekomme,
welches unter Umständen über die Existenz eines Menschen entscheidet."

„Sie haben noch keinen Einblick bekommen", sagte
ernst der Vorsteher, „und ich kann Ihnen weitererzäh-
len. Von unserer Antwort war natürlich ein Sordini nicht
befriedigt. Ich bewundere den Mann, trotzdem er für
mich eine Qual ist. Er mißtraut nämlich jedem, auch
wenn er z. B. irgendjemanden bei unzähligen Gelegenheiten als den vertrauenswürdigsten Menschen kennen-
gelernt hat, mißtraut er ihm bei der nächsten Gelegenheit, wie wenn er ihn gar nicht kennen würde oder richtiger wie wenn er ihn als Lumpen kennen würde. Ich
halte das für richtig, ein Beamter muß so vorgehn, leider
kann ich diesen Grundsatz meiner Natur nach nicht be-
folgen, Sie sehn ja wie ich Ihnen, einem Fremden, alles
offen vorlege, ich kann eben nicht anders. Sordini dage-

gen faßte unserer Antwort gegenüber sofort Mißtrauen. Es entwickelte sich nun eine große Korrespondenz. Sordini fragte, warum es mir plötzlich eingefallen sei, daß kein Landvermesser berufen werden solle, ich antwortete mit Hilfe von Mizzis ausgezeichnetem Gedächtnis, daß doch die erste Anregung vom Amt selbst ausgegangen sei (daß es sich um eine andere Abteilung handelte, hatten wir natürlich schon längst vergessen), Sordini dagegen: warum ich diese amtliche Zuschrift erst jetzt erwähne, ich wiederum: weil ich mich erst jetzt an sie erinnert habe, Sordini: das sei sehr merkwürdig, ich: das sei gar nicht merkwürdig bei einer so lange sich hinziehenden Angelegenheit, Sordini: es sei *doch* merkwürdig, denn die Zuschrift, an die ich mich erinnert habe, existiere nicht, ich: natürlich existiere sie nicht, weil der ganze Akt verloren gegangen sei, Sordini: es müßte aber doch ein Vormerk hinsichtlich jener ersten Zuschrift bestehn, der aber bestehe nicht. Da stockte ich, denn daß in Sordinis Abteilung ein Fehler unterlaufen sei, wagte ich weder zu behaupten noch zu glauben. Sie machen vielleicht, Herr Landvermesser, Sordini in Gedanken den Vorwurf, daß ihn die Rücksicht auf meine Behauptung wenigstens dazu hätte bewegen sollen, sich bei andern Abteilungen nach der Sache zu erkundigen. Gerade das aber wäre unrichtig gewesen, ich will nicht, daß an diesem Manne auch nur in Ihren Gedanken ein Makel bleibt. Es ist ein Arbeitsgrundsatz der Behörde, daß mit

Fehlermöglichkeiten überhaupt nicht gerechnet wird. Dieser Grundsatz ist berechtigt durch die vorzügliche Organisation des Ganzen und er ist notwendig, wenn äußerste Schnelligkeit der Erledigung erreicht werden soll. Sordini durfte sich also bei andern Abteilungen gar nicht erkundigen, übrigens hätten ihm diese Abteilungen gar nicht geantwortet, weil sie gleich gemerkt hätten, daß es sich um Ausforschung einer Fehlermöglichkeit handle."

„Erlauben Sie Herr Vorsteher daß ich Sie mit einer Frage unterbreche", sagte K., „erwähnten Sie nicht früher einmal eine Kontrollbehörde? Die Wirtschaft ist ja nach Ihrer Darstellung eine derartige, daß einem bei der Vorstellung, die Kontrolle könnte ausbleiben, übel wird."

„Sie sind sehr streng", sagte der Vorsteher, „aber vertausendfachen Sie Ihre Strenge und sie wird noch immer nichts sein verglichen mit der Strenge, welche die Behörde gegen sich selbst anwendet. Nur ein völlig Fremder kann Ihre Frage stellen. Ob es Kontrollbehörden gibt? Es gibt nur Kontrollbehörden. Freilich, sie sind nicht dazu bestimmt, Fehler im groben Wortsinn herauszufinden, denn Fehler kommen ja nicht vor und selbst wenn einmal ein Fehler vorkommt, wie in Ihrem Fall, wer darf denn endgiltig sagen, daß es ein Fehler ist."

„Das wäre etwas völlig Neues", rief K.

„Mir ist es etwas sehr Altes", sagte der Vorsteher. „Ich bin nicht viel anders als Sie selbst davon überzeugt, daß ein Fehler vorgekommen ist und Sordini ist infolge der Verzweiflung darüber schwer erkrankt und die ersten Kontrollämter, denen wir die Aufdeckung der Fehler- quelle verdanken, erkennen hier auch den Fehler. Aber wer darf behaupten, daß die zweiten Kontrollämter ebenso urteilen und auch die dritten und weiterhin die andern?"

„Mag sein", sagte K., „in solche Überlegungen will ich mich doch lieber noch nicht einmischen, auch höre ich ja zum erstenmal von diesen Kontrollämtern und kann sie natürlich noch nicht verstehn. Nur glaube ich daß hier zweierlei unterschieden werden müsse, nämlich erstens das was innerhalb der Ämter vorgeht und was dann wieder amtlich so oder so aufgefaßt werden kann, und zweitens meine wirkliche Person, ich, der ich außer- halb der Ämter stehe und dem von den Ämtern eine Beeinträchtigung droht, die so unsinnig wäre, daß ich noch immer an den Ernst der Gefahr nicht glauben kann. Für das erstere gilt wahrscheinlich das was Sie, Herr Vorsteher, mit so verblüffender außerordentlicher Sachkenntnis erzählen, nur möchte ich dann aber auch ein Wort über mich hören."

„Ich komme auch dazu", sagte der Vorsteher, „doch könnten Sie es nicht verstehn, wenn ich nicht noch eini- ges vorausschickte. Schon daß ich jetzt die Kontrollämter erwähnte, war verfrüht. Ich kehre also zu den Unstimmigkeiten mit Sordini zurück. Wie erwähnt ließ meine Abwehr allmählich nach. Wenn aber Sordini auch nur den geringsten Vorteil gegenüber irgendjemandem in Händen hat, hat er schon gesiegt, denn nun erhöht sich noch seine Aufmerksamkeit, Energie, Geistesgegenwart und er ist für den Angegriffenen ein schrecklicher, für die Feinde des Angegriffenen ein herrlicher Anblick. Nur weil ich in anderen Fällen auch dieses letztere erlebt habe, kann ich so von ihm erzählen, wie ich es tue. Übrigens ist es mir noch nie gelungen ihn mit Augen zu sehn, er kann nicht herunterkommen, er ist zu sehr mit Arbeit überhäuft, sein Zimmer ist mir so geschildert worden, daß alle Wände mit Säulen von großen aufeinander gestapelten Aktenbündeln verdeckt sind, es sind dies nur die Akten die Sordini gerade in Arbeit hat, und da immerfort den Bündeln Akten entnommen und eingefügt werden, und alles in großer Eile geschieht, stürzen diese Säulen immerfort zusammen und gerade dieses fortwährend kurz aufeinander folgende Krachen ist für Sordinis Arbeitszimmer bezeichnend geworden. Nun ja, Sordini ist ein Arbeiter und dem kleinsten Fall widmet er die gleiche Sorgfalt wie dem größten."

„Sie nennen, Herr Vorsteher", sagte K., „meinen Fall immer einen der kleinsten und doch hat er viele Beamte sehr beschäftigt und wenn er vielleicht auch anfangs sehr klein war, so ist er doch durch den Eifer von Beamten von Herrn Sordinis Art zu einem großen Fall geworden. Leider und sehr gegen meinen Willen; denn mein Ehrgeiz geht nicht dahin, große mich betreffende Aktensäulen entstehen und zusammenkrachen zu lassen, sondern als kleiner Landvermesser bei einem kleinen Zeichentisch ruhig zu arbeiten."

„Nein", sagte der Vorsteher, „es ist kein großer Fall, in dieser Hinsicht haben Sie keinen Grund zur Klage, es ist einer der kleinsten Fälle unter den kleinen. Der Umfang der Arbeit bestimmt nicht den Rang des Falles, Sie sind noch weit entfernt vom Verständnis für die Behörde, wenn Sie das glauben. Aber selbst wenn es auf den Umfang der Arbeit ankäme, wäre Ihr Fall einer der geringsten, die gewöhnlichen Fälle, also jene ohne sogenannte Fehler geben noch viel mehr und freilich auch viel ergiebigere Arbeit. Übrigens wissen Sie ja noch gar nicht von der eigentlichen Arbeit, die Ihr Fall verursachte, von der will ich ja jetzt erst erzählen. Zunächst ließ mich nun Sordini aus dem Spiel, aber seine Beamten kamen, täglich fanden protokollarische Verhöre angesehener Gemeindemitglieder im Herrenhof statt. Die meisten hielten zu mir, nur einige wurden stutzig, die Frage der Landvermessung geht einem Bauer nahe, sie witterten irgendwelche geheime Verabredungen und Ungerechtigkeiten, fanden überdies einen Führer und Sordini mußte aus ihren Angaben die Überzeugung gewinnen, daß wenn ich die Frage im Gemeinderat vorgebracht

[107]

hätte, nicht alle gegen die Berufung eines Landvermessers gewesen wären. So wurde eine Selbstverständlich-
keit – daß nämlich kein Landvermesser nötig ist – immerhin zumindest fragwürdig gemacht. Besonders
zeichnete sich hiebei ein gewisser Brunswick aus, Sie
kennen ihn wohl nicht, er ist vielleicht nicht schlecht,
aber dumm und phantastisch, es ist ein Schwager von
Lasemann."

„Vom Gerbermeister?" fragte K. und beschrieb den
Vollbärtigen, den er bei Lasemann gesehen hatte.

„Ja das ist er", sagte der Vorsteher.

„Ich kenne auch seine Frau", sagte K. ein wenig aufs
Geratewohl.

„Das ist möglich", sagte der Vorsteher und verstummte.

„Sie ist schön", sagte K., „aber ein wenig bleich und
kränklich. Sie stammt wohl aus dem Schloß?" das war
halb fragend gesagt.

Der Vorsteher sah auf die Uhr, goß Medicin auf einen
Löffel und schluckte sie hastig.

„Sie kennen im Schloß wohl nur die Bureaueinrich-
tungen?" fragte K. grob.

„Ja", sagte der Vorsteher mit einem ironischen und
doch dankbaren Lächeln, „sie sind auch das Wichtigste.
Und was Brunswick betrifft: wenn wir ihn aus der Gemeinde ausschließen könnten, wären wir fast alle glücklich und Lasemann nicht am wenigsten. Aber damals

[108]

gewann Brunswick einigen Einfluß, ein Redner ist er
zwar nicht, aber ein Schreier und auch das genügt manchen. Und so kam es daß ich gezwungen wurde, die
Sache dem Gemeinderate vorzulegen, übrigens zunächst
Brunswicks einziger Erfolg, denn natürlich wollte   5
der Gemeinderat mit großer Mehrheit von einem Landvermesser nichts wissen. Auch das ist nun schon jahrelang her, aber die ganze Zeit über ist die Sache nicht zur
Ruhe gekommen, zum Teil durch die Gewissenhaftigkeit Sordinis, der die Beweggründe sowohl der Majorität 10
als auch der Opposition durch die sorgfältigsten Erhebungen zu erforschen suchte, zum Teil durch die Dummheit und den Ehrgeiz Brunswicks, der verschiedene persönliche Verbindungen mit den Behörden hat, die er mit
immer neuen Erfindungen seiner Phantasie in Bewe-   15
gung brachte. Sordini allerdings ließ sich von Brunswick nicht täuschen – wie könnte Brunswick Sordini
täuschen? – aber eben um sich nicht täuschen zu lassen,
waren neue Erhebungen nötig und noch ehe sie beendigt
waren, hatte Brunswick schon wieder etwas neues aus-   20
gedacht, sehr beweglich ist er ja, es gehört das zu seiner
Dummheit. Und nun komme ich auf eine besondere
Eigenschaft unseres behördlichen Apparates zu sprechen. Entsprechend seiner Präcision ist er auch äußerst
empfindlich. Wenn eine Angelegenheit sehr lange er-   25
wogen worden ist, kann es, auch ohne daß die Erwägungen schon beendet wären, geschehn, daß plötzlich

[109]

blitzartig an einer unvorhersehbaren und auch später nicht mehr auffindbaren Stelle eine Erledigung hervorkommt, welche die Angelegenheit, wenn auch meistens sehr richtig, so doch immerhin willkürlich abschließt. Es ist als hätte der behördliche Apparat die Spannung, die jahrelange Aufreizung durch die gleiche vielleicht an sich geringfügige Angelegenheit nicht mehr ertragen und aus sich selbst heraus ohne Mithilfe der Beamten die Entscheidung getroffen. Natürlich ist kein Wunder geschehn und gewiß hat irgendein Beamter die Erledigung geschrieben oder eine ungeschriebene Entscheidung getroffen, jedenfalls aber kann wenigstens von uns aus, von hier aus, ja selbst vom Amt aus nicht festgestellt werden, welcher Beamte in diesem Fall entschieden hat und aus welchen Gründen. Erst die Kontrollämter stellen das viel später fest, wir aber erfahren es nicht mehr, es würde übrigens dann auch kaum jemanden noch interessieren. Nun sind wie gesagt gerade diese Entscheidungen meistens vortrefflich, störend ist an ihnen nur, daß man, wie es gewöhnlich die Sache mit sich bringt, von diesen Entscheidungen zu spät erfährt und daher inzwischen über längst entschiedene Angelegenheit noch immer leidenschaftlich berät. Ich weiß nicht ob in Ihrem Fall eine solche Entscheidung ergangen ist – manches spricht dafür, manches dagegen – wenn es aber geschehen wäre, so wäre die Berufung an Sie geschickt worden und Sie hätten die große Reise hierher gemacht, viel Zeit wäre dabei vergangen und inzwischen hätte noch immer Sordini hier in der gleichen Sache bis zur Erschöpfung gearbeitet, Brunswick intrigiert und ich wäre von beiden gequält worden. Diese Möglichkeit deute ich nur an, bestimmt aber weiß ich folgendes: Ein Kontrollamt entdeckte inzwischen daß aus der Abteilung A vor vielen Jahren an die Gemeinde eine Anfrage wegen eines Landvermessers ergangen sei, ohne daß bisher eine Antwort gekommen wäre. Man fragte neuerlich bei mir an und nun war freilich die ganze Sache aufgeklärt, die Abteilung A begnügte sich mit meiner Antwort, daß kein Landvermesser nötig sei, und Sordini mußte erkennen daß er in diesem Fall nicht zuständig gewesen war und, freilich schuldlos, so viele unnütze nervenzerstörende Arbeit geleistet hatte. Wenn nicht neue Arbeit von allen Seiten sich herangedrängt hätte wie immer und wenn nicht eben Ihr Fall doch nur ein sehr kleiner Fall gewesen wäre – man kann fast sagen der kleinste unter den kleinen – so hätten wir wohl alle aufgeatmet, ich glaube sogar Sordini selbst, nur Brunswick grollte, aber das war nur lächerlich. Und nun stellen Sie sich Herr Landvermesser meine Enttäuschung vor, als jetzt nach glücklicher Beendigung der ganzen Angelegenheit – und auch seither ist schon wieder viel Zeit verflossen – plötzlich Sie auftreten und es den Anschein bekommt, als sollte die Sache wieder von vorn beginnen. Daß ich fest entschlossen bin, dies, soweit es

[111]

an mir liegt auf keinen Fall zuzulassen, das werden Sie wohl verstehn?"

„Gewiß", sagte K., „noch besser aber verstehe ich, daß hier ein entsetzlicher Mißbrauch mit mir, vielleicht sogar mit den Gesetzen getrieben wird. Ich werde mich für meine Person dagegen zu wehren wissen."

„Wie wollen Sie das tun?" fragte der Vorsteher.

„Das kann ich nicht verraten", sagte K.

„Ich will mich nicht aufdrängen", sagte der Vorsteher, „nur das gebe ich Ihnen zu bedenken, daß Sie in mir – ich will nicht sagen einen Freund, denn wir sind ja völlig Fremde, – aber gewissermaßen einen Geschäftsfreund haben. Nur daß Sie als Landvermesser aufgenommen werden, lasse ich nicht zu, sonst aber können Sie sich immer mit Vertrauen an mich wenden, freilich in den Grenzen meiner Macht die nicht groß ist."

„Sie sprechen immer davon", sagte K., „daß ich als Landvermesser aufgenommen werden soll, aber ich bin doch schon aufgenommen, hier ist Klamms Brief."

„Klamms Brief", sagte der Vorsteher, „er ist wertvoll und ehrwürdig durch Klamms Unterschrift, die echt zu sein scheint, sonst aber – doch ich wage es nicht mich allein dazu zu äußern. Mizzi!" rief er und dann: „Aber was macht Ihr denn?"

Die so lange unbeobachteten Gehilfen und Mizzi hatten offenbar den gesuchten Akt nicht gefunden, hatten dann alles wieder in den Schrank sperren wollen, aber es

war ihnen wegen der ungeordneten Überfülle der Akten
nicht gelungen. Da waren wohl die Gehilfen auf den
Gedanken gekommen, den sie jetzt ausführten. Sie hatten den Schrank auf den Boden gelegt, alle Akten hinein-
gestopft, hatten sich dann mit Mizzi auf die Schranktüre
gesetzt und suchten jetzt so sie langsam niederzu-
drücken.

„Der Akt ist also nicht gefunden", sagte der Vorsteher, „schade, aber die Geschichte kennen Sie ja schon,
eigentlich brauchen wir den Akt nicht mehr, übrigens
wird er gewiß noch gefunden werden, er ist wahrscheinlich beim Lehrer, bei dem noch sehr viele Akten sind.
Aber komm nun mit der Kerze her, Mizzi, und lies mit
mir diesen Brief."

Mizzi kam und sah nun noch grauer und unscheinbarer aus, als sie auf dem Bettrand saß und sich an den
starken lebenerfüllten Mann drückte, der sie umfaßt
hielt. Nur ihr kleines Gesicht fiel jetzt im Kerzenlicht
auf, mit klaren strengen, nur durch den Verfall des Alters
gemilderten Linien. Kaum hatte sie in den Brief geblickt,
faltete sie leicht die Hände, „von Klamm", sagte sie. Sie
lasen dann gemeinsam den Brief, flüsterten ein wenig
miteinander und schließlich, während die Gehilfen gerade Hurrah riefen, denn sie hatten endlich die Schranktüre zugedrückt und Mizzi sah still dankbar zu ihnen
hin, sagte der Vorsteher:

„Mizzi ist völlig meiner Meinung und nun kann ich es

[113]

wohl auszusprechen wagen. Dieser Brief ist überhaupt
keine amtliche Zuschrift, sondern ein Privatbrief. Das ist
schon an der Überschrift ‚Sehr geehrter Herr!‘ deutlich
erkennbar. Außerdem ist darin mit keinem Worte gesagt, daß Sie als Landvermesser aufgenommen sind, es ist
vielmehr nur im allgemeinen von herrschaftlichen Diensten die Rede und auch das ist nicht bindend ausgesprochen, sondern Sie sind nur aufgenommen ‚wie Sie wissen‘, d.h. die Beweislast dafür daß Sie aufgenommen
sind, ist Ihnen auferlegt. Endlich werden Sie in amtlicher
Hinsicht ausschließlich an mich, den Vorsteher, als Ihren
nächsten Vorgesetzten verwiesen, der Ihnen alles Nähere
mitteilen soll, was ja zum größten Teil schon geschehen
ist. Für einen der amtliche Zuschriften zu lesen versteht
und infolgedessen nichtamtliche Briefe noch besser liest,
ist das alles überdeutlich; daß Sie, ein Fremder, das nicht
erkennen wundert mich nicht. Im ganzen bedeutet der
Brief nichts anderes als daß Klamm persönlich sich um
Sie zu kümmern beabsichtigt für den Fall, daß Sie in
herrschaftliche Dienste aufgenommen werden.“

„Sie deuten, Herr Vorsteher“, sagte K., „den Brief so
gut, daß schließlich nichts anderes übrigbleibt als die
Unterschrift auf einem leeren Blatt Papier. Merken Sie
nicht, wie Sie damit Klamms Namen, den Sie zu achten
vorgeben, herabwürdigen.“

„Das ist ein Mißverständnis“, sagte der Vorsteher,
„ich verkenne die Bedeutung des Briefes nicht, ich setze

ihn durch meine Auslegung nicht herab, im Gegenteil. Ein Privatbrief Klamms hat natürlich viel mehr Bedeutung als eine amtliche Zuschrift, nur gerade die Bedeutung die *Sie* ihm beilegen hat er nicht."

„Kennen Sie Schwarzer?" fragte K.

„Nein", sagte der Vorsteher, „Du vielleicht Mizzi? Auch nicht. Nein, wir kennen ihn nicht."

„Das ist merkwürdig", sagte K., „er ist der Sohn eines Unterkastellans."

„Lieber Herr Landvermesser", sagte der Vorsteher, „wie soll ich denn alle Söhne aller Unterkastellane kennen?"

„Gut", sagte K., „dann müssen Sie mir also glauben, daß er es ist. Mit diesem Schwarzer hatte ich noch am Tage meiner Ankunft einen ärgerlichen Auftritt. Er erkundigte sich dann telephonisch bei einem Unterkastellan namens Fritz und bekam die Auskunft, daß ich als Landvermesser aufgenommen sei. Wie erklären Sie sich das, Herr Vorsteher?"

„Sehr einfach", sagte der Vorsteher, „Sie sind eben noch niemals wirklich mit unsern Behörden in Berührung gekommen. Alle diese Berührungen sind nur scheinbar, Sie aber halten sie infolge Ihrer Unkenntnis der Verhältnisse für wirklich. Und was das Telephon betrifft: Sehen Sie, bei mir, der ich doch wahrlich genug mit den Behörden zu tun habe, gibt es kein Telephon. In Wirtsstuben u. dgl. da mag es gute Dienste leisten, so etwa wie ein Musikautomat, mehr ist es auch nicht. Haben Sie schon einmal hier telephoniert, ja? Nun also dann werden Sie mich vielleicht verstehn. Im Schloß funktioniert das Telephon offenbar ausgezeichnet; wie man mir erzählt hat wird dort ununterbrochen telephoniert, was natürlich das Arbeiten sehr beschleunigt. Dieses ununterbrochene Telephonieren hören wir in den hiesigen Telephonen als Rauschen und Gesang, das haben Sie gewiß auch gehört. Nun ist aber dieses Rauschen und dieser Gesang das einzige Richtige und Vertrauenswerte, was uns die hiesigen Telephone übermitteln, alles andere ist trügerisch. Es gibt keine bestimmte telephonische Verbindung mit dem Schloß, keine Zentralstelle, welche unsere Anrufe weiterleitet; wenn man von hier aus jemanden im Schloß anruft, läutet es dort bei allen Apparaten der untersten Abteilungen oder vielmehr es würde bei allen läuten, wenn nicht, wie ich bestimmt weiß, bei fast allen dieses Läutwerk abgestellt wäre. Hie und da aber hat ein übermüdeter Beamter das Bedürfnis sich ein wenig zu zerstreuen – besonders am Abend oder bei Nacht – und schaltet das Läutwerk ein, dann bekommen wir Antwort, allerdings eine Antwort, die nichts ist als Scherz. Es ist das ja auch sehr verständlich. Wer darf denn Anspruch erheben, wegen seiner privaten kleinen Sorgen mitten in die wichtigsten und immer rasend vor sich gehenden Arbeiten hineinzuläuten. Ich begreife auch nicht, wie selbst ein Fremder glau-

[116]

ben kann, daß wenn er z. B. Sordini anruft, es auch wirklich Sordini ist, der ihm antwortet. Vielmehr ist es wahrscheinlich ein kleiner Registrator einer ganz anderen Abteilung. Dagegen kann es allerdings in auserlesener Stunde geschehn, daß, wenn man den kleinen Registrator anruft, Sordini selbst die Antwort gibt. Dann freilich ist es besser, man läuft vom Telephon weg ehe der erste Laut zu hören ist."

„So habe ich das allerdings nicht angesehn", sagte K., „diese Einzelheiten konnte ich nicht wissen, viel Vertrauen aber hatte ich zu diesen telephonischen Gesprächen nicht und war mir immer dessen bewußt, daß nur das wirkliche Bedeutung hat, was man geradezu im Schloß erfährt oder erreicht."

„Nein", sagte der Vorsteher an einem Wort sich festhaltend, „wirkliche Bedeutung kommt diesen telephonischen Antworten durchaus zu, wie denn nicht? Wie sollte eine Auskunft, die ein Beamter aus dem Schloß gibt, bedeutungslos sein? Ich sagte es schon gelegentlich des Klammschen Briefes. Alle diese Äußerungen haben keine amtliche Bedeutung; wenn Sie ihnen amtliche Bedeutung zuschreiben, gehen Sie in die Irre, dagegen ist ihre private Bedeutung im freundschaftlichen oder feindseligen Sinne sehr groß, meist größer als eine amtliche Bedeutung jemals sein könnte."

„Gut", sagte K., „angenommen daß sich alles so verhält, dann hätte ich also eine Menge guter Freunde im

Schloß; genau besehn war schon damals vor vielen Jahren der Einfall jener Abteilung, man könnte einmal einen Landvermesser kommen lassen, ein Freundschaftsakt mir gegenüber und in der Folgezeit reihte sich dann einer an den andern bis ich dann allerdings zum bösen Ende hergelockt wurde und man mir mit dem Hinauswurf droht."

„Es ist eine gewisse Wahrheit in Ihrer Auffassung", sagte der Vorsteher, „Sie haben darin recht, daß man die Äußerungen des Schlosses nicht wortwörtlich hinnehmen darf. Aber Vorsicht ist doch überall nötig, nicht nur hier, und desto nötiger je wichtiger die Äußerung ist, um die es sich handelt. Was Sie dann aber von Herlocken sagen, ist mir unbegreiflich. Wären Sie meinen Ausführungen besser gefolgt, dann müßten Sie doch wissen daß die Frage Ihrer Hierherberufung viel zu schwierig ist, als daß wir sie hier im Laufe einer kleinen Unterhaltung beantworten könnten."

„So bleibt dann als Ergebnis", sagte K., „daß alles sehr unklar und unlösbar ist bis auf den Hinauswurf."

„Wer sollte wagen Sie hinauszuwerfen, Herr Landvermesser", sagte der Vorsteher, „eben die Unklarheit der Vorfragen verbürgt Ihnen die höflichste Behandlung, nur sind Sie dem Anschein nach zu empfindlich. Niemand hält Sie hier zurück, aber das ist doch noch kein Hinauswurf."

„Oh Herr Vorsteher", sagte K., „nun sind wieder Sie

es der manches allzuklar sieht. Ich werde Ihnen einiges davon aufzählen was mich hier zurückhält: die Opfer, die ich brachte, um von zuhause fortzukommen, die lange schwere Reise, die begründeten Hoffnungen, die ich mir wegen der Aufnahme hier machte, meine voll- ständige Vermögenslosigkeit, die Unmöglichkeit jetzt wieder eine entsprechende Arbeit zuhause zu finden und endlich nicht zum wenigsten meine Braut, die eine Hie- sige ist."

„Ach Frieda!" sagte der Vorsteher ohne jede Überra- schung. „Ich weiß. Aber Frieda würde Ihnen überall hin folgen. Was freilich das Übrige betrifft, so sind hier aller- dings gewisse Erwägungen nötig und ich werde darüber ins Schloß berichten. Sollte eine Entscheidung kommen oder sollte es vorher nötig werden, Sie noch einmal zu verhören, werde ich Sie holen lassen. Sind Sie damit ein- verstanden?"

„Nein, gar nicht", sagte K., „ich will keine Gnaden- geschenke vom Schloß, sondern mein Recht."

„Mizzi", sagte der Vorsteher zu seiner Frau, die noch immer an ihn gedrückt dasaß und traumverloren mit Klamms Brief spielte, aus dem sie ein Schiffchen geformt hatte, erschrocken nahm es ihr K. jetzt fort, „Mizzi, das Bein fängt mich wieder sehr zu schmerzen an, wir wer- den den Umschlag erneuern müssen."

K. erhob sich, „dann werde ich mich also empfehlen", sagte er. „Ja", sagte Mizzi, die schon eine Salbe zurecht-

[119]

machte, „es zieht auch zu stark." K. wandte sich um, die Gehilfen hatten in ihrem immer unpassenden Diensteifer, gleich auf K.'s Bemerkung hin, beide Türflügel geöffnet. K. konnte, um das Krankenzimmer vor der mächtig eindringenden Kälte zu bewahren, nur flüchtig vor dem Vorsteher sich verbeugen. Dann lief er, die Gehilfen mit sich reißend, aus dem Zimmer und schloß schnell die Tür.

6

Zweites Gespräch mit der Wirtin

Vor dem Wirtshaus erwartete ihn der Wirt. Ohne gefragt
zu werden, hätte er nicht zu sprechen gewagt, deshalb
fragte ihn K., was er wolle. „Hast Du schon eine neue
Wohnung?" fragte der Wirt, zu Boden sehend. „Du
fragst im Auftrag Deiner Frau", sagte K., „Du bist wohl
sehr abhängig von ihr?" „Nein", sagte der Wirt, „ich
frage nicht in ihrem Auftrag. Aber sie ist sehr aufgeregt
und unglücklich Deinetwegen, kann nicht arbeiten, liegt
im Bett und seufzt und klagt fortwährend." „Soll ich zu
ihr gehn?" fragte K. „Ich bitte Dich darum", sagte der
Wirt, „ich wollte Dich schon vom Vorsteher holen,
horchte dort an der Tür, aber Ihr wart im Gespräch, ich
wollte nicht stören, auch hatte ich Sorge wegen meiner
Frau, lief wieder zurück, sie ließ mich aber nicht zu sich,
so blieb mir nichts übrig als auf Dich zu warten." „Dann
komm also schnell", sagte K., „ich werde sie bald beruhigen." „Wenn es nur gelingen wollte", sagte der Wirt.
Sie giengen durch die lichte Küche, wo drei oder vier
Mägde, jede weit von der andern, bei ihrer zufälligen
Arbeit im Anblick K.'s förmlich erstarrten. Schon in der
Küche hörte man das Seufzen der Wirtin. Sie lag in ei-

nem durch eine leichte Bretterwand von der Küche ab-
getrennten fensterlosen Verschlag. Er hatte nur Raum
für ein großes Ehebett und einen Schrank. Das Bett war
so aufgestellt, daß man von ihm aus die ganze Küche
übersehn und die Arbeit beaufsichtigen konnte. Dagegen war von der Küche aus im Verschlag kaum etwas zu
sehn, dort war es ganz finster, nur das weißrote Bettzeug
schimmerte ein wenig hervor. Erst wenn man eingetreten war und die Augen sich eingewöhnt hatten unterschied man Einzelnheiten.

„Endlich kommen Sie", sagte die Wirtin schwach. Sie
lag auf dem Rücken ausgestreckt, der Atem machte ihr
offenbar Beschwerden, sie hatte das Federbett zurückge-
worfen. Sie sah im Bett viel jünger aus als in den Kleidern, aber ein Nachthäubchen aus zartem Spitzenge-
webe das sie trug, trotzdem es zu klein war und auf
ihrer Frisur schwankte, machte die Verfallenheit des Gesichtes mitleiderregend. „Wie hätte ich kommen sollen?" sagte K. sanft, „Sie haben mich doch nicht rufen
lassen." „Sie hätten mich nicht so lange warten lassen
sollen", sagte die Wirtin mit dem Eigensinn des Kran-
ken. „Setzen Sie sich", sagte sie und zeigte auf den Bettrand, „Ihr andern aber geht fort." Außer den Gehilfen
hatten sich inzwischen auch die Mägde eingedrängt.
„Ich soll auch fortgehn, Gardena?" sagte der Wirt, K.
hörte zum erstenmal den Namen der Frau. „Natürlich",
sagte sie langsam, und als sei sie mit andern Gedanken

beschäftigt, fügte sie zerstreut hinzu: „Warum solltest denn gerade Du bleiben?" Aber als sich alle in die Küche zurückgezogen hatten, auch die Gehilfen folgten diesmal gleich, allerdings waren sie hinter einer Magd her, war Gardena doch aufmerksam genug, um zu erkennen, daß man aus der Küche alles hören konnte, was hier gesprochen wurde, denn der Verschlag hatte keine Türe, und so befahl sie allen auch die Küche zu verlassen. Es geschah sofort.

„Bitte", sagte dann Gardena, „Herr Landvermesser, gleich vorn im Schrank hängt ein Umhängetuch, reichen Sie es mir, ich will mich damit zudecken, ich ertrage das Federbett nicht, ich atme so schwer." Und als ihr K. das Tuch gebracht hatte, sagte sie: „Sehen Sie, das ist ein schönes Tuch, nicht wahr?" K. schien es ein gewöhnliches Wolltuch zu sein, er befühlte es nur aus Gefälligkeit noch einmal, sagte aber nichts. „Ja, es ist ein schönes Tuch", sagte Gardena und hüllte sich ein. Sie lag nun friedlich da, alles Leid schien von ihr genommen zu sein, ja sogar ihre vom Liegen in Unordnung gebrachten Haare fielen ihr ein, sie setzte sich für ein Weilchen auf und verbesserte die Frisur ein wenig rings um das Häubchen. Sie hatte reiches Haar.

K. wurde ungeduldig und sagte: „Sie ließen mich, Frau Wirtin, fragen, ob ich schon eine andere Wohnung habe." „Ich ließ Sie fragen?" sagte die Wirtin, „nein, das ist ein Irrtum." „Ihr Mann hat mich eben jetzt danach

gefragt." „Das glaube ich", sagte die Wirtin, „ich bin mit
ihm geschlagen. Als ich Sie nicht hier haben wollte, hat
er Sie hier gehalten, jetzt da ich glücklich bin, daß Sie
hier wohnen, treibt er Sie fort. So ähnlich macht er es
immer." „Sie haben also", sagte K., „Ihre Meinung über
mich so sehr geändert? In ein, zwei Stunden?" „Ich habe
meine Meinung nicht geändert", sagte die Wirtin wieder
schwächer. „Reichen Sie mir Ihre Hand. So. Und nun
versprechen Sie mir, völlig aufrichtig zu sein, auch ich
will es Ihnen gegenüber sein." „Gut", sagte K., „wer
wird aber anfangen?" „Ich", sagte die Wirtin, es machte
nicht den Eindruck, als wolle sie K. damit entgegenkommen, sondern als sei sie begierig als erste zu reden.
     Sie zog eine Photographie unter dem Polster hervor
und reichte sie K. „Sehen Sie dieses Bild an", sagte sie
bittend. Um es besser zu sehn, machte K. einen Schritt in
die Küche, aber auch dort war es nicht leicht etwas auf
dem Bild zu erkennen, denn dieses war vom Alter ausge-
bleicht, vielfach gebrochen, zerdrückt und fleckig. „Es
ist in keinem sehr guten Zustand", sagte K. „Leider,
leider", sagte die Wirtin, „wenn man es durch Jahre
immer bei sich herumträgt, wird es so. Aber wenn Sie es
genau ansehn, werden Sie doch alles erkennen, ganz gewiß. Ich kann Ihnen übrigens helfen, sagen Sie mir, was
Sie sehn, es freut mich sehr von dem Bild zu hören. Was
also?" „Einen jungen Mann", sagte K. „Richtig", sagte
die Wirtin, „und was macht er?" „Er liegt glaube ich auf

einem Brett, streckt sich und gähnt." Die Wirtin lachte.
„Das ist ganz falsch", sagte sie. „Aber hier ist doch das
Brett und hier liegt er", beharrte K. auf seinem Stand-
punkt. „Sehen Sie doch genauer hin", sagte die Wirtin
ärgerlich, „liegt er denn wirklich?" „Nein", sagte nun
K., „er liegt nicht, er schwebt und nun sehe ich es, es ist
gar kein Brett, sondern wahrscheinlich eine Schnur und
der junge Mann macht einen Hochsprung." „Nun also",
sagte die Wirtin erfreut, „er springt, so üben die amtlichen Boten, ich habe ja gewußt daß Sie es erkennen
werden. Sehen Sie auch sein Gesicht?" „Vom Gesicht
sehe ich nur sehr wenig", sagte K., „er strengt sich offenbar sehr an, der Mund ist offen, die Augen zusam-
mengekniffen und das Haar flattert." „Sehr gut", sagte
die Wirtin anerkennend, „mehr kann einer, der ihn nicht
persönlich gesehen hat, nicht erkennen. Aber es war ein
schöner Junge, ich habe ihn nur einmal flüchtig gesehn
und werde ihn nie vergessen." „Wer war es denn?"
fragte K. „Es war", sagte die Wirtin, „der Bote, durch
den Klamm mich zum ersten Mal zu sich berief."

K. konnte nicht genau zuhören, er wurde durch Klirren von Glas abgelenkt. Er fand gleich die Ursache der
Störung. Die Gehilfen standen draußen im Hof, hüpften
im Schnee von einem Fuß auf den andern. Sie taten als
wären sie glücklich K. wieder zu sehn, vor Glück zeigten
sie ihn einander und tippten dabei immerfort an das Kü-
chenfenster. Auf eine drohende Bewegung K.'s ließen sie

[125]

sofort davon ab, suchten einander zurückzudrängen, aber einer entwischte gleich dem andern und schon waren sie wieder beim Fenster. K. eilte in den Verschlag, wo ihn die Gehilfen von außen nicht sehen konnten und er sie nicht sehen mußte. Aber das leise wie bittende Klirren der Fensterscheibe verfolgte ihn auch dort noch lange.

„Wieder einmal die Gehilfen", sagte er der Wirtin zu seiner Entschuldigung und zeigte hinaus. Sie aber achtete nicht auf ihn, das Bild hatte sie ihm fortgenommen, angesehn, geglättet und wieder unter das Polster geschoben. Ihre Bewegungen waren langsamer geworden, aber nicht vor Müdigkeit, sondern unter der Last der Erinnerung. Sie hatte K. erzählen wollen und hatte ihn über der Erzählung vergessen. Sie spielte mit den Fransen ihres Tuches. Erst nach einem Weilchen blickte sie auf, fuhr sich mit der Hand über die Augen und sagte: „Auch dieses Tuch ist von Klamm. Und auch das Häubchen. Das Bild, das Tuch und das Häubchen, das sind die drei Andenken, die ich an ihn habe. Ich bin nicht jung wie Frieda, ich bin nicht so ehrgeizig wie sie, auch nicht so zartfühlend, sie ist sehr zartfühlend, kurz ich weiß mich in das Leben zu schicken, aber das muß ich eingestehn: ohne diese drei Dinge hätte ich es hier nicht solange ausgehalten, ja ich hätte es wahrscheinlich keinen Tag hier ausgehalten. Diese drei Andenken scheinen Ihnen vielleicht gering, aber sehen Sie, Frieda, die so lange mit

[126]

Klamm verkehrt hat, besitzt gar kein Andenken, ich habe sie gefragt, sie ist zu schwärmerisch und auch zu ungenügsam, ich dagegen, die nur dreimal bei Klamm war – später ließ er mich nicht mehr rufen, ich weiß nicht warum – habe doch wie in Vorahnung der Kürze 5 meiner Zeit diese Andenken mitgebracht. Freilich, man muß sich darum kümmern, Klamm selbst gibt nichts, aber wenn man dort etwas Passendes liegen sieht, kann man es sich ausbitten."

K. fühlte sich unbehaglich gegenüber diesen Ge- 10 schichten, so sehr sie ihn auch betrafen. „Wie lange ist denn das alles her", fragte er seufzend.

„Über zwanzig Jahre", sagte die Wirtin, „weit über zwanzig Jahre."

„Solange also hält man Klamm die Treue", sagte K. 15 „Sind Sie sich aber Frau Wirtin dessen auch bewußt, daß Sie mir mit solchen Geständnissen, wenn ich an meine künftige Ehe denke, schwere Sorgen machen?"

Die Wirtin fand es ungebührlich daß sich K. mit sei- nen Angelegenheiten hier einmischen wollte und sah ihn 20 erzürnt von der Seite an.

„Nicht so böse, Frau Wirtin", sagte K., „ich sage ja kein Wort gegen Klamm, aber ich bin doch durch die Macht der Ereignisse in gewisse Beziehungen zu Klamm getreten; das kann der größte Verehrer Klamms nicht 25 leugnen. Nun also. Infolgedessen muß ich bei Klamms Erwähnung immer auch an mich denken, das ist nicht

[127]

zu ändern. Übrigens Frau Wirtin" – hier faßte K. ihre
zögernde Hand – „denken Sie daran wie schlecht unsere
letzte Unterhaltung ausgefallen ist und daß wir diesmal
in Frieden auseinandergehn wollen."

„Sie haben Recht", sagte die Wirtin und beugte den
Kopf, „aber schonen Sie mich. Ich bin nicht empfind-
licher als andere, im Gegenteil, jeder hat empfindliche
Stellen, ich habe nur diese eine."

„Leider ist es gleichzeitig auch die meine", sagte K.,
„ich aber werde mich gewiß beherrschen; nun aber erklären Sie mir, Frau Wirtin, wie soll ich in der Ehe diese
entsetzliche Treue gegenüber Klamm ertragen, vorausgesetzt daß auch Frieda Ihnen darin ähnlich ist."

„Entsetzliche Treue", wiederholte die Wirtin grol-
lend. „Ist es denn Treue? Treu bin ich meinem Mann,
aber Klamm? Klamm hat mich einmal zu seiner Geliebten gemacht, kann ich diesen Rang jemals verlieren? Und
wie Sie es bei Frieda ertragen sollen? Ach Herr Landvermesser, wer sind Sie denn der so zu fragen wagt?"

„Frau Wirtin!" sagte K. warnend.

„Ich weiß", sagte die Wirtin sich fügend, „aber mein
Mann hat solche Fragen nicht gestellt. Ich weiß nicht
wer unglücklicher zu nennen ist, ich damals oder Frieda
jetzt. Frieda, die mutwillig Klamm verließ oder ich, die
er nicht mehr hat rufen lassen. Vielleicht ist es doch
Frieda, wenn sie es auch noch nicht in seinem vollen
Umfang zu wissen scheint. Aber meine Gedanken be-

herrschte doch mein Unglück damals ausschließlicher, denn immerfort mußte ich mich fragen und höre im Grunde auch heute noch nicht auf so zu fragen: Warum ist das geschehn? Dreimal hat Dich Klamm rufen lassen und zum vierten Mal nicht mehr und niemals mehr zum vierten Mal! Was beschäftigte mich damals mehr? Worüber konnte ich denn sonst mit meinem Mann sprechen, den ich damals kurz nachher heiratete? Bei Tag hatten wir keine Zeit, wir hatten dieses Wirtshaus in einem elenden Zustand übernommen und mußten es in die Höhe zu bringen suchen, aber in der Nacht? Jahrelang drehten sich unsere nächtlichen Gespräche nur um Klamm und die Gründe seiner Sinnesänderung. Und wenn mein Mann bei diesen Unterhaltungen einschlief, weckte ich ihn und wir sprachen weiter."

„Nun werde ich", sagte K., „wenn Sie erlauben eine sehr grobe Frage stellen."

Die Wirtin schwieg.

„Ich darf also nicht fragen", sagte K., „auch das genügt mir."

„Freilich", sagte die Wirtin, „auch das genügt Ihnen und das besonders. Sie mißdeuten alles, auch das Schweigen. Sie können eben nicht anders. Ich erlaube Ihnen zu fragen."

„Wenn ich alles mißdeute", sagte K., „mißdeute ich vielleicht auch meine Frage, vielleicht ist sie gar nicht so grob. Ich wollte nur wissen, wie Sie Ihren Mann kennen

[129]

gelernt haben und wie dieses Wirtshaus in Ihren Besitz gekommen ist."

Die Wirtin runzelte die Stirn, sagte aber gleichmütig: „Das ist eine sehr einfache Geschichte. Mein Vater war Schmied und Hans, mein jetziger Mann, der Pferdeknecht bei einem Großbauern war, kam öfters zu meinem Vater. Es war damals nach der letzten Zusammenkunft mit Klamm, ich war sehr unglücklich und hätte es eigentlich nicht sein dürfen, denn alles war ja korrekt vor sich gegangen und daß ich nicht mehr zu Klamm durfte, war eben Klamms Entscheidung, war also korrekt, nur die Gründe waren dunkel, in denen durfte ich forschen aber unglücklich hätte ich nicht sein dürfen, nun, ich war es doch und konnte nichts arbeiten und saß in unserem Vorgärtchen den ganzen Tag. Dort sah mich Hans, setzte sich manchmal zu mir, ich klagte ihm nicht, aber er wußte, um was es ging und weil er ein guter Junge ist, kam es vor, daß er mit mir weinte. Und als der damalige Gastwirt, dem die Frau gestorben war und der deshalb das Gewerbe aufgeben mußte, auch war er schon ein alter Mann, einmal an unserem Gärtchen vorüberkam und uns dort sitzen sah, blieb er stehn und bot uns kurzer Hand das Wirtshaus zum Pacht an, wollte weil er Vertrauen zu uns habe kein Geld im Voraus und setzte den Pacht sehr billig an. Dem Vater wollte ich nicht zur Last fallen, alles andere war mir gleichgültig und so reichte ich, in Gedanken an das Wirtshaus und an die neue, vielleicht ein wenig Vergessen bringende Arbeit, Hans die Hand. Das ist die Geschichte."

Es war ein Weilchen still, dann sagte K.: „Die Handlungsweise des Gastwirts war schön, aber unvorsichtig, oder hatte er besondere Gründe für sein Vertrauen zu Ihnen beiden?"

„Er kannte Hans gut", sagte die Wirtin, „er war Hansens Onkel."

„Dann freilich", sagte K., „Hansens Familie war also offenbar viel an der Verbindung mit Ihnen gelegen?"

„Vielleicht", sagte die Wirtin, „ich weiß es nicht, ich kümmerte mich nie darum."

„Es muß aber doch so gewesen sein", sagte K., „wenn die Familie bereit war, solche Opfer zu bringen und das Wirtshaus einfach ohne Sicherung in Ihre Hände zu geben."

„Es war nicht unvorsichtig, wie sich später gezeigt hat", sagte die Wirtin. „Ich warf mich in die Arbeit, stark war ich, des Schmiedes Tochter, ich brauchte nicht Magd nicht Knecht, ich war überall, in der Wirtsstube, in der Küche, im Stall, im Hof, ich kochte so gut, daß ich sogar dem Herrenhof Gäste abjagte, Sie waren Mittag noch nicht in der Wirtsstube, Sie kennen nicht unsere Mittagsgäste, damals waren noch mehr, seither haben sich schon viele verlaufen. Und das Ergebnis war daß wir nicht nur den Pacht richtig zahlen konnten, sondern nach einigen Jahren das Ganze kauften und es heute fast

[131]

schuldenfrei ist. Das weitere Ergebnis freilich war, daß
ich mich dabei zerstörte, herzkrank wurde und nun eine
alte Frau bin. Sie glauben vielleicht, daß ich viel älter als
Hans bin, aber in Wirklichkeit ist er nur zwei oder drei
Jahre jünger und wird allerdings niemals altern, denn bei
seiner Arbeit – Pfeiferauchen, den Gästen zuhören, dann
die Pfeife ausklopfen und manchmal ein Bier holen – bei
dieser Arbeit altert man nicht."

„Ihre Leistungen sind bewundernswert", sagte K.,
„daran ist kein Zweifel, aber wir sprachen von den Zeiten vor Ihrer Heirat und damals wäre es doch merkwürdig gewesen, wenn Hansens Familie unter Geldopfern
oder zumindest mit Übernahme eines so großen Risikos,
wie es die Hingabe des Wirtshauses war, zur Heirat gedrängt und hiebei keine andere Hoffnung gehabt hätte,
als Ihre Arbeitskraft, die man ja noch gar nicht kannte,
und Hansens Arbeitskraft, deren Nichtvorhandensein
man doch schon erfahren haben mußte."

„Nun ja", sagte die Wirtin müde, „ich weiß ja worauf
Sie zielen und wie fehl Sie dabei gehn. Von Klamm war
in allen diesen Dingen keine Spur. Warum hätte er für
mich sorgen sollen oder richtiger: wie hätte er überhaupt
für mich sorgen können? Er wußte ja nichts mehr von
mir. Daß er mich nicht mehr hatte rufen lassen, war ein
Zeichen, daß er mich vergessen hatte. Wen er nicht mehr
rufen läßt, vergißt er völlig. Ich wollte davon vor Frieda
nicht reden. Es ist aber nicht nur Vergessen, es ist mehr

als das. Den welchen man vergessen hat, kann man ja wieder kennen lernen. Bei Klamm ist das nicht möglich. Wen er nicht mehr rufen läßt, den hat er nicht nur für die Vergangenheit völlig vergessen, sondern förmlich auch für alle Zukunft. Wenn ich mir viel Mühe gebe, kann ich mich ja hineindenken in Ihre Gedanken, in Ihre hier sinnlosen, in der Fremde aus der Sie kommen vielleicht gültigen Gedanken. Möglicherweise versteigen Sie sich bis zu der Tollheit zu glauben, Klamm hätte mir gerade einen Hans deshalb zum Mann gegeben, damit ich nicht viel Hindernis habe, zu ihm zu kommen, wenn er mich in Zukunft einmal riefe. Nun, weiter kann auch Tollheit nicht gehn. Wo wäre der Mann, der mich hindern könnte, zu Klamm zu laufen, wenn mir Klamm ein Zeichen gibt? Unsinn, völliger Unsinn, man verwirrt sich selbst, wenn man mit solchem Unsinn spielt."

„Nein", sagte K., „verwirren wollen wir uns nicht, ich war mit meinen Gedanken noch lange nicht so weit wie Sie annehmen, wenn auch um die Wahrheit zu sagen auf dem Wege dorthin. Vorläufig wunderte mich aber nur daß die Verwandtschaft soviel von der Heirat erhoffte und daß diese Hoffnungen sich tatsächlich auch erfüllten, allerdings durch den Einsatz Ihres Herzens, Ihrer Gesundheit. Der Gedanke an einen Zusammenhang dieser Tatsachen mit Klamm drängte sich mir dabei allerdings auf, aber nicht oder noch nicht in der Grobheit, mit der Sie es darstellten, offenbar nur zu dem Zweck

[133]

um mich wieder einmal anfahren zu können, weil Ihnen
das Freude macht. Mögen Sie die Freude haben! Mein
Gedanke aber war der: Zunächst ist Klamm offenbar die
Veranlassung der Heirat. Ohne Klamm wären Sie nicht
unglücklich gewesen, nicht untätig im Vorgärtchen gesessen, ohne Klamm hätte Sie Hans dort nicht gesehn,
ohne Ihre Traurigkeit hätte der schüchterne Hans Sie nie
anzusprechen gewagt, ohne Klamm hätten Sie sich nie
mit Hans in Tränen gefunden, ohne Klamm hätte der
alte gute Onkel-Gastwirt niemals Hans und Sie dort
friedlich beisammen sitzen gesehn, ohne Klamm wären
Sie nicht gleichgültig gegen das Leben gewesen, hätten
also Hans nicht geheiratet. Nun, in dem allen ist doch
schon genug Klamm, sollte ich meinen. Es geht aber
noch weiter. Hätten Sie nicht Vergessen gesucht, hätten
Sie gewiß nicht so rücksichtslos gegen sich selbst gearbeitet, und die Wirtschaft nicht so hoch gebracht. Also
auch hier Klamm. Aber Klamm ist auch noch abgesehen
davon die Ursache Ihrer Krankheit, denn Ihr Herz war
schon vor Ihrer Heirat von der unglücklichen Leidenschaft erschöpft. Bleibt nur noch die Frage, was Hansens
Verwandte so sehr an der Heirat lockte. Sie selbst erwähnten einmal, daß Klamms Geliebte zu sein eine un-
verlierbare Rangerhöhung bedeutet, nun, so mag sie also
dies gelockt haben. Außerdem aber, glaube ich, die
Hoffnung, daß der gute Stern, der Sie zu Klamm geführt
hat – vorausgesetzt daß es ein guter Stern war, aber Sie

behaupten es – zu Ihnen gehöre, also bei Ihnen bleiben müsse und Sie nicht etwa so schnell und plötzlich verlassen werde, wie Klamm es getan hat."

„Meinen Sie dieses alles im Ernst?" fragte die Wirtin.

„Im Ernst", sagte K. schnell, „nur glaube ich, daß Hansens Verwandtschaft mit ihren Hoffnungen weder ganz Recht noch ganz Unrecht hatte und ich glaube auch den Fehler zu erkennen, den Sie gemacht haben. Äußerlich scheint ja alles gelungen, Hans ist gut versorgt, hat eine stattliche Frau, steht in Ehren, die Wirtschaft ist schuldenfrei. Aber eigentlich ist doch nicht alles gelungen, er wäre mit einem einfachen Mädchen, dessen erste große Liebe er gewesen wäre, gewiß viel glücklicher geworden; wenn er, wie Sie es ihm vorwerfen, manchmal in der Wirtsstube wie verloren dasteht, so deshalb weil er sich wirklich wie verloren fühlt – ohne darüber unglücklich zu sein, gewiß, soweit kenne ich ihn schon – aber ebenso gewiß ist daß dieser hübsche verständige Junge mit einer andern Frau glücklicher, womit ich gleichzeitig meine, selbstständiger, fleißiger, männlicher geworden wäre. Und Sie selbst sind doch gewiß nicht glücklich und, wie Sie sagten, ohne die drei Andenken wollten Sie gar nicht weiterleben und herzkrank sind Sie auch. Also hatte die Verwandtschaft mit ihren Hoffnungen unrecht? Ich glaube nicht. Der Segen war über Ihnen, aber man verstand nicht ihn herunterzuholen."

„Was hat man denn versäumt?" fragte die Wirtin. Sie

[135]

lag nun ausgestreckt auf dem Rücken und blickte zur Decke empor.

„Klamm zu fragen", sagte K.

„So wären wir also wieder bei Ihnen", sagte die Wirtin.

„Oder bei Ihnen", sagte K., „unsere Angelegenheiten grenzen aneinander."

„Was wollen Sie also von Klamm?" sagte die Wirtin. Sie hatte sich aufrecht gesetzt, die Kissen aufgeschüttelt, um sitzend sich anlehnen zu können und sah K. voll in die Augen. „Ich habe Ihnen meinen Fall, aus dem Sie einiges hätten lernen können, offen erzählt. Sagen Sie mir nun ebenso offen, was Sie Klamm fragen wollen. Nur mit Mühe habe ich Frieda überredet, in ihr Zimmer hinaufzugehn und dort zu bleiben, ich fürchtete, Sie würden in ihrer Anwesenheit nicht genug offen sprechen."

„Ich habe nichts zu verbergen", sagte K. „Zunächst aber will ich Sie auf etwas aufmerksam machen. Klamm vergißt gleich, sagten Sie. Das kommt mir nun erstens sehr unwahrscheinlich vor, zweitens aber ist es unbeweisbar, offenbar nichts anderes als eine Legende, ausgedacht vom Mädchenverstand derjenigen, welche bei Klamm gerade in Gnade waren. Ich wundere mich, daß Sie einer so platten Erfindung glauben."

„Es ist keine Legende", sagte die Wirtin, „es ist vielmehr der allgemeinen Erfahrung entnommen."

[136]

„Also auch durch neue Erfahrung zu widerlegen", sagte K. „Dann gibt es aber auch noch einen Unterschied zwischen Ihrem und Friedas Fall. Daß Klamm Frieda nicht mehr gerufen hätte, ist gewissermaßen gar nicht vorgekommen, vielmehr hat er sie gerufen, aber sie hat nicht gefolgt. Es ist sogar möglich, daß er noch immer auf sie wartet."

Die Wirtin schwieg und ließ nur ihren Blick beobachtend an K. auf und ab gehn. Dann sagte sie: „Ich will allem, was Sie zu sagen haben, ruhig zuhören. Reden Sie lieber offen, als daß Sie mich schonen. Nur eine Bitte habe ich. Gebrauchen Sie nicht Klamms Namen. Nennen Sie ihn ,er' oder sonstwie, aber nicht beim Namen."

„Gern", sagte K., „aber was ich von ihm will, ist schwer zu sagen. Zunächst will ich ihn in der Nähe sehn, dann will ich seine Stimme hören, dann will ich von ihm wissen, wie er sich zu unserer Heirat verhält; um was ich ihn dann vielleicht noch bitten werde, hängt vom Verlauf der Unterredung ab. Es kann manches zur Sprache kommen, aber das Wichtigste ist doch für mich, daß ich ihm gegenüberstehe. Ich habe nämlich noch mit keinem wirklichen Beamten unmittelbar gesprochen. Es scheint das schwerer zu erreichen zu sein als ich glaubte. Nun aber habe ich die Pflicht, mit ihm als einem Privatmann zu sprechen, und dieses ist meiner Meinung nach viel leichter durchzusetzen; als Beamten kann ich ihn nur in seinem vielleicht unzugänglichen Bureau sprechen, im

Schloß oder, was schon fraglich ist, im Herrenhof, als Privatmann aber überall im Haus, auf der Straße, wo es mir nur gelingt ihm zu begegnen. Daß ich dann nebenbei auch den Beamten mir gegenüber haben werde, werde ich gern hinnehmen, aber es ist nicht mein erstes Ziel."

„Gut", sagte die Wirtin und drückte ihr Gesicht in die Kissen, als sage sie etwas Schamloses, „wenn ich durch meine Verbindungen es erreiche, daß Ihre Bitte um eine Unterredung zu Klamm geleitet wird, versprechen Sie mir bis zum Herabkommen der Antwort nichts auf eigene Faust zu unternehmen."

„Das kann ich nicht versprechen", sagte K., „sogerne ich Ihre Bitte oder Ihre Laune erfüllen wollte. Die Sache drängt nämlich, besonders nach dem ungünstigen Ergebnis meiner Besprechung mit dem Vorsteher."

„Dieser Einwand entfällt", sagte die Wirtin, „der Vorsteher ist eine ganz belanglose Person. Haben Sie denn das nicht bemerkt? Er könnte keinen Tag in seiner Stellung bleiben, wenn nicht seine Frau wäre, die alles führt."

„Mizzi?" fragte K. Die Wirtin nickte. „Sie war dabei", sagte K.

„Hat sie sich geäußert?" fragte die Wirtin.

„Nein", sagte K., „ich hatte aber auch nicht den Eindruck, daß sie das könnte."

„Nun ja", sagte die Wirtin, „so irrig sehen Sie alles hier an. Jedenfalls: was der Vorsteher über Sie verfügt hat, hat keine Bedeutung und mit der Frau werde ich gelegentlich reden. Und wenn ich Ihnen nun noch versproche, daß die Antwort Klamms spätestens in einer Woche kommen wird, haben Sie wohl keinen Grund mehr mir nicht nachzugeben."

„Das alles ist nicht entscheidend", sagte K., „mein Entschluß steht fest und ich würde ihn auch auszuführen versuchen, wenn eine ablehnende Antwort käme. Wenn ich aber diese Absicht von vornherein habe, kann ich doch nicht vorher um die Unterredung bitten lassen. Was ohne die Bitte vielleicht ein kühner, aber doch gutgläubiger Versuch bleibt, wäre nach einer ablehnenden Antwort offene Widersetzlichkeit. Das wäre freilich viel schlimmer."

„Schlimmer?" sagte die Wirtin. „Widersetzlichkeit ist es auf jeden Fall. Und nun tun Sie nach Ihrem Willen. Reichen Sie mir den Rock."

Ohne Rücksicht auf K. zog sie sich den Rock an und eilte in die Küche. Schon seit längerer Zeit hörte man Unruhe von der Wirtsstube her. An das Guckfenster war geklopft worden. Die Gehilfen hatten es einmal aufgestoßen und hereingerufen, daß sie Hunger hätten. Auch andere Gesichter waren dann dort erschienen. Sogar einen leisen aber mehrstimmigen Gesang hörte man.

Freilich, K.'s Gespräch mit der Wirtin hatte das Kochen des Mittagessens sehr verzögert; es war noch nicht fertig aber die Gäste waren versammelt, immerhin hatte niemand gewagt, gegen das Verbot der Wirtin die Küche zu betreten. Nun aber da die Beobachter am Guckfenster meldeten, die Wirtin komme schon, liefen die Mägde gleich in die Küche und als K. die Wirtsstube betrat, strömte die erstaunlich zahlreiche Gesellschaft, mehr als zwanzig Leute, Männer und Frauen, provinzmäßig aber nicht bäuerisch angezogen, vom Guckfenster, wo sie versammelt gewesen waren, zu den Tischen, um sich Plätze zu sichern. Nur an einem kleinen Tischchen in einem Winkel saß schon ein Ehepaar mit einigen Kindern, der Mann, ein freundlicher blauäugiger Herr mit zerrauftem grauen Haar und Bart stand zu den Kindern hinabgebeugt und gab mit einem Messer den Takt zu ihrem Gesang, den er immerfort zu dämpfen bemüht war. Vielleicht wollte er sie durch den Gesang den Hunger vergessen machen. Die Wirtin entschuldigte sich vor der Gesellschaft mit einigen gleichgültig hingesprochenen Worten, niemand machte ihr Vorwürfe. Sie sah sich nach dem Wirt um, der sich aber vor der Schwierigkeit der Lage wohl schon längst geflüchtet hatte. Dann ging sie langsam in die Küche; für K., der zu Frieda in sein Zimmer eilte, hatte sie keinen Blick mehr.

7
Der Lehrer

Oben traf K. den Lehrer. Das Zimmer war erfreulicher
Weise kaum wiederzuerkennen, so fleißig war Frieda
gewesen. Es war gut gelüftet worden, der Ofen reichlich ₅
geheizt, der Fußboden gewaschen, das Bett geordnet, die
Sachen der Mägde, dieser hassenswerte Unrat, ein-
schließlich ihrer Bilder waren verschwunden, der Tisch,
der einem früher, wohin man sich auch wendete, mit
seiner schmutzüberkrusteten Platte förmlich nachge- ₁₀
starrt hatte, war mit einer weißen gestrickten Decke
überzogen. Nun konnte man schon Gäste empfangen,
daß K.'s kleiner Wäschevorrat, den Frieda offenbar früh
gewaschen hatte, beim Ofen zum Trocknen ausgehängt
war, störte wenig. Der Lehrer und Frieda waren bei ₁₅
Tisch gesessen, sie erhoben sich bei K.'s Eintritt, Frieda
begrüßte K. mit einem Kuß, der Lehrer verbeugte sich
ein wenig. K., zerstreut und noch in der Unruhe des
Gespräches mit der Wirtin, begann sich zu entschuldigen, daß er den Lehrer bisher noch nicht hatte besuchen ₂₀
können, es war so als nehme er an, der Lehrer hätte
ungeduldig wegen K.'s Ausbleiben nun selbst den Besuch gemacht. Der Lehrer aber in seiner gemessenen Art

schien sich nun erst selbst langsam zu erinnern, daß einmal zwischen ihm und K. eine Art Besuch verabredet worden war. „Sie sind ja, Herr Landvermesser", sagte er langsam, „der Fremde, mit dem ich vor paar Tagen auf dem Kirchplatz gesprochen habe." „Ja", sagte K. kurz; was er damals in seiner Verlassenheit geduldet hatte, mußte er hier in seinem Zimmer sich nicht gefallen lassen. Er wandte sich an Frieda und beriet sich mit ihr wegen eines wichtigen Besuches den er sofort zu machen habe und bei dem er möglichst gut angezogen sein müsse. Frieda rief sofort, ohne K. weiter auszufragen, die Gehilfen, die gerade mit der Untersuchung der neuen Tischdecke beschäftigt waren, und befahl ihnen K.'s Kleider und Stiefel, die er gleich auszuziehn begann, unten im Hof sorgfältig zu putzen. Sie selbst nahm ein Hemd von der Schnur und lief in die Küche hinunter um es zu bügeln.

Jetzt war K. mit dem Lehrer, der wieder still beim Tisch saß, allein, er ließ ihn noch ein wenig warten, zog sich das Hemd aus und begann sich beim Waschbecken zu waschen. Erst jetzt, den Rücken dem Lehrer zugekehrt, fragte er ihn nach dem Grund seines Kommens. „Ich komme im Auftrag des Herrn Gemeindevorstehers", sagte er. K. war bereit den Auftrag zu hören. Da aber K.'s Worte in dem Wasserschwall schwerverständlich waren, mußte der Lehrer näherkommen und lehnte sich neben K. an die Wand. K. entschuldigte sein Wa-

[142]

schen und seine Unruhe mit der Dringlichkeit des beabsichtigten Besuches. Der Lehrer ging darüber hinweg und sagte: „Sie waren unhöflich gegenüber dem Herrn Gemeindevorsteher, diesem alten verdienten vielerfahrenen ehrwürdigen Mann." „Daß ich unhöflich gewesen wäre, weiß ich nicht", sagte K., während er sich abtrocknete, „daß ich aber an anderes zu denken hatte, als an feines Benehmen, ist richtig, denn es handelte sich um meine Existenz, die bedroht ist durch eine schmachvolle amtliche Wirtschaft, deren Einzelheiten ich Ihnen nicht darlegen muß, da Sie selbst ein tätiges Glied dieser Behörde sind. Hat sich der Gemeindevorsteher über mich beklagt?" „Wem gegenüber hätte er sich beklagen sollen?" sagte der Lehrer, „und selbst wenn er jemanden hätte, würde er sich denn jemals beklagen? Ich habe nur ein kleines Protokoll nach seinem Diktat über Ihre Besprechung aufgesetzt und daraus über die Güte des Herrn Vorstehers und über die Art Ihrer Antworten genug erfahren." Während K. seinen Kamm suchte, den Frieda irgendwo eingeordnet haben mußte, sagte er: „Wie? Ein Protokoll? In meiner Abwesenheit nachträglich aufgesetzt von jemandem, der gar nicht bei der Besprechung war. Das ist nicht übel. Und warum denn ein Protokoll? War es denn eine amtliche Handlung?" „Nein", sagte der Lehrer, „eine halbamtliche, auch das Protokoll ist nur halbamtlich, es wurde nur gemacht, weil bei uns in allem strenge Ordnung sein muß. Jeden-

[143]

falls liegt es nun vor und dient nicht zu Ihrer Ehre." K.,
der den Kamm, der ins Bett geglitten war, endlich gefunden hatte, sagte ruhiger: „Mag es vorliegen. Sind Sie
gekommen mir das zu melden?" „Nein", sagte der Lehrer, „aber ich bin kein Automat und mußte Ihnen meine
Meinung sagen. Mein Auftrag dagegen ist ein weiterer
Beweis der Güte des Herrn Vorstehers; ich betone, daß
mir diese Güte unbegreiflich ist und daß ich nur unter
dem Zwang meiner Stellung und in Verehrung des
Herrn Vorstehers den Auftrag ausführe." K., gewaschen
und gekämmt, saß nun in Erwartung des Hemdes und
der Kleider bei Tisch, er war wenig neugierig auf das,
was der Lehrer ihm brachte, auch war er beeinflußt von
der geringen Meinung, welche die Wirtin vom Vorsteher
hatte. „Es ist wohl schon Mittag vorüber?" fragte er in
Gedanken an den Weg, den er vorhatte, dann verbesserte
er sich und sagte: „Sie wollten mir etwas vom Vorsteher
ausrichten." „Nun ja", sagte der Lehrer mit einem Achselzucken, als schüttle er jede eigene Verantwortung von
sich ab. „Der Herr Vorsteher befürchtet, daß Sie, wenn
die Entscheidung Ihrer Angelegenheit zu lange aus-
bleibt, etwas Unbedachtes auf eigene Faust tun werden.
Ich für meinen Teil weiß nicht, warum er das befürchtet,
meine Ansicht ist daß Sie doch am besten tun mögen,
was Sie wollen. Wir sind nicht Ihre Schutzengel und
haben keine Verpflichtung Ihnen auf allen Ihren Wegen
nachzulaufen. Nun gut. Der Herr Vorsteher ist anderer

Meinung. Die Entscheidung selbst, welche Sache der
gräflichen Behörden ist, kann er freilich nicht beschleu-
nigen. Wohl aber will er in seinem Wirkungskreis eine
vorläufige wahrhaftig generöse Entscheidung treffen, es
liegt nur an Ihnen sie anzunehmen, er bietet Ihnen vor-   5
läufig die Stelle eines Schuldieners an." Darauf was ihm
angeboten wurde, achtete K. zunächst kaum, aber die
Tatsache, daß ihm etwas angeboten wurde, schien ihm
nicht bedeutungslos. Es deutete darauf hin, daß er nach
Ansicht des Vorstehers imstande war, um sich zu weh-   10
ren Dinge auszuführen, vor denen sich zu schützen für
die Gemeinde selbst gewisse Aufwendungen rechtfer-
tigte. Und wie wichtig man die Sache nahm. Der Lehrer,
der hier schon eine Zeitlang gewartet und vorher noch
das Protokoll aufgesetzt hatte, mußte ja vom Vorsteher   15
geradezu hergejagt worden sein.

Als der Lehrer sah, daß er nun doch K. nachdenklich
gemacht hatte, fuhr er fort: „Ich machte meine Einwen-
dungen. Ich wies darauf hin, daß bisher kein Schuldiener
nötig gewesen sei, die Frau des Kirchendieners räumt   20
von Zeit zu Zeit auf und Fräulein Gisa, die Lehrerin,
beaufsichtigt es, ich habe genug Plage mit den Kindern,
ich will mich nicht auch noch mit einem Schuldiener
ärgern. Der Herr Vorsteher entgegnete, daß es aber doch
sehr schmutzig in der Schule sei. Ich erwiderte der   25
Wahrheit gemäß, daß es nicht sehr arg sei. Und, fügte ich
hinzu, wird es denn besser werden, wenn wir den Mann

als Schuldiener nehmen? Ganz gewiß nicht. Abgesehen davon, daß er von solchen Arbeiten nichts versteht, hat doch das Schulhaus nur zwei große Lehrzimmer ohne Nebenräume, der Schuldiener muß also mit seiner Fami-
lie in einem der Lehrzimmer wohnen, schlafen, vielleicht gar kochen, das kann natürlich die Reinlichkeit nicht vergrößern. Aber der Herr Vorsteher verwies darauf, daß diese Stelle für Sie eine Rettung in der Not sei und daß Sie daher sich mit allen Kräften bemühen werden,
sie gut auszufüllen, ferner, meinte der Herr Vorsteher, gewinnen wir mit Ihnen auch noch die Kräfte Ihrer Frau und Ihrer Gehilfen, so daß nicht nur die Schule sondern auch der Schulgarten in musterhafter Ordnung wird ge-halten werden können. Das alles widerlegte ich mit
Leichtigkeit. Schließlich konnte der Herr Vorsteher gar nichts mehr zu Ihren Gunsten vorbringen, lachte und sagte nur, Sie seien doch Landvermesser und würden daher die Beete im Schulgarten besonders schön gerade ziehen können. Nun, gegen Späße gibt es keine Einwände und so ging ich mit dem Auftrag zu Ihnen." „Sie machen sich unnütze Sorgen, Herr Lehrer", sagte K., „es fällt mir nicht ein die Stelle anzunehmen." „Vorzüg-lich", sagte der Lehrer, „vorzüglich, ganz ohne Vorbe-halt lehnen Sie ab" und er nahm den Hut, verbeugte sich
und ging.

Gleich darauf kam Frieda mit verstörtem Gesicht her-auf, das Hemd brachte sie ungebügelt, Fragen beantwor-

[146]

tete sie nicht; um sie zu zerstreuen erzählte ihr K. von
dem Lehrer und dem Angebot, kaum hörte sie es, warf
sie das Hemd auf das Bett und lief wieder fort. Sie kam
bald zurück, aber mit dem Lehrer, der verdrießlich aussah und gar nicht grüßte. Frieda bat ihn um ein wenig 5
Geduld – offenbar hatte sie dies schon einigemal getan
auf dem Weg hierher – zog dann K. durch eine Seitentür,
von der er gar nicht gewußt hatte, auf den benachbarten
Dachboden und erzählte dort schließlich aufgeregt, außer Atem, was ihr geschehen war. Die Wirtin, empört 10
darüber, daß sie sich vor K. zu Geständnissen und was
noch ärger war zur Nachgiebigkeit hinsichtlich einer
Unterredung Klamms mit K. erniedrigt und nichts damit
erreicht hatte als, wie sie sagte, kalte und überdies unauf-
richtige Abweisung, sei entschlossen, K. nicht mehr in 15
ihrem Hause zu dulden; habe er Verbindungen mit dem
Schloß, so möge er sie nur sehr schnell ausnützen, denn
noch heute, noch jetzt müsse er das Haus verlassen und
nur auf direkten behördlichen Befehl und Zwang werde
sie ihn wieder aufnehmen, doch hoffe sie daß es nicht 20
dazu kommen werde, denn auch sie habe Verbindungen
mit dem Schloß und werde sie geltend zu machen
verstehn. Übrigens sei er ja in das Wirtshaus nur infolge
der Nachlässigkeit des Wirtes gekommen und sei auch
sonst gar nicht in Not, denn noch heute morgens habe er 25
sich eines andern für ihn bereitstehenden Nachtlagers
gerühmt. Frieda natürlich solle bleiben, wenn Frieda mit

[147]

K. ausziehen sollte, werde sie, die Wirtin, tief unglücklich sein, schon unten in der Küche sei sie bei dem bloßen Gedanken weinend neben dem Herd zusammengesunken, die arme herzleidende Frau, aber wie könne sie
anders handeln, jetzt da es sich, in ihrer Vorstellung wenigstens, geradezu um die Ehre von Klamms Angeden-
ken handle. So stehe es also mit der Wirtin. Frieda freilich werde ihm, K., folgen, wohin er wolle, in Schnee
und Eis, darüber sei natürlich kein weiteres Wort zu
verlieren, aber sehr schlimm sei doch ihrer beiden Lage
jedenfalls, darum habe sie das Angebot des Vorstehers
mit großer Freude begrüßt, sei es auch eine für K. nicht
passende Stelle, so sei sie doch, das werde ausdrücklich
betont, eine nur vorläufige, man gewinne Zeit und werde
leicht andere Möglichkeiten finden, selbst wenn die end-
giltige Entscheidung ungünstig ausfallen sollte. „Im
Notfall", rief schließlich Frieda schon an K.'s Hals,
„wandern wir aus, was hält uns hier im Dorf? Vorläufig
aber, nicht wahr Liebster, nehmen wir das Angebot an,
ich habe den Lehrer zurückgebracht, Du sagst ihm ,an-
genommen', nichts weiter, und wir übersiedeln in die
Schule."

„Das ist schlimm", sagte K. ohne es aber ganz ernsthaft zu meinen, denn die Wohnung kümmerte ihn wenig, auch fror er sehr in seiner Unterwäsche hier auf dem
Dachboden, der, auf zwei Seiten ohne Wand und Fenster, scharf von kalter Luft durchzogen wurde, „jetzt

hast Du das Zimmer so schön hergerichtet und nun sollen wir ausziehn. Ungern, ungern würde ich die Stelle annehmen, schon die augenblickliche Demütigung vor diesem kleinen Lehrer ist mir peinlich und nun soll er gar mein Vorgesetzter werden. Wenn man nur noch ein Weilchen hier bleiben könnte, vielleicht ändert sich meine Lage noch heute nachmittag. Wenn wenigstens Du hier bliebest, könnte man es abwarten und dem Lehrer nur eine unbestimmte Antwort geben. Für mich finde ich immer ein Nachtlager, wenn es sein muß wirklich bei Bar–" Frieda verschloß ihm mit der Hand den Mund. „Das nicht", sagte sie ängstlich, „bitte sage das nicht wieder. Sonst aber folge ich Dir in allem. Wenn Du willst, bleibe ich allein hier, so traurig es für mich wäre. Wenn Du willst lehnen wir den Antrag ab, so unrichtig das meiner Meinung nach wäre. Denn sieh, wenn Du eine andere Möglichkeit findest, gar noch heute Nachmittag, nun, so ist es selbstverständlich, daß wir die Stelle in der Schule sofort aufgeben, niemand wird uns daran hindern. Und was die Demütigung vor dem Lehrer betrifft, so laß mich dafür sorgen, daß es keine wird, ich selbst werde mit ihm sprechen, Du wirst nur stumm dabeistehn und auch später wird es nicht anders sein, niemals wirst Du, wenn Du nicht willst, selbst mit ihm sprechen müssen, ich allein werde in Wirklichkeit seine Untergebene sein und nicht einmal ich werde es sein, denn ich kenne seine Schwächen. So ist also nichts verlo-

[149]

ren, wenn wir die Stelle annehmen, vieles aber, wenn wir sie ablehnen, vor allem würdest Du wirklich auch für Dich allein, wenn Du nicht noch heute etwas vom Schloß erreichst, nirgends, nirgends im Dorf ein Nachtlager finden, ein Nachtlager nämlich für das ich als Deine künftige Frau mich nicht schämen müßte. Und wenn Du kein Nachtlager bekommst, willst Du dann etwa von mir verlangen, daß ich hier im warmen Zimmer schlafe während ich weiß, daß Du draußen in Nacht und Kälte umherirrst." K., der die ganze Zeit über, die Arme über der Brust gekreuzt, mit den Händen seinen Rücken schlug, um sich ein wenig zu erwärmen, sagte: „Dann bleibt nichts übrig, als anzunehmen, komm!"

Im Zimmer eilte er gleich zum Ofen, um den Lehrer kümmerte er sich nicht; dieser saß beim Tisch, zog die Uhr hervor und sagte: „Es ist spät geworden." „Dafür sind wir aber jetzt auch völlig einig, Herr Lehrer", sagte Frieda, „wir nehmen die Stelle an." „Gut", sagte der Lehrer, „aber die Stelle ist dem Herrn Landvermesser angeboten, er selbst muß sich äußern." Frieda kam K. zur Hilfe, „freilich", sagte sie, „er nimmt die Stelle an, nicht wahr K.?" So konnte K. seine Erklärung auf ein einfaches Ja beschränken, das nicht einmal an den Lehrer sondern an Frieda gerichtet war. „Dann", sagte der Lehrer, „bleibt mir nur noch übrig Ihnen Ihre Dienstpflichten vorzuhalten, damit wir in dieser Hinsicht ein für allemal einig sind: Sie haben Herr Landvermesser täglich

[150]

beide Schulzimmer zu reinigen und zu heizen, kleinere
Reparaturen im Haus, ferner an den Schul- und Turnge-
räten selbst vorzunehmen, den Weg durch den Garten
schneefrei zu halten, Botengänge für mich und das Fräulein Lehrerin zu machen und in der wärmern Jahreszeit 5
alle Gartenarbeit zu besorgen. Dafür haben Sie das
Recht, nach Ihrer Wahl in einem der Schulzimmer zu
wohnen; doch müssen Sie, wenn nicht gleichzeitig in
beiden Zimmern unterrichtet wird und Sie gerade in dem
Zimmer, in welchem unterrichtet wird, wohnen, natürlich 10
in das andere Zimmer übersiedeln. Kochen dürfen Sie in
der Schule nicht, dafür werden Sie und die Ihren auf
Kosten der Gemeinde hier im Wirtshaus verpflegt. Daß
Sie sich der Würde der Schule gemäß verhalten müssen
und daß insbesondere die Kinder gar während des Un- 15
terrichts niemals etwa Zeugen unliebsamer Szenen in Ihrer Häuslichkeit werden dürfen, erwähne ich nur nebenbei, denn als gebildeter Mann müssen Sie das ja wissen.
Im Zusammenhang damit bemerke ich noch, daß wir
darauf bestehen müssen, daß Sie Ihre Beziehungen zu 20
Fräulein Frieda möglichst bald legitimieren. Über dies
alles und noch einige Kleinigkeiten wird ein Dienstver-
trag aufgesetzt, den Sie gleich, wenn Sie ins Schulhaus
einziehn, unterschreiben müssen." K. erschien das alles
unwichtig, so als ob es ihn nicht betreffe oder jedenfalls 25
nicht binde, nur die Großtuerei des Lehrers reizte ihn
und er sagte leichthin: „Nun ja, es sind die üblichen

Verpflichtungen." Um diese Bemerkung ein wenig zu verwischen, fragte Frieda nach dem Gehalt. „Ob Gehalt gezahlt wird", sagte der Lehrer, „wird erst nach einmonatlichem Probedienst erwogen werden." „Das ist aber hart für uns", sagte Frieda, „wir sollen fast ohne Geld heiraten, unsere Hauswirtschaft aus nichts schaffen. Könnten wir nicht doch, Herr Lehrer, durch eine Eingabe an die Gemeinde um ein kleines sofortiges Gehalt bitten? Würden Sie dazu raten?" „Nein", sagte der Lehrer, der seine Worte immer an K. richtete. „Einer solchen Eingabe würde nur entsprochen werden, wenn ich es empfehle und ich würde es nicht tun. Die Verleihung der Stelle ist ja nur eine Gefälligkeit Ihnen gegenüber und Gefälligkeiten muß man, wenn man sich seiner öffentlichen Verantwortung bewußt bleibt, nicht zu weit treiben." Nun mischte sich aber doch K. ein, fast gegen seinen Willen. „Was die Gefälligkeit betrifft, Herr Lehrer", sagte er, „glaube ich daß Sie irren. Diese Gefälligkeit ist vielleicht eher auf meiner Seite." „Nein", sagte der Lehrer lächelnd, nun hatte er doch K. zum Reden gezwungen, „darüber bin ich genau unterrichtet. Wir brauchen den Schuldiener etwa so dringend wie den Landvermesser. Schuldiener wie Landvermesser, es ist eine Last an unserem Halse. Es wird mich noch viel Nachdenken kosten, wie ich die Ausgaben vor der Gemeinde begründen soll, am besten und wahrheitsgemäßesten wäre es die Forderung nur auf den Tisch zu wer-

fen und gar nicht zu begründen." „So meine ich es ja",
sagte K., „gegen Ihren Willen müssen Sie mich aufnehmen, trotzdem es Ihnen schweres Nachdenken verursacht müssen Sie mich aufnehmen. Wenn nun jemand
genötigt ist, einen andern aufzunehmen und dieser an- 5
dere sich aufnehmen läßt, so ist er es doch der gefällig
ist." „Sonderbar", sagte der Lehrer, „was sollte uns
zwingen Sie aufzunehmen, des Herrn Vorstehers gutes,
übergutes Herz zwingt uns. Sie werden Herr Landvermesser, das sehe ich wohl, manche Phantasien aufgeben 10
müssen, ehe Sie ein brauchbarer Schuldiener werden.
Und für die Gewährung eines eventuellen Gehaltes machen natürlich solche Bemerkungen wenig Stimmung.
Auch merke ich leider, daß mir Ihr Benehmen noch viel
zu schaffen geben wird, die ganze Zeit über verhandeln 15
Sie ja mit mir, ich sehe es immerfort an und glaube es fast
nicht, in Hemd und Unterhosen." „Ja", rief K. lachend
und schlug in die Hände, „die entsetzlichen Gehilfen,
wo bleiben sie denn?" Frieda eilte zur Tür, der Lehrer,
der merkte, daß nun K. für ihn nicht mehr zu sprechen 20
war, fragte Frieda, wann sie in die Schule einziehn würden, „Heute", sagte Frieda, „dann komme ich morgen
früh revidieren", sagte der Lehrer, grüßte durch Handwinken, wollte durch die Tür, die Frieda für sich geöffnet hatte, hinausgehn, stieß aber mit den Mägden zusam- 25
men, die schon mit ihren Sachen kamen, um sich im
Zimmer wieder einzurichten, er mußte zwischen ihnen,

[153]

die vor niemanden zurückgewichen wären, durch-
schlüpfen, Frieda folgte ihm. „Ihr habt es aber eilig“,
sagte K., der diesmal sehr zufrieden mit ihnen war, „wir
sind noch hier und Ihr müßt schon einrücken?“ Sie antworteten nicht und drehten nur verlegen ihre Bündel,
aus denen K. die wohlbekannten schmutzigen Fetzen
hervorhängen sah. „Ihr habt wohl Euere Sachen noch
niemals gewaschen“, sagte K., es war nicht böse, sondern mit einer gewissen Zuneigung gesagt. Sie merkten
es, öffneten gleichzeitig ihren harten Mund, zeigten die
schönen starken tiermäßigen Zähne und lachten lautlos.
„Nun kommt“, sagte K., „richtet Euch ein, es ist ja Euer
Zimmer.“ Als sie aber noch immer zögerten, – ihr Zimmer schien ihnen wohl allzu sehr verwandelt – nahm K.
eine beim Arm, um sie weiter zu führen. Aber er ließ sie
gleich los, so erstaunt war beider Blick, den sie, nach
einer kurzen gegenseitigen Verständigung, nun nicht
mehr von K. wandten. „Jetzt habt Ihr mich aber genug
lange angesehn“, sagte K. irgendein unangenehmes Gefühl abwehrend, nahm Kleider und Stiefel, die eben
Frieda, schüchtern von den Gehilfen gefolgt, gebracht
hatte, und zog sich an. Unbegreiflich war ihm immer
und jetzt wieder die Geduld, die Frieda mit den Gehilfen
hatte. Sie hatte sie, die doch die Kleider im Hof hätten
putzen sollen, nach längerem Suchen friedlich unten
beim Mittagessen gefunden, die ungeputzten Kleider vor
sich zusammengepreßt auf dem Schooß, sie hatte dann

selbst alles putzen müssen und doch zankte sie, die gemeines Volk gut zu beherrschen wußte, gar nicht mit
ihnen, erzählte, überdies in ihrer Gegenwart, von ihrer
groben Nachlässigkeit wie von einem kleinen Scherz
und klopfte gar noch dem einen leicht wie schmeichelnd 5
auf die Wange. K. wollte ihr nächstens darüber Vorhal-
tungen machen. Jetzt aber war es höchste Zeit wegzugehn. „Die Gehilfen bleiben hier, Dir bei der Übersiedlung zu helfen", sagte K. Sie waren allerdings nicht damit einverstanden, satt und fröhlich wie sie waren hätten 10
sie gern ein wenig Bewegung gemacht. Erst als Frieda
sagte: „Gewiß, Ihr bleibt hier", fügten sie sich. „Weißt
Du, wohin ich gehe?" fragte K. „Ja", sagte Frieda. „Und
Du hältst mich also nicht mehr zurück?" fragte K. „Du
wirst soviele Hindernisse finden", sagte sie, „was würde 15
da mein Wort bedeuten!" Sie küßte K. zum Abschied,
gab ihm, da er nicht zu Mittag gegessen hatte, ein Päck-
chen mit Brot und Wurst, das sie von unten für ihn
mitgebracht hatte, erinnerte ihn daran, daß er dann nicht
mehr hierher, sondern gleich in die Schule kommen solle 20
und begleitete ihn, die Hand auf seiner Schulter, bis vor
die Tür hinaus.

8

Das Warten auf Klamm

Zunächst war K. froh, dem Gedränge der Mägde und
Gehilfen in dem warmen Zimmer entgangen zu sein.
Auch fror es ein wenig, der Schnee war fester, das Gehen
leichter. Nur fing es freilich schon zu dunkeln an und er
beschleunigte die Schritte.

Das Schloß, dessen Umrisse sich schon aufzulösen begannen, lag still wie immer, niemals noch hatte K. dort
das geringste Zeichen von Leben gesehn, vielleicht war
es gar nicht möglich aus dieser Ferne etwas zu erkennen
und doch verlangten es die Augen und wollten die Stille
nicht dulden. Wenn K. das Schloß ansah, so war ihm
manchmal, als beobachte er jemanden, der ruhig dasitze
und vor sich hinsehe, nicht etwa in Gedanken verloren
und dadurch gegen alles abgeschlossen, sondern frei und
unbekümmert; so als sei er allein und niemand beobachte ihn; und doch mußte er merken, daß er beobachtet
wurde, aber es rührte nicht im Geringsten an seine Ruhe
und wirklich – man wußte nicht war es Ursache oder
Folge – die Blicke des Beobachters konnten sich nicht
festhalten und glitten ab. Dieser Eindruck wurde heute
noch verstärkt durch das frühe Dunkel, je länger er hin-

sah, desto weniger erkannte er, desto tiefer sank alles in Dämmerung.

Gerade als K. zu dem noch unbeleuchteten Herrenhof kam, öffnete sich ein Fenster im ersten Stock, ein junger dicker glattrasierter Herr im Pelzrock beugte sich heraus und blieb dann im Fenster, K.'s Gruß schien er auch nicht mit dem leichtesten Kopfnicken zu beantworten. Weder im Flur noch im Ausschank traf K. jemanden, der Geruch von abgestandenem Bier im Ausschank war noch schlimmer als letzthin, etwas derartiges kam wohl im Wirtshaus zur Brücke nicht vor. K. ging sofort zu der Tür, durch die er letzthin Klamm beobachtet hatte, drückte vorsichtig die Klinke nieder, aber die Tür war versperrt; dann suchte er die Stelle zu ertasten, wo das Guckloch war, aber der Verschluß war wahrscheinlich so gut eingepaßt, daß er die Stelle auf diese Weise nicht finden konnte, er zündete deshalb ein Streichholz an. Da wurde er durch einen Schrei erschreckt. In dem Winkel zwischen Tür und Kredenztisch nahe beim Ofen saß zusammengeduckt ein junges Mädchen und starrte ihn in dem Aufleuchten des Streichholzes mit mühsam ge-öffneten schlaftrunkenen Augen an. Es war offenbar die Nachfolgerin Friedas. Sie faßte sich bald, drehte das elektrische Licht auf, der Ausdruck ihres Gesichtes war noch böse, da erkannte sie K. „Ah, der Herr Landver-messer", sagte sie lächelnd, reichte ihm die Hand und stellte sich vor, „ich heiße Pepi." Sie war klein, rot, ge-

[157]

sund, das üppige rötlichblonde Haar war in einen starken Zopf geflochten, außerdem krauste es sich rund um
das Gesicht, sie hatte ein ihr sehr wenig passendes glatt
niederfallendes Kleid aus grauglänzendem Stoff, unten
war es kindlich ungeschickt von einem in eine Masche
endigenden Seidenband zusammengezogen, so daß es sie
beengte. Sie erkundigte sich nach Frieda und ob sie nicht
bald zurückkommen werde. Das war eine Frage, die
nahe an Bosheit grenzte. „Ich bin", sagte sie dann,
„gleich nach Friedas Weggang in Eile hierherberufen
worden, weil man doch nicht eine Beliebige hier verwenden kann, ich war bis jetzt Zimmermädchen, aber es ist
kein guter Tausch den ich gemacht habe. Viel Abend-
und Nachtarbeit ist hier, das ist sehr ermüdend, ich
werde es kaum ertragen, ich wundere mich nicht, daß
Frieda es aufgegeben hat." „Frieda war hier sehr zufrieden", sagte K. um Pepi endlich auf den Unterschied aufmerksam zu machen, der zwischen ihr und Frieda bestand und den sie vernachlässigte. „Glauben Sie ihr
nicht", sagte Pepi, „Frieda kann sich beherrschen, wie
nicht leicht jemand. Was sie nicht gestehen will, gesteht
sie nicht und dabei merkt man gar nicht, daß sie etwas zu
gestehen hätte. Ich diene doch jetzt hier schon einige
Jahre mit ihr, immer haben wir zusammen in einem Bett
geschlafen, aber vertraut bin ich mit ihr nicht, gewiß
denkt sie schon heute nicht mehr an mich. Ihre einzige
Freundin vielleicht ist die alte Wirtin aus dem Brücken-

gasthaus und das ist doch auch bezeichnend." „Frieda ist
meine Braut", sagte K. und suchte nebenbei die Guck-
lochstelle in der Tür. „Ich weiß", sagte Pepi, „deshalb
erzähle ich es ja. Sonst hätte es doch für Sie keine Bedeutung." „Ich verstehe", sagte K., „Sie meinen daß ich   5
stolz darauf sein kann, ein so verschlossenes Mädchen
für mich gewonnen zu haben." „Ja", sagte sie und lachte
zufrieden, so als habe sie K. zu einem geheimen Einverständnis hinsichtlich Friedas gewonnen.

Aber es waren nicht eigentlich ihre Worte, die K. be-   10
schäftigten und ein wenig vom Suchen ablenkten, sondern ihre Erscheinung war es und ihr Vorhandensein an
dieser Stelle. Freilich, sie war viel jünger als Frieda, fast
kindlich noch und ihre Kleidung war lächerlich, sie hatte
sich offenbar angezogen entsprechend den übertriebe-   15
nen Vorstellungen die sie von der Bedeutung eines Ausschankmädchens hatte. Und diese Vorstellungen hatte
sie gar noch in ihrer Art mit Recht, denn die Stellung, für
die sie noch gar nicht paßte, war wohl unverhofft und
unverdient und nur vorläufig ihr zuteil geworden, nicht 20
einmal das Ledertäschchen, das Frieda immer im Gürtel
getragen hatte, hatte man ihr anvertraut. Und ihre angebliche Unzufriedenheit mit der Stellung war nichts als
Überhebung. Und doch, trotz ihres kindlichen Unver-
standes hatte auch sie wahrscheinlich Beziehungen zum   25
Schloß, sie war ja, wenn sie nicht log, Zimmermädchen
gewesen, ohne von ihrem Besitz zu wissen verschlief sie

hier die Tage, aber eine Umarmung dieses kleinen dicken
ein wenig rundrückigen Körpers konnte ihr zwar den
Besitz nicht entreißen, konnte aber an ihn rühren und
aufmuntern für den schweren Weg. Dann war es vielleicht nicht anders als bei Frieda? Oh doch, es war anders. Man mußte nur an Friedas Blick denken, um das zu
verstehn. Niemals hätte K. Pepi angerührt. Aber doch
mußte er jetzt für ein Weilchen seine Augen bedecken,
so gierig sah er sie an.

„Es muß ja nicht angezündet sein", sagte Pepi und
drehte das Licht wieder aus, „ich habe nur angezündet,
weil Sie mich so sehr erschreckt haben. Was wollen Sie
denn hier? Hat Frieda etwas vergessen?" „Ja", sagte K.
und zeigte auf die Tür, „hier im Zimmer nebenan, eine
Tischdecke, eine weiße, gestrickte." „Ja, ihre Tischdecke", sagte Pepi, „ich erinnere mich, eine schöne Arbeit, ich habe ihr auch dabei geholfen, aber in diesem
Zimmer ist sie wohl kaum." „Frieda glaubt es. Wer
wohnt denn hier?" fragte K. „Niemand", sagte Pepi, „es
ist das Herrenzimmer, hier trinken und essen die Herren, d.h. es ist dafür bestimmt, aber die meisten Herren
bleiben oben in ihren Zimmern." „Wenn ich wüßte",
sagte K., „daß jetzt nebenan niemand ist, würde ich sehr
gerne hineingehn und die Decke suchen. Aber es ist eben
unsicher, Klamm z.B. pflegt oft dort zu sitzen."
„Klamm ist jetzt gewiß nicht dort", sagte Pepi, „er fährt
ja gleich weg, der Schlitten wartet schon im Hof."

Sofort, ohne ein Wort der Erklärung, verließ K. den Ausschank, wandte sich im Flur statt zum Ausgang, gegen das Innere des Hauses und hatte nach wenigen Schritten den Hof erreicht. Wie still und schön hier war! Ein viereckiger Hof, auf drei Seiten vom Hause, gegen die Straße zu – eine Nebenstraße die K. nicht kannte – von einer hohen weißen Mauer mit einem großen schweren jetzt offenen Tor begrenzt. Hier auf der Hofseite schien das Haus höher als auf der Vorderseite, wenigstens war der erste Stock vollständig ausgebaut und hatte ein größeres Ansehen, denn er war von einer hölzernen, bis auf einen kleinen Spalt in Augenhöhe geschlossenen Gallerie umlaufen. K. schief gegenüber, noch im Mitteltrakt aber schon im Winkel, wo sich der gegenüberliegende Seitenflügel anschloß, war ein Eingang ins Haus, offen, ohne Tür. Davor stand ein dunkler geschlossener mit zwei Pferden bespannter Schlitten. Bis auf den Kutscher, den K. auf die Entfernung hin jetzt in der Dämmerung mehr vermutete, als erkannte, war niemand zu sehn.

Die Hände in den Taschen, vorsichtig sich umschauend, nahe an der Mauer umgieng K. zwei Seiten des Hofes, bis er beim Schlitten war. Der Kutscher, einer jener Bauern, die letzthin im Ausschank gewesen waren, hatte ihn, im Pelz versunken, teilnahmslos herankommensehn, so wie man etwa den Weg einer Katze verfolgt. Auch als K. schon bei ihm stand, grüßte, und sogar die

[161]

Pferde ein wenig unruhig wurden wegen des aus dem Dunkel auftauchenden Mannes, blieb er gänzlich unbekümmert. Das war K. sehr willkommen. Angelehnt an die Mauer packte er sein Essen aus, gedachte dankbar Friedas, die ihn so gut versorgt hatte, und spähte dabei in das Innere des Hauses. Eine rechtwinklig gebrochene Treppe führte herab, und war unten von einem niedrigen aber scheinbar tiefen Gang gekreuzt, alles war rein, weiß getüncht, scharf und gerade abgegrenzt.

Das Warten dauerte länger als K. gedacht hatte. Längst schon war er mit dem Essen fertig, die Kälte war empfindlich, aus der Dämmerung war schon völlige Finsternis geworden und Klamm kam noch immer nicht. „Das kann noch sehr lange dauern", sagte plötzlich eine rauhe Stimme so nahe bei K., daß er zusammenfuhr. Es war der Kutscher der, wie aufgewacht, sich streckte und laut gähnte. „Was kann denn lange dauern?" fragte K., nicht undankbar wegen der Störung, denn die fortwährende Stille und Spannung war schon lästig gewesen. „Ehe Sie weggehn werden", sagte der Kutscher. K. verstand ihn nicht, fragte aber nicht weiter, er glaubte auf diese Weise den Hochmütigen am besten zum Reden zu bringen. Ein Nichtantworten hier in der Finsternis war fast aufreizend. Und tatsächlich fragte der Kutscher nach einem Weilchen: „Wollen Sie Kognak?" „Ja", sagte K. unüberlegt, durch das Angebot allzusehr verlockt, denn ihn fröstelte. „Dann machen Sie den Schlitten auf", sagte der

Kutscher, „in der Seitentasche sind einige Flaschen, nehmen Sie eine, trinken Sie und reichen Sie sie mir dann. Mir ist es wegen des Pelzes zu beschwerlich hinunterzusteigen." Es verdroß K. solche Handreichungen zu machen, aber da er sich nun mit dem Kutscher schon eingelassen hatte, gehorchte er, selbst auf die Gefahr hin beim Schlitten etwa von Klamm überrascht zu werden. Er öffnete die breite Tür und hätte gleich aus der Tasche, welche auf der Innenseite der Tür angebracht war, die Flasche herausziehn können, aber da nun die Tür offen war, trieb es ihn so sehr in das Innere des Schlittens, daß er nicht widerstehen konnte, nur einen Augenblick lang wollte er drin sitzen. Er huschte hinein. Außerordentlich war die Wärme im Schlitten und sie blieb so trotzdem die Tür, die K. nicht zu schließen wagte, weit offen war. Man wußte gar nicht, ob man auf einer Bank saß, so sehr lag man in Decken, Pölstern und Pelzen; nach allen Seiten konnte man sich drehn und strecken, immer versank man weich und warm. Die Arme ausgebreitet, den Kopf durch Pölster gestützt, die immer bereit waren, blickte K. aus dem Schlitten in das dunkle Haus. Warum dauerte es so lange, ehe Klamm herunterkam? Wie betäubt von der Wärme nach dem langen Stehen im Schnee wünschte K. daß Klamm endlich komme. Der Gedanke, daß er in seiner jetzigen Lage von Klamm lieber nicht gesehen werden sollte, kam ihm nur undeutlich, als leise Störung zu Bewußtsein. Unterstützt in dieser Vergeß-

[163]

lichkeit wurde er durch das Verhalten des Kutschers, der doch wissen mußte, daß er im Schlitten war, und ihn dort ließ, sogar ohne den Kognak von ihm zu fordern. Das war rücksichtsvoll, aber K. wollte ihn ja bedienen; schwerfällig, ohne seine Lage zu verändern langte er nach der Seitentasche, aber nicht in der offenen Tür, die zu weit entfernt war, sondern hinter sich in die geschlossene, nun, es war gleichgültig, auch in dieser waren Flaschen. Er holte eine hervor, schraubte den Verschluß auf und roch dazu, unwillkürlich mußte er lächeln, der Geruch war so süß, so schmeichelnd, so wie wenn man von jemand, den man sehr lieb hat, Lob und gute Worte hört und gar nicht genau weiß, um was es sich handelt und es gar nicht wissen will und nur glücklich ist in dem Bewußtsein, daß er es ist, der so spricht. „Sollte das Kognak sein?" fragte sich K. zweifelnd und kostete aus Neugier. Doch, es war Kognak, merkwürdiger Weise, und brannte und wärmte. Wie es sich beim Trinken verwandelte, aus etwas, das fast nur Träger süßen Duftes war in ein kutschermäßiges Getränk. „Ist es möglich?" fragte sich K., wie vorwurfsvoll gegen sich selbst und trank noch einmal.

Da – K. war gerade in einem langen Schluck befangen – wurde es hell, das elektrische Licht brannte, innen auf der Treppe, im Gang, im Flur, außen über dem Eingang. Man hörte Schritte die Treppe herabkommen, die Flasche entfiel K.'s Hand, der Kognak ergoß sich über einen Pelz, K. sprang aus dem Schlitten, gerade hatte er noch die Tür zuschlagen können, was einen dröhnenden Lärm gab, als kurz darauf ein Herr langsam aus dem Hause trat. Das einzig Tröstliche schien, daß es nicht Klamm war oder war gerade dieses zu bedauern? Es war der Herr, den K. schon im Fenster des ersten Stockes gesehen hatte. Ein junger Herr, äußerst wohl aussehend, weiß und rot, aber sehr ernst. Auch K. sah ihn düster an aber er meinte sich selbst mit diesem Blick. Hätte er doch lieber seine Gehilfen hergeschickt, sich so zu benehmen wie er es getan hatte, hätten auch sie verstanden. Ihm gegenüber der Herr schwieg noch, so als hätte er für das zu Sagende nicht genug Atem in seiner überbreiten Brust. „Das ist ja entsetzlich", sagte er dann und schob seinen Hut ein wenig aus der Stirn. Wie? Der Herr wußte doch wahrscheinlich nichts von K.'s Aufenthalt im Schlitten und fand schon irgendetwas entsetzlich? Etwa daß K. bis in den Hof gedrungen war? „Wie kommen Sie denn hierher?" fragte dann der Herr schon leiser, schon ausatmend, sich ergebend in das Unabänderliche. Was für Fragen! Was für Antworten! Sollte etwa K. noch ausdrücklich selbst dem Herrn bestätigen, daß sein mit soviel Hoffnungen begonnener Weg vergebens gewesen war? Statt zu antworten wandte sich K. zum Schlitten, öffnete ihn und holte seine Mütze, die er drin vergessen hatte. Mit Unbehagen merkte er, wie der Kognak auf das Trittbrett tropfte.

[165]

Dann wandte er sich wieder dem Herrn zu; ihm zu
zeigen, daß er im Schlitten gewesen war, hatte er nun
keine Bedenken mehr, es war auch nicht das Schlimmste;
wenn er gefragt würde, allerdings nur dann, wollte er
nicht verschweigen, daß ihn der Kutscher selbst, zumindest zum Öffnen des Schlittens veranlaßt hatte. Das eigentlich Schlimme aber war ja, daß ihn der Herr überrascht hatte, daß nicht genug Zeit mehr gewesen war,
sich vor ihm zu verstecken, um dann ungestört auf
Klamm warten zu können oder daß er nicht genug Geistesgegenwart gehabt hatte, im Schlitten zu bleiben, die
Tür zu schließen und dort auf den Pelzen Klamm zu
erwarten oder dort wenigstens zu bleiben solange dieser
Herr in der Nähe war. Freilich, er hatte ja nicht wissen
können, ob nicht vielleicht doch schon jetzt Klamm
selbst komme, in welchem Fall es natürlich viel besser
gewesen wäre, ihn außerhalb des Schlittens zu empfangen. Ja, es war mancherlei hier zu bedenken gewesen,
jetzt aber gar nichts mehr, denn es war zu Ende.

„Kommen Sie mit mir", sagte der Herr, nicht eigentlich befehlend, aber der Befehl lag nicht in den Worten,
sondern in einem sie begleitenden kurzen absichtlich
gleichgültigen Schwenken der Hand. „Ich warte hier auf
jemanden", sagte K., nicht mehr in Hoffnung auf irgendeinen Erfolg, sondern nur grundsätzlich. „Kommen
Sie", sagte der Herr nochmals, ganz unbeirrt, so als
wolle er zeigen, daß er niemals daran gezweifelt habe,

daß K. auf jemanden warte. „Aber ich verfehle dann den
auf den ich warte", sagte K. mit einem Zucken des Körpers. Trotzallem was geschehen war hatte er das Gefühl,
daß das was er bisher erreicht hatte eine Art Besitz war,
den er zwar nur noch scheinbar festhielt aber doch nicht ₅
auf einen beliebigen Befehl hin ausliefern mußte. „Sie
verfehlen ihn auf jeden Fall ob Sie warten oder gehn",
sagte der Herr zwar schroff in seiner Meinung aber auffallend nachgiebig für K.'s Gedankengang. „Dann will
ich ihn lieber beim Warten verfehlen", sagte K. trotzig, ₁₀
durch bloße Worte dieses jungen Herrn würde er sich
gewiß nicht von hier vertreiben lassen. Darauf schloß
der Herr mit einem überlegenen Ausdruck des zurück-
gelehnten Gesichtes für ein Weilchen die Augen, so als
wolle er von K.'s Unverständigkeit wieder zu seiner ei- ₁₅
genen Vernunft zurückkehren, umlief mit der Zungen-
spitze die Lippen des ein wenig geöffneten Mundes und
sagte dann zum Kutscher: „Spannen Sie die Pferde aus!"
Der Kutscher, ergeben dem Herrn, aber mit einem
bösen Seitenblick auf K. mußte nun doch im Pelz hinun- ₂₀
tersteigen und begann sehr zögernd, so als erwarte er
nicht vom Herrn einen Gegenbefehl, aber von K. eine
Sinnesänderung, die Pferde mit dem Schlitten rückwärts
näher zum Seitenflügel zurückzuführen, in welchem offenbar hinter einem großen Tor der Stall mit dem Wa- ₂₅
genschupfen untergebracht war. K. sah sich allein zurückbleiben, auf der einen Seite entfernte sich der Schlit-

[167]

ten, auf der andern, auf dem Weg den K. gekommen war, der junge Herr, beide allerdings sehr langsam, so als wollten sie K. zeigen, daß es noch in seiner Macht gelegen sei sie zurückzuholen.

Vielleicht hatte er diese Macht, aber sie hätte ihm nicht nützen können; den Schlitten zurückzuholen, bedeutete sich selbst vertreiben. So blieb er still, als einziger der den Platz behauptete, aber es war ein Sieg, der keine Freude machte. Abwechselnd sah er dem Herrn und dem Kutscher nach. Der Herr hatte schon die Tür erreicht, durch die K. zuerst den Hof betreten hatte, noch einmal blickte er zurück, K. glaubte ihn den Kopf schütteln zu sehn über so viel Hartnäckigkeit, dann wandte er sich mit einer entschlossenen kurzen endgiltigen Bewegung um und betrat den Flur, in dem er gleich verschwand. Der Kutscher blieb länger auf dem Hof, er hatte viel Arbeit mit dem Schlitten, er mußte das schwere Stalltor aufmachen, durch Rückwärtsfahren den Schlitten an seinen Ort bringen, die Pferde ausspannen, zu ihrer Krippe führen, das alles machte er ernst, ganz in sich gekehrt, schon ohne jede Hoffnung auf eine baldige Fahrt; dieses schweigende Hantieren ohne jeden Seitenblick auf K. schien diesem ein viel härterer Vorwurf zu sein, als das Verhalten des Herrn. Und als nun nach Beendigung der Arbeit im Stall der Kutscher quer über den Hof gieng in seinem langsamen schaukelnden Gang, das große Tor zumachte, dann zurückkam, alles langsam

[168]

und förmlich nur in Betrachtung seiner eigenen Spur im
Schnee, dann sich im Stall einschloß und nun auch alles
elektrische Licht verlösche – wem hätte es leuchten sollen? – und nur noch oben der Spalt in der Holzgallerie
hell blieb und den irrenden Blick ein wenig festhielt, da ₅
schien es K. als habe man nun alle Verbindung mit ihm
abgebrochen und als sei er nun freilich freier als jemals
und könne hier auf dem ihm sonst verbotenen Ort warten solange er wolle und habe sich diese Freiheit er-
kämpft wie kaum ein anderer es könnte und niemand ₁₀
dürfe ihn anrühren oder vertreiben, ja kaum ansprechen,
aber – diese Überzeugung war zumindest ebenso stark –
als gäbe es gleichzeitig nichts Sinnloseres, nichts Ver-
zweifelteres als diese Freiheit, dieses Warten, diese Un-
verletzlichkeit. ₁₅

9
Kampf gegen das Verhör

Und er riß sich los und ging ins Haus zurück, diesmal
nicht an der Mauer entlang, sondern mitten durch den
Schnee, traf im Flur den Wirt, der ihn stumm grüßte und
auf die Tür des Ausschanks zeigte, folgte dem Wink,
weil ihn fror und weil er Menschen sehen wollte, war
aber sehr enttäuscht, als er dort an einem Tischchen, das
wohl eigens hingestellt worden war, denn sonst begnügte man sich dort mit Fässern, den jungen Herrn
sitzen und vor ihm – ein für K. bedrückender Anblick –
die Wirtin aus dem Brückengasthaus stehen sah. Pepi,
stolz, mit zurückgeworfenem Kopf, ewig gleichem Lächeln, ihrer Würde unwiderlegbar sich bewußt, schwen-
kend den Zopf bei jeder Wendung, eilte hin und wieder,
brachte Bier und dann Tinte und Feder, denn der Herr
hatte Papiere vor sich ausgebreitet, verglich Daten, die er
einmal in diesem, dann wieder einmal in einem Papiere
am andern Ende des Tisches fand, und wollte nun
schreiben. Die Wirtin von ihrer Höhe überblickte still
mit ein wenig aufgestülpten Lippen wie ausruhend den
Herrn und die Papiere, so als habe sie schon alles Nötige
gesagt und es sei gut aufgenommen worden. „Der Herr

Landvermesser, endlich", sagte der Herr bei K.'s Eintritt mit kurzem Aufschauen, dann vertiefte er sich wieder in seine Papiere. Auch die Wirtin streifte K. nur mit einem gleichgültigen, gar nicht überraschten Blick. Pepi aber schien K. überhaupt erst zu bemerken, als er zum Ausschankpult trat und einen Kognak bestellte.

K. lehnte dort, drückte die Hand an die Augen und kümmerte sich um nichts. Dann nippte er von dem Kognak und schob ihn zurück, weil er ungenießbar sei. „Alle Herren trinken ihn", sagte Pepi kurz, goß den Rest aus, wusch das Gläschen und stellte es ins Regal. „Die Herren haben auch besseren", sagte K. „Möglich", sagte Pepi, „ich aber nicht", damit hatte sie K. erledigt und war wieder dem Herrn zu Diensten, der aber nichts benötigte und hinter dem sie nur im Bogen immerfort auf und ab gieng mit respektvollen Versuchen über seine Schultern hinweg einen Blick auf die Papiere zu werfen; es war aber nur wesenlose Neugier und Großtuerei, welche auch die Wirtin mit zusammengezogenen Augenbrauen mißbilligte.

Plötzlich aber horchte die Wirtin auf und starrte, ganz dem Horchen hingegeben, ins Leere. K. drehte sich um, er hörte gar nichts besonderes, auch die andern schienen nichts zu hören, aber die Wirtin lief auf den Fußspitzen mit großen Schritten zu der Tür im Hintergrund, die in den Hof führte, blickte durchs Schlüsselloch, wandte sich dann zu den andern mit aufgerissenen Augen, er-

[171]

hitztem Gesicht, winkte sie mit dem Finger zu sich und nun blickten sie abwechselnd durch, der Wirtin blieb zwar der größte Anteil, aber auch Pepi wurde immer bedacht, der Herr war der verhältnismäßig gleichgültigste. Pepi und der Herr kamen auch bald zurück, nur die Wirtin sah noch immer angestrengt hindurch, tief gebückt, fast kniend, man hatte fast den Eindruck als beschwöre sie jetzt nur noch das Schlüsselloch sie durchzulassen, denn zu sehen war wohl schon längst nichts mehr. Als sie sich dann endlich doch erhob, mit den Händen das Gesicht überfuhr, die Haare ordnete, tief Atem holte, die Augen scheinbar erst wieder an das Zimmer und die Leute hier gewöhnen mußte und es mit Widerwillen tat, sagte K., nicht um sich etwas bestätigen zu lassen, was er wußte, sondern um einem Angriff zuvorzukommen, den er fast fürchtete, so verletzlich war er jetzt: „Ist also Klamm schon fortgefahren?" Die Wirtin ging stumm an ihm vorüber, aber der Herr sagte von seinem Tischchen her: „Ja, gewiß. Da Sie Ihren Wachtposten aufgegeben hatten, konnte ja Klamm fahren. Aber wunderbar ist es wie empfindlich der Herr ist. Bemerkten Sie, Frau Wirtin, wie unruhig Klamm ringsumher sah?" Die Wirtin schien das nicht bemerkt zu haben, aber der Herr fuhr fort: „Nun, glücklicher Weise war ja nichts mehr zu sehn, der Kutscher hatte auch die Fußspuren im Schnee glattgekehrt." „Die Frau Wirtin hat nichts bemerkt", sagte K., aber er sagte es nicht aus irgendeiner Hoffnung, sondern nur gereizt durch des Herrn Behauptung, die so abschließend und inappelabel hatte klingen wollen. „Vielleicht war ich gerade nicht beim Schlüsselloch", sagte die Wirtin zunächst, um den Herrn in Schutz zu nehmen, dann aber wollte sie auch Klamm sein Recht geben und fügte hinzu: „Allerdings, ich glaube nicht an eine so große Empfindlichkeit Klamms. Wir freilich haben Angst um ihn und suchen ihn zu schützen und gehen hiebei von der Annahme einer äußersten Empfindlichkeit Klamms aus. Das ist gut so und gewiß Klamms Wille. Wie es sich aber in Wirklichkeit verhält wissen wir nicht. Gewiß Klamm wird mit jemandem, mit dem er nicht sprechen will, niemals sprechen, so viel Mühe sich auch dieser Jemand gibt und so unerträglich er sich vordrängt, aber diese Tatsache allein, daß Klamm niemals mit ihm sprechen, niemals ihn vor sein Angesicht kommen lassen wird, genügt ja, warum sollte er in Wirklichkeit den Anblick irgendjemandes nicht ertragen können. Zumindest läßt es sich nicht beweisen, da es niemals zur Probe kommen wird." Der Herr nickte eifrig. „Es ist das natürlich im Grunde auch meine Meinung", sagte er, „habe ich mich ein wenig anders ausgedrückt so geschah es, um dem Herrn Landvermesser verständlich zu sein. Richtig jedoch ist, daß sich Klamm, als er ins Freie trat, mehrmals im Halbkreis umgesehen hat." „Vielleicht hat er mich gesucht", sagte K. „Möglich", sagte der Herr, „darauf bin ich

[173]

nicht verfallen." Alle lachten, Pepi, die kaum etwas von
dem Ganzen verstand, am lautesten.

„Da wir jetzt so fröhlich beisammen sind", sagte dann
der Herr, „würde ich Sie Herr Landvermesser sehr bitten, durch einige Angaben meine Akten zu ergänzen."
„Es wird hier viel geschrieben", sagte K. und blickte von
der Ferne auf die Akten hin. „Ja, eine schlechte Ange-
wohnheit", sagte der Herr und lachte wieder, „aber vielleicht wissen Sie noch gar nicht, wer ich bin. Ich bin
Momus, der Dorfsekretär Klamms." Nach diesen Worten wurde es im ganzen Zimmer ernst; trotzdem die
Wirtin und Pepi den Herrn natürlich gut kannten, waren
sie doch wie betroffen von der Nennung des Namens
und der Würde. Und sogar der Herr selbst, als habe er
für die eigene Aufnahmsfähigkeit zu viel gesagt, und als
wolle er wenigstens vor jeder nachträglichen den eigenen
Worten innewohnenden Feierlichkeit sich flüchten, vertiefte sich in die Akten und begann zu schreiben, daß
man im Zimmer nichts als die Feder hörte. „Was ist denn
das: Dorfsekretär", fragte K. nach einem Weilchen. Für
Momus, der es jetzt nachdem er sich vorgestellt hatte,
nicht mehr für angemessen hielt, solche Erklärungen
selbst zu geben, sagte die Wirtin: „Herr Momus ist der
Sekretär Klamms wie irgendeiner der Klammschen Sekretäre, aber sein Amtsitz und wenn ich nicht irre auch
seine Amtswirksamkeit —", Momus schüttelte aus dem
Schreiben heraus lebhaft den Kopf und die Wirtin ver-

[174]

besserte sich, „also nur sein Amtsitz nicht seine Amtswirksamkeit sind auf das Dorf eingeschränkt. Herr Momus besorgt die im Dorfe nötig werdenden schriftlichen
Arbeiten Klamms und empfängt alle aus dem Dorf stammenden Ansuchen an Klamm als Erster." Als K., noch
wenig ergriffen von diesen Dingen, die Wirtin mit leeren
Augen ansah, fügte sie halb verlegen hinzu: „So ist es
eingerichtet, alle Herren aus dem Schloß haben ihre
Dorfsekretäre." Momus, der viel aufmerksamer als K.
zugehört hatte, sagte ergänzend zur Wirtin: „Die meisten Dorfsekretäre arbeiten nur für einen Herrn, ich aber
für zwei, für Klamm und für Vallabene." „Ja", sagte die
Wirtin sich nun ihrerseits auch erinnernd und wandte
sich an K., „Herr Momus arbeitet für zwei Herren, für
Klamm und für Vallabene, ist also zweifacher Dorfsekretär." „Zweifacher gar", sagte K. und nickte Momus,
der jetzt fast vorgebeugt voll zu ihm aufsah, zu, so wie
man einem Kind zunickt, das man eben hat loben hören.
Lag darin eine gewisse Verachtung, so wurde sie entweder nicht bemerkt oder geradezu verlangt. Gerade vor
K., der doch nicht einmal würdig genug war, um von
Klamm auch nur zufällig gesehn werden zu dürfen, wurden die Verdienste eines Mannes aus der nächsten Umgebung Klamms ausführlich dargestellt mit der unverhüllten Absicht, K.'s Anerkennung und Lob herauszufordern. Und doch hatte K. nicht den richtigen Sinn
dafür; er, der sich mit allen Kräften um einen Blick

Klamms bemühte, schätzte z. B. die Stellung eines Momus, der unter Klamms Augen leben durfte, nicht hoch ein, fern war ihm Bewunderung oder gar Neid, denn nicht Klamms Nähe an sich war ihm das erstrebenswerte, sondern daß er, K., nur er, kein anderer mit seinen, mit keines andern Wünschen an Klamm herankam und an ihn herankam, nicht um bei ihm zu ruhen sondern um an ihm vorbeizukommen, weiter, ins Schloß.

Und er sah auf seine Uhr und sagte: „Nun muß ich aber nachhause gehn." Sofort änderte sich das Verhältnis zu Momus' Gunsten. „Ja freilich", sagte dieser, „die Schuldienerpflichten rufen. Aber einen Augenblick müssen Sie mir noch widmen. Nur paar kurze Fragen." „Ich habe keine Lust dazu", sagte K. und wollte zur Tür gehn. Momus schlug einen Akt gegen den Tisch und stand auf: „Im Namen Klamms fordere ich Sie auf, meine Fragen zu beantworten." „In Klamms Namen?" wiederholte K., „kümmern ihn denn meine Dinge?" „Darüber", sagte Momus, „habe ich kein Urteil und Sie doch wohl noch viel weniger; das wollen wir also beide getrost ihm überlassen. Wohl aber fordere ich Sie in meiner mir von Klamm verliehenen Stellung auf, zu bleiben und zu antworten." „Herr Landvermesser", mischte sich die Wirtin ein, „ich hüte mich Ihnen noch weiter zu raten, ich bin ja mit meinen bisherigen Ratschlägen, den wohlmeinendsten, die es geben kann, in unerhörter Weise von Ihnen abgewiesen worden und hierher zum

[176]

Herrn Sekretär – ich habe nichts zu verbergen – bin ich
nur gekommen, um das Amt von Ihrem Benehmen und
Ihren Absichten gebürend zu verständigen und mich für
alle Zeiten davor zu bewahren, daß Sie etwa neu bei mir
einquartiert würden, so stehen wir zu einander und 5
daran wird wohl nichts mehr geändert werden und wenn
ich daher jetzt meine Meinung sage, so tue ich es nicht
etwa um Ihnen zu helfen, sondern um dem Herrn Sekretär die schwere Aufgabe, die es bedeutet mit einem
Mann wie Ihnen zu verhandeln, ein wenig zu erleich- 10
tern. Trotzdem aber können Sie eben wegen meiner vollständigen Offenheit – anders als offen kann ich mit
Ihnen nicht verkehren und selbst so geschieht es widerwillig – aus meinen Worten auch für sich Nutzen ziehn,
wenn Sie nur wollen. Für diesen Fall mache ich Sie nun 15
also darauf aufmerksam, daß der einzige Weg, der für Sie
zu Klamm führt, hier durch die Protokolle des Herrn
Sekretärs geht. Aber ich will nicht übertreiben, vielleicht
führt der Weg nicht bis zu Klamm, vielleicht hört er weit
vor ihm auf, darüber entscheidet das Gutdünken des 20
Herrn Sekretärs. Jedenfalls aber ist es der einzige Weg
der für Sie wenigstens in der Richtung zu Klamm führt.
Und auf diesen einzigen Weg wollen Sie verzichten, aus
keinem anderen Grund als aus Trotz?" „Ach Frau Wirtin", sagte K., „es ist weder der einzige Weg zu Klamm, 25
noch ist er mehr wert als die andern. Und Sie, Herr
Sekretär, entscheiden darüber, ob das was ich hier sagen

[177]

würde, bis zu Klamm dringen darf oder nicht." „Allerdings", sagte Momus und blickte mit stolz gesenkten Augen rechts und links, wo nichts zu sehen war, „wozu wäre ich sonst Sekretär." „Nun sehen Sie Frau Wirtin", sagte K., „nicht zu Klamm brauche ich einen Weg, sondern erst zum Herrn Sekretär." „Diesen Weg wollte ich Ihnen öffnen", sagte die Wirtin, „habe ich Ihnen nicht Vormittag angeboten Ihre Bitte an Klamm zu leiten? Dies wäre durch den Herrn Sekretär geschehn. Sie aber haben es abgelehnt und doch wird Ihnen jetzt nichts anderes übrig bleiben, als nur dieser Weg. Freilich nach Ihrer heutigen Aufführung, nach dem versuchten Überfall auf Klamm, mit noch weniger Aussicht auf Erfolg. Aber diese letzte kleinste verschwindende eigentlich gar nicht vorhandene Hoffnung ist doch Ihre einzige." „Wie kommt es Frau Wirtin", sagte K., „daß Sie ursprünglich mich so sehr davon abzuhalten versucht haben, zu Klamm vorzudringen, und jetzt meine Bitte gar so ernst nehmen und mich beim Mißlingen meiner Pläne gewissermaßen für verloren zu halten scheinen? Wenn man mir einmal aus aufrichtigem Herzen davon abraten konnte überhaupt zu Klamm zu streben, wie ist es möglich, daß man mich jetzt scheinbar ebenso aufrichtig auf dem Weg zu Klamm, mag er zugegebener Weise auch gar nicht bis hin führen, geradezu vorwärts treibt?" „Treibe ich Sie denn vorwärts?" sagte die Wirtin, „heißt es vorwärts treiben, wenn ich sage, daß Ihre Versuche hoff-

[178]

nungslos sind? Das wäre doch wahrhaftig das Äußerste
an Kühnheit, wenn Sie auf solche Weise die Verantwortung für sich auf mich überwälzen wollten. Ist es vielleicht die Gegenwart des Herrn Sekretärs, die Ihnen
dazu Lust macht? Nein Herr Landvermesser, ich treibe
Sie zu gar nichts an. Nur das eine kann ich gestehn, daß
ich Sie, als ich Sie zum ersten Male sah, vielleicht ein
wenig überschätzte. Ihr schneller Sieg über Frieda er-
schreckte mich, ich wußte nicht wessen Sie noch fähig
sein könnten, ich wollte weiteres Unheil verhüten und
glaubte dies durch nichts anderes erreichen zu können,
als daß ich Sie durch Bitten und Drohungen zu erschüttern versuchte. Inzwischen habe ich über das Ganze ruhiger zu denken gelernt. Mögen Sie tun was Sie wollen.
Ihre Taten werden vielleicht draußen im Schnee auf dem
Hof tiefe Fußspuren hinterlassen, mehr aber nicht."
„Ganz scheint mir der Widerspruch nicht aufgeklärt zu
sein", sagte K., „doch ich gebe mich damit zufrieden auf
ihn aufmerksam gemacht zu haben. Nun bitte ich aber
Sie Herr Sekretär mir zu sagen, ob die Meinung der Frau
Wirtin richtig ist, daß nämlich das Protokoll, das Sie mit
mir aufnehmen wollen, in seinen Folgen dazu führen
könnte, daß ich vor Klamm erscheinen darf. Ist dies der
Fall, bin ich sofort bereit alle Fragen zu beantworten. In
dieser Hinsicht bin ich überhaupt zu allem bereit."
„Nein", sagte Momus, „solche Zusammenhänge bestehen nicht. Es handelt sich mir nur darum, für die

[179]

Klammsche Dorfregistratur eine genaue Beschreibung
des heutigen Nachmittags zu erhalten. Die Beschreibung
ist schon fertig, nur zwei drei Lücken sollen Sie noch
ausfüllen, der Ordnung halber, ein anderer Zweck besteht nicht und kann auch nicht erreicht werden." K. sah
die Wirtin schweigend an. „Warum sehen Sie mich an",
fragte die Wirtin, „habe ich vielleicht etwas anderes gesagt? So ist er immer, Herr Sekretär, so ist er immer.
Fälscht die Auskünfte, die man ihm gibt, und behauptet
dann, falsche Auskünfte bekommen zu haben. Ich sage
ihm seit jeher, heute und immer, daß er nicht die geringste Aussicht hat von Klamm empfangen zu werden, nun
wenn es also keine Aussicht gibt, wird er sie auch durch
dieses Protokoll nicht bekommen. Kann etwas deutlicher sein? Weiters sage ich, daß dieses Protokoll die einzige wirkliche amtliche Verbindung ist, die er mit
Klamm haben kann, auch das ist doch deutlich genug
und unanzweifelbar. Wenn er mir nun aber nicht glaubt,
immerfort – ich weiß nicht warum und wozu – hofft, zu
Klamm vordringen zu können, dann kann ihm, wenn
man in seinem Gedankengange bleibt, nur die einzige
wirkliche amtliche Verbindung helfen, die er mit Klamm
hat, also dieses Protokoll. Nur dieses habe ich gesagt und
wer etwas anderes behauptet, verdreht böswillig die
Worte." „Wenn es so ist, Frau Wirtin", sagte K., „dann
bitte ich Sie um Entschuldigung, dann habe ich Sie mißverstanden, ich glaubte nämlich, irriger Weise wie sich

jetzt herausstellt, aus Ihren früheren Worten herauszu-
hören, daß doch irgendeine allerkleinste Hoffnung für
mich besteht." „Gewiß", sagte die Wirtin, „das ist allerdings meine Meinung, Sie verdrehen meine Worte wieder, nur diesmal nach der entgegengesetzten Richtung.
Eine derartige Hoffnung für Sie besteht meiner Meinung
nach und gründet sich allerdings nur auf dieses Protokoll. Es verhält sich damit aber nicht so, daß Sie einfach
den Herrn Sekretär mit der Frage anfallen können:
‚werde ich zu Klamm dürfen, wenn ich die Fragen beantworte'. Wenn ein Kind so fragt, lacht man darüber,
wenn es ein Erwachsener tut, ist es eine Beleidigung des
Amtes, der Herr Sekretär hat es nur durch die Feinheit
seiner Antwort gnädig verdeckt. Die Hoffnung aber, die
ich meine, besteht eben darin, daß Sie durch das Protokoll eine Art Verbindung, vielleicht eine Art Verbindung
mit Klamm haben. Ist das nicht Hoffnung genug? Wenn
man Sie nach Ihren Verdiensten fragte, die Sie des Ge-
schenkes einer solchen Hoffnung würdig machen, könnten Sie das Geringste vorbringen? Freilich, genaueres
läßt sich über diese Hoffnung nicht sagen und insbesondere der Herr Sekretär wird in seiner amtlichen
Eigenschaft niemals auch nur die geringste Andeutung darüber machen können. Für ihn handelt es
sich wie er sagte nur um eine Beschreibung des heutigen Nachmittags, der Ordnung halber, mehr wird er
nicht sagen, auch wenn Sie ihn gleich jetzt mit Bezug auf

[181]

meine Worte darnach fragen." „Wird denn, Herr Sekretär", fragte K., „Klamm dieses Protokoll lesen?"
„Nein", sagte Momus, „warum denn? Klamm kann
doch nicht alle Protokolle lesen, er liest sogar überhaupt
keines, ‚Bleibt mir vom Leib mit Eueren Protokollen!'
pflegt er zu sagen." „Herr Landvermesser", klagte die
Wirtin, „Sie erschöpfen mich mit solchen Fragen. Ist es
denn nötig oder auch nur wünschenswert, daß Klamm
dieses Protokoll liest und von den Nichtigkeiten Ihres
Lebens wortwörtlich Kenntnis bekommt, wollen Sie
nicht lieber demütigst bitten, daß man das Protokoll vor
Klamm verbirgt, eine Bitte übrigens, die ebenso unver-
nünftig wäre wie die frühere, denn wer kann vor Klamm
etwas verbergen, die aber doch einen sympatischeren
Charakter erkennen ließe. Und ist es denn für das was
Sie Ihre Hoffnung nennen, nötig? Haben Sie nicht selbst
erklärt, daß Sie zufrieden sein würden, wenn Sie nur
Gelegenheit hätten vor Klamm zu sprechen, auch wenn
er Sie nicht ansehn und Ihnen nicht zuhören würde?
Und erreichen Sie durch dieses Protokoll nicht zumindest dieses, vielleicht aber viel mehr?" „Viel mehr?"
fragte K., „auf welche Weise?" „Wenn Sie nur nicht
immer", rief die Wirtin, „wie ein Kind alles gleich in
eßbarer Form dargeboten haben wollten. Wer kann denn
Antwort auf solche Fragen geben? Das Protokoll kommt
in die Dorfregistratur Klamms, das haben Sie gehört,
mehr kann darüber mit Bestimmtheit nicht gesagt wer-

[182]

den. Kennen Sie aber dann schon die ganze Bedeutung des Protokolls, des Herrn Sekretärs, der Dorfregistratur? Wissen Sie was es bedeutet, wenn der Herr Sekretär Sie verhört? Vielleicht oder wahrscheinlich weiß er es selbst nicht. Er sitzt ruhig hier und tut seine Pflicht, der Ordnung halber, wie er sagte. Bedenken Sie aber, daß ihn Klamm ernannt hat, daß er im Namen Klamms arbeitet, daß das was er tut, wenn es auch niemals bis zu Klamm gelangt, doch von vornherein Klamms Zustimmung hat. Und wie kann etwas Klamms Zustimmung haben, was nicht von seinem Geiste erfüllt ist. Fern sei es von mir damit etwa in plumper Weise dem Herrn Sekretär schmeicheln zu wollen, er würde es sich auch selbst sehr verbitten, aber ich rede nicht von seiner selbstständigen Persönlichkeit, sondern davon was er ist, wenn er Klamms Zustimmung hat, wie eben jetzt. Dann ist er ein Werkzeug, auf dem die Hand Klamms liegt, und wehe jedem, der sich ihm nicht fügt.''

Die Drohungen der Wirtin fürchtete K. nicht, der Hoffnungen, mit denen sie ihn zu fangen suchte, war er müde. Klamm war fern, einmal hatte die Wirtin Klamm mit einem Adler verglichen und das war K. lächerlich erschienen, jetzt aber nicht mehr, er dachte an seine Ferne, an seine uneinnehmbare Wohnung, an seine, nur vielleicht von Schreien, wie sie K. noch nie gehört hatte, unterbrochene Stummheit, an seinen herabdringenden Blick, der sich niemals nachweisen, niemals widerlegen

[183]

ließ, an seine von K.'s Tiefe her unzerstörbaren Kreise, die er oben nach unverständlichen Gesetzen zog, nur für Augenblicke sichtbar – das alles war Klamm und dem Adler gemeinsam. Gewiß aber hatte damit dieses Protokoll nichts zu tun, über dem jetzt gerade Momus ein Salzbrezel auseinanderbrach, das er sich zum Bier schmecken ließ und mit dem er alle Papiere mit Salz und Kümmel überstreute.

„Gute Nacht", sagte K., „ich habe eine Abneigung gegen jedes Verhör" und er ging nun wirklich zur Tür. „Er geht also doch", sagte Momus fast ängstlich zur Wirtin. „Er wird es nicht wagen", sagte diese, mehr hörte K. nicht, er war schon im Flur. Es war kalt und ein starker Wind wehte. Aus einer Tür gegenüber kam der Wirt, er schien dort hinter einem Guckloch den Flur unter Aufsicht gehalten zu haben. Die Schöße seines Rockes mußte er sich um den Leib schlagen, so riß der Wind selbst hier im Flur an ihnen. „Sie gehen schon Herr Landvermesser?" sagte er. „Sie wundern sich darüber?" fragte K. „Ja", sagte der Wirt, „wurden Sie denn nicht verhört?" „Nein", sagte K., „ich ließ mich nicht verhören." „Warum nicht?" fragte der Wirt. „Ich wüßte nicht", sagte K., „warum ich mich verhören lassen solle, warum ich einem Spaß oder einer amtlichen Laune mich fügen solle. Vielleicht hätte ich es ein anderesmal gleichfalls aus Spaß oder Laune getan, heute aber nicht." „Nun ja gewiß", sagte der Wirt, aber es war nur eine höfliche, keine überzeugte Zustimmung. „Ich muß jetzt die Dienerschaft in den Ausschank lassen", sagte er dann, „es ist schon längst ihre Stunde. Ich wollte nur das Verhör nicht stören." „Für so wichtig hielten Sie es?" fragte K. „O ja", sagte der Wirt. „Ich hätte es also nicht ablehnen sollen?" fragte K. „Nein", sagte der Wirt, „das hätten Sie nicht tun sollen." Da K. schwieg, fügte er hinzu, sei es um K. zu trösten, sei es um schneller fortzukommen: „Nun, nun, es muß aber deshalb nicht gleich Schwefel vom Himmel regnen." „Nein", sagte K., „danach sieht das Wetter nicht aus." Und sie gingen lachend auseinander.

10
Auf der Straße

K. trat auf die wild umwehte Freitreppe hinaus und
blickte in die Finsternis. Ein böses, böses Wetter. Irgendwie im Zusammenhang damit fiel ihm ein, wie sich
die Wirtin bemüht hatte ihn dem Protokoll gefügig zu
machen, wie er aber standgehalten hatte. Es war freilich
keine offene Bemühung, im Geheimen hatte sie ihn
gleichzeitig vom Protokoll fortgezerrt, schließlich wußte
man nicht ob man standgehalten oder nachgegeben
hatte. Eine intrigante Natur, scheinbar sinnlos arbeitend
wie der Wind, nach fernen fremden Aufträgen, in die
man nie Einsicht bekam.

Kaum hatte er paar Schritte auf der Landstraße gemacht, als er in der Ferne zwei schwankende Lichter
sah; dieses Zeichen des Lebens freute ihn und er eilte auf
sie zu, die ihm auch ihrerseits entgegenschwebten. Er
wußte nicht warum er so sehr enttäuscht war, als er die
Gehilfen erkannte, sie kamen doch ihm entgegen, wahrscheinlich von Frieda geschickt, und die Laternen, die
ihn von der Finsternis befreiten, in der es ringsum gegen
ihn lärmte, waren wohl sein Eigentum, trotzdem war er
enttäuscht, er hatte Fremde erwartet, nicht diese alten

Bekannten, die ihm eine Last waren. Aber es waren nicht
nur die Gehilfen, aus dem Dunkel zwischen ihnen trat
Barnabas hervor. „Barnabas", rief K. und streckte ihm
die Hand entgegen, „kommst Du zu mir?" Die Überraschung des Wiedersehns machte zunächst allen Ärger 5
vergessen, den Barnabas K. einmal verursacht hatte. „Zu
Dir", sagte Barnabas unverändert freundlich wie einst,
„mit einem Brief von Klamm." „Ein Brief von Klamm!"
sagte K. den Kopf zurückwerfend und nahm ihn eilig
aus des Barnabas Hand. „Leuchtet!" sagte er zu den 10
Gehilfen die sich rechts und links eng an ihn drückten
und die Laternen hoben. K. mußte den großen Briefbo-
gen zum Lesen ganz klein zusammenfalten, um ihn vor
dem Wind zu schützen. Dann las er: „Dem Landvermesser im Brückenhof! Die landvermesserischen Arbei- 15
ten, die Sie bisher ausgeführt haben, finden meine Anerkennung. Auch die Arbeiten der Gehilfen sind lobens-
wert; Sie wissen sie gut zu Arbeit anzuhalten. Lassen Sie
nicht nach in Ihrem Eifer! Führen Sie die Arbeiten zu
einem guten Ende! Eine Unterbrechung würde mich er- 20
bittern. Im übrigen seien Sie getrost, die Entlohnungs-
frage wird nächstens entschieden werden. Ich behalte Sie
im Auge." K. sah vom Brief erst auf, als die viel langsamer als er lesenden Gehilfen zur Feier der guten Nachrichten dreimal laut Hurra riefen und die Laternen 25
schwenkten. „Seid ruhig", sagte er und zu Barnabas:
„Es ist ein Mißverständnis." Barnabas verstand ihn

[187]

nicht. „Es ist ein Mißverständnis", wiederholte K. und die Müdigkeit des Nachmittags kam wieder, der Weg ins Schulhaus schien ihm noch so weit und hinter Barnabas stand dessen ganze Familie auf und die Gehilfen drückten sich noch immer an ihn, so daß er sie mit dem Elbogen wegstieß; wie hatte Frieda sie ihm entgegenschicken können, da er doch befohlen hatte, sie sollten bei ihr bleiben. Den Nachhauseweg hätte er auch allein gefunden und leichter allein als in dieser Gesellschaft. Nun hatte überdies der eine ein Tuch um den Hals geschlungen, dessen freie Enden im Wind flatterten und einigemal gegen das Gesicht K.'s geschlagen hatten, der andere Gehilfe hatte allerdings immer gleich das Tuch von K.'s Gesicht mit seinen langen spitzen immerfort spielenden Fingern weggenommen, damit aber die Sache nicht besser gemacht. Beide schienen sogar an dem Hin und Her Gefallen gefunden zu haben, wie sie überhaupt der Wind und die Unruhe der Nacht begeisterte. „Fort!" schrie K., „wenn Ihr mir schon entgegengekommen seid, warum habt Ihr nicht meinen Stock mitgebracht? Womit soll ich Euch denn nachhause treiben?" Sie duckten sich hinter Barnabas, aber so verängstigt waren sie nicht, daß sie nicht doch ihre Laternen rechts und links auf die Achseln ihres Beschützers gestellt hätten, er schüttelte sie freilich gleich ab. „Barnabas", sagte K. und es legte sich ihm schwer aufs Herz, daß ihn Barnabas sichtlich nicht verstand, daß in ruhigen Zeiten seine Jacke schön glänzte, wenn es aber Ernst wurde, keine Hilfe, nur stummer Widerstand zu finden war, Widerstand, gegen den man nicht ankämpfen konnte, denn er selbst war wehrlos, nur sein Lächeln leuchtete, aber es half ebensowenig wie die Sterne oben gegen den Sturmwind hier unten. „Sieh was mir der Herr schreibt", sagte K. und hielt ihm den Brief vors Gesicht. „Der Herr ist falsch unterrichtet. Ich mache doch keine Vermesserarbeit und was die Gehilfen wert sind siehst Du selbst. Und die Arbeit, die ich nicht mache, kann ich freilich auch nicht unterbrechen, nicht einmal die Erbitterung des Herrn kann ich erregen, wie sollte ich seine Anerkennung verdienen! Und getrost kann ich niemals sein." „Ich werde es ausrichten", sagte Barnabas, der die ganze Zeit über am Brief vorbeigesehen hatte, den er allerdings auch gar nicht hätte lesen können, denn er hatte ihn dicht vor dem Gesicht. „Ach", sagte K., „Du versprichst mir, daß Du es ausrichten wirst, aber kann ich Dir denn wirklich glauben? So sehr brauche ich einen vertrauenswürdigen Boten, jetzt mehr als jemals!" K. biß in die Lippen vor Ungeduld. „Herr", sagte Barnabas mit einer weichen Neigung des Halses – fast hätte K. sich wieder von ihr verführen lassen Barnabas zu glauben – „ich werde es gewiß ausrichten, auch was Du mir letzthin aufgetragen hast, werde ich gewiß ausrichten." „Wie!" rief K., „hast Du denn das noch nicht ausgerichtet? Warst Du denn nicht am nächsten Tag im Schloß?" „Nein", sagte Bar-

[189]

nabas, „mein guter Vater ist alt, Du hast ihn ja gesehn,
und es war gerade viel Arbeit da, ich mußte ihm helfen,
aber nun werde ich bald wieder einmal ins Schloß gehn."
„Aber was tust Du denn, unbegreiflicher Mensch", rief
5 K. und schlug sich an die Stirn, „gehn denn nicht
Klamms Sachen allem andern vor? Du hast das hohe
Amt eines Boten und verwaltest es so schmählich? Wen
kümmert die Arbeit Deines Vaters? Klamm wartet auf
die Nachrichten und Du, statt im Lauf Dich zu über-
10 schlagen, ziehst es vor, den Mist aus dem Stall zu führen." „Mein Vater ist Schuster", sagte Barnabas unbeirrt,
„er hatte Aufträge von Brunswick, und ich bin ja des
Vaters Geselle." „Schuster–Aufträge–Brunswick", rief
K. verbissen, als mache er jedes der Worte für immer
15 unbrauchbar. „Und wer braucht denn hier Stiefel auf
den ewig leeren Wegen. Und was kümmert mich diese
ganze Schusterei, eine Botschaft habe ich Dir anvertraut,
nicht damit Du sie auf der Schusterbank vergißt und
verwirrst, sondern damit Du sie gleich hinträgst zum
20 Herrn." Ein wenig beruhigte sich hier K., als ihm einfiel,
daß ja Klamm wahrscheinlich die ganze Zeit über nicht
im Schloß sondern im Herrenhof gewesen war, aber
Barnabas reizte ihn wieder, als er K.'s erste Nachricht,
zum Beweis daß er sie gut behalten hatte, aufzusagen
25 begann. „Genug, ich will nichts wissen", sagte K. „Sei
mir nicht böse, Herr", sagte Barnabas und wie wenn er
unbewußt K. strafen wollte, entzog er ihm seinen Blick

[190]

und senkte die Augen, aber es war wohl Bestürzung
wegen K.'s Schreien. „Ich bin Dir nicht böse", sagte K.
und seine Unruhe wandte sich nun gegen ihn selbst,
„Dir nicht, aber es ist sehr schlimm für mich, nur einen
solchen Boten zu haben für die wichtigen Dinge." 5
„Sieh", sagte Barnabas und es schien, als sage er, um
seine Botenehre zu verteidigen, mehr als er durfte,
„Klamm wartet doch nicht auf die Nachrichten, er ist
sogar ärgerlich wenn ich komme, ‚wieder neue Nachrichten' sagte er einmal und meistens steht er auf, wenn 10
er mich von der Ferne kommen sieht, geht ins Nebenzimmer und empfängt mich nicht. Es ist auch nicht bestimmt, daß ich gleich mit jeder Botschaft kommen soll,
wäre es bestimmt, käme ich natürlich gleich, aber es ist
nicht darüber bestimmt und wenn ich niemals käme, 15
würde ich nicht darum gemahnt werden. Wenn ich eine
Botschaft bringe, geschieht es freiwillig." „Gut", sagte
K. Barnabas beobachtend und geflissentlich wegsehend
von den Gehilfen, welche abwechselnd hinter Barnabas'
Schultern wie aus der Versenkung langsam aufstiegen 20
und schnell mit einem leichten dem Winde nachgemach-
ten Pfeifen, als seien sie von K.'s Anblick erschreckt,
wieder verschwanden, so vergnügten sie sich lange, „wie
es bei Klamm ist weiß ich nicht; daß Du dort alles genau
erkennen kannst bezweifle ich und selbst wenn Du es 25
könntest, wir könnten diese Dinge nicht bessern. Aber
eine Botschaft überbringen, das kannst Du und darum

[191]

bitte ich Dich. Eine ganz kurze Botschaft. Kannst Du sie
gleich morgen überbringen und gleich morgen mir die
Antwort sagen oder wenigstens ausrichten wie Du aufgenommen wurdest? Kannst Du das und willst Du es
tun? Es wäre für mich sehr wertvoll. Und vielleicht bekomme ich noch Gelegenheit Dir entsprechend zu danken oder vielleicht hast Du schon jetzt einen Wunsch,
den ich erfüllen kann." „Gewiß werde ich den Auftrag
ausführen", sagte Barnabas. „Und willst Du Dich anstrengen, ihn möglichst gut auszuführen, Klamm selbst
ihn überreichen, von Klamm selbst die Antwort bekommen und gleich, alles gleich, morgen, noch am Vormittag, willst Du das?" „Ich werde mein Bestes tun", sagte
Barnabas, „aber das tue ich immer." „Wir wollen jetzt
nicht mehr darüber streiten", sagte K., „das ist der Auftrag: Der Landvermesser K. bittet den Herrn Vorstand
ihm zu erlauben persönlich bei ihm vorzusprechen, er
nimmt von vornherein jede Bedingung an, welche an
eine solche Erlaubnis geknüpft werden könnte. Zu seiner Bitte ist er deshalb gezwungen, weil bisher alle Mit-
telspersonen vollständig versagt haben, zum Beweis
führt er an, daß er nicht die geringste Vermesserarbeit
bisher ausgeführt hat, und nach den Mitteilungen des
Gemeindevorstehers auch niemals ausführen wird; mit
verzweifelter Beschämung hat er deshalb den letzten
Brief des Herrn Vorstandes gelesen, nur die persönliche
Vorsprache beim Herrn Vorstand kann hier helfen. Der

[192]

Landvermesser weiß wie viel er damit erbittet, aber er wird sich anstrengen, die Störung dem Herrn Vorstand möglichst wenig fühlbar zu machen, jeder zeitlichen Beschränkung unterwirft er sich, auch einer etwa als notwendig erachteten Festsetzung der Zahl der Worte, die er bei der Unterredung gebrauchen darf, fügt er sich, schon mit zehn Worten glaubt er auskommen zu können. In tiefer Ehrfurcht und äußerster Ungeduld erwartet er die Entscheidung." K. hatte in Selbstvergessenheit gesprochen, so als stehe er vor Klamms Tür und spreche mit dem Türhüter. „Es ist viel länger geworden, als ich dachte", sagte er dann, „aber Du mußt es doch mündlich ausrichten, einen Brief will ich nicht schreiben, er würde ja doch wieder nur den endlosen Aktenweg gehn." So kritzelte es K. nur für Barnabas auf einem Stück Papier auf eines Gehilfen Rücken, während der andere leuchtete, aber K. konnte es schon nach dem Diktat des Barnabas aufschreiben, der alles behalten hatte und es schülerhaft genau aufsagte, ohne sich um das falsche Einsagen der Gehilfen zu kümmern. „Dein Gedächtnis ist außerordentlich", sagte K. und gab ihm das Papier, „nun aber bitte zeige Dich außerordentlich auch im andern. Und die Wünsche? Hast Du keine? Es würde mich, ich sage es offen, hinsichtlich des Schicksals meiner Botschaft ein wenig beruhigen, wenn Du welche hättest?" Zuerst blieb Barnabas still, dann sagte er: „Meine Schwestern lassen Dich grüßen." „Deine Schwestern",

sagte K., „ja, die großen starken Mädchen." „Beide lassen Dich grüßen, aber besonders Amalia", sagte Barnabas, „sie hat mir auch heute diesen Brief für Dich aus
dem Schloß gebracht." An dieser Mitteilung vor allen
andern sich festhaltend fragte K.: „Könnte sie nicht auch
meine Botschaft ins Schloß bringen? Oder könntet Ihr
nicht beide gehn und jeder sein Glück versuchen?"
„Amalia darf nicht in die Kanzleien", sagte Barnabas,
„sonst würde sie es gewiß sehr gerne tun." „Ich werde
vielleicht morgen zu Euch kommen", sagte K., „komm
nur Du zuerst mit der Antwort. Ich erwarte Dich in der
Schule. Grüß auch von mir Deine Schwestern." K.'s
Versprechen schien Barnabas sehr glücklich zu machen,
nach dem verabschiedenden Händedruck berührte er
überdies noch K. flüchtig an der Schulter. So als sei jetzt
alles wieder wie damals als Barnabas zuerst in seinem
Glanz unter die Bauern in der Wirtsstube getreten war,
empfand K. diese Berührung, lächelnd allerdings, als
eine Auszeichnung. Sanftmütiger geworden ließ er auf
dem Rückweg die Gehilfen tun, was sie wollten.

11

In der Schule

Ganz durchfroren kam er zuhause an, es war überall
finster, die Kerzen in den Laternen waren niederge-
brannt, von den Gehilfen geführt, die sich hier schon
auskannten, tastete er sich in ein Schulzimmer durch –
„Euere erste lobenswerte Leistung", sagte er in Erinnerung an Klamms Brief – noch halb im Schlaf rief aus
einer Ecke Frieda: „Laßt K. schlafen! Stört ihn doch
nicht!" so beschäftigte K. ihre Gedanken, selbst wenn
sie von Schläfrigkeit überwältigt ihn nicht hatte erwarten
können. Nun wurde Licht gemacht, allerdings konnte
die Lampe nicht stark aufgedreht werden, denn es war
nur sehr wenig Petroleum da. Die junge Wirtschaft hatte
noch verschiedene Mängel. Eingeheizt war zwar, aber
das große Zimmer, das auch zum Turnen verwendet
wurde – die Turngeräte standen herum und hingen von
der Decke herab – hatte schon alles vorrätige Holz ver-
braucht, war auch, wie man K. versicherte, schon sehr
angenehm warm gewesen, aber leider wieder ganz aus-
gekühlt. Es war zwar ein großer Holzvorrat in einem
Schupfen vorhanden, dieser Schupfen aber war versperrt
und den Schlüssel hatte der Lehrer, der eine Entnahme

des Holzes nur für das Heizen während der Unterrichtsstunden gestattete. Das wäre erträglich gewesen, wenn
man Betten gehabt hätte um sich in sie zu flüchten. Aber
in dieser Hinsicht war nichts anderes da, als ein einziger
Strohsack, anerkennenswert reinlich mit einem wollenen
Umhängetuch Friedas überzogen, aber ohne Federbett
und nur mit zwei groben steifen Decken, die kaum
wärmten. Und selbst diesen armen Strohsack sahen die
Gehilfen begehrlich an, aber Hoffnung auf ihm jemals
liegen zu dürfen, hatten sie natürlich nicht. Ängstlich
blickte Frieda K. an; daß sie ein Zimmer und sei es das
elendste wohnlich einzurichten verstand, hatte sie ja im
Brückenhof bewiesen, aber hier hatte sie nicht mehr leisten können, ganz ohne Mittel, wie sie gewesen war.
„Unser einziger Zimmerschmuck sind die Turngeräte“,
sagte sie unter Tränen mühselig lächelnd. Aber hinsichtlich der größten Mängel, der ungenügenden Schlafgelegenheit und Heizung versprach sie mit Bestimmtheit
schon für den nächsten Tag Abhilfe und bat K. nur bis
dahin Geduld zu haben. Kein Wort, keine Andeutung,
keine Miene ließ darauf schließen, daß sie gegen K. auch
nur die kleinste Bitterkeit im Herzen trug, trotzdem er
doch, wie er sich sagen mußte, sie sowohl aus dem Herrenhof als auch jetzt aus dem Brückenhof gerissen hatte.
Deshalb bemühte sich aber K. alles erträglich zu finden,
was ihm auch gar nicht so schwer war, weil er in Gedanken mit Barnabas wanderte und seine Botschaft Wort für

Wort wiederholte, aber nicht so wie er sie Barnabas übergeben hatte, sondern so wie er glaubte, daß sie vor Klamm erklingen werde. Daneben aber freute er sich allerdings auch aufrichtig auf den Kaffee, den ihm Frieda auf einem Spiritusbrenner kochte und verfolgte an dem erkaltenden Ofen lehnend ihre flinken vielerfahrenen Bewegungen, mit denen sie auf dem Kathedertisch die unvermeidliche weiße Decke ausbreitete, eine geblümte Kaffeetasse hinstellte, daneben Brot und Speck und sogar eine Sardinenbüchse. Nun war alles fertig, auch Frieda hatte noch nicht gegessen, sondern auf K. gewartet. Zwei Sessel waren vorhanden, dort saßen K. und Frieda beim Tisch, die Gehilfen zu ihren Füßen auf dem Podium, aber sie blieben niemals ruhig, auch beim Essen störten sie; trotzdem sie reichlich von allem bekommen hatten und noch lange nicht fertig waren, erhoben sie sich von Zeit zu Zeit, um festzustellen, ob noch viel auf dem Tisch war und sie noch einiges für sich erwarten konnten. K. kümmerte sich um sie nicht, erst durch Friedas Lachen wurde er auf sie aufmerksam. Er bedeckte ihre Hand auf dem Tisch schmeichelnd mit seiner und fragte leise, warum sie ihnen so vieles nachsehe, ja sogar Unarten freundlich hinnehme. Auf diese Weise werde man sie niemals loswerden, während man es durch eine gewissermaßen kräftige, ihrem Benehmen auch wirklich entsprechende Behandlung erreichen könnte, entweder sie zu zügeln oder was noch wahr-

scheinlicher und auch besser wäre, ihnen die Stellung so
zu verleiden, daß sie endlich durchbrennen würden. Es
scheine ja kein sehr angenehmer Aufenthalt hier im
Schulhaus werden zu wollen, nun er werde ja auch nicht
lange dauern, aber von allen Mängeln würde man kaum
etwas merken, wenn die Gehilfen fort wären und sie
zwei allein wären in dem stillen Haus. Merke sie denn
nicht auch daß die Gehilfen frecher würden von Tag zu
Tag, so als ermutige sie eigentlich erst Friedas Gegenwart und die Hoffnung daß K. vor ihr nicht so fest
zugreifen werde, wie er es sonst tun würde. Übrigens
gäbe es vielleicht ganz einfache Mittel sie sofort ohne alle
Umstände los zu werden, vielleicht kenne sie sogar
Frieda, die doch mit den hiesigen Verhältnissen so vertraut sei. Und den Gehilfen selbst tue man doch wahrscheinlich nur einen Gefallen, wenn man sie irgendwie
vertreibe, denn groß sei ja das Wohlleben nicht, das sie
hier führen und selbst das Faulenzen, das sie bisher ge-
nossen hatten, werde ja hier wenigstens zum Teil aufhören, denn sie würden arbeiten müssen, während Frieda
nach den Aufregungen der letzten Tage sich schonen
müsse und er, K., damit beschäftigt sein werde einen
Ausweg aus ihrer Notlage zu finden. Jedoch werde er,
wenn die Gehilfen fortgehen sollten, dadurch sich so
erleichtert fühlen, daß er leicht alle Schuldienerarbeit
neben allem sonstigen werde ausführen können.

Frieda, die aufmerksam zugehört hatte, streichelte

[198]

langsam seinen Arm und sagte, daß das alles auch ihre
Meinung sei, daß er aber vielleicht doch die Unarten der
Gehilfen überschätze, es seien junge Burschen, lustig
und etwas einfältig, zum erstenmal in Diensten eines
Fremden, aus der strengen Schloßzucht entlassen, daher 5
immerfort ein wenig erregt und erstaunt, und in diesem
Zustand führen sie eben manchmal Dummheiten aus,
über die sich zu ärgern zwar natürlich sei, aber vernünftiger sei es zu lachen. Sie könne sich manchmal nicht
zurückhalten zu lachen. Trotzdem sei sie völlig mit K. 10
einverstanden, daß es das Beste wäre sie wegzuschicken
und allein zuzweit zu sein. Sie rückte näher zu K. und
verbarg ihr Gesicht an seiner Schulter. Und dort sagte sie
so schwer verständlich, daß sich K. zu ihr herabbeugen
mußte, sie wisse aber kein Mittel gegen die Gehilfen und 15
sie fürchte, alles was K. vorgeschlagen hatte, werde
versagen. Soviel sie wisse habe ja K. selbst sie verlangt
und nun habe er sie und werde sie behalten. Am besten
sei es sie leicht hinzunehmen als das leichte Volk, das sie
auch sind, so ertrage man sie am besten. 20
    K. war mit der Antwort nicht zufrieden, halb im
Scherz, halb im Ernst sagte er, sie scheine ja mit ihnen im
Bunde zu sein oder wenigstens eine große Zuneigung zu
ihnen zu haben, nun es seien ja hübsche Burschen aber es
gäbe niemanden den man nicht bei einigem guten Willen 25
loswerden könne und er werde es ihr an den Gehilfen
beweisen.

Frieda sagte, sie werde ihm sehr dankbar sein, wenn es ihm gelinge. Übrigens werde sie von jetzt ab nicht mehr über sie lachen und kein unnötiges Wort mit ihnen sprechen. Sie finde auch nichts mehr an ihnen zu lachen, es sei auch wirklich nichts Geringes immerfort von zwei Männern beobachtet zu werden, sie habe gelernt die zwei mit seinen Augen anzusehn. Und wirklich zuckte sie ein wenig zusammen, als sich jetzt die Gehilfen wieder erhoben, teils um die Eßvorräte zu revidieren, teils um dem fortwährenden Flüstern auf den Grund zu kommen.

K. nützte das aus, um Frieda die Gehilfen zu verleiden, zog Frieda an sich und eng beisammen beendeten sie das Essen. Nun hätte man schlafen gehen sollen und alle waren sehr müde, ein Gehilfe war sogar über dem Essen eingeschlafen, das unterhielt den andern sehr und er wollte die Herrschaft dazu bringen, sich das dumme Gesicht des Schlafenden anzusehn, aber es gelang ihm nicht, abweisend saßen K. und Frieda oben. In der unerträglich werdenden Kälte zögerten sie auch schlafen zu gehn, schließlich erklärte K., es müsse noch eingeheizt werden, sonst sei es nicht möglich zu schlafen. Er forschte nach irgendeiner Axt, die Gehilfen wußten von einer und brachten sie und nun ging es zum Holzschupfen. Nach kurzer Zeit war die leichte Tür erbrochen, entzückt, als hätten sie etwas so Schönes noch nicht erlebt, einander jagend und stoßend, begannen die Gehil-

fen Holz ins Schulzimmer zu tragen, bald war ein großer
Haufen dort, es wurde eingeheizt, alle lagerten sich um
den Ofen, eine Decke bekamen die Gehilfen, um sich in
sie einzuwickeln, sie genügte ihnen vollauf, denn es
wurde verabredet, daß immer einer wachen und das
Feuer erhalten solle, bald war es beim Ofen so warm,
daß man gar nicht mehr die Decken brauchte, die Lampe
wurde ausgelöscht und glücklich über die Wärme und
Stille streckten sich K. und Frieda zum Schlaf.

Als K. in der Nacht durch irgendein Geräusch erwachte und in der ersten unsichern Schlafbewegung
nach Frieda tastete, merkte er daß statt Friedas ein Gehilfe neben ihm lag. Es war das, wahrscheinlich infolge
der Reizbarkeit, die schon das plötzliche Gewecktwerden mit sich brachte, der größte Schrecken, den er bisher
im Dorf erlebt hatte. Mit einem Schrei erhob er sich halb
und gab besinnungslos dem Gehilfen einen solchen
Faustschlag, daß er zu weinen anfing. Das Ganze klärte
sich übrigens gleich auf. Frieda war dadurch geweckt
worden, daß – wenigstens war es ihr so erschienen –
irgendein großes Tier, eine Katze wahrscheinlich, ihr auf
die Brust gesprungen und dann gleich weggelaufen sei.
Sie war aufgestanden und suchte mit einer Kerze das
ganze Zimmer nach dem Tiere ab. Das hatte der eine
Gehilfe benützt, um sich für ein Weilchen den Genuß
des Strohsackes zu verschaffen, was er jetzt bitter büßte.
Frieda aber konnte nichts finden, vielleicht war es nur

[201]

eine Täuschung gewesen, sie kehrte zu K. zurück, auf dem Weg strich sie, als hätte sie das Abendgespräch vergessen, dem zusammengekauert wimmernden Gehilfen tröstend über das Haar. K. sagte dazu nichts, nur den Gehilfen befahl er mit dem Heizen aufzuhören, denn es war unter Verbrauch fast des ganzen angesammelten Holzes schon überheiß geworden.

Am Morgen erwachten alle erst, als schon die ersten Schulkinder da waren und neugierig die Lagerstätte umringten. Das war unangenehm, denn infolge der großen Hitze, die jetzt gegen Morgen allerdings wieder einer empfindlichen Kühle gewichen war, hatten sich alle bis auf das Hemd ausgekleidet und gerade als sie sich anzuziehn anfiengen erschien Gisa, die Lehrerin, ein blondes großes schönes nur ein wenig steifes Mädchen, in der Tür. Sie war sichtlich auf den neuen Schuldiener vorbereitet und hatte wohl auch vom Lehrer Verhaltungsmaßregeln erhalten, denn schon auf der Schwelle sagte sie: „Das kann ich nicht dulden. Das wären schöne Verhältnisse. Sie haben bloß die Erlaubnis im Schulzimmer zu schlafen, ich aber habe nicht die Verpflichtung in Ihrem Schlafzimmer zu unterrichten. Eine Schuldienersfamilie, die sich bis in den Vormittag in den Betten räkelt. Pfui!" Nun, dagegen wäre einiges zu sagen, besonders hinsichtlich der Familie und der Betten, dachte K., während er mit Frieda – die Gehilfen waren dazu nicht zu brauchen, auf dem Boden liegend staunten sie die Lehre-

rin und die Kinder an – eiligst den Barren und das Pferd
herbeischob, beide mit den Decken überwarf und so einen kleinen Raum bildete, in dem man vor den Blicken
der Kinder gesichert, sich wenigstens anziehn konnte.
Ruhe hatte man allerdings keinen Augenblick, zuerst 5
zankte die Lehrerin weil im Waschbecken kein frisches
Wasser war – gerade hatte K. daran gedacht das Waschbecken für sich und Frieda zu holen, er gab die Absicht
zunächst auf, um die Lehrerin nicht allzusehr zu reizen,
aber der Verzicht half nichts, denn kurz darauf erfolgte 10
ein großer Krach, unglücklicherweise hatte man nämlich
versäumt die Reste des Nachtmahls vom Katheder zu
räumen, die Lehrerin entfernte alles mit dem Lineal, alles
flog auf die Erde; daß das Sardinenöl und die Kaffeereste
ausflossen und der Kaffeetopf in Trümmer ging, mußte 15
die Lehrerin nicht kümmern, der Schuldiener würde ja
gleich Ordnung machen. Noch nicht ganz angezogen
sahen K. und Frieda am Barren lehnend der Vernichtung
ihres kleinen Besitzes zu, die Gehilfen, die offenbar gar
nicht daran dächten sich anzuziehn, lugten zum großen 20
Vergnügen der Kinder unten zwischen den Decken
durch. Am meisten schmerzte Frieda natürlich der Verlust des Kaffeetopfes, erst als K., um sie zu trösten, ihr
versicherte, er werde gleich zum Gemeindevorsteher
gehn und Ersatz verlangen und bekommen, faßte sie sich 25
so weit, daß sie, nur in Hemd und Unterrock, aus der
Umzäunung hinauslief um wenigstens die Decke zu ho-

len und vor weiterer Beschmutzung zu bewahren. Es gelang ihr auch, trotzdem die Lehrerin, um sie abzuschrecken, mit dem Lineal immerfort nervenzerrüttend auf den Tisch hämmerte. Als K. und Frieda sich angezogen hatten, mußten sie die Gehilfen, die von den Ereignissen wie benommen waren, nicht nur mit Befehlen und Stößen zum Anziehen drängen sondern zum Teil sogar selbst anziehn. Dann als alle fertig waren, verteilte K. die nächsten Arbeiten, die Gehilfen sollten Holz holen und einheizen, zuerst aber im andern Schulzimmer, von dem noch große Gefahren drohten, denn dort war wahrscheinlich schon der Lehrer, Frieda sollte den Fußboden reinigen und K. würde Wasser holen und sonst Ordnung machen, an Frühstücken war vorläufig nicht zu denken. Um sich aber im allgemeinen über die Stimmung der Lehrerin zu unterrichten, wollte K. als erster hinausgehn, die andern sollten erst folgen, wenn er sie riefe, er traf diese Einrichtung einerseits weil er durch Dummheiten der Gehilfen die Lage nicht von vornherein verschlimmern lassen wollte und anderseits weil er Frieda möglichst schonen wollte, denn sie hatte Ehrgeiz, er keinen, sie war empfindlich, er nicht, sie dachte nur an die gegenwärtigen kleinen Abscheulichkeiten, er aber an Barnabas und die Zukunft. Frieda folgte allen seinen Anordnungen genau, ließ kaum die Augen von ihm. Kaum war er vorgetreten rief die Lehrerin unter dem Gelächter der Kinder, das von jetzt ab überhaupt nicht mehr auf-

hörte: „Na, ausgeschlafen?" und als K. darauf nicht achtete, weil es doch keine eigentliche Frage war, sondern
auf den Waschtisch losging, fragte die Lehrerin: „Was
haben Sie denn meiner Mieze gemacht?" Eine große alte
fleischige Katze lag träg ausgebreitet auf dem Tisch und
die Lehrerin untersuchte ihre offenbar ein wenig verletzte Pfote. Frieda hatte also doch Recht gehabt, diese
Katze war zwar nicht auf sie gesprungen, denn springen
konnte sie wohl nicht mehr, aber über sie hinweggekro-
chen, war über die Anwesenheit von Menschen in dem
sonst leeren Hause erschrocken, hatte sich eilig versteckt
und bei dieser ihr ungewohnten Eile sich verletzt. K.
suchte es der Lehrerin ruhig zu erklären, diese aber faßte
nur das Ergebnis auf und sagte: „Nun ja, Ihr habt sie
verletzt, damit habt Ihr Euch hier eingeführt. Sehen Sie
doch" und sie rief K. auf das Katheder, zeigte ihm die
Pfote und ehe er sich dessen versah, hatte sie ihm mit den
Krallen einen Strich über den Handrücken gemacht; die
Krallen waren zwar schon stumpf, aber die Lehrerin
hatte, diesmal ohne Rücksicht auf die Katze, sie so fest
eingedrückt, daß es doch blutige Striemen wurden.
„Und jetzt gehn Sie an Ihre Arbeit", sagte sie ungeduldig und beugte sich wieder zur Katze hinab. Frieda, welche mit den Gehilfen hinter dem Barren zugesehen hatte,
schrie beim Anblick des Blutes auf. K. zeigte die Hand
den Kindern und sagte: „Seht, das hat mir eine böse
hinterlistige Katze gemacht." Er sagte es freilich nicht

[205]

der Kinder wegen, deren Geschrei und Gelächter schon
so selbstständig geworden war, daß es keines weiteren
Anlasses oder Anreizes bedurfte und daß kein Wort es
durchdringen oder beeinflussen konnte. Da aber auch
die Lehrerin nur durch einen kurzen Seitenblick die Beleidigung beantwortete und sonst mit der Katze beschäftigt blieb, die erste Wut also durch die blutige Bestrafung
befriedigt schien, rief K. Frieda und die Gehilfen und die
Arbeit begann.

Als K. den Eimer mit dem Schmutzwasser hinausgetragen, frisches Wasser gebracht hatte und nun das
Schulzimmer auszukehren begann, trat ein etwa zwölf-
jähriger Junge aus einer Bank, berührte K.'s Hand und
sagte etwas im großen Lärm gänzlich Unverständliches.
Da hörte plötzlich aller Lärm auf. K. wandte sich um.
Das den ganzen Morgen über gefürchtete war geschehn.
In der Tür stand der Lehrer, mit jeder Hand hielt er, der
kleine Mann, einen der Gehilfen beim Kragen. Er hatte
sie wohl beim Holzholen abgefangen, denn mit mächti-
ger Stimme rief er und legte nach jedem Wort eine Pause
ein: „Wer hat es gewagt in den Holzschupfen einzubre-
chen? Wo ist der Kerl, daß ich ihn zermalme?" Da erhob
sich Frieda vom Boden, den sie zu Füßen der Lehrerin
reinzuwaschen sich abmühte, sah nach K. hin, so als
wolle sie sich Kraft holen, und sagte, wobei etwas von
ihrer alten Überlegenheit in Blick und Haltung war:
„Das habe ich getan, Herr Lehrer. Ich wußte mir keine

andere Hilfe. Sollten früh die Schulzimmer geheizt sein, mußte man den Schupfen öffnen, in der Nacht den Schlüssel von Ihnen holen wagte ich nicht, mein Bräutigam war im Herrenhof, es war möglich daß er die Nacht über dort blieb, so mußte ich mich allein entscheiden. Habe ich Unrecht getan, verzeihen Sie es meiner Unerfahrenheit, ich bin schon von meinem Bräutigam genug ausgezankt worden, als er sah, was geschehen war. Ja er verbot mir sogar früh einzuheizen, weil er glaubte, daß Sie durch Versperrung des Schupfens gezeigt hätten, daß Sie nicht früher geheizt haben wollten, als bis Sie selbst kämen. Daß nicht geheizt ist, ist also seine Schuld, daß aber der Schupfen erbrochen wurde, meine." „Wer hat die Tür erbrochen?" fragte der Lehrer die Gehilfen, die noch immer vergeblich seinen Griff abzuschütteln versuchten. „Der Herr", sagten beide und zeigten, damit kein Zweifel sei, auf K. Frieda lachte und dieses Lachen schien noch beweisender als ihre Worte, dann begann sie den Lappen, mit dem sie den Boden gewaschen hatte, in den Eimer auszuwinden, so als sei durch ihre Erklärung der Zwischenfall beendet und die Aussage der Gehilfen nur ein nachträglicher Scherz, erst als sie wieder zur Arbeit bereit niedergekniet war, sagte sie: „Unsere Gehilfen sind Kinder, die trotz ihrer Jahre noch in diese Schulbänke gehören. Ich habe nämlich gegen Abend die Tür mit der Axt allein geöffnet, es war sehr einfach, die Gehilfen brauchte ich dazu nicht, sie hätten nur gestört.

[207]

Als dann aber in der Nacht mein Bräutigam kam und hinausgieng, um den Schaden zu besehn und womöglich zu reparieren, liefen die Gehilfen mit, wahrscheinlich weil sie sich fürchteten hier allein zu bleiben, sahen meinen Bräutigam an der aufgerissenen Tür arbeiten und deshalb sagen sie jetzt – nun, es sind Kinder." Zwar schüttelten die Gehilfen während Friedas Erklärung immerfort die Köpfe, zeigten weiter auf K. und strengten sich an durch stummes Mienenspiel Frieda von ihrer Meinung abzubringen, da es ihnen aber nicht gelang, fügten sie sich endlich, nahmen Friedas Worte als Befehl und auf eine neuerliche Frage des Lehrers antworteten sie nicht mehr. „So", sagte der Lehrer, „Ihr habt also gelogen? Oder wenigstens leichtsinnig den Schuldiener beschuldigt?" Sie schwiegen noch immer, aber ihr Zittern und ihre ängstlichen Blicke schienen auf Schuldbewußtsein zu deuten. „Dann werde ich Euch sofort durchprügeln", sagte der Lehrer und schickte ein Kind ins andere Zimmer um den Rohrstab. Als er dann den Stab hob, rief Frieda: „Die Gehilfen haben ja die Wahrheit gesagt", warf verzweifelt den Lappen in den Eimer, daß das Wasser hoch aufspritzte und lief hinter den Barren wo sie sich versteckte. „Ein verlogenes Volk", sagte die Lehrerin, die den Verband der Pfote eben beendigt hatte und das Tier auf den Schoß nahm, für den es fast zu breit war.

„Bleibt also der Herr Schuldiener", sagte der Lehrer,

stieß die Gehilfen fort und wandte sich K. zu, der während der ganzen Zeit, auf den Besen gestützt, zugehört hatte: „Dieser Herr Schuldiener, der aus Feigheit ruhig zugibt, daß man andere fälschlich seiner eigenen Lumpereien beschuldigt." „Nun", sagte K., der wohl merkte daß Friedas Dazwischentreten den ersten hemmungslosen Zorn des Lehrers doch gemildert hatte, „wenn die Gehilfen ein wenig durchgeprügelt worden wären, hätte es mir nicht leid getan, wenn sie bei zehn gerechten Anlässen geschont worden sind, können sie es einmal bei einem ungerechten abbüßen. Aber auch sonst wäre es mir willkommen gewesen, wenn ein unmittelbarer Zusammenstoß zwischen mir und Ihnen, Herr Lehrer, vermieden worden wäre, vielleicht wäre es sogar auch Ihnen lieb. Da nun aber Frieda mich den Gehilfen geopfert hat" – hier machte K. eine Pause, man hörte in der Stille hinter den Decken Frieda schluchzen – „muß nun natürlich die Sache ins Reine gebracht werden." „Unerhört", sagte die Lehrerin. „Ich bin völlig Ihrer Meinung, Fräulein Gisa", sagte der Lehrer, „Sie, Schuldiener, sind natürlich wegen dieses schändlichen Dienstvergehns auf der Stelle entlassen, die Strafe, die noch folgen wird, behalte ich mir vor, jetzt aber scheren Sie sich sofort mit allen Ihren Sachen aus dem Haus. Es wird uns eine wahre Erleichterung sein und der Unterricht wird endlich beginnen können. Also schleunig!" „Ich rühre mich von hier nicht fort", sagte K., „Sie sind mein Vorgesetzter, aber nicht derjenige, welcher mir die Stelle verliehen hat, das ist der Herr Gemeindevorsteher, nur seine Kündigung nehme ich an. Er aber hat mir die Stelle doch wohl nicht gegeben, daß ich hier mit meinen Leuten erfriere, sondern – wie Sie selbst sagten – damit er unbesonnene Verzweiflungstaten meinerseits verhindert. Mich jetzt plötzlich zu entlassen, wäre daher geradewegs gegen seine Absicht; solange ich nicht das Gegenteil aus seinem eigenen Munde höre, glaube ich es nicht. Es geschieht übrigens wahrscheinlich auch zu Ihrem großen Vorteil, wenn ich Ihrer leichtsinnigen Kündigung nicht folge." „Sie folgen also nicht?" fragte der Lehrer. K. schüttelte den Kopf. „Überlegen Sie es wohl", sagte der Lehrer, „Ihre Entschlüsse sind nicht immer die allerbesten, denken Sie z. B. an den gestrigen Nachmittag, als Sie es ablehnten verhört zu werden." „Warum erwähnen Sie das jetzt?" fragte K. „Weil es mir beliebt", sagte der Lehrer, „und nun wiederhole ich zum letztenmale: hinaus!" Als aber auch dies keine Wirkung hatte, ging der Lehrer zum Katheder und beriet sich leise mit der Lehrerin; diese sagte etwas von der Polizei, aber der Lehrer lehnte es ab, schließlich einigten sie sich, der Lehrer forderte die Kinder auf, in seine Klasse hinüberzugehn, sie würden dort mit den andern Kindern gemeinsam unterrichtet werden, diese Abwechslung freute alle, gleich war unter Lachen und Schreien das Zimmer geleert, der Lehrer und die Lehrerin folgten als Letzte. Die Lehrerin

trug das Klassenbuch und auf ihm die in ihrer Fülle ganz
teilnahmslose Katze. Der Lehrer hätte die Katze gern
hier gelassen, aber eine darauf bezügliche Andeutung
wehrte die Lehrerin mit dem Hinweis auf die Grausam-
keit K.'s entschieden ab, so bürdete K. zu allem Ärger
auch noch die Katze dem Lehrer auf. Es beeinflußte dies
wohl auch die letzten Worte die der Lehrer in der Tür an
K. richtete: „Das Fräulein verläßt mit den Kindern not-
gedrungen dieses Zimmer, weil Sie renitenter Weise meiner Kündigung nicht folgen und weil niemand von ihr,
einem jungen Mädchen, verlangen kann, daß sie inmitten
Ihrer schmutzigen Familienwirtschaft Unterricht erteilt.
Sie bleiben also allein und können sich, ungestört durch
den Widerwillen anständiger Zuschauer, hier breit machen wie Sie wollen. Aber es wird nicht lange dauern,
dafür bürge ich.‟ Damit schlug er die Tür zu.

12
Die Gehilfen

Kaum waren alle fort, sagte K. zu den Gehilfen: „Geht
hinaus!" Verblüfft durch diesen unerwarteten Befehl
folgten sie, aber als K. hinter ihnen die Tür zusperrte,
wollten sie wieder zurück, winselten draußen und klopften an die Tür. „Ihr seid entlassen", rief K., „niemals
mehr nehme ich Euch in meine Dienste." Das wollten
sie sich nun freilich nicht gefallen lassen und hämmerten
mit Händen und Füßen gegen die Tür. „Zurück zu Dir,
Herr!" riefen sie, als wäre K. das trockene Land und sie
daran in der Flut zu versinken. Aber K. hatte kein Mitleid, ungeduldig wartete er, bis der unerträgliche Lärm
den Lehrer zwingen werde, einzugreifen. Es geschah
bald. „Lassen Sie Ihre verfluchten Gehilfen ein!" schrie
er. „Ich habe sie entlassen", schrie K. zurück, es hatte
die ungewollte Nebenwirkung dem Lehrer zu zeigen,
wie es ausfiel, wenn jemand kräftig genug war, nicht nur
zu kündigen, sondern auch die Kündigung auszuführen.
Der Lehrer versuchte nun die Gehilfen gütlich zu beruhigen, sie sollten hier nur ruhig warten, schließlich
werde K. sie doch wieder einlassen müssen. Dann ging
er. Und es wäre nun vielleicht still geblieben, wenn nicht

K. ihnen wieder zuzurufen angefangen hätte, daß sie nun endgiltig entlassen seien und nicht die geringste Hoffnung auf Wiederaufnahme hätten. Daraufhin begannen sie wieder zu lärmen wie zuvor. Wieder kam der Lehrer, aber nun verhandelte er nicht mehr mit ihnen, sondern trieb sie, offenbar mit dem gefürchteten Rohrstab, aus dem Haus.

Bald erschienen sie vor den Fenstern des Turnzimmers, klopften an die Scheiben und schrien, aber die Worte waren nicht mehr zu verstehn. Sie blieben jedoch auch dort nicht lange, in dem tiefen Schnee konnten sie nicht herumspringen, wie es ihre Unruhe verlangte. Sie eilten deshalb zu dem Gitter des Schulgartens, sprangen auf den steinernen Unterbau, wo sie auch, allerdings nur von der Ferne, einen besseren Einblick in das Zimmer hatten, sie liefen dort, an dem Gitter sich festhaltend, hin und her, blieben dann wieder stehn und streckten flehend die gefalteten Hände gegen K. aus. So trieben sie es lange, ohne Rücksicht auf die Nutzlosigkeit ihrer Anstrengungen; sie waren wie verblendet, sie hörten wohl auch nicht auf, als K. die Fenstervorhänge herunterließ, um sich von ihrem Anblick zu befreien.

In dem jetzt dämmerigen Zimmer ging K. zu dem Barren, um nach Frieda zu sehen. Unter seinem Blick erhob sie sich, ordnete die Haare, trocknete das Gesicht und machte sich schweigend daran Kaffee zu kochen. Trotzdem sie von allem wußte, verständigte sie doch K.

[213]

förmlich davon, daß er die Gehilfen entlassen hatte. Sie nickte nur. K. saß in einer Schulbank und beobachtete ihre müden Bewegungen. Es war immer die Frische und Entschlossenheit gewesen, welche ihren nichtigen Körper verschönt hatte, nun war diese Schönheit dahin. Wenige Tage des Zusammenlebens mit K. hatten genügt, das zu erreichen. Die Arbeit im Ausschank war nicht leicht gewesen, aber ihr wahrscheinlich doch entsprechender. Oder war die Entfernung von Klamm die eigentliche Ursache ihres Verfalles? Die Nähe Klamms hatte sie so unsinnig verlockend gemacht, in dieser Verlockung hatte sie K. an sich gerissen und nun verwelkte sie in seinen Armen.

„Frieda", sagte K. Sie legte gleich die Kaffeemühle fort und kam zu K. in die Bank. „Du bist mir böse?" fragte sie. „Nein", sagte K., „ich glaube, Du kannst nicht anders. Du hast zufrieden im Herrenhof gelebt. Ich hätte Dich dort lassen sollen." „Ja", sagte Frieda und sah traurig vor sich hin, „Du hättest mich dort lassen sollen. Ich bin dessen nicht wert mit Dir zu leben. Von mir befreit, könntest Du vielleicht alles erreichen was Du willst. Aus Rücksicht auf mich unterwirfst Du Dich dem tyrannischen Lehrer, übernimmst Du diesen kläglichen Posten, bewirbst Dich mühevoll um ein Gespräch mit Klamm. Alles für mich, aber ich lohne es Dir schlecht." „Nein", sagte K. und legte tröstend den Arm um sie, „alles das sind Kleinigkeiten, die mir nicht wehtun und zu Klamm will ich ja nicht nur Deinetwegen. Und was hast Du alles für mich getan! Ehe ich Dich kannte, ging ich ja hier ganz in die Irre. Niemand nahm mich auf und wem ich mich aufdrängte, der verabschiedete mich schnell. Und wenn ich bei jemandem Ruhe hätte finden können, so waren es Leute, vor denen wieder ich mich flüchtete, etwa die Leute des Barnabas –" „Du flüchtetest vor Ihnen? Nicht wahr? Liebster!" rief Frieda lebhaft dazwischen und versank dann nach einem zögernden „Ja" K.'s wieder in ihre Müdigkeit. Aber auch K. hatte nicht mehr die Entschlossenheit zu erklären, worin sich durch die Verbindung mit Frieda alles zum Guten für ihn gewendet hatte. Er löste langsam den Arm von ihr und sie saßen ein Weilchen schweigend, bis dann Frieda, so als hätte K.'s Arm ihr Wärme gegeben, die sie jetzt nicht mehr entbehren könne, sagte: „Ich werde dieses Leben hier nicht ertragen. Willst Du mich behalten, müssen wir auswandern, irgendwohin, nach Südfrankreich, nach Spanien." „Auswandern kann ich nicht", sagte K., „ich bin hierhergekommen, um hier zu bleiben. Ich werde hier bleiben." Und in einem Widerspruch, den er gar nicht zu erklären sich Mühe gab, fügte er wie im Selbstgespräch zu: „Was hätte mich denn in dieses öde Land locken können, als das Verlangen hier zu bleiben." Dann sagte er: „Aber auch Du willst hier bleiben, es ist ja Dein Land. Nur Klamm fehlt Dir und das bringt Dich auf verzweifelte Gedanken." „Klamm sollte mir

[215]

fehlen?" sagte Frieda, „von Klamm ist hier ja eine Überfülle, zu viel Klamm; um ihm zu entgehn, will ich fort.
Nicht Klamm sondern Du fehlst mir. Deinetwegen will
ich fort; weil ich mich an Dir nicht sättigen kann, hier
5 wo alle an mir reißen. Würde mir doch lieber die hübsche Larve abgerissen, würde doch lieber mein Körper
elend, daß ich in Frieden bei Dir leben könnte." K. hörte
daraus nur eines. „Klamm ist noch immer in Verbindung
mit Dir?" fragte er gleich, „er ruft Dich?" „Von Klamm
10 weiß ich nichts", sagte Frieda, „ich rede jetzt von andern, z.B. von den Gehilfen." „Ah die Gehilfen", sagte
K. überrascht, „sie verfolgen Dich?" „Hast Du es denn
nicht bemerkt?" fragte Frieda. „Nein", sagte K. und
suchte sich vergeblich an Einzelheiten zu erinnern,
15 „zudringliche und lüsterne Jungen sind es wohl, aber
daß sie sich an Dich herangewagt hätten, habe ich nicht
bemerkt." „Nicht?" sagte Frieda, „Du hast nicht bemerkt, wie sie aus unserem Zimmer im Brückenhof nicht
fortzubringen waren, wie sie unsere Beziehungen eifer-
20 süchtig überwachten, wie sich einer letzthin auf meinen
Platz auf dem Strohsack legte, wie sie jetzt gegen Dich
aussagten, um Dich zu vertreiben, zu verderben und mit
mir allein zu sein. Das alles hast Du nicht bemerkt?" K.
sah Frieda an, ohne zu antworten. Diese Anklagen gegen
25 die Gehilfen waren wohl richtig, aber sie konnten alle
auch viel unschuldiger gedeutet werden aus dem ganzen
lächerlichen, kindischen, fahrigen, unbeherrschten We-

sen der zwei. Und sprach nicht gegen die Beschuldigung
auch, daß sie doch immer danach gestrebt hatten überall
hin mit K. zu gehn und nicht bei Frieda zurückzublei-
ben. K. erwähnte etwas derartiges. „Heuchelei", sagte
Frieda. „Das hast Du nicht durchschaut? Ja warum hast
Du sie dann fortgetrieben, wenn nicht aus diesen Gründen?" Und sie ging zum Fenster, rückte den Vorhang ein
wenig zur Seite, blickte hinaus und rief dann K. zu sich.
Noch immer waren die Gehilfen draußen am Gitter; so
müde sie auch sichtlich schon waren, streckten sie doch
noch von Zeit zu Zeit, alle Kräfte zusammennehmend,
die Arme bittend gegen die Schule aus. Einer hatte, um
sich nicht immerfort festhalten zu müssen, den Rock
hinten auf einer Gitterstange aufgespießt.
      „Die Armen! Die Armen!" sagte Frieda. „Warum ich
sie weggetrieben habe?" fragte K. „Der unmittelbare
Anlaß dafür bist Du gewesen." „Ich?" fragte Frieda
ohne den Blick von draußen abzuwenden. „Deine allzu-
freundliche Behandlung der Gehilfen", sagte K., „das
Verzeihen ihrer Unarten, das Lachen über sie, das Strei-
cheln ihrer Haare, das fortwährende Mitleid mit ihnen,
‚die Armen, die Armen‘ sagst Du wieder, und schließlich
der letzte Vorfall, da ich Dir als Preis nicht zu hoch war,
die Gehilfen von den Prügeln loszukaufen." „Das ist es
ja", sagte Frieda, „davon spreche ich doch, das ist es ja
was mich unglücklich macht, was mich von Dir abhält,
während ich doch kein größeres Glück für mich weiß,

als bei Dir zu sein, immerfort, ohne Unterbrechung, ohne Ende, während ich doch davon träume, daß hier auf der Erde kein ruhiger Platz für unsere Liebe ist, nicht im Dorf und nicht anderswo und ich mir deshalb ein Grab vorstelle, tief und eng, dort halten wir uns umarmt wie mit Zangen, ich verberge mein Gesicht an Dir, Du Deines an mir und niemand wird uns jemals mehr sehn. Hier aber – Sieh die Gehilfen! Nicht Dir gilt es wenn sie die Hände falten, sondern mir." „Und nicht ich", sagte K., „sehe sie an, sondern Du." „Gewiß, ich", sagte Frieda, fast böse, „davon spreche ich doch immerfort; was würde denn sonst daran liegen, daß die Gehilfen hinter mir her sind, mögen sie auch Abgesandte Klamms sein –" „Abgesandte Klamms", sagte K., den diese Bezeichnung, so natürlich sie ihm gleich erschien, doch sehr überraschte. „Abgesandte Klamms, gewiß", sagte Frieda, „mögen sie dies sein, so sind sie doch auch gleichzeitig läppische Jungen, die zu ihrer Erziehung noch Prügel brauchen. Was für häßliche schwarze Jungen es sind und wie abscheulich ist der Gegensatz zwischen ihren Gesichtern, die auf Erwachsene, ja fast auf Studenten schließen lassen, und ihrem kindisch-närrischen Benehmen. Glaubst Du daß ich das nicht sehe? Ich schäme mich ja ihrer. Aber das ist es ja eben, sie stoßen mich nicht ab, sondern ich schäme mich ihrer. Ich muß immer zu ihnen hinsehn. Wenn man sich über sie ärgern sollte, muß ich lachen. Wenn man sie schlagen sollte

muß ich über ihr Haar streichen. Und wenn ich neben
Dir liege in der Nacht kann ich nicht schlafen und muß
über Dich hinweg zusehn, wie der eine fest in die Decke
eingerollt schläft und der andere vor der offenen Ofen-
tür kniet und heizt und ich muß mich vorbeugen daß ich
Dich fast wecke. Und nicht die Katze erschreckt mich –
ach ich kenne Katzen und ich kenne auch das unruhige,
immerfort gestörte Schlummern im Ausschank – nicht
die Katze erschreckt mich, ich selbst mache mir Schrek-
ken. Und es bedarf gar nicht dieses Ungetümes von einer
Katze, ich fahre beim kleinsten Geräusch zusammen.
Einmal fürchte ich daß Du aufwachen wirst und alles
zuende sein wird und dann wieder springe ich auf und
zünde die Kerze an, damit Du nur schnell aufwachst und
mich beschützen kannst." „Von dem allen habe ich
nichts gewußt", sagte K., „nur in einer Ahnung dessen
habe ich sie vertrieben, nun sind sie aber fort, nun ist
vielleicht alles gut." „Ja, endlich sind sie fort", sagte
Frieda, aber ihr Gesicht war gequält, nicht freudig, „nur
wissen wir nicht, wer sie sind. Abgesandte Klamms, ich
nenne sie in meinen Gedanken im Spiele so, aber vielleicht sind sie es wirklich. Ihre Augen, diese einfältigen
und doch funkelnden Augen, erinnern mich irgendwie
an die Augen Klamms, ja, das ist es, es ist Klamms Blick,
der mich manchmal aus ihren Augen durchfährt. Und
unrichtig ist es deshalb wenn ich sagte, daß ich mich
ihrer schäme. Ich wollte nur, es wäre so. Ich weiß zwar,

[219]

daß anderswo und bei andern Menschen das gleiche Benehmen dumm und anstößig wäre, bei ihnen ist es nicht so, mit Achtung und Bewunderung sehe ich ihren Dummheiten zu. Wenn es aber Klamms Abgesandte sind, wer befreit uns von ihnen und wäre es dann überhaupt gut von ihnen befreit zu werden? Müßtest Du sie dann nicht schnell hereinholen und glücklich sein, wenn sie noch kämen?" „Du willst daß ich sie wieder hereinlasse?" fragte K. „Nein, nein", sagte Frieda, „nichts will ich weniger. Ihren Anblick, wenn sie nun hereinstürmen würden, ihre Freude mich wieder zu sehn, ihr Herumhüpfen von Kindern und ihr Armeausstrecken von Männern, das alles würde ich vielleicht gar nicht ertragen können. Wenn ich dann aber wieder bedenke, daß Du, wenn Du gegen sie hart bleibst, damit vielleicht Klamm selbst den Zutritt zu Dir verweigerst, will ich Dich mit allen Mitteln vor den Folgen dessen bewahren. Dann will ich, daß Du sie hereinkommen läßt. Dann nur schnell herein mit ihnen. Nimm keine Rücksicht auf mich, was liegt an mir. Ich werde mich wehren, solange ich kann, wenn ich aber verlieren sollte, nun so werde ich verlieren aber dann mit dem Bewußtsein, daß auch dies für Dich geschehen ist." „Du bestärkst mich nur in meinem Urteil hinsichtlich der Gehilfen", sagte K., „niemals werden sie mit meinem Willen hereinkommen. Daß ich sie hinausgebracht habe, beweist doch, daß man sie unter Umständen beherrschen kann und damit weiter-

hin, daß sie nichts Wesentliches mit Klamm zu tun haben. Erst gestern abend bekam ich einen Brief von
Klamm, aus dem zu sehen ist, daß Klamm über die Gehilfen ganz falsch unterrichtet ist, woraus wieder geschlossen werden muß daß sie ihm völlig gleichgültig 5
sind, denn wären sie dies nicht, so hätte er sich doch
gewiß genaue Nachrichten über sie beschaffen können.
Daß aber Du Klamm in ihnen siehst, beweist nichts,
denn noch immer, leider, bist Du von der Wirtin beeinflußt und siehst Klamm überall. Noch immer bist Du 10
Klamms Geliebte, noch lange nicht meine Frau. Manchmal macht mich das ganz trübe, mir ist dann wie wenn
ich alles verloren hätte, ich habe dann das Gefühl als sei
ich eben erst ins Dorf gekommen, aber nicht hoffnungs-
voll, wie ich damals in Wirklichkeit war, sondern im 15
Bewußtsein daß mich nur Enttäuschungen erwarten und
daß ich eine nach der andern werde durchkosten müssen
bis zum letzten Bodensatz." „Doch ist das nur manchmal", fügte K. lächend hinzu, als er sah wie Frieda unter
seinen Worten zusammensank, „und beweist doch im 20
Grunde etwas Gutes, nämlich was Du mir bedeutest.
Und wenn Du mich jetzt aufforderst, zwischen Dir und
den Gehilfen zu wählen, so haben damit die Gehilfen
schon verloren. Was für ein Gedanke, zwischen Dir und
den Gehilfen zu wählen. Nun will ich sie aber endgiltig 25
los sein. Wer weiß übrigens, ob die Schwäche, die uns
beide überkommen hat, nicht daher stammt, daß wir

[221]

noch immer nicht gefrühstückt haben." „Möglich",
sagte Frieda müde lächelnd und ging an die Arbeit. Auch
K. ergriff wieder den Besen.

Nach einem Weilchen klopfte es leise. „Barnabas!"
schrie K., warf den Besen hin und war mit einigen Sätzen
bei der Tür. Über den Namen mehr als über alles andere
erschrocken, sah ihn Frieda an. Mit den unsicheren Händen konnte K. das alte Schloß nicht gleich öffnen. „Ich
öffne schon", wiederholte er immerfort, statt zu fragen,
wer denn eigentlich klopfe. Und mußte dann zusehn,
wie durch die weit aufgerissene Tür nicht Barnabas hereinkam, sondern der kleine Junge, der schon früher einmal K. hatte ansprechen wollen. K. hatte aber keine Lust
sich an ihn zu erinnern. „Was willst Du denn hier?"
sagte er, „unterrichtet wird nebenan." „Ich komme von
dort", sagte der Junge und sah mit seinen großen braunen Augen ruhig zu K. auf, stand aufrecht da, die Arme
eng am Leib. „Was willst Du also? Schnell!" sagte K.
und beugte sich ein wenig hinab, denn der Junge sprach
leise. „Kann ich Dir helfen?" fragte der Junge. „Er will
uns helfen", sagte K. zu Frieda und dann zum Jungen:
„Wie heißt Du denn?" „Hans Brunswick", sagte der
Junge, „Schüler der vierten Klasse, Sohn des Otto
Brunswick, Schustermeisters in der Madeleinegasse."

„Sieh mal, Brunswick heißt Du", sagte K. und war nun
freundlicher zu ihm. Es stellte sich heraus, daß Hans
durch die blutigen Striemen, welche die Lehrerin in K.'s
Hand eingekratzt hatte, so erregt worden war, daß er
sich damals entschlossen hatte K. beizustehn. Eigen-
mächtig war er jetzt auf die Gefahr großer Strafe hin aus
dem Schulzimmer nebenan wie ein Deserteur wegge-
schlichen. Es mochten vor allem solche knabenhafte
Vorstellungen sein, die ihn beherrschten. Ihnen entsprechend war auch der Ernst, der aus allem sprach, was er
tat. Nur anfänglich hatte ihn Schüchternheit behindert,
bald aber gewöhnte er sich an K. und Frieda und als er
dann heißen guten Kaffee zu trinken bekommen hatte
war er lebhaft und zutraulich geworden und seine Fragen waren eifrig und eindringlich, so als wolle er möglichst schnell das Wichtigste erfahren um dann selbstständig für K. und Frieda Entschlüsse fassen zu können.
Es war auch etwas Befehlshaberisches in seinem Wesen,
aber es war mit kindlicher Unschuld so gemischt, daß
man sich ihm halb aufrichtig halb scherzend gern unter-
warf. Jedenfalls nahm er alle Aufmerksamkeit für sich in
Anspruch, alle Arbeit hatte aufgehört, das Frühstück
zog sich sehr in die Länge. Trotzdem er in der Schulbank
saß, K. oben auf dem Kathedertisch, Frieda auf einem
Sessel nebenan, sah es aus, als sei Hans der Lehrer, als
prüfe er und beurteile die Antworten, ein leichtes Lächeln um seinen weichen Mund schien anzudeuten, daß

[224]

er wohl wisse, es handle sich nur um ein Spiel, aber desto
ernsthafter war er im übrigen bei der Sache, vielleicht
war es auch gar kein Lächeln, sondern das Glück der
Kindheit, das die Lippen umspielte. Auffallend spät erst
hatte er zugegeben, daß er K. schon kannte, seitdem
dieser einmal bei Lasemann eingekehrt war. K. war
glücklich darüber. „Du spieltest damals zu Füßen der
Frau?" fragte K. „Ja", sagte Hans, „es war meine Mutter." Und nun mußte er von seiner Mutter erzählen, aber
er tat es nur zögernd und erst auf wiederholte Aufforderung, es zeigte sich nun doch, daß er ein kleiner Junge
war, aus dem zwar manchmal besonders in seinen Fragen, vielleicht im Vorgefühl der Zukunft, vielleicht aber
auch nur infolge der Sinnestäuschung des unruhig-ge-
spannten Zuhörers fast ein energischer kluger weitblik-
kender Mann zu sprechen schien, der dann aber gleich
darauf ohne Übergang nur ein Schuljunge war, der manche Fragen gar nicht verstand, andere mißdeutete, der in
kindlicher Rücksichtslosigkeit zu leise sprach, trotzdem
er oft auf den Fehler aufmerksam gemacht worden war
und der schließlich wie aus Trotz gegenüber manchen
dringenden Fragen vollkommen schwieg, undzwar ganz
ohne Verlegenheit, wie es ein Erwachsener niemals
könnte. Es war überhaupt, wie wenn seiner Meinung
nach nur ihm das Fragen erlaubt sei, durch das Fragen
der andern aber irgendeine Vorschrift durchbrochen und
Zeit verschwendet würde. Er konnte dann lange Zeit

stillsitzen mit aufrechtem Körper, gesenktem Kopf, auf-
geworfener Unterlippe. Frieda gefiel das so, daß sie ihm
öfters Fragen stellte, von denen sie hoffte, daß sie ihn auf
diese Weise verstummen lassen würden. Es gelang ihr
auch manchmal, aber K. ärgerte es. Im Ganzen erfuhr
man wenig, die Mutter war ein wenig kränklich, aber
was für eine Krankheit es war, blieb unbestimmt, das
Kind, das Frau Brunswick auf dem Schooß gehabt hatte,
war Hansens Schwester und hieß Frieda (die Namens-
gleichheit mit der ihn ausfragenden Frau nahm Hans
unfreundlich auf), sie wohnten alle im Dorf, aber nicht
bei Lasemann, sie waren dort nur zu Besuch gewesen um
gebadet zu werden, weil Lasemann das große Schaff
hatte, in dem zu baden und sich herumzutreiben den
kleinen Kindern, zu denen aber Hans nicht gehörte, ein
besonderes Vergnügen machte; von seinem Vater sprach
Hans ehrfurchtsvoll oder ängstlich, aber nur wenn nicht
gleichzeitig von der Mutter die Rede war, gegenüber der
Mutter war des Vaters Wert offenbar klein, übrigens
blieben alle Fragen über das Familienleben wie immer
man auch heranzukommen suchte unbeantwortet, vom
Gewerbe des Vaters erfuhr man daß er der größte Schuster des Ortes war, keiner war ihm gleich, wie öfters
auch auf ganz andere Fragen hin wiederholt wurde, er
gab sogar den andern Schustern, z. B. auch dem Vater
des Barnabas Arbeit, in diesem letztern Fall tat es Brunswick wohl nur aus besonderer Gnade, wenigstens deu-

[226]

tete dies die stolze Kopfwendung Hansens an, welche
Frieda veranlaßte zu ihm hinunterzuspringen und ihm
einen Kuß zu geben. Die Frage, ob er schon im Schloß
gewesen sei, beantwortete er erst nach vielen Wiederho-
lungen undzwar mit ‚Nein‘, die gleiche Frage hinsicht-   5
lich der Mutter beantwortete er gar nicht. Schließlich
ermüdete K., auch ihm schien das Fragen unnütz, er gab
darin dem Jungen recht, auch war darin etwas Beschä-
mendes, auf dem Umweg über das unschuldige Kind
Familiengeheimnisse ausforschen zu wollen, doppelt be-   10
schämend allerdings war, daß man auch hier nichts erfuhr. Und als dann K. zum Abschluß den Jungen fragte,
worin er denn zu helfen sich anbiete, wunderte er sich
nicht mehr zu hören, daß Hans nur hier bei der Arbeit
helfen wolle, damit der Lehrer und die Lehrerin mit K.   15
nicht mehr so zankten. K. erklärte Hans, daß eine solche
Hilfe nicht nötig sei, Zanken gehöre wohl zu des Lehrers
Natur und man werde wohl auch durch genaueste Arbeit sich kaum davor schützen können, die Arbeit selbst
sei nicht schwer und nur infolge zufälliger Umstände sei   20
er mit ihr heute im Rückstand, übrigens wirke auf K.
dieses Zanken nicht so wie auf einen Schüler, er schüttele
es ab, es sei ihm fast gleichgültig, auch hoffe er dem
Lehrer sehr bald völlig entgehn zu können. Da es sich
also nur um Hilfe gegen den Lehrer gehandelt habe,   25
danke er dafür bestens und Hans könne wieder zurück-
gehn, hoffentlich werde er noch nicht bestraft werden.

Trotzdem es K. gar nicht betonte und nur unwillkürlich andeutete, daß es nur die Hilfe gegenüber dem Lehrer sei, die er nicht brauche, während er die Frage nach anderer Hilfe offen ließ, hörte es Hans doch klar heraus und fragte, ob K. vielleicht andere Hilfe brauche, sehr gerne würde er ihm helfen und wenn er es selbst nicht imstande wäre, würde er seine Mutter darum bitten und dann würde es gewiß gelingen. Auch wenn der Vater Sorgen hat, bittet er die Mutter um Hilfe. Und die Mutter habe auch schon einmal nach K. gefragt, sie selbst gehe kaum aus dem Haus, nur ausnahmsweise sei sie damals bei Lasemann gewesen, er, Hans, aber gehe öfters hin, um mit Lasemanns Kindern zu spielen und da habe ihn die Mutter einmal gefragt, ob dort vielleicht wieder einmal der Landvermesser gewesen sei. Nun dürfe man die Mutter, weil sie so schwach und müde sei, nicht unnütz ausfragen und so habe er nur einfach gesagt, daß er den Landvermesser dort nicht gesehen habe und weiter sei davon nicht gesprochen worden; als er ihn nun aber hier in der Schule gefunden habe, habe er ihn ansprechen müssen, damit er der Mutter berichten könne. Denn das habe die Mutter am liebsten, wenn man ohne ausdrücklichen Befehl ihre Wünsche erfüllt. Darauf sagte K. nach kurzer Überlegung, er brauche keine Hilfe, er habe alles was er benötige, aber es sei sehr lieb von Hans daß er ihm helfen wolle und er danke ihm für die gute Absicht, es sei ja möglich, daß er später einmal

etwas brauchen werde, dann werde er sich an ihn wenden, die Adresse habe er ja. Dagegen könne vielleicht er,
K., diesmal ein wenig helfen, es tue ihm leid, daß Hansens Mutter kränkle und offenbar niemand hier das Leiden verstehe; in einem solchen vernachlässigten Falle
kann oft eine schwere Verschlimmerung eines an sich
leichten Leidens eintreten. Nun habe er, K., einige medi-
cinische Kenntnisse und was noch mehr wert sei, Erfahrung in der Krankenbehandlung. Manches was Ärzten
nicht gelungen sei, sei ihm geglückt. Zuhause habe man
ihn wegen seiner Heilwirkung immer das bittere Kraut
genannt. Jedenfalls würde er gern Hansens Mutter ansehn und mit ihr sprechen. Vielleicht könnte er einen
guten Rat geben, schon um Hansens Willen täte er es
gern. Hansens Augen leuchteten bei diesem Angebot zuerst auf, verführten K. dazu dringlicher zu werden, aber
das Ergebnis war unbefriedigend, denn Hans sagte auf
verschiedene Fragen, und war dabei nicht einmal sehr
traurig, zur Mutter dürfe kein fremder Besuch kommen,
weil sie sehr schonungsbedürftig sei; trotzdem doch K.
damals kaum mit ihr gesprochen habe, sei sie nachher
einige Tage im Bett gelegen, was freilich öfters geschehe.
Der Vater habe sich damals aber über K. sehr geärgert
und er würde gewiß niemals erlauben, daß K. zur Mutter
komme, ja er habe damals K. aufsuchen wollen, um ihn
wegen seines Benehmens zu strafen, nur die Mutter habe
ihn davon zurückgehalten. Vor allem aber wolle die

[229]

Mutter selbst im allgemeinen mit niemandem sprechen und ihre Frage nach K. bedeute keine Ausnahme von der Regel, im Gegenteil, gerade gelegentlich seiner Erwähnung hätte sie den Wunsch aussprechen können, ihn zu sehn, aber sie habe dies nicht getan und damit deutlich ihren Willen geäußert. Sie wolle nur von K. hören, aber mit ihm sprechen wolle sie nicht. Übrigens sei es gar keine eigentliche Krankheit, woran sie leide, sie wisse sehr wohl die Ursache ihres Zustandes und manchmal deute sie sie auch an, es sei wahrscheinlich die Luft hier, die sie nicht vertrage, aber sie wolle doch auch wieder den Ort nicht verlassen, des Vaters und der Kinder wegen, auch sei es schon besser als es früher gewesen war. Das war es etwa, was K. erfuhr; die Denkkraft Hansens steigerte sich sichtlich, da er seine Mutter vor K. schützen sollte, vor K., dem er angeblich hatte helfen wollen; ja zu dem guten Zwecke, K. von der Mutter abzuhalten, widersprach er in manchem sogar seinen eigenen früheren Aussagen, z.B. hinsichtlich der Krankheit. Trotzdem aber merkte K. auch jetzt, daß Hans ihm noch immer gutgesinnt war, nur vergaß er über der Mutter alles andere; wen immer man gegenüber der Mutter aufstellte, er kam gleich ins Unrecht, jetzt war es K. gewesen, aber es konnte z.B. auch der Vater sein. K. wollte dieses Letztere versuchen und sagte, es sei gewiß sehr vernünftig vom Vater, daß er die Mutter vor jeder Störung so behüte und wenn er, K., damals etwas ähnliches nur

geahnt hätte, hätte er gewiß die Mutter nicht anzusprechen gewagt und er lasse jetzt noch nachträglich zuhause
um Entschuldigung bitten. Dagegen könne er nicht ganz
verstehn, warum der Vater, wenn die Ursache des Leidens so klargestellt sei, wie Hans sage, die Mutter zu-   5
rückhalte sich in anderer Luft zu erholen; man müsse
sagen, daß er sie zurückhalte, denn sie gehe nur der Kin-
der- und seinetwegen nicht fort, die Kinder aber könnte
sie mitnehmen, sie müßte ja nicht für lange Zeit fortgehn
und auch nicht sehr weit; schon oben auf dem Schloß-   10
berg sei die Luft ganz anders. Die Kosten eines solchen
Ausfluges müsse der Vater nicht fürchten, er sei ja der
größte Schuster im Ort und gewiß habe auch er oder die
Mutter Verwandte oder Bekannte im Schloß, die sie gern
aufnehmen würden. Warum lasse er sie nicht fort? Er   15
möge ein solches Leiden nicht unterschätzen, K. habe ja
die Mutter nur flüchtig gesehn, aber eben ihre auffal-
lende Blässe und Schwäche habe ihn dazu bewogen sie
anzusprechen, schon damals habe er sich gewundert, daß
der Vater in der schlechten Luft des allgemeinen Bade-   20
und Waschraums die kranke Frau gelassen und sich auch
in seinen lauten Reden keine Zurückhaltung auferlegt
habe. Der Vater wisse wohl nicht um was es sich handle,
mag sich auch das Leiden in der letzten Zeit vielleicht
gebessert haben, ein solches Leiden hat Launen, aber   25
schließlich kommt es doch, wenn man es nicht be-
kämpft, mit gesammelter Kraft und nichts kann dann

[231]

mehr helfen. Wenn K. schon nicht mit der Mutter sprechen könne, wäre es doch vielleicht gut, wenn er mit
dem Vater sprechen und ihn auf dies alles aufmerksam
machen würde.

5 Hans hatte gespannt zugehört, das meiste verstanden,
die Drohung des unverständlichen Restes stark empfun-
den. Trotzdem sagte er, mit dem Vater könne K. nicht
sprechen, der Vater habe eine Abneigung gegen ihn und
er würde ihn wahrscheinlich wie der Lehrer behandeln.
10 Er sagte dies lächelnd und schüchtern, wenn er von K.
sprach, und verbissen und traurig wenn er den Vater
erwähnte. Doch fügte er hinzu, daß K. vielleicht doch
mit der Mutter sprechen könnte, aber nur ohne Wissen
des Vaters. Dann dachte Hans mit starrem Blick ein
15 Weilchen nach, ganz wie eine Frau die etwas Verbotenes
tun will und eine Möglichkeit sucht, es ungestraft auszuführen und sagte, übermorgen wäre es vielleicht möglich, der Vater gehe abends in den Herrenhof, er habe
dort Besprechungen, da werde er, Hans, abend kommen
20 und K. zur Mutter führen, vorausgesetzt allerdings daß
die Mutter zustimmt, was noch sehr unwahrscheinlich
sei. Vor allem tue sie ja nichts gegen den Willen des
Vaters, in allem füge sie sich ihm, auch in Dingen, deren
Unvernunft selbst er, Hans, klar einsehe. Wirklich
25 suchte nun Hans bei K. Hilfe gegen den Vater, es war,
als habe er sich selbst getäuscht, da er geglaubt hatte, er
wolle K. helfen, während er in Wirklichkeit hatte ausfor-

schen wollen, ob nicht vielleicht, da niemand aus der alten Umgebung hatte helfen können, dieser plötzlich erschienene und nun von der Mutter sogar erwähnte Fremde dies imstande sei. Wie unbewußt verschlossen, fast hinterhältig war der Junge, es war bisher aus seiner Erscheinung und seinen Worten kaum zu entnehmen gewesen, erst aus den förmlich nachträglichen, durch Zufall und Absicht hervorgeholten Geständnissen merkte man es. Und nun überlegte er in langen Gesprächen mit K. welche Schwierigkeiten zu überwinden waren, es waren beim besten Willen Hansens fast unüberwindliche Schwierigkeiten, ganz in Gedanken und doch hilfesuchend sah er mit unruhig zwinkernden Augen K. immerfort an. Vor des Vaters Weggang durfte er der Mutter nichts sagen, sonst erfuhr es der Vater und alles war unmöglich gemacht, also erst später durfte er es erwähnen, aber auch jetzt mit Rücksicht auf die Mutter nicht plötzlich und schnell, sondern langsam und bei passender Gelegenheit, dann erst mußte er der Mutter Zustimmung erbitten, dann erst konnte er K. holen, war aber dann nicht schon zu spät, drohte nicht schon des Vaters Rückkehr? Ja, es war doch unmöglich. K. bewies dagegen, daß es nicht unmöglich war. Daß die Zeit nicht ausreichen werde, davor müsse man sich nicht fürchten, ein kurzes Gespräch, ein kurzes Beisammensein genüge und holen müsse Hans K. nicht. K. werde irgendwo in der Nähe des Hauses versteckt warten und auf ein Zei-

chen Hansens werde er gleich kommen. Nein, sagte
Hans, beim Haus warten dürfe K. nicht – wieder war es
die Empfindlichkeit wegen seiner Mutter die ihn be-
herrschte – ohne Wissen der Mutter dürfe K. sich nicht
auf den Weg machen, in ein solches vor der Mutter ge-
heimes Einverständnis dürfe Hans mit K. nicht eintreten, er müsse K. aus der Schule holen und nicht früher,
ehe es die Mutter wisse und erlaube. Gut, sagte K., dann
sei es wirklich gefährlich, es sei dann möglich, daß der
Vater ihn im Hause ertappen werde und wenn schon dies
nicht geschehen sollte, so wird doch die Mutter in Angst
davor K. überhaupt nicht kommen lassen und so werde
doch alles am Vater scheitern. Dagegen wehrte sich wieder Hans und so ging der Streit hin und her. Längst
schon hatte K. Hans aus der Bank zum Katheder gerufen, hatte ihn zu sich zwischen die Knie gezogen und
streichelte ihn manchmal begütigend. Diese Nähe trug
auch dazu bei, trotz Hansens zeitweiligem Widerstreben
ein Einvernehmen herzustellen. Man einigte sich
schließlich auf Folgendes: Hans werde zunächst der
Mutter die volle Wahrheit sagen, jedoch, um ihr die Zustimmung zu erleichtern, hinzufügen daß K. auch mit
Brunswick selbst sprechen wolle, allerdings nicht wegen
der Mutter, sondern wegen seiner Angelegenheiten. Dies
war auch richtig, im Laufe des Gespräches war es K.
eingefallen, daß ja Brunswick, mochte er auch sonst ein
gefährlicher und böser Mensch sein, sein Gegner eigent-

[234]

lich nicht sein konnte, war er doch, wenigstens nach dem
Bericht des Gemeindevorstehers, der Führer derjenigen
gewesen, welche, sei es auch aus politischen Gründen, die
Berufung eines Landvermessers verlangt hatten. K.'s
Ankunft im Dorf mußte also für Brunswick willkommen sein; dann war allerdings die ärgerliche Begrüßung
am ersten Tag und die Abneigung, von der Hans sprach,
fast unverständlich, vielleicht aber war Brunswick gerade deshalb gekränkt, weil sich K. nicht zuerst an ihn
um Hilfe gewendet hatte, vielleicht lag ein anderes Mißverständnis vor, das durch paar Worte aufgeklärt werden
konnte. Wenn das aber geschehen war, dann konnte K.
in Brunswick recht wohl einen Rückhalt gegenüber dem
Lehrer, ja sogar gegenüber dem Gemeindevorsteher bekommen, der ganze amtliche Trug – was war es denn
anderes? – mit welchem der Gemeindevorsteher und der
Lehrer ihn von den Schloßbehörden abhielten und in die
Schuldienerstellung zwängten, konnte aufgedeckt werden, kam es neuerlich zu einem um K. geführten Kampf
zwischen Brunswick und dem Gemeindevorsteher
mußte Brunswick K. an seine Seite ziehn, K. würde Gast
in Brunswicks Hause werden, Brunswicks Machtmittel
würden ihm zur Verfügung gestellt werden, dem Gemeindevorsteher zum Trotz, wer weiß wohin er dadurch
gelangen würde und in der Nähe der Frau würde er
jedenfalls häufig sein – so spielte er mit den Träumen
und sie mit ihm, während Hans, nur in Gedanken an die

[235]

Mutter, das Schweigen K.'s sorgenvoll beobachtete, so wie man es gegenüber einem Arzte tut, der in Nachdenken versunken ist, um für einen schweren Fall ein Hilfsmittel zu finden. Mit diesem Vorschlag K.'s, daß er mit Brunswick wegen der Landvermesseranstellung sprechen wolle, war Hans einverstanden, allerdings nur deshalb weil dadurch seine Mutter vor dem Vater geschützt war und es sich überdies nur um einen Notfall handelte, der hoffentlich nicht eintreten würde. Er fragte nur noch, wie K. die späte Stunde des Besuches dem Vater erklären würde und begnügte sich schließlich, wenn auch mit ein wenig verdüstertem Gesicht damit, daß K. sagen würde, die unerträgliche Schuldienerstellung und die entehrende Behandlung durch den Lehrer habe ihn in plötzlicher Verzweiflung alle Rücksicht vergessen lassen.

Als nun auf diese Weise alles, soweit man sehen konnte, vorbedacht und die Möglichkeit des Gelingens doch wenigstens nicht mehr ausgeschlossen war, wurde Hans, von der Last des Nachdenkens befreit, fröhlicher, plauderte noch ein Weilchen kindlich zuerst mit K. und dann auch mit Frieda, die lange wie in ganz andern Gedanken dagesessen war und jetzt erst wieder an dem Gespräch teilzunehmen begann. Unter anderem fragte sie ihn was er werden wolle, er überlegte nicht viel und sagte, er wolle ein Mann werden wie K. Als er dann nach seinen Gründen gefragt wurde, wußte er freilich nicht zu

antworten und die Frage, ob er etwa Schuldiener werden
wolle, verneinte er mit Bestimmtheit. Erst als man weiter
fragte, erkannte man, auf welchem Umweg er zu seinem
Wunsche gekommen war. Die gegenwärtige Lage K.'s
war keineswegs beneidenswert, sondern traurig und ver- 5
ächtlich, das sah auch Hans genau und er brauchte um
das zu erkennen gar nicht andere Leute zu beobachten,
er selbst hätte ja am liebsten die Mutter vor jedem Blick
und Wort K.'s bewahren wollen. Trotzdem aber kam er
zu K. und bat ihn um Hilfe und war glücklich wenn K. 10
zustimmte, auch bei andern Leuten glaubte er ähnliches
zu erkennen, und vor allem hatte doch die Mutter selbst
K. erwähnt. Aus diesem Widerspruch entstand in ihm
der Glaube, jetzt sei zwar K. noch niedrig und abschrek-
kend, aber in einer allerdings fast unvorstellbar fernen 15
Zukunft werde er doch alle übertreffen. Und eben diese
geradezu törichte Ferne und die stolze Entwicklung, die
in sie führen sollte, lockte Hans; um diesen Preis wollte
er sogar den gegenwärtigen K. in Kauf nehmen. Das
besonders kindlich-altkluge dieses Wunsches bestand 20
darin, daß Hans auf K. herabsah wie auf einen Jüngeren,
dessen Zukunft sich weiter dehne, als seine eigene, die
Zukunft eines kleinen Knaben. Und es war auch ein fast
trüber Ernst mit dem er, durch Fragen Friedas immer
wieder gezwungen, von diesen Dingen sprach. Erst K. 25
heiterte ihn wieder auf, als er sagte, er wisse, um was ihn
Hans beneide, es handle sich um seinen schönen Kno-

tenstock, der auf dem Tisch lag und mit dem Hans zerstreut im Gespräch gespielt hatte. Nun, solche Stöcke verstehe K. herzustellen und er werde, wenn ihr Plan geglückt sei, Hans einen noch schöneren machen. Es war jetzt nicht mehr ganz deutlich, ob nicht Hans wirklich nur den Stock gemeint hatte, so sehr freute er sich über K.'s Versprechen und nahm fröhlich Abschied, nicht ohne K. fest die Hand zu drücken und zu sagen: „Also übermorgen."

14
Friedas Vorwurf

Es war höchste Zeit, daß Hans weggegangen war, denn
kurz darauf riß der Lehrer die Tür auf und schrie, als er
K. und Frieda ruhig bei Tisch sitzen sah: „Verzeiht die
Störung! Aber sagt mir, wann wird endlich hier auf-
geräumt sein. Wir müssen drüben zusammengepfercht
sitzen, der Unterricht leidet, Ihr aber dehnt und streckt
Euch hier im großen Turnzimmer und um noch mehr
Platz zu haben, habt Ihr auch noch die Gehilfen weggeschickt. Jetzt aber steht wenigstens gefälligst auf und
rührt Euch!" Und nur zu K.: „Du holst mir jetzt das
Gabelfrühstück aus dem Brückenhof." Das alles war
wütend geschrien, aber die Worte waren verhältnismäßig
sanft, selbst das an sich grobe Du. K. war sofort bereit
zu folgen, nur um den Lehrer auszuhorchen sagte er:
„Ich bin doch gekündigt." „Gekündigt oder nicht ge-
kündigt, hol mir das Gabelfrühstück", sagte der Lehrer.
„Gekündigt oder nicht gekündigt, das eben will ich wissen", sagte K. „Was schwätzt Du?" sagte der Lehrer,
„Du hast doch die Kündigung nicht angenommen."
„Das genügt um sie unwirksam zu machen?" fragte K.
„Mir nicht", sagte der Lehrer, „das darfst Du mir glau-

ben, wohl aber dem Gemeindevorsteher, unbegreiflicher
Weise. Nun aber lauf, sonst fliegst Du wirklich hinaus."
K. war zufrieden, der Lehrer hatte also mit dem Gemeindevorsteher inzwischen gesprochen, oder vielleicht
gar nicht gesprochen sondern nur des Gemeindevorstehers voraussichtliche Meinung sich zurechtgelegt und
diese lautete zu K.'s Gunsten. Nun wollte K. gleich um
das Gabelfrühstück eilen, aber noch aus dem Gang rief
ihn der Lehrer wieder zurück, sei es daß er die Dienst-
willigkeit K.'s durch diesen besonderen Befehl nur hatte
erproben wollen, um sich danach weiterhin richten zu
können, sei es daß er nun wieder neue Lust zum Kom-
mandieren bekam und es ihn freute, K. eilig laufen und
dann auf seinen Befehl hin wie einen Kellner ebenso eilig
wieder wenden zu lassen. K. seinerseits wußte, daß er
durch allzugroßes Nachgeben sich zum Sklaven und
Prügeljungen des Lehrers machen würde, aber bis zu
einer gewissen Grenze wollte er jetzt die Launen des
Lehrers geduldig hinnehmen, denn wenn ihm auch der
Lehrer, wie sich gezeigt hatte, rechtmäßig nicht kündigen konnte, qualvoll bis zum Unerträglichen konnte er
die Stellung gewiß machen. Aber gerade an dieser Stellung lag jetzt K. mehr als früher. Das Gespräch mit Hans
hatte ihm neue, zugegebenermaßen unwahrscheinliche,
völlig grundlose, aber nicht mehr zu vergessende Hoffnungen gemacht, sie verdeckten sogar fast Barnabas.
Wenn er ihnen nachging, und er konnte nicht anders, so

[240]

mußte er alle seine Kraft darauf sammeln, sich um nichts anderes sorgen, nicht um das Essen, die Wohnung, die Dorfbehörden, ja selbst um Frieda nicht, und im Grunde handelte es sich ja nur um Frieda, denn alles andere kümmerte ihn ja nur mit Bezug auf sie. Deshalb mußte er diese Stellung, welche Frieda einige Sicherheit gab, zu behalten suchen, und es durfte ihn nicht reuen, im Hinblick auf diesen Zweck mehr vom Lehrer zu dulden, als er sonst zu dulden über sich gebracht hätte. Das alles war nicht allzu schmerzlich, es gehörte in die Reihe der fortwährenden kleinen Leiden des Lebens, es war nichts im Vergleich zu dem was K. erstrebte und er war nicht hergekommen um ein Leben in Ehren und Frieden zu führen.

Und so war er, wie er gleich hatte ins Wirtshaus laufen wollen, auf den geänderten Befehl hin auch gleich wieder bereit, zuerst das Zimmer in Ordnung zu bringen, damit die Lehrerin mit ihrer Klasse wieder herüberkommen könne. Aber es mußte sehr schnell Ordnung gemacht werden, denn nachher sollte K. doch das Gabelfrühstück holen und der Lehrer hatte schon großen Hunger und Durst. K. versicherte, es werde alles nach Wunsch geschehn; ein Weilchen sah der Lehrer zu, wie K. sich beeilte, die Lagerstätte wegräumte, die Turngeräte zurechtschob, im Fluge auskehrte, während Frieda das Podium wusch und rieb. Der Eifer schien den Lehrer zu befriedigen, er machte noch darauf aufmerksam, daß vor

[241]

der Tür ein Haufen Holz zum Heizen vorbereitet sei –
zum Schupfen wollte er K. wohl nicht mehr zulassen –
und ging dann mit der Drohung bald wiederzukommen
und nachzuschauen zu den Kindern hinüber.

Nach einer Weile schweigenden Arbeitens fragte
Frieda, warum sich denn K. jetzt dem Lehrer so sehr
füge. Es war wohl eine mitleidige sorgenvolle Frage,
aber K., der daran dachte, wie wenig es Frieda gelungen
war, nach ihrem ursprünglichen Versprechen ihn vor
den Befehlen und Gewalttätigkeiten des Lehrers zu bewahren, sagte nur kurz, daß er nun, da er einmal Schuldiener geworden sei, den Posten auch ausfüllen müsse.
Dann war es wieder still, bis K., gerade durch das kurze
Gespräch daran erinnert, daß Frieda schon solange wie
in sorgenvollen Gedanken verloren gewesen war, vor
allem fast während des ganzen Gespräches mit Hans, sie
jetzt, während er das Holz hereintrug, offen fragte, was
sie denn beschäftige. Sie antwortete, langsam zu ihm auf-
blickend, es sei nichts bestimmtes, sie denke nur an die
Wirtin und an die Wahrheit mancher ihrer Worte. Erst
als K. in sie drang, antwortete sie nach mehreren Weige-
rungen ausführlicher, ohne aber hiebei von ihrer Arbeit
abzulassen, was sie nicht aus Fleiß tat, denn die Arbeit
ging dabei doch gar nicht vorwärts, sondern nur um
nicht gezwungen zu sein, K. anzusehn. Und nun erzählte sie, wie sie bei K.'s Gespräch mit Hans zuerst
ruhig zugehört habe, wie sie dann durch einige Worte

K.'s aufgeschreckt, schärfer den Sinn der Worte zu erfassen angefangen habe und wie sie von nun ab nicht mehr habe aufhören können in K.'s Worten Bestätigungen einer Mahnung zu hören, die sie der Wirtin verdanke, an deren Berechtigung sie aber niemals hatte glauben wollen. K., ärgerlich über die allgemeinen Redewendungen und selbst durch die tränenvoll klagende Stimme mehr gereizt als gerührt – vor allem weil sich die Wirtin nun wieder in sein Leben mischte, wenigstens durch Erinnerungen, da sie in Person bis jetzt wenig Erfolg gehabt hatte – warf das Holz, das er in den Armen trug zu Boden, setzte sich darauf und verlangte nun mit ernsten Worten völlige Klarheit. „Schon öfters", begann Frieda, „gleich anfangs, hat sich die Wirtin bemüht mich an Dir zweifeln zu machen, sie behauptete nicht, daß Du lügst, im Gegenteil, sie sagte, Du seist kindlich offen, aber Dein Wesen sei so verschieden von dem unsern, daß wir, selbst wenn Du offen sprichst, Dir zu glauben uns schwer überwinden können und wenn nicht eine gute Freundin uns früher rettet, erst durch bittere Erfahrung zu glauben uns gewöhnen müssen. Selbst ihr, die einen so scharfen Blick für Menschen hat, sei es kaum anders ergangen. Aber nach dem letzten Gespräch mit Dir im Brückenhof sei sie – ich wiederhole nur ihre bösen Worte – auf Deine Schliche gekommen, jetzt könntest Du sie nicht mehr täuschen, selbst wenn Du Dich anstrengen würdest, Deine Absichten zu verbergen. ,Aber er verbirgt ja nichts', das sagte sie immer wieder und dann sagte sie noch: ‚Streng Dich doch an, ihm bei beliebiger Gelegenheit wirklich zuzuhören, nicht nur oberflächlich, nein wirklich zuzuhören.' Nichts weiter als dieses habe sie getan und dabei hinsichtlich meiner folgendes etwa herausgehört: Du hast Dich an mich herangemacht – sie gebrauchte dieses schmähliche Wort – nur deshalb, weil ich Dir zufällig in den Weg kam, Dir nicht gerade mißfiel und weil Du ein Ausschankmädchen, sehr irriger Weise, für das vorbestimmte Opfer jedes die Hand ausstreckenden Gastes hältst. Außerdem wolltest Du, wie die Wirtin vom Herrenhofwirt erfahren hat, aus irgendwelchen Gründen damals im Herrenhof übernachten und das war allerdings überhaupt nicht anders als durch mich zu erlangen. Das alles wäre nun genügender Anlaß gewesen Dich zu meinem Liebhaber für jene Nacht zu machen, damit aber mehr daraus wurde brauchte es auch mehr und dieses Mehr war Klamm. Die Wirtin behauptet nicht, zu wissen was Du von Klamm willst, sie behauptet nur, daß Du, ehe Du mich kanntest ebenso heftig zu Klamm strebtest wie nachher. Der Unterschied habe nur darin bestanden daß Du früher hoffnungslos warst, jetzt aber in mir ein zuverlässiges Mittel zu haben glaubtest, wirklich und bald und sogar mit Überlegenheit zu Klamm vorzudringen. Wie erschrak ich – aber das war nur erst flüchtig, ohne tieferen Grund – als Du heute einmal sagtest, ehe Du mich kanntest,

wärest Du hier in die Irre gegangen. Es sind vielleicht die
gleichen Worte, welche die Wirtin gebrauchte, auch sie
sagt, daß Du erst seitdem Du mich kanntest zielbewußt
geworden bist. Das sei daher gekommen, daß Du glaubtest in mir eine Geliebte Klamms erobert zu haben und
dadurch ein Pfand zu besitzen, das nur zum höchsten
Preise ausgelöst werden könne. Über diesen Preis mit
Klamm zu verhandeln sei Dein einziges Streben. Da Dir
an mir nichts, am Preise alles liege, seist Du hinsichtlich
meiner zu jedem Entgegenkommen bereit, hinsichtlich
des Preises hartnäckig. Deshalb ist es Dir gleichgültig,
daß ich die Stelle im Herrenhof verliere, gleichgiltig, daß
ich auch den Brückenhof verlassen muß, gleichgültig,
daß ich die schwere Schuldienerarbeit werde leisten
müssen, Du hast keine Zärtlichkeit, ja nicht einmal Zeit
mehr für mich, Du überläßt mich den Gehilfen, Eifersucht kennst Du nicht, mein einziger Wert für Dich ist,
daß ich Klamms Geliebte war, in Deiner Unwissenheit
strengst Du Dich an, mich Klamm nicht vergessen zu
lassen, damit ich am Ende nicht zu sehr widerstrebe,
wenn der entscheidende Zeitpunkt gekommen ist, dennoch kämpfst Du auch gegen die Wirtin, der allein Du es
zutraust, daß sie mich Dir entreißen könnte, darum
treibst Du den Streit mit ihr auf die Spitze, um den
Brückenhof mit mir verlassen zu müssen; daß ich, soweit es nur an mir liegt, unter allen Umständen Dein
Besitz bin, daran zweifelst Du nicht. Die Unterredung

[245]

mit Klamm stellst Du Dir als ein Geschäft vor, baar
gegen baar. Du rechnest mit allen Möglichkeiten; vorausgesetzt daß Du den Preis erreichst, bist Du bereit
alles zu tun; will mich Klamm, wirst Du mich ihm geben, will er daß Du bei mir bleibst, wirst Du bleiben,
will er daß Du mich verstößt, wirst Du mich verstoßen,
aber Du bist auch bereit Komödie zu spielen, wird es
vorteilhaft sein, so wirst Du vorgeben mich zu lieben,
seine Gleichgültigkeit wirst Du dadurch zu bekämpfen
suchen, daß Du Deine Nichtigkeit hervorhebst und ihn
durch die Tatsache Deiner Nachfolgerschaft beschämst,
oder daß Du meine Liebesgeständnisse hinsichtlich seiner Person, die ich ja wirklich gemacht habe, ihm über-
mittelst und ihn bittest, er möge mich wieder aufnehmen, unter Zahlung des Preises allerdings; und hilft
nichts anderes, dann wirst Du im Namen des Ehepaares
K. einfach betteln. Wenn Du aber dann, so schloß die
Wirtin, sehen wirst, daß Du Dich in allem getäuscht
hast, in Deinen Annahmen und in Deinen Hoffnungen,
in Deiner Vorstellung von Klamm und seinen Beziehungen zu mir, dann wird meine Hölle beginnen, denn dann
werde ich erst recht Dein einziger Besitz sein, auf den
Du angewiesen bleibst, aber zugleich ein Besitz, der sich
als wertlos erwiesen hat und den Du entsprechend behandeln wirst, da Du kein anderes Gefühl für mich hast
als das des Besitzers."

Gespannt, mit zusammengezogenem Mund hatte K.

zugehört, das Holz unter ihm war ins Rollen gekommen, er war fast auf den Boden geglitten, er hatte es
nicht beachtet, erst jetzt stand er auf, setzte sich auf das
Podium, nahm Friedas Hand, die sich ihm schwach zu
entziehen suchte, und sagte: „Ich habe in dem Bericht
Deine und der Wirtin Meinung nicht immer von einander unterscheiden können." „Es war nur die Meinung
der Wirtin", sagte Frieda, „ich habe allem zugehört weil
ich die Wirtin verehre, aber es war das erste Mal in meinem Leben daß ich ihre Meinung ganz und gar verwarf.
So kläglich schien mir alles was sie sagte, so fern jedem
Verständnis dessen, wie es mit uns zweien stand. Eher
schien mir das vollkommne Gegenteil dessen, was sie
sagte, richtig. Ich dachte an den trüben Morgen nach
unserer ersten Nacht. Wie Du neben mir knietest mit
einem Blick, als sei nun alles verloren. Und wie es sich
dann auch wirklich so gestaltete, daß ich, so sehr ich
mich anstrengte, Dir nicht half, sondern Dich hinderte.
Durch mich wurde die Wirtin Deine Feindin, eine mächtige Feindin, die Du noch immer unterschätzest; meinetwegen, für die Du zu sorgen hattest, mußtest Du um
Deine Stelle kämpfen, warst im Nachteil gegenüber dem
Gemeindevorsteher, mußtest Dich dem Lehrer unterwerfen, warst den Gehilfen ausgeliefert, das Schlimmste
aber: um meinetwillen hattest Du Dich vielleicht gegen
Klamm vergangen. Daß Du jetzt immerfort zu Klamm
gelangen wolltest, war ja nur das ohnmächtige Streben

[247]

ihn irgendwie zu versöhnen. Und ich sagte mir, daß die
Wirtin, die dies alles gewiß viel besser wisse als ich, mich
mit ihren Einflüsterungen nur vor allzu schlimmen
Selbstvorwürfen bewahren wolle. Gutgemeinte, aber
⁵ überflüssige Mühe. Meine Liebe zu Dir hätte mir über
alles hinweggeholfen, sie hätte schließlich auch Dich
vorwärtsgetragen, wenn nicht hier im Dorf, so anderswo, einen Beweis ihrer Kraft hatte sie ja schon gegeben,
vor der Barnabas'schen Familie hat sie Dich gerettet."
¹⁰ „Das war also damals Deine Gegenmeinung", sagte K.,
„und was hat sich seitdem geändert?" „Ich weiß nicht",
sagte Frieda und blickte auf K.'s Hand, welche die ihre
hielt, „vielleicht hat sich nichts geändert; wenn Du so
nah bei mir bist und so ruhig fragst, dann glaube ich, daß
¹⁵ sich nichts geändert hat. In Wirklichkeit aber" – sie
nahm K. ihre Hand fort, saß ihm aufrecht gegenüber
und weinte, ohne ihr Gesicht zu bedecken; frei hielt sie
ihm dieses tränenüberflossene Gesicht entgegen, so als
weine sie nicht über sich selbst und habe also nichts zu
²⁰ verbergen, sondern als weine sie über K.'s Verrat und so
gebüre ihm auch der Jammer ihres Anblicks – „in Wirklichkeit aber hat sich alles geändert, seitdem ich Dich mit
dem Jungen habe sprechen hören. Wie unschuldig hast
Du begonnen, fragtest nach den häuslichen Verhältnis-
²⁵ sen, nach dem und jenem, mir war als kämest Du gerade
in den Ausschank, zutunlich, offenherzig und suchtest
so kindlich-eifrig meinen Blick. Es war kein Unterschied

gegen damals und ich wünschte nur die Wirtin wäre hier, hörte Dir zu und versuchte dann noch an ihrer Meinung festzuhalten. Dann aber plötzlich, ich weiß nicht wie es geschah, merkte ich in welcher Absicht Du mit dem Jungen sprachst. Durch die teilnehmenden Worte gewannst Du sein nicht leicht zu gewinnendes Vertrauen, um dann ungestört auf Dein Ziel loszugehn, das ich mehr und mehr erkannte. Dieses Ziel war die Frau. Aus Deinen ihretwegen scheinbar besorgten Reden sprach gänzlich unverdeckt nur die Rücksicht auf Deine Geschäfte. Du betrogst die Frau noch ehe Du sie gewonnen hast. Nicht nur meine Vergangenheit auch meine Zukunft hörte ich aus Deinen Worten, es war mir als sitze die Wirtin neben mir und erkläre mir alles und ich suche sie mit allen Kräften wegzudrängen, sehe aber klar die Hoffnungslosigkeit solcher Anstrengung und dabei war es ja eigentlich gar nicht mehr ich, die betrogen wurde, nicht einmal betrogen wurde ich schon, sondern die fremde Frau. Und als ich mich dann noch aufraffte und Hans fragte was er werden wolle und er sagte, er wolle werden wie Du, Dir also schon so vollkommen gehörte, was war denn jetzt für ein großer Unterschied zwischen ihm, dem guten Jungen der hier mißbraucht wurde, und mir, damals, im Ausschank?"

„Alles", sagte K., durch die Gewöhnung an den Vorwurf hatte er sich gefaßt, „alles was Du sagst, ist in gewissem Sinne richtig, unwahr ist es nicht, nur feindselig ist es. Es sind Gedanken der Wirtin, meiner Feindin, auch wenn Du glaubst, daß es Deine eigenen sind, das tröstet mich. Aber lehrreich sind sie, man kann noch manches von der Wirtin lernen. Mir selbst hat sie es nicht gesagt, obwohl sie mich sonst nicht geschont hat, offenbar hat sie Dir diese Waffe anvertraut in der Hoffnung, daß Du sie in einer für mich besonders schlimmen oder entscheidungsreichen Stunde anwenden würdest; mißbrauche ich Dich, so mißbraucht sie Dich ähnlich. Nun aber Frieda bedenke: auch wenn alles ganz genau so wäre wie es die Wirtin sagt, wäre es sehr arg nur in einem Falle, nämlich wenn Du mich nicht lieb hast. Dann, nun dann wäre es wirklich so, daß ich mit Berechnung und List Dich gewonnen habe, um mit diesem Besitz zu wuchern. Vielleicht gehörte es dann schon sogar zu meinem Plan, daß ich damals, um Dein Mitleid hervorzulocken, Arm in Arm mit Olga vor Dich trat und die Wirtin hat nur vergessen dies noch in meiner Schuldrechnung zu erwähnen. Wenn es aber nicht der arge Fall ist und nicht ein schlaues Raubtier Dich damals an sich gerissen hat, sondern Du mir entgegenkamst, so wie ich Dir entgegenkam und wir uns fanden, selbstvergessen beide, sag, Frieda, wie ist es denn dann? Dann führe ich doch meine Sache so wie Deine, es ist hier kein Unterschied und sondern kann nur eine Feindin. Das gilt überall, auch hinsichtlich Hansens. Bei Beurteilung des Gespräches mit Hans übertreibst Du übrigens in

[250]

Deinem Zartgefühl sehr, denn wenn sich Hansens und meine Absichten nicht ganz decken, so geht das doch nicht so weit, daß etwa ein Gegensatz zwischen ihnen bestünde, außerdem ist ja Hans unsere Unstimmigkeit nicht verborgen geblieben, glaubtest Du das, so würdest Du diesen vorsichtigen kleinen Mann sehr unterschätzen und selbst wenn ihm alles verborgen geblieben sein sollte, so wird doch daraus niemandem ein Leid entstehn, das hoffe ich."

„Es ist so schwer, sich zurechtzufinden, K.", sagte Frieda und seufzte, „ich habe gewiß kein Mißtrauen gegen Dich gehabt und ist etwas derartiges von der Wirtin auf mich übergegangen, werde ich es glückselig abwerfen und Dich auf den Knien um Verzeihung bitten, wie ich es eigentlich die ganze Zeit über tue, wenn ich auch noch so böse Dinge sage. Wahr aber bleibt, daß Du viel vor mir geheim hältst; Du kommst und gehst, ich weiß nicht woher und wohin. Damals als Hans klopfte, hast Du sogar den Namen Barnabas gerufen. Hättest Du doch einmal nur so liebend mich gerufen, wie damals aus mir unverständlichem Grund diesen verhaßten Namen. Wenn Du kein Vertrauen zu mir hast, wie soll dann bei mir nicht Mißtrauen entstehn, bin ich dann doch völlig der Wirtin überlassen, die Du durch Dein Verhalten zu bestätigen scheinst. Nicht in allem, ich will nicht behaupten, daß Du sie in allem bestätigst, hast Du denn nicht doch immerhin meinetwegen die

[251]

Gehilfen verjagt? Ach wüßtest Du doch, mit welchem
Verlangen ich in allem was Du tust und sprichst, auch
wenn es mich quält, einen für mich guten Kern suche."
„Vor allem, Frieda", sagte K., „ich verberge Dir doch
nicht das Geringste. Wie mich die Wirtin haßt und wie
sie sich anstrengt Dich mir zu entreißen und mit was für
verächtlichen Mitteln sie das tut und wie Du ihr nachgibst, Frieda, wie Du ihr nachgibst. Sag doch, worin
verberge ich Dir etwas? Daß ich zu Klamm gelangen
will, weißt Du, daß Du mir dazu nicht verhelfen kannst
und daß ich es daher auf eigene Faust erreichen muß,
weißt Du auch, daß es mir bisher noch nicht gelungen
ist, siehst Du. Soll ich nun durch Erzählen der nutzlosen
Versuche, die mich schon in der Wirklichkeit reichlich
demütigen, doppelt mich demütigen? Soll ich mich etwa
dessen rühmen, am Schlag des Klammschen Schlittens
frierend einen langen Nachmittag vergeblich gewartet zu
haben? Glücklich nicht mehr an solche Dinge denken zu
müssen, eile ich zu Dir und nun kommt mir wieder alles
dieses drohend aus Dir entgegen. Und Barnabas? Gewiß, ich erwarte ihn. Er ist der Bote Klamms, nicht ich
habe ihn dazu gemacht." „Wieder Barnabas", rief
Frieda, „ich kann nicht glauben, daß er ein guter Bote
ist." „Du hast vielleicht Recht", sagte K., „aber es ist der
einzige Bote der mir geschickt wird." „Desto schlimmer", sagte Frieda, „desto mehr solltest Du Dich vor
ihm hüten." „Er hat mir leider bisher keinen Anlaß

hiezu gegeben", sagte K. lächelnd, „er kommt selten und was er bringt ist belanglos; nur daß es geradewegs von Klamm herrührt macht es wertvoll." „Aber sieh nur", sagte Frieda, „es ist ja nicht einmal mehr Klamm Dein Ziel, vielleicht beunruhigt mich das am meisten; daß Du Dich immer über mich hinweg zu Klamm drängtest, war schlimm, daß Du jetzt von Klamm abzukommen scheinst, ist viel schlimmer, es ist etwas, was nicht einmal die Wirtin vorhersah. Nach der Wirtin endete mein Glück, fragwürdiges und doch sehr wirkliches Glück, mit dem Tage, an dem Du endgiltig einsahst, daß Deine Hoffnung auf Klamm vergeblich war. Nun aber wartest Du nicht einmal mehr auf diesen Tag, plötzlich kommt ein kleiner Junge herein und Du beginnst mit ihm um seine Mutter zu kämpfen, so wie wenn Du um Deine Lebensluft kämpfen würdest." „Du hast mein Gespräch mit Hans richtig aufgefaßt", sagte K., „so war es wirklich. Ist aber denn Dein ganzes früheres Leben für Dich so versunken (bis auf die Wirtin natürlich, die sich nicht mithinabstoßen läßt), daß Du nicht mehr weißt, wie um das Vorwärtskommen gekämpft werden muß, besonders wenn man von tief untenher kommt? Wie alles benützt werden muß, was irgendwie Hoffnung gibt? Und diese Frau kommt vom Schloß, sie selbst hat es mir gesagt, als ich mich am ersten Tag zu Lasemann verirrte. Was lag näher, als sie um Rat oder sogar um Hilfe zu bitten; kennt die Wirtin ganz genau nur alle Hindernisse, die von Klamm abhalten, dann kennt diese Frau wahrscheinlich den Weg, sie ist ihn ja selbst herabgekommen." „Den Weg zu Klamm?" fragte Frieda. „Zu Klamm, gewiß, wohin denn sonst", sagte K. Dann sprang er auf: „Nun aber ist es höchste Zeit, das Gabelfrühstück zu holen." Dringend, weit über den Anlaß hinaus bat ihn Frieda zu bleiben, so wie wenn erst sein Bleiben alles Tröstliche was er ihr gesagt hatte, bestätigen würde. K. aber erinnerte an den Lehrer, zeigte auf die Tür, die jeden Augenblick mit Donnerkrach aufspringen könne, versprach auch gleich zu kommen, nicht einmal einheizen müsse sie, er selbst werde es besorgen. Schließlich fügte sich Frieda schweigend. Als K. draußen durch den Schnee stapfte – längst schon hätte der Weg freigeschaufelt sein sollen, merkwürdig, wie langsam die Arbeit vorwärtsgieng – sah er am Gitter einen der Gehilfen totmüde sich festhalten. Nur einen, wo war der andere? Hatte K. also wenigstens die Ausdauer des einen gebrochen? Der Zurückgebliebene war freilich noch eifrig genug bei der Sache, das sah man, als er, durch den Anblick K.'s belebt, sofort wieder mit dem Armeausstrecken und dem sehnsüchtigen Augenverdrehn begann. ‚Seine Unnachgiebigkeit ist musterhaft', sagte sich K. und mußte allerdings hinzufügen: ‚man erfriert mit ihr am Gitter.' Äußerlich hatte aber K. für den Gehilfen nichts anderes als ein Drohen mit der Faust, das jede Annäherung ausschloß, ja der Gehilfe

[254]

rückte ängstlich noch ein ansehnliches Stück zurück.
Eben öffnete Frieda ein Fenster, um, wie es mit K. besprochen war, vor dem Einheizen zu lüften. Gleich ließ
der Gehilfe von K. ab und schlich, unwiderstehlich angezogen, zum Fenster. Das Gesicht verzerrt von
Freundlichkeit gegenüber dem Gehilfen und flehender
Hilflosigkeit zu K. hin, schwenkte sie ein wenig die
Hand oben aus dem Fenster, es war nicht einmal deutlich ob es Abwehr oder Gruß war, der Gehilfe ließ sich
dadurch im Näherkommen auch nicht beirren. Da
schloß Frieda eilig das äußere Fenster, blieb aber dahinter, die Hand auf der Klinke, mit zur Seite geneigtem
Kopf, großen Augen und einem starren Lächeln. Wußte
sie daß sie den Gehilfen damit mehr lockte als ab-
schreckte? K. sah aber nicht mehr zurück, er wollte sich
lieber möglichst beeilen und bald zurückkommen.

15

Bei Amalia

Endlich – es war schon dunkel, später Nachmittag –
hatte K. den Gartenweg freigelegt, den Schnee zu beiden
Seiten des Weges hochgeschichtet und festgeschlagen
und war nun mit der Arbeit des Tages fertig. Er stand am
Gartentor, im weiten Umkreis allein. Den Gehilfen hatte
er vor Stunden schon vertrieben, eine große Strecke ge-
jagt, dann hatte sich der Gehilfe irgendwo zwischen
Gärtchen und Hütten versteckt, war nicht mehr aufzu-
finden gewesen und auch seitdem nicht wieder hervorgekommen. Frieda war zuhause und wusch entweder
schon die Wäsche oder noch immer Gisas Katze; es war
ein Zeichen großen Vertrauens seitens Gisas gewesen,
daß sie Frieda diese Arbeit übergeben hatte, eine allerdings unappetitliche und unpassende Arbeit, deren
Übernahme K. gewiß nicht geduldet hätte, wenn es nicht
sehr ratsam gewesen wäre, nach den verschiedenen
Dienstversäumnissen jede Gelegenheit zu benützen,
durch die man sich Gisa verpflichten konnte. Gisa hatte
wohlgefällig zugesehn, wie K. die kleine Kinderwanne
vom Dachboden gebracht hatte, wie Wasser gewärmt
wurde und wie man schließlich vorsichtig die Katze in

die Wanne hob. Dann hatte Gisa die Katze sogar völlig
Frieda überlassen, denn Schwarzer, K.'s Bekannter vom
ersten Abend war gekommen, hatte K. mit einer Mischung von Scheu, zu welcher an jenem Abend der
Grund gelegt worden war, und unmäßiger Verachtung,
wie sie einem Schuldiener gebürte, begrüßt und hatte
sich dann mit Gisa in das andere Schulzimmer begeben.
Dort waren die zwei noch immer. Wie man im Brückenhof K. erzählt hatte, lebte Schwarzer, der doch ein Kastellanssohn war, aus Liebe zu Gisa schon lange im
Dorfe, hatte es durch seine Verbindungen erreicht, daß
er von der Gemeinde zum Hilfslehrer ernannt worden
war, übte aber dieses Amt hauptsächlich in der Weise aus,
daß er fast keine Unterrichtsstunde Gisas versäumte,
entweder in der Schulbank zwischen den Kindern
saß oder, lieber, am Podium zu Gisas Füßen. Es störte
gar nicht mehr, die Kinder hatten sich schon längst daran
gewöhnt und dies vielleicht um so leichter, als Schwarzer
weder Zuneigung noch Verständnis für Kinder hatte,
kaum mit ihnen sprach, nur den Turnunterricht von
Gisa übernommen hatte und im übrigen damit zufrieden
war in der Nähe, in der Luft, in der Wärme Gisas zu
leben. Sein größtes Vergnügen war es neben Gisa zu
sitzen und mit ihr Schulhefte zu korrigieren. Auch heute
waren sie damit beschäftigt, Schwarzer hatte einen großen Stoß Hefte gebracht, der Lehrer gab ihnen immer
auch die seinen, und solange es noch hell gewesen war,

[257]

hatte K. die zwei an einem Tischchen beim Fenster arbeiten gesehn, Kopf an Kopf, unbeweglich, jetzt sah
man dort nur zwei Kerzen flackern. Es war eine ernste
schweigsame Liebe, welche die zwei verband, den Ton
gab eben Gisa an, deren schwerfälliges Wesen zwar
manchmal, wild geworden, alle Grenzen durchbrach, die
aber etwas Ähnliches bei andern zu anderer Zeit niemals
geduldet hätte, so mußte sich auch der lebhafte Schwarzer fügen, langsam gehn, langsam sprechen, viel schweigen, aber er wurde für alles, das sah man, reichlich be-
lohnt durch Gisas einfache stille Gegenwart. Dabei
liebte ihn Gisa vielleicht gar nicht, jedenfalls gaben ihre
runden grauen, förmlich niemals blinzelnden, eher in
den Pupillen scheinbar sich drehenden Augen auf solche
Fragen keine Antwort, nur daß sie Schwarzer ohne Widerspruch duldete sah man, aber die Ehrung von einem
Kastellanssohn geliebt zu werden, verstand sie gewiß
nicht zu würdigen und ihren vollen üppigen Körper trug
sie unverändert ruhig dahin, ob Schwarzer ihr mit den
Blicken folgte oder nicht. Schwarzer dagegen brachte ihr
das ständige Opfer, daß er im Dorfe blieb; Boten des
Vaters, die ihn öfters abholen kamen, fertigte er so empört ab, als sei schon die kurze von ihnen verursachte
Erinnerung an das Schloß und an seine Sohnespflicht,
eine empfindliche, nicht zu ersetzende Störung seines
Glückes. Und doch hatte er eigentlich reichlich freie
Zeit, denn Gisa zeigte sich ihm im allgemeinen nur wäh-

[258]

rend der Unterrichtsstunden und beim Heftekorrigie-
ren, dies freilich nicht aus Berechnung, sondern weil sie
die Bequemlichkeit und deshalb das Alleinsein über alles
liebte und wahrscheinlich am glücklichsten war, wenn
sie sich zuhause in völliger Freiheit auf dem Kanapee
ausstrecken konnte, neben sich die Katze, die nicht
störte, weil sie sich ja kaum mehr bewegen konnte. So
trieb sich Schwarzer einen großen Teil des Tages beschäftigungslos herum, aber auch dies war ihm lieb,
denn immer hatte er dabei die Möglichkeit, die er auch
sehr oft ausnützte, in die Löwengasse zu gehn wo Gisa
wohnte, zu ihrem Dachzimmerchen hinaufzusteigen, an
der immer versperrten Tür zu horchen und dann allerdings wieder wegzugehn, nachdem er im Zimmer aus-
nahmslos die vollkommenste unbegreifliche Stille festgestellt hatte. Immerhin zeigten sich doch auch bei ihm
die Folgen dieser Lebensweise manchmal, aber niemals
in Gisas Gegenwart, in lächerlichen Ausbrüchen auf Augenblicke wiedererwachten amtlichen Hochmuts, der
freilich gerade zu seiner gegenwärtigen Stellung genug
schlecht paßte; es ging dann allerdings meistens nicht
sehr gut aus, wie es ja auch K. erlebt hatte.
Erstaunlich war nur, daß man, wenigstens im Brük-
kenhof, doch mit einer gewissen Achtung von Schwarzer sprach, selbst wenn es sich um mehr lächerliche als
achtungswerte Dinge handelte, auch Gisa war in diese
Achtung miteingeschlossen. Es war aber dennoch un-

richtig, wenn Schwarzer als Hilfslehrer K. außerordentlich überlegen zu sein glaubte, diese Überlegenheit war
nicht vorhanden, ein Schuldiener ist für die Lehrerschaft
und gar für einen Lehrer von Schwarzers Art eine sehr
wichtige Person, die man nicht ungestraft mißachten
darf und der man die Mißachtung, wenn man aus Stan-
desinteressen auf sie nicht verzichten kann, zumindest
mit entsprechender Gegengabe erträglich machen muß.
K. wollte bei Gelegenheit daran denken, auch war
Schwarzer bei ihm noch vom ersten Abend her in
Schuld, die dadurch nicht kleiner geworden war, daß die
nächsten Tage dem Empfang Schwarzers eigentlich
Recht gegeben hatten. Denn es war dabei nicht zu vergessen, daß der Empfang vielleicht allem Folgenden die
Richtung gegeben hatte. Durch Schwarzer war ganz un-
sinniger Weise gleich in der ersten Stunde die volle Aufmerksamkeit der Behörden auf K. gelenkt worden, als er
noch völlig fremd im Dorf, ohne Bekannte, ohne Zu-
flucht, übermüdet vom Marsch, ganz hilflos wie er dort
auf dem Strohsack lag, jedem behördlichen Zugriff ausgeliefert war. Nur eine Nacht später hätte schon alles
anders, ruhig, halb im Verborgenen verlaufen können.
Jedenfalls hätte niemand etwas von ihm gewußt, keinen
Verdacht gehabt, zumindest nicht gezögert, ihn als Wan-
derburschen einen Tag bei sich zu lassen, man hätte seine
Brauchbarkeit und Zuverlässigkeit gesehn, es hätte sich
in der Nachbarschaft herumgesprochen, wahrscheinlich

[260]

hätte er bald als Knecht irgendwo ein Unterkommen gefunden. Natürlich, der Behörde wäre er nicht entgangen. Aber es war ein wesentlicher Unterschied, ob mitten in der Nacht seinetwegen die Centralkanzlei oder wer sonst beim Telephon gewesen war, aufgerüttelt wurde, eine augenblickliche Entscheidung eingefordert wurde, in scheinbarer Demut aber doch mit lästiger Unerbittlichkeit eingefordert wurde, überdies von dem oben wahrscheinlich mißliebigen Schwarzer, oder ob statt alles dessen K. am nächsten Tag in den Amtsstunden beim Gemeindevorsteher anklopfte und, wie es sich gehörte, sich als fremder Wanderbursch meldete, der bei einem bestimmten Gemeindemitglied schon eine Schlafstelle hat und wahrscheinlich morgen wieder weiterziehn wird, es wäre denn daß der ganz unwahrscheinliche Fall eintritt und er hier Arbeit findet, nur für paar Tage natürlich, denn länger will er keinesfalls bleiben. So oder ähnlich wäre es ohne Schwarzer geworden. Die Behörde hätte sich auch weiter mit der Angelegenheit beschäftigt, aber ruhig, im Amtswege, ungestört von der ihr wahrscheinlich besonders verhaßten Ungeduld der Partei. Nun war ja K. an dem allen unschuldig, die Schuld traf Schwarzer, aber Schwarzer war der Sohn eines Kastellans und äußerlich hatte er sich ja korrekt verhalten, man konnte es also nur K. entgelten lassen. Und der lächerliche Anlaß alles dessen? Vielleicht eine ungnädige Laune Gisas an jenem Tag, wegen der

[261]

Schwarzer schlaflos in der Nacht herumgestrichen war, um sich dann an K. für sein Leid zu entschädigen. Man konnte freilich von anderer Seite her auch sagen, daß K. diesem Verhalten Schwarzers sehr viel verdanke. Nur dadurch war etwas möglich geworden, was K. allein niemals erreicht, nie zu erreichen gewagt hätte und was auch ihrerseits die Behörde kaum je zugegeben hätte, daß er nämlich von allem Anfang an ohne Winkelzüge, offen, Aug in Aug der Behörde entgegentrat, soweit dies bei ihr überhaupt möglich war. Aber das war ein schlimmes Geschenk, es ersparte zwar K. viel Lüge und Heimlichtuerei, aber es machte ihn auch fast wehrlos, benachteiligte ihn jedenfalls im Kampf und hätte ihn im Hinblick darauf verzweifelt machen können, wenn er sich nicht hätte sagen müssen, daß der Machtunterschied zwischen der Behörde und ihm so ungeheuerlich war, daß alle Lüge und List deren er fähig gewesen wäre, den Unterschied nicht wesentlich zu seinen Gunsten hätte herabdrücken können, sondern verhältnismäßig immer unmerklich hätte bleiben müssen. Doch war dies nur ein Gedanke, mit dem K. sich selbst tröstete, Schwarzer blieb trotzdem in seiner Schuld; hatte er K. damals geschadet, vielleicht konnte er nächstens helfen, K. würde auch weiterhin Hilfe im Allergeringsten, in den allerersten Vorbedingungen nötig haben, so schien ja z. B. auch Barnabas wieder zu versagen. Friedas wegen hatte K. den ganzen Tag gezögert in des Barnabas Wohnung

[262]

nachfragen zu gehn; um ihn nicht vor Frieda empfangen zu müssen, hatte K. jetzt hier draußen gearbeitet und war nach der Arbeit noch hier geblieben in Erwartung des Barnabas, aber Barnabas kam nicht. Nun blieb nichts anderes übrig, als zu den Schwestern zu gehn, nur für ein kleines Weilchen, nur von der Schwelle aus wollte er fragen, bald würde er wieder zurück sein. Und er rammte die Schaufel in den Schnee ein und lief. Atemlos kam er beim Haus der Barnabas an, riß nach kurzem Klopfen die Tür auf und fragte, ohne darauf zu achten wie es in der Stube aussah: „Ist Barnabas noch immer nicht gekommen?" Erst jetzt bemerkte er, daß Olga nicht da war, die beiden Alten wieder bei dem weit entfernten Tisch in einem Dämmerzustand saßen, sich noch nicht klar gemacht hatten was bei der Tür geschehen war und erst langsam die Gesichter hinwendeten, und daß schließlich Amalia unter Decken auf der Ofenbank lag und im ersten Schrecken über K.'s Erscheinen aufgefahren war und die Hand an die Stirn hielt, um sich zu fassen. Wäre Olga hier gewesen, hätte sie gleich geantwortet und K. hätte wieder fortgehn können, so mußte er wenigstens die paar Schritte zu Amalia machen, ihr die Hand reichen, die sie schweigend drückte, und sie bitten, die aufgescheuchten Eltern von irgendwelchen Wanderungen abzuhalten, was sie auch mit paar Worten tat. K. erfuhr, daß Olga im Hof Holz hackte, Amalia erschöpft – sie nannte keinen Grund – vor kurzem sich

[263]

hatte niederlegen müssen und Barnabas zwar noch nicht gekommen war, aber sehr bald kommen mußte, denn über Nacht blieb er nie im Schloß. K. dankte für die Auskunft, er konnte nun wieder gehn, Amalia aber fragte, ob er nicht noch auf Olga warten wolle, aber er hatte leider keine Zeit mehr, dann fragte Amalia, ob er denn schon heute mit Olga gesprochen habe, er verneinte es erstaunt und fragte ob ihm Olga etwas besonderes mitteilen wollte, Amalia verzog wie in leichtem Ärger den Mund, nickte K. schweigend zu, es war deutlich eine Verabschiedung, und legte sich wieder zurück. Aus der Ruhelage musterte sie ihn, so als wundere sie sich, daß er noch da sei. Ihr Blick war kalt, klar, unbeweglich wie immer, er war nicht geradezu auf das gerichtet, was sie beobachtete, sondern ging – das war störend – ein wenig, kaum merklich, aber zweifellos daran vorbei, es schien nicht Schwäche zu sein, nicht Verlegenheit, nicht Unehrlichkeit, die das verursachte, sondern ein fortwährendes, jedem andern Gefühl überlegenes Verlangen nach Einsamkeit, das vielleicht ihr selbst nur auf diese Weise zu Bewußtsein kam. K. glaubte sich zu erinnern, daß dieser Blick schon am ersten Abend ihn beschäftigt hatte, ja daß wahrscheinlich der ganze häßliche Eindruck, den diese Familie auf ihn gleich gemacht hatte, auf diesen Blick zurückging, der für sich selbst nicht häßlich war sondern stolz und in seiner Verschlossenheit aufrichtig. „Du bist immer so traurig, Amalia",

[264]

sagte K., „quält Dich etwas? Kannst Du es nicht sagen?
Ich habe ein Landmädchen wie Dich noch nicht gesehn.
Erst heute, erst jetzt ist es mir eigentlich aufgefallen.
Stammst Du hier aus dem Dorf? Bist Du hier geboren?"
Amalia bejahte es so, als habe K. nur die letzte Frage
gestellt, dann sagte sie: „Du wirst also doch auf Olga
warten?" „Ich weiß nicht warum Du immerfort das
Gleiche fragst", sagte K., „ich kann nicht länger bleiben,
weil zuhause meine Braut wartet." Amalia stützte sich
auf den Elbogen, sie wußte von keiner Braut. K. nannte
den Namen, Amalia kannte sie nicht. Sie fragte ob Olga
von der Verlobung wisse, K. glaubte es wohl, Olga habe
ihn ja mit Frieda gesehn, auch verbreiten sich im Dorf
solche Nachrichten schnell. Amalia versicherte ihm aber,
daß Olga es nicht wisse und daß es sie sehr unglücklich
machen werde, denn sie scheine K. zu lieben. Offen habe
sie davon nicht gesprochen, denn sie sei sehr zurückhaltend, aber Liebe verrate sich ja unwillkürlich. K. war
überzeugt, daß sich Amalia irre. Amalia lächelte und
dieses Lächeln, trotzdem es traurig war, erhellte das düster zusammengezogene Gesicht, machte die Stummheit
sprechend, machte die Fremdheit vertraut, war die Preisgabe eines Geheimnisses, die Preisgabe eines bisher be-
hüteten Besitzes, der zwar wieder zurückgenommen
werden konnte, aber niemals mehr ganz. Amalia sagte,
sie irre sich gewiß nicht, ja sie wisse noch mehr, sie wisse
daß auch K. Zuneigung zu Olga habe und daß seine

[265]

Besuche, die irgendwelche Botschaften des Barnabas
zum Vorwand haben, in Wirklichkeit nur Olga gelten.
Jetzt aber da Amalia von allem wisse, müsse er es nicht
mehr so streng nehmen und dürfe öfters kommen. Nur
dieses habe sie ihm sagen wollen. K. schüttelte den Kopf
und erinnerte an seine Verlobung. Amalia schien nicht
viele Gedanken an diese Verlobung zu verschwenden, der
unmittelbare Eindruck K.'s, der doch allein vor ihr stand,
war für sie entscheidend, sie fragte nur, wann denn K.
jenes Mädchen kennen gelernt habe, er sei doch erst wenige Tage im Dorf. K. erzählte von dem Abend im Herrenhof, worauf Amalia nur kurz sagte, sie sei sehr dagegen gewesen, daß man ihn in den Herrenhof führe. Sie
rief dafür auch Olga als Zeugin an, die mit einem Arm
voll Holz eben hereinkam, frisch und gebeizt von der
kalten Luft, lebhaft und kräftig, wie verwandelt durch
die Arbeit gegenüber ihrem sonstigen schweren Dastehn
im Zimmer. Sie warf das Holz hin, begrüßte unbefangen
K. und fragte gleich nach Frieda. K. verständigte sich
durch einen Blick mit Amalia aber sie schien sich nicht
für widerlegt zu halten. Ein wenig gereizt dadurch erzählte K. ausführlicher als er es sonst getan hätte, von
Frieda, beschrieb unter wie schwierigen Verhältnissen
sie in der Schule immerhin eine Art Haushalt führte und
vergaß sich in der Eile des Erzählens – er wollte ja gleich
nachhause gehn – derart daß er in der Form eines Abschieds die Schwestern einlud, ihn einmal zu besuchen.

[266]

Jetzt allerdings erschrak er und stockte, während Amalia
sofort, ohne ihm noch zu einem Worte Zeit zu lassen die
Einladung anzunehmen erklärte, nun mußte sich auch
Olga anschließen und tat es. K. aber, immerfort vom
Gedanken an die Notwendigkeit eiligen Abschieds bedrängt und sich unruhig fühlend unter Amalias Blick,
zögerte nicht, ohne weitere Verbrämung einzugestehn,
daß die Einladung gänzlich unüberlegt und nur von seinem persönlichen Gefühl ihm eingegeben gewesen sei,
daß er sie aber leider nicht aufrechthalten könne, da eine
große, ihm allerdings ganz unverständliche Feindschaft
zwischen Frieda und dem Barnabas'schen Hause bestehe. „Es ist keine Feindschaft", sagte Amalia, stand
von der Bank auf und warf die Decke hinter sich, „ein so
großes Ding ist es nicht, es ist bloß ein Nachbeten der
allgemeinen Meinung. Und nun geh, geh zu Deiner
Braut, ich sehe wie Du eilst. Fürchte auch nicht, daß wir
kommen, ich sagte es gleich anfangs nur im Scherz, aus
Bosheit. Du aber kannst öfters zu uns kommen, dafür ist
wohl kein Hindernis, Du kannst ja immer die Barnabas'-
schen Botschaften vorschützen. Ich erleichtere es Dir
noch dadurch, daß ich sage, daß Barnabas, auch wenn er
eine Botschaft vom Schloß für Dich bringt, nicht wieder
bis in die Schule gehn kann, um sie Dir zu melden. Er
kann nicht so viel herumlaufen, der arme Junge, er ver-
zehrt sich im Dienst, Du wirst selbst kommen müssen,
Dir die Nachricht zu holen." K. hatte Amalia so viel im

[267]

Zusammenhang sagen noch nicht gehört, es klang auch anders als sonst ihre Rede, eine Art Hoheit war darin, die nicht nur K. fühlte, sondern offenbar auch Olga, die doch an sie gewöhnte Schwester, sie stand ein wenig abseits, die Hände im Schoß, nun wieder in ihrer gewöhnlichen breitbeinigen, ein wenig gebeugten Haltung, die Augen hatte sie auf Amalia gerichtet, während diese nur K. ansah. „Es ist ein Irrtum", sagte K., „ein großer Irrtum, wenn Du glaubst, daß es mir mit dem Warten auf Barnabas nicht ernst ist, meine Angelegenheiten mit den Behörden in Ordnung zu bringen, ist mein höchster, eigentlich mein einziger Wunsch. Und Barnabas soll mir dazu verhelfen, viel von meiner Hoffnung liegt auf ihm. Er hat mich zwar schon einmal sehr enttäuscht, aber das war mehr meine eigene Schuld als seine, es geschah in der Verwirrung der ersten Stunden, ich glaubte damals alles durch einen kleinen Abendspaziergang erreichen zu können und daß sich das Unmögliche als unmöglich gezeigt hat, habe ich ihm dann nachgetragen. Selbst im Urteil über Euere Familie, über Euch hat es mich beeinflußt. Das ist vorüber, ich glaube Euch jetzt besser zu verstehn, Ihr seid sogar" – K. suchte das richtige Wort, fand es nicht gleich und begnügte sich mit einem beiläufigen – „Ihr seid vielleicht gutmütiger als irgendjemand sonst von den Dorfleuten, soweit ich sie bisher kenne. Aber nun, Amalia, beirrst Du mich wieder, dadurch daß Du, wenn schon nicht den Dienst Deines Bruders, so

[268]

doch die Bedeutung, die er für mich hat, herabsetzest. Vielleicht bist Du in die Angelegenheiten des Barnabas nicht eingeweiht, dann ist es gut und ich will die Sache auf sich beruhn lassen, vielleicht aber bist Du eingeweiht – und ich habe eher diesen Eindruck – dann ist es schlimm, denn das würde bedeuten, daß mich Dein Bruder täuscht." „Sei ruhig", sagte Amalia, „ich bin nicht eingeweiht, nichts könnte mich dazu bewegen, mich einweihen zu lassen, nichts könnte mich dazu bewegen, nicht einmal die Rücksicht auf Dich, für den ich doch manches täte, denn wie Du sagtest gutmütig sind wir. Aber die Angelegenheiten meines Bruders gehören ihm an, ich weiß nichts von ihnen, als das was ich gegen meinen Willen zufällig hie und da davon höre. Dagegen kann Dir Olga volle Auskunft geben, denn sie ist seine Vertraute." Und Amalia ging fort, zuerst zu den Eltern mit denen sie flüsterte, dann in die Küche; sie war ohne Abschied von K. fortgegangen, so als wisse sie er werde noch lange bleiben und es sei kein Abschied nötig.

16

K. blieb mit etwas erstauntem Gesicht zurück, Olga
lachte über ihn, zog ihn zur Ofenbank, sie schien wirklich glücklich zu sein darüber, daß sie jetzt mit ihm allein
hier sitzen konnte, aber es war ein friedliches Glück, von
Eifersucht war es gewiß nicht getrübt. Und gerade dieses
Fernsein von Eifersucht und daher auch von jeglicher
Strenge tat K. wohl, gern sah er in diese blauen, nicht
lockenden, nicht herrischen, sondern schüchtern ruhen-
den, schüchtern standhaltenden Augen. Es war als hätten ihn für alles dieses hier die Warnungen Friedas und
der Wirtin nicht empfänglicher, aber aufmerksamer und
findiger gemacht. Und er lachte mit Olga, als diese sich
wunderte, warum er gerade Amalia gutmütig genannt
habe, Amalia sei mancherlei, nur gutmütig sei sie eigentlich nicht. Worauf K. erklärte, das Lob habe natürlich
ihr, Olga gegolten, aber Amalia sei so herrisch, daß sie
sich nicht nur alles aneigne, was in ihrer Gegenwart gesprochen werde, sondern daß man ihr auch freiwillig
alles zuteile. „Das ist wahr", sagte Olga ernster werdend, „wahrer als Du glaubst. Amalia ist jünger als ich,
jünger auch als Barnabas, aber sie ist es, die in der Fami-

lie entscheidet, im Guten und im Bösen, freilich, sie trägt
es auch mehr als alle, das Gute wie das Böse." K. hielt
das für übertrieben, eben hatte doch Amalia gesagt, daß
sie sich um des Bruders Angelegenheiten z. B. nicht
kümmere, Olga dagegen alles darüber wisse. „Wie soll
ich es erklären?" sagte Olga, „Amalia kümmert sich weder um Barnabas noch um mich, sie kümmert sich eigentlich um niemanden außer um die Eltern, sie pflegt
sie Tag und Nacht, jetzt hat sie wieder nach ihren Wünschen gefragt und ist in die Küche für sie kochen gegangen, hat sich ihretwegen überwunden, aufzustehn, denn
sie ist schon unwohl seit Mittag und lag hier auf der
Bank. Aber trotzdem sie sich nicht um uns kümmert,
sind wir von ihr abhängig, so wie wenn sie die Älteste
wäre, und wenn sie uns in unsern Dingen raten würde,
würden wir ihr gewiß folgen, aber sie tut es nicht, wir
sind ihr fremd. Du hast doch viel Menschenerfahrung,
Du kommst aus der Fremde, scheint sie Dir nicht auch
besonders klug?" „Besonders unglücklich scheint sie
mir", sagte K., „aber wie stimmt es mit Euerem Respekt
vor ihr überein, daß z. B. Barnabas diese Botendienste
tut, die Amalia mißbilligt, vielleicht sogar mißachtet."
„Wenn er wüßte, was er sonst tun sollte, er würde den
Botendienst, der ihn gar nicht befriedigt, sofort verlassen." „Ist er denn nicht ausgelernter Schuster?" fragte
K. „Gewiß", sagte Olga, „er arbeitet ja auch nebenbei
für Brunswick und hätte wenn er wollte Tag und Nacht

[271]

Arbeit und reichlichen Verdienst." „Nun also", sagte
K., „dann hätte er doch einen Ersatz für den Botendienst." „Für den Botendienst?" fragte Olga erstaunt,
„hat er ihn denn des Verdienens halber übernommen?"
„Mag sein", sagte K., „aber Du erwähntest doch, daß er
ihn nicht befriedigt." „Er befriedigt ihn nicht und aus
verschiedenen Gründen", sagte Olga, „aber es ist doch
Schloßdienst, immerhin eine Art Schloßdienst, so sollte
man wenigstens glauben." „Wie?" sagte K. „sogar darin
seid Ihr im Zweifel?" „Nun", sagte Olga, „eigentlich
nicht, Barnabas geht in die Kanzleien, verkehrt mit den
Dienern wie ihresgleichen, sieht von der Ferne auch einzelne Beamte, bekommt verhältnismäßig wichtige
Briefe, ja sogar mündlich auszurichtende Botschaften
anvertraut, das ist doch recht viel und wir könnten stolz
darauf sein, wie viel er in so jungen Jahren schon erreicht
hat." K. nickte, an die Heimkehr dachte er jetzt nicht.
„Er hat auch eine eigene Livree?" fragte er. „Du meinst
die Jacke?" sagte Olga, „nein, die hat ihm Amalia gemacht, noch ehe er Bote war. Aber Du näherst Dich dem
wunden Punkt. Er hätte schon längst, nicht eine Livree,
die es im Schloß nicht gibt, aber einen Anzug vom Amt
bekommen sollen, es ist ihm auch zugesichert worden,
aber in dieser Hinsicht ist man im Schloß sehr langsam
und das Schlimme ist daß man niemals weiß, was diese
Langsamkeit bedeutet; sie kann bedeuten, daß die Sache
im Amtsgang ist, sie kann aber auch bedeuten, daß der

Amtsgang noch gar nicht begonnen hat, daß man also z.B. Barnabas immer noch erst erproben will, sie kann aber schließlich auch bedeuten, daß der Amtsgang schon beendet ist, man aus irgendwelchen Gründen die Zusicherung zurückgezogen hat und Barnabas den Anzug niemals bekommt. Genaueres kann man darüber nicht erfahren oder erst nach langer Zeit. Es ist hier die Redensart, vielleicht kennst Du sie: ‚amtliche Entscheidungen sind scheu wie junge Mädchen‘." „Das ist eine gute Beobachtung", sagte K., er nahm es noch ernster als Olga, „eine gute Beobachtung, die Entscheidungen mögen noch andere Eigenschaften mit Mädchen gemeinsam haben." „Vielleicht", sagte Olga, „ich weiß freilich nicht wie Du es meinst. Vielleicht meinst Du es gar lobend. Aber was das Amtskleid betrifft, so ist dies eben eine der Sorgen des Barnabas und da wir die Sorgen gemeinsam haben, auch meine. Warum bekommt er kein Amtskleid, fragen wir uns vergebens. Nun ist aber diese ganze Sache nicht einfach. Die Beamten z.B. scheinen überhaupt kein Amtskleid zu haben; so viel wir hier wissen und soviel Barnabas erzählt, gehen die Beamten in gewöhnlichen, allerdings schönen Kleidern herum. Übrigens hast Du ja Klamm gesehn. Nun ein Beamter, auch ein Beamter niedrigster Kategorie ist natürlich Barnabas nicht und versteigt sich nicht dazu es sein zu wollen. Aber auch höhere Diener, die man hier im Dorf freilich überhaupt nicht zu sehen bekommt, haben nach des Barnabas Be-

[273]

richt keine Amtsanzüge; das ist ein gewisser Trost, könnte man von vorherein meinen, aber er ist trügerisch, denn ist Barnabas ein höherer Diener? Nein, wenn man ihm noch so sehr geneigt ist, das kann man nicht sagen, ein höherer Diener ist er nicht, schon daß er ins Dorf kommt, ja sogar hier wohnt, ist ein Gegenbeweis, die höheren Diener sind noch zurückhaltender als die Beamten, vielleicht mit Recht, vielleicht sind sie sogar höher als manche Beamte, einiges spricht dafür, sie arbeiten weniger und es soll nach Barnabas ein wunderbarer Anblick sein, diese auserlesen großen starken Männer langsam durch die Korridore gehn zu sehn, Barnabas schleicht an ihnen immer herum. Kurz, es kann keine Rede davon sein, daß Barnabas ein höherer Diener ist. Also könnte er einer der niedrigen Dienerschaft sein, aber diese haben eben Amtsanzüge, wenigstens soweit sie ins Dorf herunterkommen, er ist keine eigentliche Livree, es gibt auch viele Verschiedenheiten, aber immerhin erkennt man sofort an den Kleidern den Diener aus dem Schloß, Du hast ja solche Leute im Herrenhof gesehn. Das Auffallendste an den Kleidern ist daß sie meistens eng anliegen, ein Bauer oder ein Handwerker könnte ein solches Kleid nicht brauchen. Nun, dieses Kleid hat also Barnabas nicht, das ist nicht nur etwa beschämend oder entwürdigend, das könnte man ertragen, aber es läßt – besonders in trüben Stunden und manchmal, nicht zu selten, haben wir solche, Barnabas

[274]

und ich – an allem zweifeln. Ist es überhaupt Schloßdienst, was Barnabas tut, fragen wir dann; gewiß er geht
in die Kanzleien, aber sind die Kanzleien das eigentliche
Schloß? Und selbst wenn Kanzleien zum Schloß gehören, sind es die Kanzleien, welche Barnabas betreten   5
darf? Er kommt in Kanzleien, aber es ist doch nur ein
Teil aller, dann sind Barrièren und hinter ihnen sind
noch andere Kanzleien. Man verbietet ihm nicht geradezu weiterzugehn, aber er kann doch nicht weitergehn,
wenn er seine Vorgesetzten schon gefunden hat, sie ihn   10
abgefertigt haben und wegschicken. Man ist dort überdies immer beobachtet, wenigstens glaubt man es. Und
selbst wenn er weiterginge, was würde es helfen, wenn er
dort keine amtliche Arbeit hat und ein Eindringling
wäre. Diese Barrieren darfst Du Dir auch nicht als eine 15
bestimmte Grenze vorstellen, darauf macht mich auch
Barnabas immer wieder aufmerksam. Barrieren sind
auch in den Kanzleien, in die er geht, es gibt also auch
Barrieren die er passiert und sie sehn nicht anders aus, als
die, über die er noch nicht hinweggekommen ist und es   20
ist auch deshalb nicht von vornherein anzunehmen, daß
sich hinter diesen letzteren Barrieren wesentlich andere
Kanzleien befinden, als jene in denen Barnabas schon
war. Nur eben in jenen trüben Stunden glaubt man das.
Und dann geht der Zweifel weiter, man kann sich gar   25
nicht wehren. Barnabas spricht mit Beamten, Barnabas
bekommt Botschaften. Aber was für Beamte, was für

Botschaften sind es. Jetzt ist er, wie er sagt, Klamm zugeteilt und bekommt von ihm persönlich die Aufträge. Nun, das wäre doch sehr viel, selbst höhere Diener gelangen nicht so weit, es wäre fast zu viel, das ist das Beängstigende. Denk nur, unmittelbar Klamm zugeteilt sein, mit ihm von Mund zu Mund sprechen. Aber es ist doch so? Nun ja, es ist so, aber warum zweifelt dann Barnabas daran daß der Beamte, der dort als Klamm bezeichnet wird, wirklich Klamm ist?" „Olga", sagte K., „Du willst doch nicht scherzen; wie kann über Klamms Aussehen ein Zweifel bestehn, es ist doch bekannt wie er aussieht, ich selbst habe ihn gesehn." „Gewiß nicht, K.", sagte Olga, „Scherze sind es nicht, sondern meine allerernstesten Sorgen. Doch erzähle ich es Dir auch nicht, um mein Herz zu erleichtern und Deines etwa zu beschweren, sondern weil Du nach Barnabas fragtest, Amalia mir den Auftrag gab zu erzählen, und weil ich glaube daß es auch für Dich nützlich ist, genaueres zu wissen. Auch wegen Barnabas tue ich es, damit Du nicht allzugroße Hoffnungen auf ihn setzest, er Dich nicht enttäuscht und dann selbst unter Deiner Enttäuschung leidet. Er ist sehr empfindlich, er hat z.B. heute nacht nicht geschlafen, weil Du gestern abend mit ihm unzufrieden warst, Du sollst gesagt haben, daß es sehr schlimm für Dich ist, daß Du ‚nur einen solchen Boten' wie Barnabas hast. Diese Worte haben ihn um den Schlaf gebracht, Du selbst wirst wohl von seiner Aufregung

[276]

nicht viel bemerkt haben, Schloßboten müssen sich sehr
beherrschen. Aber er hat es nicht leicht, selbst mit Dir
nicht. Du verlangst ja in Deinem Sinn gewiß nicht zu viel
von ihm, Du hast bestimmte Vorstellungen vom Botendienst mitgebracht und nach ihnen bemißt Du Deine ⁵
Anforderungen. Aber im Schloß hat man andere Vorstellungen vom Botendienst, sie lassen sich mit Deinen
nicht vereinen, selbst wenn sich Barnabas gänzlich dem
Dienst opfern würde, wozu er leider manchmal bereit
scheint. Man müßte sich ja fügen, dürfte nichts dagegen ₁₀
sagen, wäre nur nicht die Frage, ob es wirklich Botendienst ist was er tut. Dir gegenüber darf er natürlich
keinen Zweifel darüber aussprechen, es hieße für ihn
seine eigene Existenz untergraben wenn er das täte, Ge-
setze grob verletzen, unter denen er ja noch zu stehen ₁₅
glaubt, und selbst mir gegenüber spricht er nicht frei,
abschmeicheln, abküssen muß ich ihm seine Zweifel und
selbst dann wehrt er sich noch zuzugeben, daß die Zweifel Zweifel sind. Er hat etwas von Amalia im Blut. Und
alles sagt er mir gewiß nicht, trotzdem ich seine einzige ₂₀
Vertraute bin. Aber über Klamm sprechen wir manchmal, ich habe Klamm noch nicht gesehn, Du weißt,
Frieda liebt mich wenig und hätte mir den Anblick nie
gegönnt, aber natürlich ist sein Aussehn im Dorf gut
bekannt, einzelne haben ihn gesehn, alle von ihm gehört ₂₅
und es hat sich aus dem Augenschein, aus Gerüchten
und auch manchen fälschenden Nebenabsichten ein Bild

Klamms ausgebildet, das wohl in den Grundzügen stimmt. Aber nur in den Grundzügen. Sonst ist es veränderlich und vielleicht nicht einmal so veränderlich wie Klamms wirkliches Aussehn. Er soll ganz anders aussehn, wenn er ins Dorf kommt und anders wenn er es verläßt, anders ehe er Bier getrunken hat, anders nachher, anders im Wachen, anders im Schlafen, anders allein, anders im Gespräch und, was hienach verständlich ist, fast grundverschieden oben im Schloß. Und es sind schon selbst innerhalb des Dorfes ziemlich große Unterschiede, die berichtet werden, Unterschiede der Größe, der Haltung, der Dicke, des Bartes, nur hinsichtlich des Kleides sind die Berichte glücklicherweise einheitlich, er trägt immer das gleiche Kleid, ein schwarzes Jackettkleid mit langen Schößen. Nun gehn natürlich alle diese Unterschiede auf keine Zauberei zurück, sondern sind sehr begreiflich, entstehen durch die augenblickliche Stimmung, den Grad der Aufregung, die unzähligen Abstufungen der Hoffnung oder Verzweiflung, in welcher sich der Zuschauer, der überdies meist nur augenblicksweise Klamm sehen darf, befindet, ich erzähle Dir das alles wieder, so wie es mir Barnabas oft erklärt hat und man kann sich im allgemeinen, wenn man nicht persönlich unmittelbar an der Sache beteiligt ist, damit beruhigen. Wir können es nicht, für Barnabas ist es eine Lebensfrage, ob er wirklich mit Klamm spricht oder nicht." „Für mich nicht minder", sagte K. und sie rückten noch

näher zusammen auf der Ofenbank. Durch alle die ungünstigen Neuigkeiten Olgas war K. zwar betroffen,
doch sah er einen Ausgleich zum großen Teile darin, daß
er hier Menschen fand, denen es, wenigstens äußerlich,
sehr ähnlich ging wie ihm selbst, denen er sich also anschließen konnte, mit denen er sich in vielem verständigen konnte, nicht nur in manchem wie mit Frieda. Zwar
verlor er allmählich die Hoffnung auf einen Erfolg der
Barnabas'schen Botschaft, aber je schlechter es Barnabas
oben ging, desto näher kam er ihm hier unten, niemals
hätte K. gedacht, daß aus dem Dorf selbst ein derart
unglückliches Bestreben hervorgehen könnte, wie es das
des Barnabas und seiner Schwester war. Es war freilich
noch beiweitem nicht genug erklärt und konnte sich
schließlich noch ins Gegenteil wenden, man mußte
durch das gewiß unschuldige Wesen Olgas sich nicht
gleich verführen lassen auch an die Aufrichtigkeit des
Barnabas zu glauben. „Die Berichte über Klamms Aussehn", fuhr Olga fort, „kennt Barnabas sehr gut, hat
viele gesammelt und verglichen, vielleicht zu viele, hat
einmal selbst Klamm im Dorf durch ein Wagenfenster
gesehn oder zu sehn geglaubt, war also genügend vorbereitet, ihn zu erkennen und hat doch – wie erklärst Du es
Dir? – als er im Schloß in eine Kanzlei kam und man ihm
unter mehreren Beamten einen zeigte und sagte, daß dieser Klamm sei, ihn nicht erkannt und auch nachher noch
lange sich nicht daran gewöhnen können, daß es Klamm

[279]

sein sollte. Fragst Du nun aber Barnabas, worin sich jener Mann von der üblichen Vorstellung die man von Klamm hat unterscheidet, kann er nicht antworten, vielmehr er antwortet und beschreibt den Beamten im Schloß, aber diese Beschreibung deckt sich genau mit der Beschreibung Klamms, wie wir sie kennen. ,Nun also Barnabas', sage ich, ,warum zweifelst Du, warum quälst Du Dich.' Worauf er dann in sichtlicher Bedrängnis, Besonderheiten des Beamten im Schloß aufzuzählen beginnt, die er aber mehr zu erfinden als zu berichten scheint, die aber außerdem so geringfügig sind – sie betreffen z. B. ein besonderes Nicken des Kopfes oder auch nur die aufgeknöpfte Weste – daß man sie unmöglich ernst nehmen kann. Noch wichtiger scheint mir die Art wie Klamm mit Barnabas verkehrt. Barnabas hat es mir oft beschrieben, sogar gezeichnet. Gewöhnlich wird Barnabas in ein großes Kanzleizimmer geführt, aber es ist nicht Klamms Kanzlei, überhaupt nicht die Kanzlei eines Einzelnen. Der Länge nach ist dieses Zimmer durch ein einziges, von Seitenwand zu Seitenwand reichendes Stehpult in zwei Teile geteilt, einen schmalen, wo einander zwei Personen nur knapp ausweichen können, das ist der Raum der Beamten, und einen breiten, das ist der Raum der Parteien, der Zuschauer, der Diener, der Boten. Auf dem Pult liegen aufgeschlagen große Bücher, eines neben dem andern und bei den meisten stehen Beamte und lesen darin. Doch bleiben sie nicht

immer beim gleichen Buch, tauschen aber nicht die Bücher, sondern die Plätze, am erstaunlichsten ist es Barnabas, wie sie sich bei solchem Plätzewechsel an einander
vorbeidrücken müssen, eben wegen der Enge des
Raums. Vorn eng am Stehpult sind niedrige Tischchen, 5
an denen Schreiber sitzen, welche, wenn die Beamten es
wünschen, nach ihrem Diktat schreiben. Immer wundert
sich Barnabas, wie das geschieht. Es erfolgt kein aus-
drücklicher Befehl des Beamten, auch wird nicht laut
diktiert, man merkt kaum daß diktiert wird, vielmehr 10
scheint der Beamte zu lesen wie früher, nur daß er dabei
auch noch flüstert und der Schreiber hörts. Oft diktiert
der Beamte so leise, daß der Schreiber es sitzend gar
nicht hören kann, dann muß er immer aufspringen, das
Diktierte auffangen, schnell sich setzen und es aufschrei- 15
ben, dann wieder aufspringen u. s. f. Wie merkwürdig
das ist! Es ist fast unverständlich. Barnabas freilich hat
genug Zeit das alles zu beobachten, denn dort in dem
Zuschauerraum steht er stunden- und manchmal tagelang, ehe Klamms Blick auf ihn fällt. Und auch wenn ihn 20
Klamm schon gesehen hat und Barnabas sich in Habt-
acht-Stellung aufrichtet, ist noch nichts entschieden,
denn Klamm kann sich wieder von ihm dem Buch zuwenden und ihn vergessen, so geschieht es oft. Was ist es
aber für ein Botendienst, der so unwichtig ist? Mir wird 25
wehmütig, wenn Barnabas früh sagt, daß er ins Schloß
geht. Dieser wahrscheinlich ganz unnütze Weg, dieser

[281]

wahrscheinlich verlorene Tag, diese wahrscheinlich vergebliche Hoffnung. Was soll das alles? Und hier ist
Schusterarbeit aufgehäuft, die niemand macht und auf
deren Ausführung Brunswick drängt." „Nun gut", sagte
K., „Barnabas muß lange warten, ehe er einen Auftrag
bekommt. Das ist verständlich, es scheint hier ja ein
Übermaß von Angestellten zu sein, nicht jeder kann jeden Tag einen Auftrag bekommen, darüber müßt Ihr
nicht klagen, das trifft wohl jeden. Schließlich aber bekommt doch wohl auch Barnabas Aufträge, mir selbst
hat er schon zwei Briefe gebracht." „Es ist ja möglich",
sagte Olga, „daß wir Unrecht haben zu klagen, besonders ich, die alles nur vom Hörensagen kennt und es als
Mädchen auch nicht so gut verstehen kann, wie Barnabas, der ja auch noch manches zurückhält. Aber nun
höre wie es sich mit den Briefen verhält, mit den Briefen
an Dich z. B. Diese Briefe bekommt er nicht unmittelbar
von Klamm, sondern vom Schreiber. An einem beliebigen Tag, zu beliebiger Stunde – deshalb ist auch der
Dienst, so leicht er scheint, sehr ermüdend, denn Barnabas muß immerfort aufpassen – erinnert sich der Schreiber an ihn und winkt ihm. Klamm scheint das gar nicht
veranlaßt zu haben, er liest ruhig in seinem Buch,
manchmal allerdings, aber das tut er auch sonst öfters,
putzt er gerade den Zwicker, wenn Barnabas kommt,
und sieht ihn dabei vielleicht an, vorausgesetzt daß er
ohne Zwicker überhaupt sieht, Barnabas bezweifelt es,

[282]

Klamm hat dann die Augen fast geschlossen, er scheint
zu schlafen und nur im Traum den Zwicker zu putzen.
Inzwischen sucht der Schreiber aus den vielen Akten
und Briefschaften, die er unter dem Tisch hat, einen
Brief für Dich heraus, es ist also kein Brief den er gerade   5
geschrieben hat, vielmehr ist es dem Aussehen des Um-
schlags nach ein sehr alter Brief, der schon lange dort
liegt. Wenn es aber ein alter Brief ist, warum hat man
Barnabas so lange warten lassen? Und wohl auch Dich?
Und schließlich auch den Brief, denn er ist ja jetzt wohl   10
schon veraltet. Und Barnabas bringt man dadurch in den
Ruf, ein schlechter langsamer Bote zu sein. Der Schreiber allerdings macht es sich leicht, gibt Barnabas den
Brief, sagt: ‚Von Klamm für K.‘ und damit ist Barnabas
entlassen. Nun und dann kommt Barnabas nachhause,   15
atemlos, den endlich ergatterten Brief unter dem Hemd
am bloßen Leib und wir setzen uns dann hierher auf die
Bank wie jetzt und er erzählt und wir untersuchen dann
alles einzeln und schätzen ab, was er erreicht hat und
finden schließlich, daß es sehr wenig ist und das wenige   20
fragwürdig und Barnabas legt den Brief weg und hat
keine Lust ihn zu bestellen, hat aber auch keine Lust
schlafenzugehn, nimmt die Schusterarbeit vor und
versitzt dort auf dem Schemel die Nacht. So ist es, K.,
und das sind meine Geheimnisse und nun wunderst Du   25
Dich wohl nicht mehr, daß Amalia auf sie verzichtet.“
„Und der Brief?“ fragte K. „Der Brief?“ sagte Olga,

[283]

„nun nach einiger Zeit, wenn ich Barnabas genug gedrängt habe, es können Tage und Wochen inzwischen vergangen sein, nimmt er doch den Brief und geht ihn zustellen. In solchen Äußerlichkeiten ist er doch sehr abhängig von mir. Ich kann mich nämlich, wenn ich den ersten Eindruck seiner Erzählung überwunden habe, dann auch wieder fassen, was er, wahrscheinlich weil er eben mehr weiß, nicht imstande ist. Und so kann ich ihm dann immer wieder etwa sagen: ‚Was willst Du denn eigentlich Barnabas? Von was für einer Laufbahn, was für einem Ziele träumst Du? Willst Du vielleicht so weit kommen, daß Du uns, daß Du mich gänzlich verlassen mußt? Ist das etwa Dein Ziel? Muß ich das nicht glauben, da es ja sonst unverständlich wäre, warum Du mit dem schon Erreichten so entsetzlich unzufrieden bist? Sieh Dich doch um, ob jemand unter unsern Nachbarn schon so weit gekommen ist. Freilich ihre Lage ist anders als die unsrige und sie haben keinen Grund über ihre Wirtschaft hinauszustreben, aber auch ohne zu vergleichen muß man doch einsehn, daß bei Dir alles in bestem Gange ist. Hindernisse sind da, Fragwürdigkeiten, Enttäuschungen, aber das bedeutet doch nur, was wir schon vorher gewußt haben, daß Dir nichts geschenkt wird, daß Du Dir vielmehr jede einzelne Kleinigkeit selbst erkämpfen mußt, ein Grund mehr, um stolz, nicht um niedergeschlagen zu sein. Und dann kämpfst Du doch auch für uns? Bedeutet Dir das gar

nichts? Gibt Dir das keine neue Kraft? Und daß ich
glücklich und fast hochmütig bin, einen solchen Bruder
zu haben, gibt Dir das keine Sicherheit? Wahrhaftig,
nicht in dem, was Du im Schloß erreicht hast, aber in
dem, was ich bei Dir erreicht habe, enttäuschest Du
mich. Du darfst ins Schloß, bist ein ständiger Besucher
der Kanzleien, verbringst ganze Tage im gleichen Raum
mit Klamm, bist öffentlich anerkannter Bote, hast ein
Amtskleid zu beanspruchen, bekommst wichtige Briefschaften auszutragen, das alles bist Du, das alles darfst
Du und kommst herunter und statt daß wir uns weinend
vor Glück in den Armen liegen, scheint Dich bei meinem Anblick aller Mut zu verlassen, an allem zweifelst
Du, nur der Schusterleisten lockt Dich und den Brief,
diese Bürgschaft unserer Zukunft läßt Du liegen.' So
rede ich zu ihm und nachdem ich das tagelang wiederholt habe, nimmt er einmal seufzend den Brief und geht.
Aber es ist wahrscheinlich gar nicht die Wirkung meiner
Worte, sondern es treibt ihn nur wieder ins Schloß und
ohne den Auftrag ausgerichtet zu haben, würde er es
nicht wagen, hinzugehn." „Aber Du hast doch auch mit
allem recht, was Du ihm sagst", sagte K., „bewunderungswürdig richtig hast Du alles zusammengefaßt. Wie
erstaunlich klar Du denkst!" „Nein", sagte Olga, „es
täuscht Dich, und so täusche ich vielleicht auch ihn. Was
hat er denn erreicht? In eine Kanzlei darf er eintreten,
aber es scheint nicht einmal eine Kanzlei, eher ein Vor-

zimmer der Kanzleien, vielleicht nicht einmal das, vielleicht ein Zimmer, wo alle zurückgehalten werden sollen, die nicht in die wirklichen Kanzleien dürfen. Mit Klamm spricht er, aber ist es Klamm? Ist es nicht eher jemand, der Klamm nur ähnlich ist? Ein Sekretär vielleicht, wenns hoch geht, der Klamm ein wenig ähnlich ist und sich anstrengt ihm noch ähnlicher zu werden und sich dann wichtig macht in Klamms verschlafener träumerischer Art. Dieser Teil seines Wesens ist am leichtesten nachzuahmen, daran versuchen sich manche, von seinem sonstigen Wesen freilich lassen sie wohlweislich die Finger. Und ein so oft ersehnter und so selten erreichter Mann wie es Klamm ist nimmt in der Vorstellung der Menschen leicht verschiedene Gestalten an. Klamm hat z. B. hier einen Dorfsekretär namens Momus. So? Du kennst ihn? Auch er hält sich sehr zurück, aber ich habe ihn doch schon einigemal gesehn. Ein junger starker Herr, nicht? Und sieht also wahrscheinlich Klamm gar nicht ähnlich. Und doch kannst Du im Dorf Leute finden, die beschwören würden daß Momus Klamm ist und kein anderer. So arbeiten die Leute an ihrer eigenen Verwirrung. Und muß es im Schloß anders sein? Jemand hat Barnabas gesagt, daß jener Beamte Klamm ist und tatsächlich besteht eine Ähnlichkeit zwischen beiden, aber eine von Barnabas immerfort angezweifelte Ähnlichkeit. Und alles spricht für seine Zweifel. Klamm sollte hier in einem allgemeinen Raum, zwischen andern Beamten, den Bleistift hinter dem Ohr, sich drängen müssen? Das ist doch höchst unwahrscheinlich. Barnabas pflegt, ein wenig kindlich, manchmal – dies ist aber schon eine zuversichtliche Laune – zu sagen: ,Der Beamte sieht ja Klamm sehr ähnlich, würde er in einer eigenen Kanzlei sitzen, am eigenen Schreibtisch und wäre an der Tür sein Name – ich hätte keine Zweifel mehr.' Das ist kindlich, aber doch auch verständig. Noch viel verständiger allerdings wäre es, wenn Barnabas sich, wenn er oben ist, gleich bei mehreren Leuten erkundigen würde, wie sich die Dinge wirklich verhalten, es stehn doch seiner Angabe nach genug Leute in dem Zimmer herum. Und wären auch ihre Angaben nicht viel verläßlicher als die Angabe jenes, der ungefragt ihm Klamm gezeigt hat, es müßten sich doch zumindest aus ihrer Mannigfaltigkeit irgendwelche Anhaltspunkte, Vergleichspunkte ergeben. Es ist das nicht mein Einfall, sondern der Einfall des Barnabas, aber er wagt nicht, ihn auszuführen; aus Furcht er könnte durch irgendwelche ungewollte Verletzung unbekannter Vorschriften seine Stelle verlieren, wagt er niemanden anzusprechen; so unsicher fühlt er sich; diese doch eigentlich jämmerliche Unsicherheit beleuchtet mir seine Stellung schärfer als alle Beschreibungen. Wie zweifelhaft und drohend muß ihm dort alles erscheinen, wenn er nicht einmal zu einer unschuldigen Frage den Mund aufzutun wagt. Wenn ich das überlege, klage ich mich an, daß ich ihn allein in jenen unbekann-

[287]

ten Räumen lasse, wo es derart zugeht, daß sogar er, der eher waghalsig als feig ist, dort vor Furcht wahrscheinlich zittert."

„Hier glaube ich kommst Du zu dem Entscheidenden", sagte K. „Das ist es. Nach allem was Du erzählt hast, glaube ich jetzt klar zu sehn. Barnabas ist zu jung für diese Aufgabe. Nichts von dem was er erzählt kann man ohne weiters ernstnehmen. Da er oben vor Furcht vergeht, kann er dort nicht beobachten und zwingt man ihn hier dennoch zu berichten, erhält man verwirrte Märchen. Ich wundere mich nicht darüber. Die Ehrfurcht vor der Behörde ist Euch hier eingeboren, wird Euch weiter während des ganzen Lebens auf die verschiedensten Arten und von allen Seiten eingeflößt und Ihr selbst helft dabei mit, wie Ihr nur könnt. Doch sage ich im Grunde nichts dagegen; wenn eine Behörde gut ist, warum sollte man vor ihr nicht Ehrfurcht haben. Nur darf man dann nicht einen unbelehrten Jüngling wie Barnabas, der über den Umkreis des Dorfes nicht hinausgekommen ist, plötzlich ins Schloß schicken und dann wahrheitsgetreue Berichte von ihm verlangen wollen und jedes seiner Worte wie ein Offenbarungswort untersuchen und von der Deutung das eigene Lebensglück abhängig machen. Nichts kann verfehlter sein. Freilich habe auch ich nicht anders wie Du mich von ihm beirren lassen und sowohl Hoffnungen auf ihn gesetzt, als Enttäuschungen durch ihn erlitten, die beide nur auf

[288]

seinen Worten, also fast gar nicht begründet waren."
Olga schwieg. „Es wird mir nicht leicht", sagte K.,
„Dich in dem Vertrauen zu Deinem Bruder zu beirren,
da ich doch sehe, wie Du ihn liebst und was Du von ihm
erwartest. Es muß aber geschehn und nicht zum wenigsten Deiner Liebe und Deiner Erwartungen wegen.
Denn sieh, immer wieder hindert Dich etwas – ich weiß
nicht was es ist – voll zu erkennen, was Barnabas nicht
etwa erreicht hat, aber was ihm geschenkt worden ist. Er
darf in die Kanzleien oder wenn Du es so willst, in einen
Vorraum, nun dann ist also ein Vorraum, aber es sind
Türen da, die weiter führen, Barrieren, die man durch-
schreiten kann, wenn man das Geschick dazu hat. Mir
z. B. ist dieser Vorraum, wenigstens vorläufig, völlig unzugänglich. Mit wem Barnabas dort spricht, weiß ich
nicht, vielleicht ist jener Schreiber der niedrigste der
Diener, aber auch wenn er der niedrigste ist kann er zu
dem nächst höheren führen und wenn er nicht zu ihm
führen kann, so kann er ihn doch wenigstens nennen
und wenn er ihn nicht nennen kann so kann er doch auf
jemanden verweisen, der ihn wird nennen können. Der
angebliche Klamm mag mit dem wirklichen nicht das
Geringste gemeinsam haben, die Ähnlichkeit mag nur
für die vor Aufregung blinden Augen des Barnabas bestehn, er mag der niedrigste der Beamten, er mag noch
nicht einmal Beamter sein, aber irgendeine Aufgabe hat
er doch bei jenem Pult, irgendetwas liest er in seinem

großen Buch, irgendetwas flüstert er dem Schreiber zu, irgendetwas denkt er, wenn einmal in langer Zeit sein Blick auf Barnabas fällt, und selbst wenn das alles nicht wahr ist und er und seine Handlungen gar nichts bedeu-
5 ten, so hat ihn doch jemand dort hingestellt und hat dies mit irgendeiner Absicht getan. Mit dem allen will ich sagen, daß irgendetwas da ist, irgendetwas dem Barnabas angeboten wird, wenigstens irgendetwas und daß es nur die Schuld des Barnabas ist, wenn er damit nichts ande-
10 res erreichen kann, als Zweifel, Angst und Hoffnungslo-sigkeit. Und dabei bin ich ja immer noch von dem un-günstigsten Fall ausgegangen, der sogar sehr unwahr-scheinlich ist. Denn wir haben ja die Briefe in der Hand, denen ich zwar nicht viel traue, aber viel mehr als des
15 Barnabas Worten. Mögen es auch alte wertlose Briefe sein, die wahllos aus einem Haufen genau so wertloser Briefe hervorgezogen wurden, wahllos und mit nicht mehr Verstand, als die Kanarienvögel auf den Jahrmärk-ten aufwenden, um das Lebenslos eines Beliebigen aus
20 einem Haufen herauszupicken, mag das so sein, so ha-ben diese Briefe doch wenigstens irgendeinen Bezug auf meine Arbeit, sichtlich sind sie für mich, wenn auch vielleicht nicht für meinen Nutzen bestimmt, sind wie der Gemeindevorsteher und seine Frau bezeugt haben,
25 von Klamm eigenhändig gefertigt und haben, wiederum nach dem Gemeindevorsteher, zwar nur eine private und wenig durchsichtige, aber doch eine große Bedeutung.‟

[290]

„Sagte das der Gemeindevorsteher?" fragte Olga. „Ja,
das sagte er", antwortete K. „Ich werde es Barnabas
erzählen", sagte Olga schnell, „das wird ihn sehr aufmuntern." „Er braucht aber nicht Aufmunterung",
sagte K., „ihn aufmuntern, bedeutet, ihm zu sagen, daß
er recht hat, daß er nur in seiner bisherigen Art fortfah-
ren soll, aber eben auf diese Art wird er niemals etwas
erreichen, Du kannst jemanden, der die Augen verbunden hat noch so sehr aufmuntern, durch das Tuch zu
starren, er wird doch niemals etwas sehn; erst wenn man
ihm das Tuch abnimmt, kann er sehn. Hilfe braucht Barnabas, nicht Aufmunterung. Bedenke doch nur, dort
oben ist die Behörde in ihrer unentwirrbaren Größe –
ich glaubte annähernde Vorstellungen von ihr zu haben,
ehe ich hierherkam, wie kindlich war das alles – dort also
ist die Behörde und ihr tritt Barnabas entgegen, niemand
sonst, nur er, erbarmungswürdig allein, zuviel Ehre
noch für ihn, wenn er nicht sein Leben lang verschollen
in einen dunklen Winkel der Kanzleien gedrückt bleibt."
„Glaube nicht, K.", sagte Olga, „daß wir die Schwere
der Aufgabe, die Barnabas übernommen hat, unterschätzen. An Ehrfurcht vor der Behörde fehlt es uns ja nicht,
das hast Du selbst gesagt." „Aber es ist irregeleitete Ehrfurcht", sagte K., „Ehrfurcht am unrechten Ort, solche
Ehrfurcht entwürdigt ihren Gegenstand. Ist es noch
Ehrfurcht zu nennen, wenn Barnabas das Geschenk des
Eintritts in jenen Raum dazu mißbraucht, um untätig

[291]

dort die Tage zu verbringen oder wenn er herabkommt und diejenigen, vor denen er eben gezittert hat, verdächtigt und verkleinert oder wenn er aus Verzweiflung oder Müdigkeit Briefe nicht gleich austrägt und ihm anvertraute Botschaften nicht gleich ausrichtet? Das ist doch wohl keine Ehrfurcht mehr. Aber der Vorwurf geht noch weiter, geht auch gegen Dich, Olga, ich kann Dir ihn nicht ersparen, Du hast Barnabas, trotzdem Du Ehrfurcht vor der Behörde zu haben glaubst, in aller seiner Jugend und Schwäche und Verlassenheit ins Schloß geschickt oder wenigstens nicht zurückgehalten."

„Den Vorwurf, den Du mir machst", sagte Olga, „mache ich mir auch, seit jeher schon. Allerdings nicht daß ich Barnabas ins Schloß geschickt habe, ist mir vorzuwerfen, ich habe ihn nicht geschickt, er ist selbst gegangen, aber ich hätte ihn wohl mit allen Mitteln, mit Überredung, mit List, mit Gewalt zurückhalten sollen. Ich hätte ihn zurückhalten sollen aber wenn heute jener Tag, jener Entscheidungstag wäre und ich die Not des Barnabas, die Not unserer Familie so fühlen würde wie damals und heute und wenn Barnabas wieder, aller Verantwortung und Gefahr deutlich sich bewußt, lächelnd und sanft sich von mir losmachen würde, um zu gehn, ich würde ihn auch heute nicht zurückhalten, trotz aller Erfahrungen der Zwischenzeit und ich glaube, auch Du an meiner Stelle könntest nicht anders. Du kennst nicht unsere Not, deshalb tust Du uns, vor allem aber Barnabas Unrecht. Wir hatten damals mehr Hoffnung als heute, aber groß war unsere Hoffnung auch damals nicht, groß war nur unsere Not und ist es geblieben. Hat Dir denn Frieda nichts über uns erzählt?" „Nur Andeutungen", sagte K., „nichts Bestimmtes, aber schon Euer Name erregt sie." „Und auch die Wirtin hat nichts erzählt?" „Nein, nichts." „Und auch sonst niemand?" „Niemand." „Natürlich, wie könnte jemand etwas erzählen! Jeder weiß etwas über uns, entweder die Wahrheit, soweit sie den Leuten zugänglich ist, oder wenigstens irgendein übernommenes oder meist selbsterfundenes Gerücht, und jeder denkt an uns mehr als nötig ist, aber geradezu erzählen wird es niemand, diese Dinge in den Mund zu nehmen scheuen sie sich. Und sie haben recht darin. Es ist schwer es hervorzubringen, selbst Dir gegenüber, K., und ist es denn nicht auch möglich, daß Du, wenn Du es angehört hast, weggehst und nichts mehr von uns wirst wissen wollen, so wenig es Dich auch zu betreffen scheint. Dann haben wir Dich verloren, der Du mir jetzt, ich gestehe es, fast mehr bedeutest als der bisherige Schloßdienst des Barnabas. Und doch – dieser Widerspruch quält mich schon den ganzen Abend – mußt Du es erfahren, denn sonst bekommst Du keinen Überblick über unsere Lage, bliebest, was mich besonders schmerzen würde, ungerecht zu Barnabas, die notwendige völlige Einigkeit würde uns fehlen und Du könntest weder uns helfen noch unsere Hilfe, die außer-

[293]

amtliche, annehmen. Aber es bleibt noch eine Frage: Willst Du denn überhaupt es wissen?" „Warum fragst Du das?" sagte K., „wenn es notwendig ist, will ich es wissen, aber warum fragst Du so?" „Aus Aberglauben", sagte Olga, „Du wirst hineingezogen sein in unsere Dinge, unschuldig, nicht viel schuldiger als Barnabas." „Erzähle schnell", sagte K., „ich fürchte mich nicht. Du machst es auch durch Weiberängstlichkeit schlimmer als es ist."

17

Amalias Geheimnis

„Urteile selbst", sagte Olga, „übrigens klingt es sehr
einfach, man versteht nicht gleich, wie es eine große Bedeutung haben kann. Es gibt einen Beamten im Schloß
der heißt Sortini." „Ich habe schon von ihm gehört",
sagte K., „er war an meiner Berufung beteiligt." „Das
glaube ich nicht", sagte Olga, „Sortini tritt in der Öffentlichkeit kaum auf. Irrst Du Dich nicht mit Sordini,
mit ,d' geschrieben?" „Du hast recht", sagte K., „Sordini war es." „Ja", sagte Olga, „Sordini ist sehr bekannt,
einer der fleißigsten Beamten, von dem viel gesprochen
wird, Sortini dagegen ist sehr zurückgezogen und den
meisten fremd. Vor mehr als drei Jahren sah ich ihn zum
ersten und letzten Mal. Es war am 3. Juli bei einem Fest
des Feuerwehrvereins, das Schloß hatte sich auch beteiligt und eine neue Feuerspritze gespendet. Sortini, der
sich zum Teil mit Feuerwehrangelegenheiten beschäftigen soll, vielleicht aber war er auch nur in Vertretung da
– meistens vertreten sich die Beamten gegenseitig und es
ist deshalb schwer die Zuständigkeit dieses oder jenes
Beamten zu erkennen – nahm an der Übergabe der
Spritze teil, es waren natürlich auch noch Andere aus

dem Schloß gekommen, Beamte und Dienerschaft und Sortini war, wie es seinem Charakter entspricht, ganz im Hintergrunde. Es ist ein kleiner schwacher nachdenklicher Herr, etwas was allen die ihn überhaupt bemerkten auffiel, war die Art wie sich bei ihm die Stirn in Falten legte, alle Falten – und es war eine Menge, trotzdem er gewiß nicht mehr als vierzig ist – zogen sich nämlich geradewegs fächerartig über die Stirn zur Nasenwurzel hin, ich habe etwas derartiges nie gesehn. Nun das war also jenes Fest. Wir, Amalia und ich, hatten uns schon seit Wochen darauf gefreut, die Sonntagskleider waren zum Teil neu zurechtgemacht, besonders das Kleid Amalias war sehr schön, die weiße Bluse vorn hoch aufgebauscht, eine Spitzenreihe über der andern, die Mutter hatte alle ihre Spitzen dazu geborgt, ich war damals neidisch und weinte vor dem Fest die halbe Nacht durch. Erst als am Morgen die Brückenhofwirtin uns zu besichtigen kam –" „Die Brückenhofwirtin?" fragte K. „Ja", sagte Olga, „sie war sehr mit uns befreundet, sie kam also, mußte zugeben, daß Amalia im Vorteil war und borgte mir deshalb, um mich zu beruhigen, ihr eigenes Halsband aus böhmischen Granaten. Als wir dann aber ausgehfertig waren, Amalia vor mir stand, wir sie alle bewunderten und der Vater sagte: ‚Heute, denkt an mich, bekommt Amalia einen Bräutigam', da, ich weiß nicht warum, nahm ich mir das Halsband, meinen Stolz, ab und hing es Amalia um, gar nicht neidisch mehr. Ich beugte mich eben vor ihrem Sieg und ich glaubte, jeder müsse sich vor ihr beugen; vielleicht überraschte uns damals, daß sie anders aussah als sonst, denn eigentlich schön war sie ja nicht, aber ihr düsterer Blick, den sie in dieser Art seitdem behalten hat, ging hoch über uns hinweg und man beugte sich fast tatsächlich und unwillkürlich vor ihr. Alle bemerkten es, auch Lasemann und seine Frau, die uns abholen kamen." „Lasemann?" fragte K. „Ja, Lasemann", sagte Olga, „wir waren doch sehr angesehn und das Fest hätte z. B. nicht gut ohne uns anfangen können, denn der Vater war dritter Übungsleiter der Feuerwehr." „So rüstig war der Vater noch?" fragte K. „Der Vater?" fragte Olga, als verstehe sie nicht ganz, „vor drei Jahren war er noch gewissermaßen ein junger Mann, er hat z. B. bei einem Brand im Herrenhof einen Beamten, den schweren Galater, im Laufschritt auf dem Rücken hinausgetragen. Ich bin selbst dabei gewesen, es war zwar keine Feuersgefahr, nur das trockene Holz neben einem Ofen fing zu rauchen an, aber Galater bekam Angst, rief aus dem Fenster um Hilfe, die Feuerwehr kam und mein Vater mußte ihn hinaustragen, trotzdem schon das Feuer gelöscht war. Nun, Galater ist ein schwer beweglicher Mann und muß in solchen Fällen vorsichtig sein. Ich erzähle es nur des Vaters wegen, viel mehr als drei Jahre sind seitdem nicht vergangen und nun sieh wie er dort sitzt." Erst jetzt sah K., daß Amalia schon wieder in der Stube war, aber sie war weit entfernt

[297]

beim Tisch der Eltern, sie fütterte dort die Mutter, welche die rheumatischen Arme nicht bewegen konnte und sprach dabei dem Vater zu, er möge sich wegen des Essens noch ein wenig gedulden, gleich werde sie auch zu ihm kommen, um ihn zu füttern. Doch hatte sie mit ihrer Mahnung keinen Erfolg, denn der Vater, sehr gierig schon zu seiner Suppe zu kommen, überwand seine Körperschwäche und suchte die Suppe bald vom Löffel zu schlürfen, bald gleich vom Teller aufzutrinken und brummte böse, als ihm weder das eine noch das andere gelang, der Löffel längst leer war ehe er zum Munde kam und niemals der Mund, nur immer der herabhängende Schnauzbart in die Suppe tauchte und es nach allen Seiten, nur in seinen Mund nicht, tropfte und sprühte. „Das haben drei Jahre aus ihm gemacht?" fragte K., aber noch immer hatte er für die Alten und für die ganze Ecke des Familientisches dort kein Mitleid, nur Widerwillen. „Drei Jahre", sagte Olga langsam, „oder genauer paar Stunden eines Festes. Das Fest war auf einer Wiese vor dem Dorf am Bach, es war schon ein großes Gedränge als wir ankamen, auch aus den Nachbardörfern war viel Volk gekommen, man war ganz verwirrt von dem Lärm. Zuerst wurden wir natürlich vom Vater zur Feuerspritze geführt, er lachte vor Freude als er sie sah, eine neue Spritze machte ihn glücklich, er fing an, sie zu betasten und uns zu erklären, er duldete keinen Widerspruch und keine Zurückhaltung der andern, war etwas unter der

Spritze zu besichtigen, mußten wir uns alle bücken und fast unter die Spritze kriechen, Barnabas, der sich damals wehrte, bekam deshalb Prügel. Nur Amalia kümmerte sich um die Spritze nicht, stand aufrecht dabei in ihrem schönen Kleid und niemand wagte ihr etwas zu sagen, ich lief manchmal zu ihr und faßte ihren Arm unter, aber sie schwieg. Ich kann es mir noch heute nicht erklären, wie es kam, daß wir solange vor der Spritze standen und erst, als sich der Vater von ihr losmachte, Sortini bemerkten, der offenbar schon die ganze Zeit über hinter der Spritze an einem Spritzenhebel gelehnt hatte. Es war freilich ein entsetzlicher Lärm damals, nicht nur wie es sonst bei Festen ist; das Schloß hatte nämlich der Feuerwehr auch noch einige Trompeten geschenkt, besondere Instrumente, auf denen man mit der kleinsten Kraftanstrengung, ein Kind konnte das, die wildesten Töne hervorbringen konnte; wenn man das hörte, glaubte man, die Türken seien schon da und man konnte sich nicht daran gewöhnen, bei jedem neuen Blasen fuhr man wieder zusammen. Und weil es neue Trompeten waren, wollte sie jeder versuchen und weil es doch ein Volksfest war erlaubte man es. Gerade um uns, vielleicht hatte sie Amalia angelockt, waren einige solche Bläser, es war schwer die Sinne dabei zusammenzuhalten und wenn man nun auch noch nach dem Gebot des Vaters Aufmerksamkeit für die Spritze haben sollte, so war das das Äußerste was man leisten konnte und so entgieng uns

[299]

Sortini, den wir ja vorher auch gar nicht gekannt hatten,
so ungewöhnlich lange. ,Dort ist Sortini', flüsterte endlich, ich stand dabei, Lasemann dem Vater zu. Der Vater
verbeugte sich tief und gab auch uns aufgeregt ein Zeichen uns zu verbeugen. Ohne ihn bisher zu kennen,
hatte der Vater seit jeher Sortini als einen Fachmann in
Feuerwehrangelegenheiten verehrt und öfters zuhause
von ihm gesprochen, es war uns daher auch sehr überraschend und bedeutungsvoll jetzt Sortini in Wirklichkeit
zu sehn. Sortini aber kümmerte sich um uns nicht, es
war das keine Eigenheit Sortinis, die meisten Beamten
scheinen in der Öffentlichkeit teilnahmslos, auch war er
müde, nur seine Amtspflicht hielt ihn hier unten, es sind
nicht die schlechtesten Beamten welche gerade solche
Repräsentationspflichten als besonders drückend emp-
finden, andere Beamte und Diener mischten sich, da sie
nun schon einmal da waren, unter das Volk, er aber blieb
bei der Spritze und jeden der sich ihm mit irgendeiner
Bitte oder Schmeichelei zu nähern suchte, vertrieb er
durch sein Schweigen. So kam es, daß er uns noch später
bemerkte, als wir ihn. Erst als wir uns ehrfurchtsvoll
verbeugten und der Vater uns zu entschuldigen suchte,
blickte er nach uns hin, blickte der Reihe nach von einem
zum andern, müde, es war als seufze er darüber, daß
neben dem einen immer wieder noch ein zweiter sei, bis
er dann bei Amalia haltmachte, zu der er aufschauen
mußte, denn sie war viel größer als er. Da stutzte er,

sprang über die Deichsel, um Amalia näher zu sein, wir
mißverstanden es zuerst und wollten uns alle unter An-
führung des Vaters ihm nähern, aber er hielt uns ab mit
erhobener Hand und winkte uns dann zu gehn. Das war
alles. Wir neckten dann Amalia viel damit, daß sie nun
wirklich einen Bräutigam gefunden habe, in unserem
Unverstand waren wir den ganzen Nachmittag über sehr
fröhlich, Amalia aber war schweigsamer als jemals, ‚sie
hat sich ja toll und voll in Sortini verliebt‘, sagte Brunswick, der immer etwas grob ist und für Naturen wie
Amalia kein Verständnis hat, aber diesmal schien uns
seine Bemerkung fast richtig, wir waren überhaupt när-
risch an dem Tag und alle, bis auf Amalia, von dem
süßen Schloßwein wie betäubt, als wir nach Mitternacht
nachhause kamen.“ „Und Sortini?“ fragte K. „Ja, Sortini“, sagte Olga, „Sortini sah ich während des Festes im
Vorübergehn noch öfters, er saß auf der Deichsel, hatte
die Arme über der Brust gekreuzt und blieb so, bis der
Schloßwagen kam, um ihn abzuholen. Nicht einmal zu
den Feuerwehrübungen ging er, bei denen der Vater damals, gerade in der Hoffnung daß Sortini zusehe, vor
allen Männern seines Alters sich auszeichnete.“ „Und
habt Ihr nicht mehr von ihm gehört?“ fragte K. „Du
scheinst ja für Sortini große Verehrung zu haben.“ „Ja,
Verehrung“, sagte Olga, „ja und gehört haben wir auch
noch von ihm. Am nächsten Morgen wurden wir aus
unserem Weinschlaf durch einen Schrei Amalias ge-

weckt, die andern fielen gleich wieder in die Betten zurück, ich war aber gänzlich wach und lief zu Amalia, sie stand beim Fenster und hielt einen Brief in der Hand, den ihr eben ein Mann durch das Fenster gereicht hatte, der Mann wartete noch auf Antwort. Amalia hatte den Brief – er war kurz – schon gelesen und hielt ihn in der schlaff hinabhängenden Hand; wie liebte ich sie immer wenn sie so müde war. Ich kniete neben ihr nieder und las den Brief. Kaum war ich fertig, nahm ihn Amalia, nach einem kurzen Blick auf mich, wieder auf, brachte es aber nicht mehr über sich, ihn zu lesen, zerriß ihn, warf die Fetzen dem Mann draußen ins Gesicht und schloß das Fenster. Das war jener entscheidende Morgen. Ich nenne ihn entscheidend, aber jeder Augenblick des vorhergehenden Nachmittags ist ebenso entscheidend gewesen." „Und was stand in dem Brief?" fragte K. „Ja, das habe ich noch nicht erzählt", sagte Olga, „der Brief war von Sortini, adressiert war er an das Mädchen mit dem Granatenhalsband. Den Inhalt kann ich nicht wiedergeben. Es war eine Aufforderung zu ihm in den Herrenhof zu kommen undzwar sollte Amalia sofort kommen, denn in einer halben Stunde mußte Sortini wegfahren. Der Brief war in den gemeinsten Ausdrücken gehalten, die ich noch nie gehört hatte und nur aus dem Zusammenhang halb erriet. Wer Amalia nicht kannte und nur diesen Brief gelesen hatte, mußte das Mädchen, an das jemand so zu schreiben gewagt hatte, für entehrt halten, auch wenn sie gar nicht berührt worden sein sollte. Und es war kein Liebesbrief, kein Schmeichelwort war darin, Sortini war vielmehr offenbar böse, daß der Anblick Amalias ihn ergriffen, ihn von seinen Geschäften abgehalten hatte. Wir legten es uns später so zurecht, daß Sortini wahrscheinlich gleich abend hatte ins Schloß fahren wollen, nur Amalias wegen im Dorf geblieben war, und am Morgen voll Zorn darüber, daß es ihm auch in der Nacht nicht gelungen war Amalia zu vergessen, den Brief geschrieben hatte. Man mußte dem Brief gegenüber zuerst empört sein, auch die Kaltblütigste, dann aber hätte bei einer andern als Amalia wahrscheinlich vor dem bösen drohenden Ton die Angst überwogen, bei Amalia blieb es bei der Empörung, Angst kennt sie nicht, nicht für sich, nicht für andere. Und während ich mich dann wieder ins Bett verkroch und mir den abgebrochenen Schlußsatz wiederholte: ‚Daß Du also gleich kommst, oder –!' blieb Amalia auf der Fensterbank und sah hinaus, als erwarte sie noch weitere Boten und sei bereit, jeden genau so zu behandeln wie den ersten." „Das sind also die Beamten", sagte K. zögernd, „solche Exemplare findet man unter ihnen. Was hat Dein Vater gemacht? Ich hoffe er hat sich kräftig an zuständiger Stelle über Sortini beschwert, wenn er nicht den kürzeren und sichereren Weg in den Herrenhof vorgezogen hat. Das Allerhäßlichste an der Geschichte ist ja nicht die Beleidigung Amalias, die konnte

[303]

leicht gutgemacht werden, ich weiß nicht warum Du so
übermäßig großes Gewicht gerade darauf legst; warum
sollte Sortini mit einem solchen Brief Amalia für immer
bloßgestellt haben, nach Deiner Erzählung könnte man
das glauben, gerade das ist aber doch nicht möglich, eine
Genugtuung war Amalia leicht zu verschaffen und in
paar Tagen war der Vorfall vergessen, Sortini hat nicht
Amalia bloßgestellt, sondern sich selbst. Vor Sortini also
schrecke ich zurück, vor der Möglichkeit, daß es einen
solchen Mißbrauch der Macht gibt. Was in diesem Fall
mißlang, weil es klipp und klar gesagt und völlig durch-
sichtig war und an Amalia einen überlegenen Gegner
fand, kann in tausend andern Fällen bei nur ein wenig
ungünstigeren Umständen völlig gelingen und kann sich
jedem Blick entziehn, auch dem Blick des Mißbrauch-
ten." „Still", sagte Olga, „Amalia sieht herüber." Amalia hatte die Fütterung der Eltern beendet und war jetzt
daran die Mutter auszuziehn, sie hatte ihr gerade den
Rock losgebunden, hing sich die Arme der Mutter um
den Hals, hob sie so ein wenig, streifte ihr den Rock ab
und setzte sie dann sanft wieder nieder. Der Vater, immer unzufrieden damit, daß die Mutter zuerst bedient
wurde, was aber offenbar nur deshalb geschah, weil die
Mutter noch hilfloser war als er, versuchte, vielleicht
auch um die Tochter für ihre vermeintliche Langsamkeit
zu strafen, sich selbst zu entkleiden, aber trotzdem er bei
dem Unnötigsten und Leichtesten anfieng, den übergro-

ßen Pantoffeln, in welchen seine Füße nur lose staken, wollte es ihm auf keine Weise gelingen, sie abzustreifen, er mußte es unter heiserem Röcheln bald aufgeben und lehnte wieder steif in seinem Stuhl. „Das Entscheidende erkennst Du nicht", sagte Olga, „Du magst ja Recht haben mit allem, aber das Entscheidende war, daß Amalia nicht in den Herrenhof ging; wie sie den Boten behandelt hatte, das mochte an sich noch hingehn, das hätte sich vertuschen lassen; damit aber daß sie nicht hinging, war der Fluch über unsere Familie ausgesprochen und nun war allerdings auch die Behandlung des Boten etwas Unverzeihliches, ja es wurde sogar für die Öffentlichkeit in den Vordergrund geschoben." „Wie!" rief K. und dämpfte sofort die Stimme, da Olga bittend die Hände hob, „Du, die Schwester, sagst doch nicht etwa, daß Amalia Sortini hätte folgen und in den Herrenhof hätte laufen sollen?" „Nein", sagte Olga, „möge ich beschützt werden vor derartigem Verdacht, wie kannst Du das glauben. Ich kenne niemanden, der so fest im Recht wäre, wie Amalia bei allem, was sie tut. Wäre sie in den Herrenhof gegangen, hätte ich ihr freilich ebenso Recht gegeben; daß sie aber nicht gegangen ist, war heldenhaft. Was mich betrifft, ich gestehe es Dir offen, wenn ich einen solchen Brief bekommen hätte, ich wäre gegangen. Ich hätte die Furcht vor dem Kommenden nicht ertragen, das konnte nur Amalia. Es gab ja manche Auswege, eine andere hätte sich z. B. recht

[305]

schön geschmückt und es wäre ein Weilchen darüber
vergangen und dann wäre sie in den Herrenhof gekommen und hätte erfahren, daß Sortini schon fort ist, vielleicht daß er gleich nach Entsendung des Boten wegge-
fahren ist, etwas was sogar sehr wahrscheinlich ist, denn
die Launen der Herren sind flüchtig. Aber Amalia tat
das nicht und nichts ähnliches, sie war zu tief beleidigt
und antwortete ohne Vorbehalt. Hätte sie nur irgendwie
zum Schein gefolgt, nur die Schwelle des Herrenhofes
zur Zeit gerade überschritten, das Verhängnis hätte sich
abwenden lassen, wir haben hier sehr kluge Advokaten,
die aus einem Nichts alles was man nur will zu machen
verstehn, aber in diesem Fall war nicht einmal das günstige Nichts vorhanden, im Gegenteil, es war noch die
Entwürdigung des Sortinischen Briefes da und die Beleidigung des Boten." „Aber was für ein Verhängnis
denn", sagte K., „was für Advokaten; man konnte doch
wegen der verbrecherischen Handlungsweise Sortinis
nicht Amalia anklagen oder gar bestrafen?" „Doch",
sagte Olga, „das konnte man, freilich nicht nach einem
regelrechten Proceß und man bestrafte sie auch nicht
unmittelbar, wohl aber bestrafte man sie auf eine andere
Weise, sie und unsere ganze Familie und wie schwer
diese Strafe ist, das fängst Du nun wohl an zu erkennen.
Dir scheint das ungerecht und ungeheuerlich, das ist eine
im Dorf völlig vereinzelte Meinung, sie ist uns sehr günstig und sollte uns trösten, und so wäre es auch, wenn sie

nicht sichtlich auf Irrtümer zurückgienge. Ich kann Dir das leicht beweisen, verzeih, wenn ich dabei von Frieda spreche, aber zwischen Frieda und Klamm ist, abgesehen davon wie es sich schließlich gestaltet hat, etwas ganz ähnliches vorgegangen wie zwischen Amalia und Sortini und doch findest Du das, wenn Du auch anfangs erschrocken sein magst, jetzt schon richtig. Und das ist nicht Gewöhnung, so abstumpfen kann man durch Gewöhnung nicht, wenn es sich um einfache Beurteilung handelt; das ist bloß Ablegen von Irrtümern." „Nein, Olga", sagte K., „ich weiß nicht, warum Du Frieda in diese Sache hereinziehst, der Fall war doch gänzlich anders, misch nicht so Grundverschiedenes durcheinander und erzähle weiter." „Bitte", sagte Olga, „nimm es mir nicht übel, wenn ich auf dem Vergleich bestehe, es ist ein Rest von Irrtümern auch hinsichtlich Friedas noch, wenn Du sie gegen einen Vergleich verteidigen zu müssen glaubst. Sie ist gar nicht zu verteidigen, sondern nur zu loben. Wenn ich die Fälle vergleiche, so sage ich ja nicht, daß sie gleich sind, sie verhalten sich zueinander wie weiß und schwarz und weiß ist Frieda. Schlimmstenfalls kann man über Frieda lachen, wie ich es unartiger Weise – ich habe es später sehr bereut – im Ausschank getan habe, aber selbst wer hier lacht, ist schon boshaft oder neidisch, immerhin man kann lachen, Amalia aber kann man, wenn man nicht durch Blut mit ihr verbunden ist, nur verachten. Deshalb sind es zwar

[307]

grundverschiedene Fälle, wie Du sagst, aber doch auch ähnlich." „Sie sind auch nicht ähnlich", sagte K. und schüttelte unwillig den Kopf, „laß Frieda beiseite. Frieda hat keinen solchen saubern Brief, wie Amalia von Sortini bekommen, und Frieda hat Klamm wirklich geliebt, und wer's bezweifelt, kann sie fragen, sie liebt ihn noch heute." „Sind das aber große Unterschiede?" fragte Olga. „Glaubst Du Klamm hätte nicht ebenso Frieda schreiben können? Wenn die Herren vom Schreibtisch aufstehn, sind sie so; sie finden sich in der Welt nicht zurecht; sie sagen dann in der Zerstreutheit das Allergröbste, nicht alle, aber viele. Der Brief an Amalia kann ja in Gedanken, in völliger Nichtachtung des wirklich Geschriebenen auf das Papier geworfen worden sein. Was wissen wir von den Gedanken der Herren! Hast Du nicht selbst gehört oder es erzählen hören, in welchem Ton Klamm mit Frieda verkehrt hat? Von Klamm ist es bekannt, daß er sehr grob ist, er spricht angeblich stundenlang nichts und dann sagt er plötzlich eine derartige Grobheit, daß es einen schaudert. Von Sortini ist das nicht bekannt, wie er ja überhaupt sehr unbekannt ist. Eigentlich weiß man von ihm nur, daß sein Name dem Sordinis ähnlich ist, wäre nicht diese Namensähnlichkeit, würde man ihn wahrscheinlich gar nicht kennen. Auch als Feuerwehrfachmann verwechselt man ihn wahrscheinlich mit Sordini, welcher der eigentliche Fachmann ist und die Namensähnlichkeit ausnützt, um

[308]

besonders die Repräsentationspflichten auf Sortini abzuwälzen und so in seiner Arbeit ungestört zu bleiben.
Wenn nun ein solcher weltungewandter Mann wie Sortini plötzlich von Liebe zu einem Dorfmädchen ergriffen
wird, so nimmt das natürlich andere Formen an, als
wenn der Tischlergehilfe von nebenan sich verliebt.
Auch muß man doch bedenken, daß zwischen einem
Beamten und einer Schusterstochter doch ein großer
Abstand besteht, der irgendwie überbrückt werden
muß, Sortini versuchte es auf diese Art, ein anderer mags
anders machen. Zwar heißt es, daß wir alle zum Schloß
gehören und gar kein Abstand besteht und nichts zu
überbrücken ist und das stimmt auch vielleicht für gewöhnlich, aber wir haben leider Gelegenheit gehabt, zu
sehn, daß es gerade wenn es darauf ankommt, gar nicht
stimmt. Jedenfalls wird Dir nach dem allen die Handlungsweise Sortinis verständlicher, weniger ungeheuerlich geworden sein und sie ist tatsächlich mit jener
Klamms verglichen viel verständlicher und selbst wenn
man ganz nah beteiligt ist, viel erträglicher. Wenn
Klamm einen zarten Brief schreibt, ist es peinlicher als
der gröbste Brief Sortinis. Verstehe mich dabei recht, ich
wage nicht über Klamm zu urteilen, ich vergleiche nur,
weil Du Dich gegen den Vergleich wehrst. Klamm ist
doch wie ein Kommandant über den Frauen, befiehlt
bald dieser bald jener zu ihm zu kommen, duldet keine
lange und so wie er zu kommen befiehlt, befiehlt er auch

zu gehn. Ach, Klamm würde sich gar nicht die Mühe geben erst einen Brief zu schreiben. Und ist es nun im Vergleich damit noch immer ungeheuerlich, wenn der ganz zurückgezogen lebende Sortini, dessen Beziehun-
gen zu Frauen zumindest unbekannt sind, einmal sich niedersetzt und in seiner schönen Beamtenschrift einen allerdings abscheulichen Brief schreibt. Und wenn sich also hier kein Unterschied zu Klamms Gunsten ergibt, sondern das Gegenteil, so sollte ihn Friedas Liebe bewirken? Das Verhältnis der Frauen zu den Beamten ist, glaube mir, sehr schwer oder vielmehr immer sehr leicht zu beurteilen. Hier fehlt es an Liebe nie. Unglückliche Beamtenliebe gibt es nicht. Es ist in dieser Hinsicht kein Lob, wenn man von einem Mädchen sagt, – ich rede hier
beiweitem nicht nur von Frieda – daß sie sich dem Be-amten nur deshalb hingegeben hat, weil sie ihn liebte. Sie liebte ihn und hat sich ihm hingegeben, so war es, aber zu loben ist dabei nichts. Amalia aber hat Sortini nicht geliebt, wendest Du ein. Nun ja, sie hat ihn nicht geliebt,
aber vielleicht hat sie ihn doch geliebt, wer kann das entscheiden? Nicht einmal sie selbst. Wie kann sie glau-ben ihn geliebt zu haben, wenn sie ihn so kräftig abge-wiesen hat, wie wahrscheinlich noch niemals ein Beam-ter abgewiesen worden ist. Barnabas sagt, daß sie noch
jetzt manchmal zittert von der Bewegung mit der sie vor drei Jahren das Fenster zugeschlagen hat. Das ist auch wahr und deshalb darf man sie nicht fragen; sie hat mit

Sortini abgeschlossen und weiß nichts mehr als das; ob sie ihn liebt oder nicht, weiß sie nicht. Wir aber wissen, daß Frauen nicht anders können, als Beamte zu lieben wenn sich diese ihnen einmal zuwenden, ja sie lieben die Beamten schon vorher, so sehr sie es leugnen wollen, und Sortini hat sich Amalia ja nicht nur zugewendet, sondern ist über die Deichsel gesprungen, als er Amalia sah, mit den von der Schreibtischarbeit steifen Beinen ist er über die Deichsel gesprungen. Aber Amalia ist ja eine Ausnahme, wirst Du sagen. Ja, das ist sie, das hat sie bewiesen, als sie sich weigerte zu Sortini zu gehn, das ist der Ausnahme genug; daß sie nun aber außerdem Sortini auch nicht geliebt haben sollte, das wäre nun schon der Ausnahme fast zu viel, das wäre gar nicht mehr zu fassen. Wir waren ja gewiß an jenem Nachmittag mit Blindheit geschlagen, aber daß wir damals durch allen Nebel etwas von Amalias Verliebtheit zu bemerken glaubten, zeigte wohl doch noch etwas Besinnung. Wenn man aber das alles zusammenhält, was bleibt dann für ein Unterschied zwischen Frieda und Amalia? Einzig der, daß Frieda tat, was Amalia verweigert hat." „Mag sein", sagte K., „für mich aber ist der Hauptunterschied der, daß Frieda meine Braut ist, Amalia aber mich im Grunde nur so weit bekümmert, als sie die Schwester des Barnabas, des Schloßboten ist und ihr Schicksal in den Dienst des Barnabas vielleicht mitverflochten ist. Hätte ihr ein Beamter ein derart schreiendes Unrecht getan, wie es

[311]

nach Deiner Erzählung anfangs mir schien, hätte mich
das sehr beschäftigt, aber auch dies viel mehr als öffentliche Angelegenheit, denn als persönliches Leid Amalias.
Nun ändert sich aber nach Deiner Erzählung das Bild in
einer mir zwar nicht ganz verständlichen, aber, da Du es
bist, die erzählt, in einer genügend glaubwürdigen Weise
und ich will diese Sache deshalb sehr gern völlig vernachlässigen, ich bin kein Feuerwehrmann, was kümmert mich Sortini. Wohl aber kümmert mich Frieda und
da ist es mir sonderbar, wie Du, der ich völlig vertraute
und gerne immer vertrauen will, auf dem Umweg über
Amalia immerfort Frieda anzugreifen und mir verdächtig zu machen suchst. Ich nehme nicht an, daß Du das
mit Absicht oder gar mit böser Absicht tust, sonst hätte
ich doch schon längst fortgehn müssen, Du tust es nicht
mit Absicht, die Umstände verleiten Dich dazu, aus
Liebe zu Amalia willst Du sie hocherhaben über alle
Frauen hinstellen und da Du in Amalia selbst zu diesem
Zwecke nicht genug Rühmenswertes findest, hilfst Du
Dir damit, daß Du andere Frauen verkleinerst. Amalias
Tat ist merkwürdig, aber je mehr Du von dieser Tat
erzählst, desto weniger läßt sich entscheiden ob sie groß
oder klein, klug oder töricht, heldenhaft oder feig gewesen ist, ihre Beweggründe hält Amalia in ihrer Brust
verschlossen, niemand wird sie ihr entreißen. Frieda dagegen hat gar nichts merkwürdiges getan sondern ist nur
ihrem Herzen gefolgt, für jeden der sich gutwillig damit

befaßt, ist das klar, jeder kann es nachprüfen, für Klatsch
ist kein Raum. Ich aber will weder Amalia heruntersetzen, noch Frieda verteidigen, sondern Dir nur klarmachen, wie ich mich zu Frieda verhalte und wie jeder
Angriff gegen Frieda gleichzeitig ein Angriff gegen
meine Existenz ist. Ich bin aus eigenem Willen hierhergekommen und aus eigenem Willen habe ich mich hier
festgehakt, aber alles was seither geschehen ist und vor
allem meine Zukunftsaussichten – so trübe sie auch sein
mögen, immerhin, sie bestehn – alles dies verdanke ich
Frieda, das läßt sich nicht wegdiskutieren. Ich war hier
zwar als Landvermesser aufgenommen, aber das war nur
scheinbar, man spielte mit mir, man trieb mich aus jedem
Haus, man spielt auch heute mit mir, aber wieviel umständlicher ist das, ich habe gewissermaßen an Umfang
gewonnen und das bedeutet schon etwas, ich habe, so
geringfügig das alles ist, doch schon ein Heim, eine Stellung und wirkliche Arbeit, ich habe eine Braut, die,
wenn ich andere Geschäfte habe, mir die Berufsarbeit
abnimmt, ich werde sie heiraten und Gemeindemitglied
werden, ich habe außer der amtlichen auch noch eine,
bisher freilich unausnützbare persönliche Beziehung zu
Klamm. Das ist doch wohl nicht wenig? Und wenn ich
zu Euch komme, wen begrüßt Ihr? Wem vertraust Du
die Geschichte Euerer Familie an? Von wem erhoffst Du
die Möglichkeit, sei es auch nur die winzige, unwahrscheinliche Möglichkeit irgendeiner Hilfe? Doch wohl

[313]

nicht von mir, dem Landvermesser, den z.B. noch vor
einer Woche Lasemann und Brunswick mit Gewalt aus
ihrem Haus gedrängt haben, sondern Du erhoffst das
von dem Mann, der schon irgendwelche Machtmittel
hat, diese Machtmittel aber verdanke ich eben Frieda,
Frieda, die so bescheiden ist, daß, wenn Du sie nach
etwas derartigem zu fragen versuchen wirst, sie gewiß
nicht das Geringste davon wird wissen wollen. Und
doch scheint es nach dem allen daß Frieda in ihrer Unschuld mehr getan hat als Amalia in allem ihrem Hochmut, denn sieh, ich habe den Eindruck, daß Du Hilfe für
Amalia suchst. Und von wem? Doch eigentlich von keinem andern als von Frieda." „Habe ich wirklich so häßlich von Frieda gesprochen?" sagte Olga, „ich wollte es
gewiß nicht und glaubte es auch nicht getan zu haben,
aber möglich ist es, unsere Lage ist derart, daß wir mit
aller Welt zerfallen sind und fangen wir zu klagen an,
reißt es uns fort, wir wissen nicht, wohin. Du hast auch
recht, es ist ein großer Unterschied jetzt zwischen uns
und Frieda und es ist gut ihn einmal zu betonen. Vor drei
Jahren waren wir Bürgermädchen und Frieda, die Waise,
Magd im Brückenhof, wir gingen an ihr vorüber, ohne
sie mit dem Blick zu streifen, wir waren gewiß zu hochmütig, aber wir waren so erzogen worden. An dem
Abend im Herrenhof magst Du aber den jetzigen Stand
erkannt haben: Frieda mit der Peitsche in der Hand und
ich in dem Haufen der Knechte. Aber es ist ja noch

schlimmer. Frieda mag uns verachten, es entspricht ihrer
Stellung, die tatsächlichen Verhältnisse erzwingen es.
Aber wer verachtet uns nicht alles! Wer sich entschließt
uns zu verachten, kommt gleich in die allergrößte Gesellschaft. Kennst Du die Nachfolgerin Friedas? Pepi
heißt sie. Ich habe sie erst vorgestern abend kennen gelernt, bisher war sie Zimmermädchen. Sie übertrifft gewiß Frieda an Verachtung für mich. Sie sah mich aus
dem Fenster, wie ich Bier holen kam, lief zur Tür und
versperrte sie, ich mußte lange bitten und ihr das Band
versprechen, das ich im Haare trug, ehe sie mir aufmachte. Als ich es ihr aber dann gab, warf sie es in den
Winkel. Nun, sie mag mich verachten, zum Teil bin ich
ja auf ihr Wohlwollen angewiesen und sie ist Ausschankmädchen im Herrenhof, freilich sie ist es nur vorläufig
und hat gewiß nicht die Eigenschaften die nötig sind, um
dort dauernd angestellt zu werden. Man mag nur zuhören, wie der Wirt mit Pepi spricht und mag es damit
vergleichen, wie er mit Frieda sprach. Aber das hindert
Pepi nicht auch Amalia zu verachten, Amalia, deren
Blick allein genügen würde, die ganze kleine Pepi mit
allen ihren Zöpfen und Maschen so schnell aus dem
Zimmer zu schaffen, wie sie es, nur auf ihre eigenen
dicken Beinchen angewiesen, niemals zustande brächte.
Was für ein empörendes Geschwätz mußte ich gestern
wieder von ihr über Amalia anhören, bis sich dann
schließlich die Gäste meiner annahmen, in der Art frei-

lich, wie Du es schon einmal gesehen hast." „Wie verängstigt Du bist", sagte K., „ich habe ja nur Frieda auf
den ihr gebürenden Platz gestellt, aber nicht Euch herabsetzen wollen, wie Du es jetzt auffaßt. Irgendetwas besonderes hat Euere Familie auch für mich, das habe ich
nicht verschwiegen; wie dieses Besondere aber Anlaß
zur Verachtung geben könnte, das verstehe ich nicht."
„Ach K.", sagte Olga, „auch Du wirst es noch verstehn,
fürchte ich; daß Amalias Verhalten gegenüber Sortini der
erste Anlaß dieser Verachtung war, kannst Du auf keine
Weise verstehn?" „Das wäre doch zu sonderbar", sagte
K., „bewundern oder verurteilen könnte man Amalia
deshalb, aber verachten? Und wenn man aus mir unverständlichem Gefühl wirklich Amalia verachtet, warum
dehnt man die Verachtung auf Euch aus, auf die unschuldige Familie? Daß z. B. Pepi Dich verachtet, ist ein star-
kes Stück und ich will, wenn ich wieder einmal in den
Herrenhof komme, es ihr heimzahlen." „Wolltest Du,
K.", sagte Olga, „alle unsere Verächter umstimmen, das
wäre eine harte Arbeit, denn alles geht vom Schloß aus.
Ich erinnere mich noch genau an den Vormittag, der
jenem Morgen folgte. Brunswick, der damals unser Gehilfe war, war gekommen wie jeden Tag, der Vater hatte
ihm Arbeit zugeteilt und ihn nachhause geschickt, wir
saßen dann beim Frühstück, alle bis auf Amalia und
mich waren sehr lebhaft, der Vater erzählte immerfort
von dem Fest, er hatte hinsichtlich der Feuerwehr ver-

schiedene Pläne, im Schloß ist nämlich eine eigene Feuerwehr, die zu dem Fest auch eine Abordnung geschickt hatte, mit der manches besprochen worden war, die anwesenden Herren aus dem Schloß hatten die Leistungen unserer Feuerwehr gesehn, sich sehr günstig über sie ausgesprochen, die Leistungen der Schloßfeuerwehr damit verglichen, das Ergebnis war uns günstig, man hatte von der Notwendigkeit einer Neuorganisation der Schloßfeuerwehr gesprochen, dazu waren Instruktoren aus dem Dorf nötig, es kamen zwar einige dafür in Betracht, aber der Vater hatte doch Hoffnung daß die Wahl auf ihn fallen werde. Davon sprach er nun und wie es so seine liebe Art war, sich bei Tisch recht auszubreiten, saß er da, mit den Armen den halben Tisch umfassend, und wie er aus dem offenen Fenster zum Himmel aufsah, war sein Gesicht so jung und hoffnungsfreudig, niemals mehr sollte ich ihn so sehn. Da sagte Amalia mit einer Überlegenheit, die wir an ihr nicht kannten, solchen Reden der Herren müsse man nicht sehr vertrauen, die Herren pflegen bei derartigen Gelegenheiten gern etwas Gefälliges zu sagen, aber Bedeutung habe das wenig oder gar nicht, kaum gesprochen sei es schon für immer vergessen, freilich, bei der nächsten Gelegenheit gehe man ihnen wieder auf den Leim. Die Mutter verwies ihr solche Reden, der Vater lachte nur über ihre Altklugheit und Vielerfahrenheit, dann aber stutzte er, schien etwas zu suchen, dessen Fehlen er erst jetzt

merkte, aber es fehlte doch nichts und sagte, Brunswick
habe etwas von einem Boten und einem zerrissenen Brief
erzählt, und er fragte, ob wir etwas davon wußten, wen
es betreffe und wie es sich damit verhalte. Wir schwiegen, Barnabas, damals jung wie ein Lämmchen, sagte
irgendetwas besonders Dummes oder Keckes, man
sprach von anderem und die Sache kam in Vergessenheit."

„Aber kurz darauf wurden wir schon von allen Seiten
mit Fragen wegen der Briefgeschichte überschüttet, es
kamen Freunde und Feinde, Bekannte und Fremde, man ₅
blieb aber nicht lange, die besten Freunde verabschiede-
ten sich am eiligsten, Lasemann, immer sonst langsam
und würdig, kam herein, so als wolle er nur das Ausmaß
der Stube prüfen, ein Blick im Umkreis und er war fertig, es sah wie ein schreckliches Kinderspiel aus, als La- ₁₀
semann sich flüchtete und der Vater von andern Leuten
sich losmachte und hinter ihm hereilte, bis zur Schwelle
des Hauses und es dann aufgab, Brunswick kam und
kündigte dem Vater, er wolle sich selbstständig machen,
sagte er ganz ehrlich, ein kluger Kopf, der den Augen- ₁₅
blick zu nützen verstand, Kundschaften kamen und
suchten in Vaters Lagerraum ihre Stiefel hervor, die sie
zur Reparatur hier liegen hatten, zuerst versuchte der
Vater die Kundschaften umzustimmen – und wir alle
unterstützten ihn nach unsern Kräften – später gab es ₂₀
der Vater auf und half stillschweigend den Leuten beim
Suchen, im Auftragsbuch wurde Zeile für Zeile gestri-
chen, die Ledervorräte, welche die Leute bei uns hatten,

wurden herausgegeben, Schulden bezahlt, alles ging
ohne den geringsten Streit, man war zufrieden, wenn es
gelang, die Verbindung mit uns schnell und vollständig
zu lösen, mochte man dabei auch Verluste haben, das
kam nicht in Betracht. Und schließlich, was ja vorauszu-
sehn gewesen war, erschien Seemann, der Obmann der
Feuerwehr, ich sehe die Szene noch vor mir, Seemann
groß und stark, aber ein wenig gebeugt und lungen-
krank, immer ernst, er kann gar nicht lachen, steht vor
meinem Vater, den er bewundert hat, dem er in vertrau-
ter Stunde die Stelle eines Obmannstellvertreters in Aussicht gestellt hat und soll ihm nun mitteilen, daß ihn der
Verein verabschiedet und um Rückgabe des Diploms ersucht. Die Leute die gerade bei uns waren ließen ihre
Geschäfte ruhn und drängten sich im Kreis um die zwei
Männer. Seemann kann nichts sagen, klopft nur immerfort dem Vater auf die Schulter, so als wolle er dem Vater
die Worte ausklopfen, die er selbst sagen soll und nicht
finden kann. Dabei lacht er immerfort, wodurch er wohl
sich und alle ein wenig beruhigen will, aber da er nicht
lachen kann und man ihn noch niemals lachen gehört
hat, fällt es niemandem ein zu glauben, daß das ein Lachen sei. Der Vater aber ist von diesem Tag schon zu
müde und verzweifelt, um Seemann helfen zu können, ja
er scheint zu müde, um überhaupt nachzudenken, um
was es sich handelt. Wir waren ja alle in gleicher Weise
verzweifelt, aber da wir jung waren, konnten wir an

einen solchen vollständigen Zusammenbruch nicht glauben, immer dachten wir, daß in der Reihe der vielen Besucher endlich doch jemand kommen werde, der Halt befiehlt und alles wieder zu einer rückläufigen Bewegung zwingt. Seemann schien uns in unserem Unverstand dafür besonders geeignet. Mit Spannung warteten wir, daß sich aus diesem fortwährenden Lachen endlich das klare Wort loslösen werde. Worüber war denn jetzt zu lachen, doch nur über das dumme Unrecht, das uns geschah. Herr Obmann, Herr Obmann, sagen Sie es doch endlich den Leuten, dachten wir und drängten uns an ihn heran, was ihn aber nur zu merkwürdigen Drehbewegungen veranlaßte. Endlich aber fing er, zwar nicht um unsere geheimen Wünsche zu erfüllen, sondern um den aufmunternden oder ärgerlichen Zurufen der Leute zu entsprechen, doch zu reden an. Noch immer hatten wir Hoffnung. Er begann mit großem Lob des Vaters. Nannte ihn eine Zierde des Vereins, ein unerreichbares Vorbild des Nachwuchses, ein unentbehrliches Mitglied, dessen Ausscheiden den Verein fast zerstören müsse. Das war alles sehr schön, hätte er doch hier geendet. Aber er sprach weiter. Wenn sich nun trotzdem der Verein entschlossen habe, den Vater, vorläufig allerdings nur, um den Abschied zu ersuchen, werde man den Ernst der Gründe erkennen, die den Verein dazu zwangen. Vielleicht hätte es ohne die glänzenden Leistungen des Vaters am gestrigen Fest gar nicht so weit kommen

[321]

müssen, aber eben diese Leistungen hätten die amtliche
Aufmerksamkeit besonders erregt, der Verein stand jetzt
in vollem Licht und mußte auf seine Reinheit noch mehr
bedacht sein als früher. Und nun war die Beleidigung des
Boten geschehn, da habe der Verein keinen andern Ausweg gefunden und er, Seemann, habe das schwere Amt
übernommen, es zu melden. Der Vater möge es ihm
nicht noch mehr erschweren. Wie froh war Seemann, das
hervorgebracht zu haben, aus Zufriedenheit darüber,
war er nicht einmal mehr übertrieben rücksichtsvoll, er
zeigte auf das Diplom, das an der Wand hing, und
winkte mit dem Finger. Der Vater nickte und ging es
holen, konnte es aber mit den zitternden Händen nicht
vom Haken bringen, ich stieg auf einen Sessel und half
ihm. Und von diesem Augenblick war alles zuende, er
nahm das Diplom nicht einmal mehr aus dem Rahmen,
sondern gab Seemann alles wie es war. Dann setzte er
sich in einen Winkel, rührte sich nicht und sprach mit
niemandem mehr, wir mußten mit den Leuten allein verhandeln so gut es ging." „Und worin siehst Du hier den
Einfluß des Schlosses?" fragte K. „Vorläufig scheint es
noch nicht eingegriffen zu haben. Was Du bisher erzählt
hast, war nur gedankenlose Ängstlichkeit der Leute,
Freude am Schaden des Nächsten, unzuverlässige
Freundschaft, Dinge, die überall anzutreffen sind, und
auf Seite Deines Vaters allerdings auch – wenigstens
scheint es mir so – eine gewisse Kleinlichkeit, denn jenes

Diplom was war es? Bestätigung seiner Fähigkeiten und die behielt er doch, machten sie ihn unentbehrlich desto besser, und er hätte dem Obmann die Sache wirklich schwer nur dadurch gemacht, daß er ihm das Diplom gleich beim zweiten Wort vor die Füße geworfen hätte. Besonders bezeichnend scheint mir aber, daß Du Amalia gar nicht erwähnst; Amalia, die doch alles verschuldet hatte, stand wahrscheinlich ruhig im Hintergrund und betrachtete die Verwüstung." „Nein, nein", sagte Olga, „niemandem ist ein Vorwurf zu machen, niemand konnte anders handeln, das alles war schon Einfluß des Schlosses." „Einfluß des Schlosses", wiederholte Amalia, die unvermerkt vom Hofe her eingetreten war, die Eltern lagen längst zu Bett, „Schloßgeschichten werden erzählt? Noch immer sitzt Ihr beisammen? Und Du hattest doch gleich Dich verabschieden wollen, K., und nun geht es schon auf zehn. Bekümmern Dich denn solche Geschichten überhaupt? Es gibt hier Leute, die sich von solchen Geschichten nähren, sie setzen sich zusammen, so wie Ihr hier sitzt, und traktieren sich gegenseitig, Du scheinst mir aber nicht zu diesen Leuten zu gehören." „Doch", sagte K., „ich gehöre genau zu ihnen, dagegen machen Leute, die sich um solche Geschichten nicht bekümmern und nur andere sich bekümmern lassen, nicht viel Eindruck auf mich." „Nun ja", sagte Amalia, „aber das Interesse der Leute ist ja sehr verschiedenartig, ich hörte einmal von einem jungen Mann, der beschäftigte

[323]

sich mit den Gedanken an das Schloß bei Tag und Nacht, alles andere vernachlässigte er, man fürchtete für seinen Alltagsverstand, weil sein ganzer Verstand oben im Schloß war, schließlich aber stellte es sich heraus, daß er nicht eigentlich das Schloß, sondern nur die Tochter einer Aufwaschfrau in den Kanzleien gemeint hatte, die bekam er nun allerdings und dann war wieder alles gut." „Der Mann würde mir gefallen, glaube ich", sagte K. „Daß Dir der Mann gefallen würde", sagte Amalia, „bezweifle ich, aber vielleicht seine Frau. Nun laßt Euch aber nicht stören, ich gehe allerdings schlafen und auslöschen werde ich müssen, der Eltern wegen, sie schlafen zwar gleich fest ein, aber nach einer Stunde ist schon der eigentliche Schlaf zuende und dann stört sie der kleinste Schein. Gute Nacht." Und wirklich wurde es gleich finster, Amalia machte sich wohl irgendwo auf der Erde beim Bett der Eltern ihr Lager zurecht. „Wer ist denn dieser junge Mann, von dem sie sprach", fragte K. „Ich weiß nicht", sagte Olga, „vielleicht Brunswick, trotzdem es für ihn nicht ganz paßt, vielleicht aber auch ein anderer. Es ist nicht leicht sie genau zu verstehn, weil man oft nicht weiß, ob sie ironisch oder ernst spricht, meistens ist es ja ernst, aber es klingt ironisch." „Laß die Deutungen!" sagte K. „Wie kamst Du denn in diese große Abhängigkeit von ihr? War es schon vor dem großen Unglück so? Oder erst nachher? Und hast Du niemals den Wunsch von ihr unabhängig zu werden? Und

ist denn diese Abhängigkeit irgendwie vernünftig begründet? Sie ist die jüngste und hat als solche zu gehor-
chen. Sie hat, schuldig oder unschuldig, das Unglück
über die Familie gebracht. Statt dafür jeden neuen Tag
jeden von Euch von neuem um Verzeihung zu bitten,
trägt sie den Kopf höher als alle, kümmert sich um
nichts, als knapp gnadenweise um die Eltern, will in
nichts eingeweiht werden, wie sie sich ausdrückt, und
wenn sie endlich einmal mit Euch spricht, dann ist es
,meistens ernst, aber es klingt ironisch'. Oder herrscht
sie etwa durch ihre Schönheit, die Du manchmal erwähnst. Nun Ihr seid Euch alle drei sehr ähnlich, das
aber, wodurch sie sich von Euch zweien unterscheidet,
ist durchaus zu ihren Ungunsten, schon als ich sie zum
ersten Mal sah, schreckte mich ihr stumpfer liebloser
Blick ab. Und dann ist sie zwar die jüngste, aber davon
merkt man nichts in ihrem Äußern, sie hat das alterslose
Aussehn der Frauen, die kaum altern, die aber auch
kaum jemals eigentlich jung gewesen sind. Du siehst sie
jeden Tag, Du merkst gar nicht die Härte ihres Gesichtes. Darum kann ich auch Sortinis Neigung, wenn ich es
überlege, nicht einmal sehr ernst nehmen, vielleicht
wollte er sie mit dem Brief nur strafen, aber nicht rufen."
„Von Sortini will ich nicht reden", sagte Olga, „bei den
Herren vom Schloß ist alles möglich, ob es nun um das
schönste oder um das häßlichste Mädchen geht. Sonst
aber irrst Du hinsichtlich Amalias vollkommen. Sieh, ich

habe doch keinen Anlaß Dich für Amalia besonders zu gewinnen und versuche ich es dennoch, tue ich es nur Deinetwegen. Amalia war irgendwie die Ursache unseres Unglücks, das ist gewiß, aber selbst der Vater, der doch am schwersten von dem Unglück getroffen war und sich in seinen Worten niemals sehr beherrschen konnte, gar zuhause nicht, selbst der Vater hat Amalia auch in den schlimmsten Zeiten kein Wort des Vorwurfs gesagt. Und das nicht etwa deshalb weil er Amalias Vorgehn gebilligt hätte; wie hätte er, ein Verehrer Sortinis, es billigen können, nicht von der Ferne konnte er es verstehn, sich und alles was er hatte, hätte er Sortini wohl gern zum Opfer gebracht, allerdings nicht so wie es jetzt wirklich geschah, unter Sortinis wahrscheinlichem Zorn. Wahrscheinlichem Zorn, denn wir erfuhren nichts mehr von Sortini; war er bisher zurückgezogen gewesen, so war es von jetzt ab, als sei er überhaupt nicht mehr. Und nun hättest Du Amalia sehn sollen in jener Zeit. Wir alle wußten, daß keine ausdrückliche Strafe kommen werde. Man zog sich nur von uns zurück. Die Leute hier, wie auch das Schloß. Während man aber den Rückzug der Leute natürlich merkte, war vom Schloß gar nichts zu merken. Wir hatten ja früher auch keine Fürsorge des Schlosses gemerkt, wie hätten wir jetzt einen Umschwung merken können. Diese Ruhe war das Schlimmste. Bei weitem nicht der Rückzug der Leute, sie hatten es ja nicht aus irgendeiner Überzeugung getan, hatten vielleicht auch gar nichts Ernstliches gegen uns, die heutige Verachtung bestand noch gar nicht, nur aus Angst hatten sie es getan und jetzt warteten sie wie es weiter ausgehn werde. Auch Not hatten wir noch keine zu fürchten, alle Schuldner hatten uns gezahlt, die Abschlüsse waren vorteilhaft gewesen, was uns an Lebensmitteln fehlte, darin halfen uns im Geheimen Verwandte aus, es war leicht, es war ja in der Erntezeit, allerdings Felder hatten wir keine und mitarbeiten ließ man uns nirgends, wir waren zum erstenmal im Leben fast zum Müßiggang verurteilt. Und nun saßen wir beisammen bei geschlossenen Fenstern in der Hitze des Juli und August. Es geschah nichts. Keine Vorladung, keine Nachricht, kein Besuch, nichts." „Nun", sagte K., „da nichts geschah und auch keine ausdrückliche Strafe zu erwarten war, wovor habt Ihr Euch gefürchtet? Was seid Ihr doch für Leute!" „Wie soll ich es Dir erklären?" sagte Olga. „Wir fürchteten nichts Kommendes, wir litten schon nur unter dem Gegenwärtigen, wir waren mitten in der Bestrafung darin. Die Leute im Dorf warteten ja nur darauf, daß wir zu ihnen kämen, daß der Vater seine Werkstatt wieder aufmachte, daß Amalia, die sehr schöne Kleider zu nähen verstand, allerdings nur für die Vornehmsten, wieder um Bestellungen käme, es tat ja allen Leuten leid, was sie getan hatten; wenn im Dorf eine angesehene Familie plötzlich ganz ausgeschaltet wird, hat jeder irgendeinen Nachteil davon; sie hatten,

[327]

als sie sich von uns lossagten, nur ihre Pflicht zu tun geglaubt, wir hätten es an ihrer Stelle auch nicht anders getan. Sie hatten ja auch nicht genau gewußt, um was es sich gehandelt hatte, nur der Bote war, die Hand voll Papierfetzen, in den Herrenhof zurückgekommen, Frieda hatte ihn ausgehn und dann wieder kommen gesehn, paar Worte mit ihm gesprochen und das, was sie erfahren hatte, gleich verbreitet, aber wieder gar nicht aus Feindseligkeit gegen uns, sondern einfach aus Pflicht, wie es im gleichen Falle die Pflicht jedes andern gewesen wäre. Und nun wäre den Leuten, wie ich schon sagte, eine glückliche Lösung des Ganzen am willkommensten gewesen. Wenn wir plötzlich einmal gekommen wären mit der Nachricht, daß alles schon in Ordnung sei, daß es z. B. nur ein inzwischen völlig aufgeklärtes Mißverständnis gewesen sei, oder daß es zwar ein Vergehen gewesen sei aber es sei schon durch die Tat gutgemacht oder – selbst das hätte den Leuten genügt – daß es uns durch unsere Verbindungen im Schloß gelungen sei, die Sache niederzuschlagen – man hätte uns ganz gewiß mit offenen Armen wiederaufgenommen, Küsse, Umarmungen, Feste hätte es gegeben, ich habe derartiges bei andern einige Male erlebt. Aber nicht einmal eine solche Nachricht wäre nötig gewesen; wenn wir nur frei gekommen wären und uns angeboten, die alten Verbindungen wiederaufgenommen hätten, ohne auch nur ein Wort über die Briefgeschichte zu verlieren, es hätte ge-

nügt, mit Freude hätten alle auf die Besprechung der
Sache verzichtet, es war ja, neben der Angst, vor allem
die Peinlichkeit der Sache gewesen, weshalb man sich
von uns getrennt, einfach um nichts von der Sache hören, nicht von ihr sprechen, nicht an sie denken, in keiner Weise von ihr berührt werden zu müssen. Wenn
Frieda die Sache verraten hatte, so hatte sie es nicht getan, um sich an ihr zu freuen, sondern um sich und alle
vor ihr zu bewahren, um die Gemeinde darauf aufmerksam zu machen, daß hier etwas geschehen war, von dem
man sich auf das sorgfältigste fernzuhalten hatte. Nicht
wir kamen hier als Familie in Betracht, sondern nur die
Sache und wir nur der Sache wegen, in die wir uns verflochten hatten. Wenn wir also nur wieder hervorgekommen wären, das Vergangene ruhen gelassen hätten,
durch unser Verhalten gezeigt hätten, daß wir die Sache
überwunden hatten, gleichgültig auf welche Weise, und
die Öffentlichkeit so die Überzeugung gewonnen hätte,
daß die Sache, wie immer sie auch beschaffen gewesen
sein mag, nicht wieder zur Besprechung kommen werde,
auch so wäre alles gut gewesen, überall hätten wir die
alte Hilfsbereitschaft gefunden, selbst wenn wir die Sache nur unvollständig vergessen hätten, man hätte es verstanden und hätte uns geholfen, sie völlig zu vergessen.
Statt dessen aber saßen wir zuhause. Ich weiß nicht worauf wir warteten, auf Amalias Entscheidung wohl, sie
hatte damals an jenem Morgen die Führung der Familie

[329]

an sich gerissen und hielt sie fest. Ohne besondere Ver-
anstaltungen, ohne Befehle, ohne Bitten, fast nur durch
Schweigen. Wir andern hatten freilich viel zu beraten, es
war ein fortwährendes Flüstern vom Morgen bis zum
Abend und manchmal rief mich der Vater in plötzlicher
Beängstigung zu sich und ich verbrachte am Bettrand die
halbe Nacht. Oder manchmal hockten wir uns zusammen, ich und Barnabas, der ja erst sehr wenig von dem
Ganzen verstand und immerfort ganz glühend Erklärungen verlangte, immerfort die gleichen, er wußte wohl
daß die sorgenlosen Jahre, die andere seines Alters erwarteten, für ihn nicht mehr vorhanden waren, so saßen
wir zusammen ganz ähnlich, K., wie wir zwei jetzt, und
vergaßen daß es Nacht wurde und wieder Morgen. Die
Mutter war die schwächste von uns allen, wohl weil sie
nicht nur das gemeinsame Leid, sondern auch noch jedes
einzelnen Leid mitgelitten hat, und so konnten wir mit
Schrecken Veränderungen an ihr wahrnehmen, die, wie
wir ahnten, unserer ganzen Familie bevorstanden. Ihr
bevorzugter Platz war der Winkel eines Kanapees, wir
haben es längst nicht mehr, es steht in Brunswicks großer Stube, dort saß sie und – man wußte nicht genau was
es war – schlummerte oder hielt, wie die bewegten Lippen anzudeuten schienen, lange Selbstgespräche. Es war
ja so natürlich, daß wir immerfort die Briefgeschichte
besprachen, kreuz und quer in allen sicheren Einzelnheiten und allen unsicheren Möglichkeiten, und daß wir

[330]

immerfort im Aussinnen von Mitteln zur guten Lösung
uns übertrafen, es war natürlich und unvermeidlich, aber
nicht gut, wir kamen ja dadurch immerfort tiefer in das,
dem wir entgehen wollten. Und was halfen denn diese
noch so ausgezeichneten Einfälle, keiner war ausführbar
ohne Amalia, alles war nur Vorberatungen, sinnlos dadurch, daß ihre Ergebnisse gar nicht bis zu Amalia kamen und wenn sie hingekommen wären, nichts anderes
angetroffen hätten als Schweigen. Nun, glücklicher
Weise verstehe ich heute Amalia besser als damals. Sie
trug mehr als wir alle, es ist unbegreiflich wie sie es
ertragen hat und noch heute unter uns lebt. Die Mutter
trug vielleicht unser aller Leid, sie trug es weil es über sie
hereingebrochen ist und sie trug es nicht lange; daß sie es
noch heute irgendwie trägt kann man nicht sagen und
schon damals war ihr Sinn verwirrt. Aber Amalia trug
nicht nur das Leid, sondern hatte auch den Verstand es
zu durchschauen, wir sahen nur die Folgen, sie sah den
Grund, wir hofften auf irgendwelche kleine Mittel, sie
wußte daß alles entschieden war, wir hatten zu flüstern,
sie hatte nur zu schweigen, Aug in Aug mit der Wahrheit
stand sie und lebte und ertrug dieses Leben damals wie
heute. Wie viel besser ging es uns in aller unserer Not als
ihr. Wir mußten freilich unser Haus verlassen, Brunswick bezog es, man wies uns diese Hütte zu, mit einem
Handkarren brachten wir unser Eigentum in einigen
Fahrten hier herüber, Barnabas und ich zogen, der Vater

[331]

und Amalia halfen hinten nach, die Mutter, die wir
gleich anfangs hergebracht hatten, empfing uns, auf einer
Kiste sitzend, immer mit leisem Jammern. Aber ich erinnere mich, daß wir selbst während der mühevollen
Fahrten – die auch sehr beschämend waren, denn öfters
begegneten wir Erntewagen, deren Begleitung vor uns
verstummte und die Blicke wandte – daß wir, Barnabas
und ich, selbst während dieser Fahrten es nicht unterlassen konnten von unsern Sorgen und Plänen zu sprechen,
daß wir im Gespräch manchmal stehen blieben und erst
das Halloh des Vaters uns an unsere Pflicht wieder erinnerte. Aber alle Besprechungen änderten auch nach der
Übersiedlung unser Leben nicht, nur daß wir jetzt allmählich auch die Armut zu fühlen bekamen. Die Zu-
schüsse der Verwandten hörten auf, unsere Mittel waren
fast zu Ende und gerade zu jener Zeit begann die Verachtung für uns, wie Du sie kennst, sich zu entwickeln. Man
merkte, daß wir nicht die Kraft hatten, uns aus der Briefgeschichte herauszuarbeiten und man nahm uns das sehr
übel, man unterschätzte nicht die Schwere unseres
Schicksals, trotzdem man es nicht genau kannte, man
hätte, wenn wir es überwunden hätten, uns entsprechend hoch geehrt, da es uns aber nicht gelungen war, tat
man das, was man bisher nur vorläufig getan hatte, end-
gültig, man schloß uns aus jedem Kreise aus, man wußte
daß man selbst die Probe wahrscheinlich nicht besser
bestanden hätte als wir, aber um so notwendiger war es

[332]

sich von uns völlig zu trennen. Nun sprach man von uns
nicht mehr wie von Menschen, unser Familienname
wurde nicht mehr genannt; wenn man von uns sprechen
mußte, nannte man uns nach Barnabas, dem Unschul-
digsten von uns; selbst unsere Hütte geriet in Verruf und 5
wenn Du Dich prüfst wirst Du gestehn, daß auch Du
beim ersten Eintritt die Berechtigung dieser Verachtung
zu merken glaubtest; später als wieder Leute manchmal
zu uns kamen, rümpften sie die Nase über ganz belanglose Dinge, etwa darüber daß die kleine Öllampe dort 10
über dem Tisch hing. Wo sollte sie denn anders hängen,
als über dem Tisch, ihnen aber erschien es unerträglich.
Hängten wir aber die Lampe anderswohin, änderte sich
doch nichts an ihrem Widerwillen. Alles was wir waren
und hatten, traf die gleiche Verachtung." 15

[333]

19
Bittgänge

„Und was taten wir unterdessen? Das Schlimmste was
wir hätten tun können, etwas wofür wir gerechter hätten
verachtet werden dürfen, als wofür es wirklich geschah –
wir verrieten Amalia, wir rissen uns los von ihrem
schweigenden Befehl, wir konnten nicht mehr so weiter
leben, ganz ohne Hoffnung konnten wir nicht leben und
wir begannen, jeder auf seine Art, das Schloß zu bitten
oder zu bestürmen, es möge uns verzeihn. Wir wußten
zwar, daß wir nicht imstande waren etwas gutzumachen,
wir wußten auch, daß die einzige hoffnungsvolle Verbindung, die wir mit dem Schlosse hatten, die Sortinis, des
unserem Vater geneigten Beamten, eben durch die Ereignisse uns unzugänglich geworden war, trotzdem machten wir uns an die Arbeit. Der Vater begann, es begannen
die sinnlosen Bittwege zum Vorsteher, zu den Sekretären, den Advokaten, den Schreibern, meistens wurde er
nicht empfangen und wenn er durch List oder Zufall
doch empfangen wurde, – wie jubelten wir bei solcher
Nachricht und rieben uns die Hände – wurde er äußerst
schnell abgewiesen und nie wieder empfangen. Es war
auch allzu leicht ihm zu antworten, das Schloß hat es

immer so leicht. Was wollte er denn? Was war ihm geschehn? Wofür wollte er eine Verzeihung? Wann und
von wem war denn im Schloß auch nur ein Finger gegen
ihn gerührt worden? Gewiß er war verarmt, hatte die
Kundschaft verloren u. s. f., aber das waren Erscheinun- 5
gen des täglichen Lebens, Handwerks- und Marktange-
legenheiten, sollte sich denn das Schloß um alles kümmern? Es kümmerte sich ja in Wirklichkeit um alles,
aber es konnte doch nicht grob eingreifen in die Entwicklung, einfach und zu keinem andern Zweck, als dem 10
Interesse eines einzelnen Mannes zu dienen. Sollte es
etwa seine Beamten ausschicken und diese sollten den
Kunden des Vaters nachlaufen und sie ihm mit Gewalt
zurückbringen? Aber, wendete der Vater dann ein – wir
besprachen diese Dinge alle genau zuhause vorher und 15
nachher, in einen Winkel gedrückt, wie versteckt vor
Amalia, die alles zwar merkte, aber es geschehen ließ –
aber, wendete der Vater dann ein, er beklage sich ja nicht
wegen der Verarmung, alles, was er hier verloren habe,
wolle er leicht wieder einholen, das alles sei nebensäch- 20
lich, wenn ihm nur verziehen würde. Aber was solle ihm
denn verziehen werden? antwortete man ihm, eine Anzeige sei bisher nicht eingelaufen, wenigstens stehe sie
noch nicht in den Protokollen, zumindest nicht in den
der advokatorischen Öffentlichkeit zugänglichen Proto- 25
kollen, infolgedessen sei auch, soweit es sich feststellen
lasse, weder etwas gegen ihn unternommen worden,

[335]

noch sei etwas im Zuge. Könne er vielleicht eine amtliche Verfügung nennen, die gegen ihn erlassen worden sei? Das konnte der Vater nicht. Oder habe ein Eingriff eines amtlichen Organes stattgefunden? Davon wußte der Vater nicht. Nun also wenn er nichts wisse und wenn nichts geschehen sei, was wolle er denn? Was könne ihm verziehen werden? Höchstens daß er jetzt zwecklos die Ämter belästige, aber gerade dieses sei unverzeihlich. Der Vater ließ nicht ab, er war damals noch immer sehr kräftig und der aufgezwungene Müßiggang gab ihm reichlich Zeit. ‚Ich werde Amalia die Ehre zurückgewinnen, es wird nicht mehr lange dauern', sagte er zu Barnabas und mir einigemal während des Tages, aber nur sehr leise, denn Amalia durfte es nicht hören; trotzdem war es nur Amalias wegen gesagt, denn in Wirklichkeit dachte er gar nicht an das Zurückgewinnen der Ehre, sondern nur an Verzeihung. Aber um Verzeihung zu bekommen, mußte er erst die Schuld feststellen und die wurde ihm ja in den Ämtern abgeleugnet. Er verfiel auf den Gedanken – und dies zeigte daß er doch schon geistig geschwächt war – man verheimliche ihm die Schuld weil er nicht genug zahle; er zahlte bisher nämlich immer nur die festgesetzen Gebüren, die wenigstens für unsere Verhältnisse hoch genug waren. Er glaubte aber jetzt, er müsse mehr zahlen, was gewiß unrichtig war, denn bei unsern Ämtern nimmt man zwar der Einfachheit halber, um unnötige Reden zu vermeiden, Be-

stechungen an, aber erreichen kann man dadurch nichts.
War es aber die Hoffnung des Vaters, wollten wir ihn
darin nicht stören. Wir verkauften was wir noch hatten –
es war fast nur noch Unentbehrliches – um dem Vater
die Mittel für seine Nachforschungen zu verschaffen und
lange Zeit hatten wir jeden Morgen die Genugtuung, daß
der Vater, wenn er morgens sich auf den Weg machte,
immer wenigstens mit einigen Münzen in der Tasche
klimpern konnte. Wir freilich hungerten den Tag über,
während das einzige was wir weiterhin durch die Geld-
beschaffung bewirkten, war, daß der Vater in einer gewissen Hoffnungsfreudigkeit erhalten wurde. Dieses
aber war kaum ein Vorteil. Er plagte sich auf seinen
Gängen und was ohne das Geld sehr bald das verdiente
Ende genommen hätte, zog sich so in die Länge. Da man
für die Überzahlungen in Wirklichkeit nichts Außeror-
dentliches leisten konnte, versuchte manchmal ein
Schreiber wenigstens scheinbar etwas zu leisten,
versprach Nachforschungen, deutete an daß man gewisse Spuren schon gefunden hatte, die man nicht aus
Pflicht, sondern nur dem Vater zuliebe verfolgen werde,
– der Vater statt zweifelnder zu werden, wurde immer
gläubiger. Er kam mit einer solchen deutlich sinnlosen
Versprechung zurück, so als bringe er schon wieder den
vollen Segen ins Haus und es war qualvoll anzusehn, wie
er immer hinter Amalias Rücken mit verzerrtem Lächeln
und groß aufgerissenen Augen auf Amalia hindeutend

uns zu verstehen geben wollte, wie die Errettung Amalias, die niemanden mehr als sie selbst überraschen werde, infolge seiner Bemühungen ganz nahe bevorstehe, aber alles sei noch Geheimnis und wir sollten es streng hüten. So wäre es gewiß noch sehr lange weitergegangen, wenn wir schließlich nicht vollständig außerstande gewesen wären, dem Vater das Geld noch zu liefern. Zwar war inzwischen Barnabas von Brunswick als Gehilfe nach vielen Bitten aufgenommen worden, allerdings nur in der Weise daß er abend im Dunkel die Aufträge abholte und wieder im Dunkel die Arbeit zurückbrachte – es ist zuzugeben, daß Brunswick hier eine gewisse Gefahr für sein Geschäft unseretwegen auf sich nahm, aber dafür zahlte er ja dem Barnabas sehr wenig und die Arbeit des Barnabas ist fehlerlos – doch genügte der Lohn knapp nur, um uns vor völligem Hungern zu bewahren. Mit großer Schonung und nach viel Vorbereitungen kündigten wir dem Vater die Einstellung unserer Geldunterstützungen an, aber er nahm es sehr ruhig auf. Mit dem Verstand war er nicht mehr fähig, das Aussichtslose seiner Interventionen einzusehn, aber müde war er der fortwährenden Enttäuschungen doch. Zwar sagte er – er sprach nicht mehr so deutlich wie früher, er hatte fast zu deutlich gesprochen – daß er nur noch sehr wenig Geld gebraucht hätte, morgen oder heute schon hätte er alles erfahren und nun sei alles vergebens gewesen, nur am Geld sei es gescheitert u. s. f., aber der Ton in

[338]

dem er es sagte, zeigte, daß er das alles nicht glaubte.
Auch hatte er gleich, unvermittelt, neue Pläne. Da es ihm
nicht gelungen war, die Schuld nachzuweisen und er infolgedessen auch weiter im amtlichen Wege nichts erreichen konnte, mußte er sich ausschließlich aufs Bitten
verlegen und die Beamten persönlich angehn. Es gab
unter ihnen gewiß auch solche mit gutem mitleidigen
Herzen, dem sie zwar im Amt nicht nachgeben durften,
wohl aber außerhalb des Amtes, wenn man zu gelegener
Stunde sie überraschte."

Hier unterbrach K., der bisher ganz versunken Olga
zugehört hatte, die Erzählung mit der Frage: „Und Du
hältst das nicht für richtig?" Zwar mußte ihm die weitere
Erzählung darauf Antwort geben, aber er wollte es
gleich wissen.

„Nein", sagte Olga, „von Mitleid oder dergleichen
kann gar nicht die Rede sein. So jung und unerfahren wir
auch waren, das wußten wir und auch der Vater wußte es
natürlich, aber er hatte es vergessen, dieses wie das Aller-
meiste. Er hatte sich den Plan zurechtgelegt, in der Nähe
des Schlosses auf der Landstraße, dort wo die Wagen der
Beamten vorüberfuhren, sich aufzustellen und wenn es
irgendwie ging seine Bitte um Verzeihung vorzubringen.
Aufrichtig gesagt, ein Plan ohne allen Verstand, selbst
wenn das Unmögliche geschehen wäre und die Bitte
wirklich bis zum Ohr eines Beamten gekommen wäre.
Kann denn ein einzelner Beamter verzeihen? Das könnte

[339]

doch höchstens Sache der Gesamtbehörde sein, aber selbst diese kann wahrscheinlich nicht verzeihen, sondern nur richten. Aber kann denn überhaupt ein Beamter, selbst wenn er aussteigen und mit der Sache sich befassen wollte, nach dem, was der Vater, der arme, müde, gealterte Mann ihm vormummelt, sich ein Bild von der Sache machen? Die Beamten sind sehr gebildet, aber doch nur einseitig, in seinem Fach durchschaut ein Beamter auf ein Wort hin gleich ganze Gedankenreihen, aber Dinge aus einer andern Abteilung kann man ihm stundenlang erklären, er wird vielleicht höflich nicken aber kein Wort verstehn. Das ist ja alles selbstverständlich, man suche doch nur selbst die kleinen amtlichen Angelegenheiten, die einen selbst betreffen, winziges Zeug, das ein Beamter mit einem Achselzucken erledigt, man suche nur dieses bis auf den Grund zu verstehn und man wird ein ganzes Leben zu tun haben und nicht zum Ende kommen. Aber wenn der Vater an einen zuständigen Beamten geraten wäre, so kann doch dieser ohne Vorakten nichts erledigen und insbesondere nicht auf der Landstraße, er kann eben nicht verzeihen, sondern nur amtlich erledigen und zu diesem Zweck wieder nur auf den Amtsweg verweisen, aber auf diesem etwas zu erreichen, war ja dem Vater schon völlig mißlungen. Wie weit mußte es schon mit dem Vater gekommen sein, daß er mit diesem neuen Plan irgendwie durchdringen wollte. Wenn irgendeine Möglichkeit solcher Art auch

[340]

nur im Entferntesten bestünde, müßte es ja dort auf der Landstraße von Bittgängern wimmeln, aber da es sich hier um eine Unmöglichkeit handelt, welche einem schon die elementarste Schulbildung einprägt, ist es dort völlig leer. Vielleicht bestärkte auch das den Vater in seiner Hoffnung, er nährte sie von überallher. Es war hier auch sehr nötig, ein gesunder Verstand mußte sich ja gar nicht in jene großen Überlegungen einlassen, er mußte schon im Äußerlichsten die Unmöglichkeit klar erkennen. Wenn die Beamten ins Dorf fahren oder zurück ins Schloß, so sind das doch keine Lustfahrten, im Dorf und Schloß wartet Arbeit auf sie, daher fahren sie im schärfsten Tempo. Es fällt ihnen auch nicht ein, aus dem Wagenfenster zu schauen und draußen Gesuchsteller zu suchen, sondern die Wagen sind vollgepackt von Akten, welche die Beamten studieren.“

„Ich habe aber“, sagte K., „das Innere eines Beamtenschlittens gesehn, in welchem keine Akten waren.“ In der Erzählung Olgas eröffnete sich ihm eine so große fast unglaubwürdige Welt, daß er es sich nicht versagen konnte mit seinem kleinen Erlebnis an sie zu rühren, um sich ebenso von ihrem Dasein, als auch von dem eigenen deutlicher zu überzeugen.

„Das ist möglich“, sagte Olga, „dann ist es aber noch schlimmer, dann hat der Beamte so wichtige Angelegenheiten, daß die Akten zu kostbar oder zu umfangreich sind um mitgenommen werden zu können, solche Be-

[341]

amten lassen dann Galopp fahren. Jedenfalls, für den Vater kann keiner Zeit erübrigen. Und außerdem: Es gibt mehrere Zufahrten ins Schloß. Einmal ist die eine in Mode, dann fahren die meisten dort, einmal eine andere, dann drängt sich alles hin. Nach welchen Regeln dieser Wechsel stattfindet, ist noch nicht herausgefunden worden. Einmal um acht Uhr morgens fahren alle auf einer Straße, eine halbe Stunde später wieder alle auf einer andern, zehn Minuten später wieder auf einer dritten, eine halbe Stunde später vielleicht wieder auf der ersten und dort bleibt es dann den ganzen Tag, aber jeden Augenblick besteht die Möglichkeit einer Änderung. Zwar vereinigen sich in der Nähe des Dorfes alle Zufahrtsstraßen, aber dort rasen schon alle Wagen, während in der Schloßnähe das Tempo noch ein wenig gemäßigter ist. Aber so wie die Ausfahrordnung hinsichtlich der Straßen unregelmäßig und nicht zu durchschauen ist, so ist es auch mit der Zahl der Wagen. Es gibt ja oft Tage, wo gar kein Wagen zu sehen ist, dann aber fahren sie wieder in Mengen. Und allem diesen gegenüber stell Dir nun unsern Vater vor. In seinem besten Anzug, bald ist es sein einziger, zieht er jeden Morgen von unsern Segenswünschen begleitet aus dem Haus. Ein kleines Abzeichen der Feuerwehr, das er eigentlich zu Unrecht behalten hat, nimmt er mit, um es außerhalb des Dorfs anzustecken, im Dorf selbst fürchtet er es zu zeigen, trotzdem es so klein ist, daß man es auf zwei Schritt

Entfernung kaum sieht, aber nach des Vaters Meinung soll es sogar geeignet sein, die vorüberfahrenden Beamten auf ihn aufmerksam zu machen. Nicht weit vom Zugang zum Schloß ist eine Handelsgärtnerei, sie gehört einem gewissen Bertuch, er liefert Gemüse ins Schloß, dort auf dem schmalen Steinpostament des Gartengitters wählte sich der Vater einen Platz. Bertuch duldete es, weil er früher mit dem Vater befreundet gewesen war und auch zu seinen treuesten Kundschaften gehört hatte; er hat nämlich einen etwas verkrüppelten Fuß und glaubte, nur der Vater sei imstande ihm einen passenden Stiefel zu machen. Dort saß nun der Vater Tag für Tag, es war ein trüber regnerischer Herbst, aber das Wetter war ihm völlig gleichgültig, morgens zu bestimmter Stunde hatte er die Hand an der Klinke und winkte uns zum Abschied zu, abends kam er, es schien als werde er täglich gebückter, völlig durchnäßt zurück und warf sich in eine Ecke. Zuerst erzählte er uns von seinen kleinen Erlebnissen, etwa daß ihm Bertuch aus Mitleid und alter Freundschaft eine Decke über das Gitter zugeworfen hatte, oder daß er im vorüberfahrenden Wagen den und jenen Beamten zu erkennen geglaubt habe oder daß wieder ihn schon hie und da ein Kutscher erkenne und zum Scherz leicht mit dem Peitschenriemen streife. Später hörte er dann diese Dinge zu erzählen auf, offenbar hoffte er nicht mehr auch nur irgendetwas dort zu erreichen, er hielt es schon nur für seine Pflicht, seinen öden

[343]

Beruf, hinzugehn und dort den Tag zu verbringen. Damals begannen seine rheumatischen Schmerzen, der Winter näherte sich, es kam früher Schneefall, bei uns fängt der Winter sehr bald an, nun und so saß er dort einmal auf den regennassen Steinen, dann wieder im Schnee. In der Nacht seufzte er vor Schmerzen, morgens war er manchmal unsicher, ob er gehen sollte, überwand sich dann aber doch und ging. Die Mutter hing sich an ihn und wollte ihn nicht fortlassen, er, wahrscheinlich furchtsam geworden infolge der nicht mehr gehorsamen Glieder, erlaubte ihr mitzugehn, so wurde auch die Mutter von den Schmerzen gepackt. Wir waren oft bei ihnen, brachten Essen oder kamen nur zu Besuch oder wollten sie zur Rückkehr nachhause überreden, wie oft fanden wir sie dort, zusammengesunken und aneinanderlehnend auf ihrem schmalen Sitz, gekauert in eine dünne Decke, die sie kaum umschloß, ringsherum nichts als das Grau von Schnee und Nebel und weit und breit und tagelang kein Mensch oder Wagen, ein Anblick, K., ein Anblick! Bis dann eines Morgens der Vater die steifen Beine nicht mehr aus dem Bett brachte; er war trostlos, in einer leichten Fieberphantasie glaubte er zu sehn, wie eben jetzt oben bei Bertuch ein Wagen haltmachte, ein Beamter ausstieg, das Gitter nach dem Vater absuchte und kopfschüttelnd und ärgerlich wieder in den Wagen zurückkehrte. Der Vater stieß dabei solche Schreie aus, daß es war als wolle er sich von hier aus dem Beamten oben bemerkbar machen und erklären, wie unverschuldet seine Abwesenheit sei. Und es wurde eine lange Abwesenheit, er kehrte gar nicht mehr dorthin zurück, wochenlang mußte er im Bett bleiben. Amalia übernahm die Bedienung, die Pflege, die Behandlung, alles, und hat es mit Pausen eigentlich bis heute behalten. Sie kennt Heilkräuter, welche die Schmerzen beruhigen, sie braucht fast keinen Schlaf, sie erschrickt nie, fürchtet nichts, hat niemals Ungeduld, sie leistete alle Arbeit für die Eltern; während wir aber, ohne etwas helfen zu können, unruhig herumflatterten, blieb sie bei allem kühl und still. Als dann aber das Schlimmste vorüber war und der Vater vorsichtig und rechts und links gestützt wieder aus dem Bett sich herausarbeiten konnte, zog sich Amalia gleich zurück und überließ ihn uns.‘‘

20

Olgas Pläne

„Nun galt es wieder irgendeine Beschäftigung für den
Vater zu finden, für die er noch fähig war, irgendetwas,
was ihn zumindest in dem Glauben erhielt, daß es dazu
diene, die Schuld von der Familie abzuwälzen. Etwas
derartiges zu finden war nicht schwer, so zweckdienlich
wie das Sitzen vor Bertuchs Garten war im Grunde alles,
aber ich fand etwas, was sogar mir einige Hoffnung gab.
Wann immer bei Ämtern oder Schreibern oder sonstwo
von unserer Schuld die Rede gewesen war, war immer
wieder nur die Beleidigung des Sortinischen Boten erwähnt worden, weiter wagte niemand zu dringen. Nun,
sagte ich mir, wenn die allgemeine Meinung, sei es auch
nur scheinbar, nur von der Botenbeleidigung weiß, ließe
sich, sei es auch wieder nur scheinbar, alles wieder gut-
machen, wenn man den Boten versöhnen könnte. Es ist
ja keine Anzeige eingelaufen, wie man erklärt, die Sache
hat also noch kein Amt in der Hand und es steht dem-
nach dem Boten frei, für seine Person, und um mehr
handelt es sich nicht, zu verzeihen. Das alles konnte ja
keine entscheidende Bedeutung haben, war nur Schein
und konnte wieder nichts anderes ergeben, aber dem

Vater würde es doch Freude machen und die vielen Aus-
kunftgeber, die ihn so gequält hatten, könnte man damit
vielleicht zu seiner Genugtuung ein wenig in die Enge
treiben. Zuerst mußte man freilich den Boten finden. Als
ich meinen Plan dem Vater erzählte, wurde er zuerst sehr
ärgerlich, er war nämlich äußerst eigensinnig geworden,
zum Teil glaubte er, während der Krankheit hatte sich
das entwickelt, daß wir ihn immer am letzten Erfolg
gehindert hätten, zuerst durch Einstellung der Geldun-
terstützung, jetzt durch Zurückhalten im Bett, zum Teil
war er gar nicht mehr fähig fremde Gedanken völlig
aufzunehmen. Ich hatte noch nicht zuendeerzählt, schon
war mein Plan verworfen, nach seiner Meinung mußte er
bei Bertuchs Garten weiter warten und, da er gewiß
nicht mehr imstande sein würde täglich hinaufzugehn,
müßten wir ihn im Handkarren hinbringen. Aber ich
ließ nicht ab und allmählich söhnte er sich mit dem Gedanken aus, störend war ihm dabei nur, daß er in dieser
Sache ganz von mir abhängig war, denn nur ich hatte
damals den Boten gesehn, er kannte ihn nicht. Freilich,
ein Diener gleicht dem andern und völlig sicher dessen,
daß ich jenen wiedererkennen würde, war auch ich
nicht. Wir begannen dann in den Herrenhof zu gehn und
unter der Dienerschaft dort zu suchen. Es war zwar ein
Diener Sortinis gewesen und Sortini kam nicht mehr ins
Dorf, aber die Herren wechseln häufig die Diener, man
konnte ihn recht wohl in der Gruppe eines andern Herrn

finden und wenn er selbst nicht zu finden war, so konnte
man doch vielleicht von den andern Dienern Nachricht
über ihn bekommen. Zu diesem Zweck mußte man allerdings allabendlich im Herrenhof sein und man sah uns
nirgends gern, wie erst an einem solchen Ort; als zah-
lende Gäste konnten wir ja auch nicht auftreten. Aber es
zeigte sich, daß man uns doch brauchen konnte; Du
weißt wohl, was für eine Plage die Dienerschaft für
Frieda war, es sind im Grunde meist ruhige Leute, durch
leichten Dienst verwöhnt und schwerfällig gemacht, ,es
möge Dir gehn wie einem Diener' heißt ein Segens-
spruch der Beamten und tatsächlich sollen, was Wohlleben betrifft, die Diener die eigentlichen Herren im
Schloß sein; sie wissen das auch zu würdigen und sind
im Schloß, wo sie sich unter seinen Gesetzen bewegen,
still und würdig, vielfach ist mir das bestätigt worden
und man findet auch hier unter den Dienern noch Reste
dessen, aber nur Reste, sonst sind sie dadurch, daß die
Schloßgesetze für sie im Dorf nicht mehr vollständig
gelten, wie verwandelt; ein wildes, unbotmäßiges, statt
von den Gesetzen von ihren unersättlichen Trieben be-
herrschtes Volk. Ihre Schamlosigkeit kennt keine Grenzen, ein Glück für das Dorf, daß sie den Herrenhof nur
über Befehl verlassen dürfen, im Herrenhof selbst aber
muß man mit ihnen auszukommen suchen; Frieda nun
fiel das sehr schwer und so war es ihr sehr willkommen,
daß sie mich dazu verwenden konnte, die Diener zu

[348]

beruhigen, seit mehr als zwei Jahren zumindest zweimal in der Woche verbringe ich die Nacht mit den Dienern im Stall. Früher, als der Vater noch in den Herrenhof mitgehn konnte, schlief er irgendwo im Ausschankzimmer und wartete so auf die Nachrichten, die ich früh bringen würde. Es war wenig. Den gesuchten Boten haben wir bis heute noch nicht gefunden, er soll noch immer in den Diensten Sortinis sein, der ihn sehr hoch schätzt und soll ihm gefolgt sein, als sich Sortini in entferntere Kanzleien zurückzog. Meist haben ihn die Diener ebensolange nicht gesehn, wie wir, und wenn einer ihn inzwischen doch gesehen haben will, ist es wohl ein Irrtum. So wäre also mein Plan eigentlich mißlungen und ist es doch nicht völlig, den Boten haben wir zwar nicht gefunden und dem Vater haben die Wege in den Herrenhof und die Übernachtungen dort, vielleicht sogar das Mitleid mit mir, soweit er dessen noch fähig ist, leider den Rest gegeben und er ist schon seit fast zwei Jahren in diesem Zustand, in dem Du ihn gesehn hast, und dabei geht es ihm vielleicht noch besser als der Mutter, deren Ende wir täglich erwarten und das sich nur dank der übermenschlichen Anstrengung Amalias verzögert. Was ich aber doch im Herrenhof erreicht habe, ist eine gewisse Verbindung mit dem Schloß; verachte mich nicht, wenn ich sage, daß ich das was ich getan habe, nicht bereue. Was mag das für eine große Verbindung mit dem Schlosse sein, wirst Du Dir vielleicht den-

ken. Und Du hast recht, eine große Verbindung ist es
nicht. Ich kenne jetzt zwar viele Diener, die Diener aller
der Herren fast, die in den letzten Jahren ins Dorf kamen und wenn ich einmal ins Schloß kommen sollte so
werde ich dort nicht fremd sein. Freilich, es sind nur
Diener im Dorf, im Schloß sind sie ganz anders und
erkennen dort wahrscheinlich niemanden mehr und jemanden mit dem sie im Dorf verkehrt haben, ganz besonders nicht und mögen sie es auch im Stall hundertmal
beschworen haben, daß sie sich auf ein Wiedersehn im
Schloß sehr freuen. Ich habe es ja übrigens auch schon
erfahren, wie wenig alle solche Versprechungen bedeuten. Aber das Wichtigste ist das ja gar nicht. Nicht nur
durch die Diener selbst habe ich eine Verbindung mit
dem Schloß, sondern vielleicht und hoffentlich auch
noch so, daß jemand, der von oben mich und was ich tue
beobachtet – und die Verwaltung der großen Dienerschaft ist freilich ein äußerst wichtiger und sorgenvoller
Teil der behördlichen Arbeit – daß dann derjenige der
mich so beobachtet, vielleicht zu einem milderen Urteil
über mich kommt, als andere, daß er vielleicht erkennt,
daß ich, in einer jämmerlichen Art zwar, doch auch für
unsere Familie kämpfe und die Bemühungen des Vaters
fortsetze. Wenn man es so ansieht, vielleicht wird man es
mir dann auch verzeihen, daß ich von den Dienern Geld
annehme und für unsere Familie verwende. Und noch
anderes habe ich erreicht, das allerdings machst auch Du

zu meiner Schuld. Ich habe von den Knechten manches darüber erfahren, wie man auf Umwegen, ohne das schwierige und jahrelang dauernde öffentliche Aufnahmsverfahren in die Schloßdienste kommen kann, man ist dann zwar auch nicht öffentlicher Angestellter, sondern nur ein heimlich und halb Zugelassener, man hat weder Rechte noch Pflichten, daß man keine Pflichten hat, ist das Schlimmere, aber eines hat man, da man doch in der Nähe bei allem ist, man kann günstige Gelegenheiten erkennen und benützen, man ist kein Angestellter, aber zufällig kann sich irgendeine Arbeit finden, ein Angestellter ist gerade nicht bei der Hand, ein Zuruf, man eilt herbei, und was man vor einem Augenblick noch nicht war, man ist es geworden, ist Angestellter. Allerdings wann findet sich eine solche Gelegenheit? Manchmal gleich, kaum ist man hingekommen, kaum hat man sich umgesehn, ist die Gelegenheit schon da, es hat nicht einmal jeder die Geistesgegenwart sie so als Neuling gleich zu fassen, aber ein anderesmal dauert es wieder mehr Jahre, als das öffentliche Aufnahmsverfahren, und regelrecht öffentlich aufgenommen kann ein solcher halb Zugelassener gar nicht mehr werden. Bedenken sind hier also genug; sie schweigen aber demgegenüber, daß bei der öffentlichen Aufnahme sehr peinlich ausgewählt wird und ein Mitglied einer irgendwie anrüchigen Familie von vornherein verworfen ist, ein solcher unterzieht sich z.B. diesem Verfahren, zittert

[351]

jahrelang wegen des Ergebnisses, von allen Seiten fragt
man ihn erstaunt seit dem ersten Tag wie er etwas derartig Aussichtsloses wagen konnte, er hofft aber doch, wie
könnte er sonst leben, aber nach vielen Jahren, vielleicht
als Greis erfährt er die Ablehnung, erfährt daß alles verloren ist und sein Leben vergeblich war. Auch hier gibt
es freilich Ausnahmen, darum wird man eben so leicht
verlockt. Es kommt vor, daß gerade anrüchige Leute
schließlich aufgenommen werden, es gibt Beamte welche
förmlich gegen ihren Willen den Geruch solchen Wildes
lieben, bei den Aufnahmsprüfungen schnuppern sie in
der Luft, verziehn den Mund, verdrehn die Augen, ein
solcher Mann scheint für sie gewissermaßen ungeheuer
appetitanreizend zu sein und sie müssen sich sehr fest an
die Gesetzbücher halten, um dem widerstehn zu können.
Manchmal hilft das allerdings dem Mann nicht zur Aufnahme sondern nur zur endlosen Ausdehnung des Auf-
nahmsverfahrens, das dann überhaupt nicht beendet sondern nach dem Tode des Mannes nur abgebrochen wird.
So ist also sowohl die gesetzmäßige Aufnahme als auch
die andere voll offener und versteckter Schwierigkeiten
und ehe man sich auf etwas derartiges einläßt, ist es sehr
ratsam alles genau zu erwägen. Nun daran haben wir es
nicht fehlen lassen, Barnabas und ich. Immer wenn ich
aus dem Herrenhof kam, setzten wir uns zusammen, ich
erzählte das Neueste was ich erfahren hatte, tagelang
sprachen wir es durch und die Arbeit in des Barnabas

Hand ruhte oft länger als gut war. Und hier mag ich eine Schuld in Deinem Sinne haben. Ich wußte doch daß auf die Erzählungen der Knechte nicht viel Verlaß war. Ich wußte, daß sie niemals Lust hatten mir vom Schloß zu erzählen, immer zu anderem ablenkten, jedes Wort sich abbetteln ließen, dann aber freilich wenn sie im Gang waren, loslegten, Unsinn schwatzten, großtaten, einander in Übertreibungen und Erfindungen überboten, so daß offenbar im endlosen Geschrei, in welchem einer den andern ablöste dort im dunklen Stall, bestenfalls paar magere Andeutungen der Wahrheit enthalten sein mochten. Ich aber erzählte dem Barnabas alles wieder, so wie ich es mir gemerkt hatte und er, der noch gar keine Fähigkeit hatte, zwischen Wahrem und Erlogenem zu unterscheiden und infolge der Lage unserer Familie fast verdurstete vor Verlangen nach diesen Dingen, er trank alles in sich hinein und glühte vor Eifer nach Weiterem. Und tatsächlich ruhte auf Barnabas mein neuer Plan. Bei den Knechten war nichts mehr zu erreichen. Der Bote Sortinis war nicht zu finden und würde niemals zu finden sein, immer weiter schien sich Sortini und damit auch der Bote zurückzuziehn, oft geriet ihr Aussehen und Name schon in Vergessenheit und ich mußte sie oft lange beschreiben, um damit nichts zu erzielen, als daß man sich mühsam an sie erinnerte, aber darüber hinaus nichts über sie sagen konnte. Und was mein Leben mit den Knechten betraf, so hatte ich natürlich keinen Einfluß darauf wie es beurteilt wurde, konnte nur hoffen, daß man es so aufnehmen würde, wie es getan war und daß dafür ein Geringes von der Schuld unserer Familie abgezogen würde, aber äußere Zeichen dessen bekam ich nicht. Doch blieb ich dabei, da ich für mich keine andere Möglichkeit sah, im Schloß etwas für uns zu bewirken. Für Barnabas aber sah ich eine solche Möglichkeit. Aus den Erzählungen der Knechte konnte ich wenn ich dazu Lust hatte, und diese Lust hatte ich in Fülle, entnehmen, daß jemand der in Schloßdienste aufgenommen ist, sehr viel für seine Familie erreichen kann. Freilich, was war an diesen Erzählungen Glaubwürdiges? Das war unmöglich festzustellen, nur daß es sehr wenig war, war klar. Denn wenn mir z. B. ein Knecht, den ich niemals mehr sehn würde oder den ich, wenn ich ihn auch sehn sollte, kaum wiedererkennen würde, feierlich zusicherte, meinem Bruder zu einer Anstellung im Schloß zu verhelfen oder zumindest, wenn Barnabas sonstwie ins Schloß kommen sollte, ihn zu unterstützen, also etwa ihn zu erfrischen, denn nach den Erzählungen der Knechte kommt es vor, daß Anwärter für Stellungen während der überlangen Wartezeit ohnmächtig oder verwirrt werden und dann verloren sind, wenn nicht Freunde für sie sorgen – wenn solches und vieles andere mir erzählt wurde, so waren das wahrscheinlich berechtigte Warnungen, aber die zugehörigen Versprechungen waren völlig leer. Für Barnabas nicht, zwar warnte ich

ihn ihnen zu glauben, aber schon daß ich sie ihm erzählte, war genügend, um ihn für meine Pläne einzunehmen. Was ich selbst dafür anführte, wirkte auf ihn weniger, auf ihn wirkten hauptsächlich die Erzählungen der
Knechte. Und so war ich eigentlich gänzlich auf mich
allein angewiesen, mit den Eltern konnte sich überhaupt
niemand außer Amalia verständigen, je mehr ich die alten Pläne des Vaters in meiner Art verfolgte, desto mehr
schloß sich Amalia von mir ab, vor Dir oder andern
spricht sie mit mir, allein niemals mehr, den Knechten
im Herrenhof war ich ein Spielzeug, das zu zerbrechen
sie sich wütend anstrengten, kein einziges vertrauliches
Wort habe ich während der zwei Jahre mit einem von
ihnen gesprochen, nur Hinterhältiges oder Erlogenes
oder Irrsinniges, blieb mir also nur Barnabas und Barnabas war noch sehr jung. Wenn ich bei meinen Berichten
den Glanz in seinen Augen sah, den er seitdem behalten
hat, erschrak ich und ließ doch nicht ab, zu Großes
schien mir auf dem Spiel zu sein. Freilich die großen
wenn auch leeren Pläne meines Vaters hatte ich nicht, ich
hatte nicht diese Entschlossenheit der Männer, ich blieb
bei der Wiedergutmachung der Beleidigung des Boten
und wollte gar noch daß man mir diese Bescheidenheit
als Verdienst anrechne. Aber was mir allein mißlungen
war, wollte ich jetzt durch Barnabas anders und sicher
erreichen. Einen Boten hatten wir beleidigt und ihn aus
den vorderen Kanzleien verscheucht, was lag näher, als

[355]

in der Person des Barnabas einen neuen Boten anzubieten, durch Barnabas die Arbeit des beleidigten Boten ausführen zu lassen und dem Beleidigten es so zu ermöglichen, ruhig in der Ferne zu bleiben, wie lange er wollte, wie lange er es zum Vergessen der Beleidigung brauchte. Ich merkte zwar gut, daß in aller Bescheidenheit dieses Planes auch Anmaßung lag, daß es den Eindruck erwekken konnte, als ob wir der Behörde diktieren wollten, wie sie Personalfragen ordnen sollte oder als ob wir daran zweifelten, daß die Behörde aus eigenem das Beste anzuordnen fähig war und es sogar schon längst angeordnet hatte, ehe wir nur auf den Gedanken gekommen waren, daß hier etwas getan werden könnte. Doch glaubte ich dann wieder, daß es unmöglich sei daß mich die Behörde so mißverstehe oder daß sie, wenn sie es tun sollte, es dann mit Absicht tun würde, d. h. daß dann von vornherein ohne nähere Untersuchung alles, was ich tue, verworfen sei. So ließ ich also nicht ab und der Ehrgeiz des Barnabas tat das seine. In dieser Zeit der Vorbereitungen wurde Barnabas so hochmütig, daß er die Schusterarbeit für sich, den künftigen Kanzleiangestellten, zu schmutzig fand, ja daß er es sogar wagte, Amalia, wenn sie ihm, selten genug, ein Wort sagte, zu widersprechen undzwar grundsätzlich. Ich gönnte ihm gern diese kurze Freude, denn mit dem ersten Tag, an welchem er ins Schloß ging, war Freude und Hochmut, wie leicht vorauszusehen gewesen war, gleich vorüber. Es begann nun jener scheinbare Dienst, von dem ich Dir schon erzählt habe. Erstaunlich war es, wie Barnabas ohne Schwierigkeiten zum erstenmal das Schloß oder richtiger jene Kanzlei betrat, die sozusagen sein Arbeitsraum geworden ist. Dieser Erfolg machte mich damals fast toll, ich lief, als es mir Barnabas abend beim Nachhausekommen zuflüsterte, zu Amalia, packte sie, drückte sie in eine Ecke und küßte sie mit Lippen und Zähnen, daß sie vor Schmerz und Schrecken weinte. Sagen konnte ich vor Erregung nichts, auch hatten wir ja schon so lange nichts mit einander gesprochen, ich verschob es auf die nächsten Tage. An den nächsten Tagen aber war freilich nichts mehr zu sagen. Bei dem so schnell Erreichten blieb es auch. Zwei Jahre lang führte Barnabas dieses einförmige herzbeklemmende Leben. Die Knechte versagten gänzlich, ich gab Barnabas einen kleinen Brief mit, in dem ich ihn der Aufmerksamkeit der Knechte empfahl, die ich gleichzeitig an ihre Versprechungen erinnerte und Barnabas, sooft er einen Knecht sah, zog den Brief heraus und hielt ihn ihm vor und wenn er wohl auch manchmal an Knechte geriet, die mich nicht kannten, und wenn auch für die Bekannten seine Art den Brief stumm vorzuzeigen, denn zu sprechen wagt er oben nicht, ärgerlich war, so war es doch schändlich daß niemand ihm half und es war eine Erlösung, die wir aus Eigenem uns freilich auch und längst hätten verschaffen können, als ein Knecht, dem vielleicht der Brief schon

einigemal aufgedrängt worden war, ihn zusammen-
knüllte und in einen Papierkorb warf. Fast hätte er dabei,
so fiel mir ein, sagen können: ‚Ähnlich pflegt ja auch Ihr
Briefe zu behandeln.' So ergebnislos aber diese ganze
Zeit sonst war, auf Barnabas wirkte sie günstig, wenn
man es günstig nennen will, daß er vorzeitig alterte, vorzeitig ein Mann wurde, ja in manchem ernst und einsich-
tig über die Mannheit hinaus. Mich macht es oft sehr
traurig ihn anzusehn und ihn mit dem Jungen zu vergleichen, der er noch vor zwei Jahren war. Und dabei habe
ich gar nicht den Trost und Rückhalt, den er mir als
Mann vielleicht geben könnte. Ohne mich wäre er kaum
ins Schloß gekommen, aber seitdem er dort ist, ist er von
mir unabhängig. Ich bin seine einzige Vertraute, aber er
erzählt mir gewiß nur einen kleinen Teil dessen, was er
auf dem Herzen hat. Er erzählt mir viel vom Schloß,
aber aus seinen Erzählungen, aus den kleinen Tatsachen,
die er mitteilt, kann man beiweitem nicht verstehen, wie
ihn dieses so verwandelt haben könnte. Man kann insbesondere nicht verstehn, warum er den Mut, den er als
Junge bis zu unserer aller Verzweiflung hatte, jetzt als
Mann dort oben so gänzlich verloren hat. Freilich, dieses
nutzlose Dastehn und Warten Tag für Tag und immer
wieder von neuem und ohne jede Aussicht auf Veränderung, das zermürbt und macht zweifelhaft und schließlich zu anderem als zu diesem verzweifelten Dastehn
sogar unfähig. Aber warum hat er auch früher gar keinen

Widerstand geleistet? Besonders da er bald erkannte, daß
ich recht gehabt hatte und für den Ehrgeiz dort nichts zu
holen war, wohl aber vielleicht für die Besserung der
Lage unserer Familie. Denn dort geht alles, die Launen
der Diener ausgenommen, sehr bescheiden zu, der Ehrgeiz sucht dort in der Arbeit Befriedigung und da dabei
die Sache selbst das Übergewicht bekommt, verliert er
sich gänzlich, für kindliche Wünsche ist dort kein Raum.
Wohl aber glaubte Barnabas, wie er mir erzählte, deutlich zu sehn, wie groß die Macht und das Wissen selbst
dieser doch recht fragwürdigen Beamten war, in deren
Zimmer er sein durfte. Wie sie diktierten, schnell, mit
halb geschlossenen Augen, kurzen Handbewegungen,
wie sie nur mit dem Zeigefinger ohne jedes Wort die
brummigen Diener abfertigten, die in solchen Augenblicken schwer atmend, glücklich lächelten oder wie sie
eine wichtige Stelle in ihren Büchern fanden, voll darauf
schlugen und, soweit es in der Enge möglich war, die
andern herbeiliefen und die Hälse danach streckten. Das
und ähnliches gab Barnabas große Vorstellungen von
diesen Männern und er hatte den Eindruck, daß wenn er
so weit käme, von ihnen bemerkt zu werden und mit
ihnen paar Worte sprechen zu dürfen, nicht als Fremder,
sondern als Kanzleikollege, allerdings untergeordnete-
ster Art, Unabsehbares für unsere Familie erreicht werden könnte. Aber soweit ist es eben noch nicht gekommen und etwas was ihn dem annähern könnte wagt Bar-

nabas nicht zu tun, trotzdem er schon genau weiß, daß
er trotz seiner Jugend innerhalb unserer Familie durch
die unglücklichen Verhältnisse zu der verantwortungs-
schweren Stellung des Familienvaters selbst hinaufge-
rückt ist. Und nun, um das Letzte noch zu gestehn: Vor
einer Woche bist Du gekommen. Ich hörte im Herrenhof jemanden es erwähnen, kümmerte mich aber nicht
darum; ein Landvermesser war gekommen, ich wußte
nicht einmal was das ist. Aber am nächsten Abend
kommt Barnabas – ich pflegte ihm sonst zu bestimmter
Stunde ein Stück Wegs entgegenzugehn – früher als
sonst nachhause, sieht Amalia in der Stube, zieht mich
deshalb auf die Straße hinaus, drückt dort das Gesicht
auf meine Schulter und weint minutenlang. Er ist wieder
der kleine Junge von ehemals. Es ist ihm etwas geschehn,
dem er nicht gewachsen ist. Es ist als hätte sich vor ihm
plötzlich eine ganz neue Welt aufgetan und das Glück
und die Sorgen aller dieser Neuheit kann er nicht ertragen. Und dabei ist ihm nichts anderes geschehn, als daß
er einen Brief an Dich zur Bestellung bekommen hat.
Aber es ist freilich der erste Brief, die erste Arbeit, die er
überhaupt je bekommen hat.‟
    Olga brach ab. Es war still bis auf das schwere manch-
mal röchelnde Atmen der Eltern. K. sagte nur leichthin,
wie zur Ergänzung von Olgas Erzählung: „Ihr habt
Euch mir gegenüber verstellt. Barnabas überbrachte den
Brief wie ein alter vielbeschäftigter Bote und Du ebenso

wie Amalia, die diesmal also mit Euch einig war, tatet so,
als sei der Botendienst und die Briefe nur irgendein Nebenbei." „Du mußt zwischen uns unterscheiden", sagte
Olga, „Barnabas ist durch die zwei Briefe wieder ein
glückliches Kind geworden, trotz allen Zweifeln, die er
an seiner Tätigkeit hat. Diese Zweifel hat er nur für sich
und mich, Dir gegenüber aber sucht er seine Ehre darin,
als wirklicher Bote aufzutreten, so wie seiner Vorstellung nach wirkliche Boten auftreten. So mußte ich ihm
z.B., trotzdem doch jetzt seine Hoffnung auf einen
Amtsanzug steigt, binnen zwei Stunden seine Hose so
ändern, daß sie der enganliegenden Hose des Amtsklei-
des wenigstens ähnlich ist und er darin vor Dir, der Du
in dieser Hinsicht natürlich noch leicht zu täuschen bist,
bestehen kann. Das ist Barnabas. Amalia aber mißachtet
wirklich den Botendienst und jetzt, nachdem er ein wenig Erfolg zu haben scheint, wie sie an Barnabas und mir
und unserem Beisammensitzen und Tuscheln leicht erkennen kann, jetzt mißachtet sie ihn noch mehr als früher. Sie spricht also die Wahrheit, laß Dich niemals täuschen, indem Du daran zweifelst. Wenn aber ich, K.,
manchmal den Botendienst herabgewürdigt habe, so geschah es nicht mit der Absicht Dich zu täuschen, sondern aus Angst. Diese zwei Briefe, die durch des Barnabas Hand bisher gegangen sind, sind seit drei Jahren das
erste allerdings noch genug zweifelhafte Gnadenzeichen,
das unsere Familie bekommen hat. Diese Wendung,

wenn es eine Wendung ist und keine Täuschung – Täu-
schungen sind häufiger als Wendungen – ist mit Deiner
Ankunft hier in Zusammenhang, unser Schicksal ist in
eine gewisse Abhängigkeit von Dir geraten, vielleicht
sind diese zwei Briefe nur ein Anfang und des Barnabas
Tätigkeit wird sich über den Dich betreffenden Botendienst hinaus ausdehnen – das wollen wir hoffen, solange wir es dürfen – vorläufig aber zielt alles nur auf
Dich ab. Dort oben nun müssen wir uns mit dem zufrie-
dengeben, was man uns zuteilt, hier unten aber können
wir doch vielleicht auch selbst etwas tun, das ist: Deine
Gunst uns sichern oder wenigstens vor Deiner Abneigung uns bewahren oder, was das wichtigste ist, Dich
nach unsern Kräften und Erfahrungen zu schützen, damit Dir die Verbindung mit dem Schloß – von der wir
vielleicht leben könnten – nicht verloren geht. Wie dies
alles nun am besten einleiten? Daß Du keinen Verdacht
gegen uns faßt, wenn wir uns Dir nähern, denn Du bist
hier fremd und deshalb gewiß nach allen Seiten hin voll
Verdachtes, voll berechtigten Verdachtes. Außerdem
sind wir ja verachtet und Du von der allgemeinen Meinung beeinflußt, besonders durch Deine Braut, wie sollen wir zu Dir vordringen, ohne uns z. B., wenn wir es
auch gar nicht beabsichtigen, gegen Deine Braut zu stellen und Dich damit zu kränken. Und die Botschaften,
die ich, ehe Du sie bekamst, genau gelesen habe – Barnabas hat sie nicht gelesen, als Bote hat er es sich nicht

[362]

erlaubt – schienen auf den ersten Blick nicht sehr wichtig, veraltet, nahmen sich selbst die Wichtigkeit, indem
sie Dich auf den Gemeindevorsteher verwiesen. Wie
sollten wir uns nun in dieser Hinsicht Dir gegenüber
verhalten? Betonten wir ihre Wichtigkeit, machten wir
uns verdächtig, daß wir so offenbar Unwichtiges über-
schätzten, uns als Überbringer dieser Nachrichten Dir
anpriesen, unsere Zwecke nicht Deine verfolgten, ja wir
konnten dadurch die Nachrichten selbst in Deinen Augen herabsetzen und Dich so, sehr wider Willen täuschen. Legten wir aber den Briefen nicht viel Wert bei,
machten wir uns ebenso verdächtig, denn warum beschäftigten wir uns dann mit dem Zustellen dieser unwichtigen Briefe, warum widersprachen einander unsere
Handlungen und unsere Worte, warum täuschten wir so
nicht nur Dich den Adressaten sondern auch unsern
Auftraggeber, der uns gewiß die Briefe nicht übergeben
hatte, damit wir sie durch unsere Erklärungen beim
Adressaten entwerteten. Und die Mitte zwischen den
Übertreibungen zu halten, also die Briefe richtig zu beurteilen, ist ja unmöglich, sie wechseln selbst fortwährend ihren Wert, die Überlegungen, zu denen sie Anlaß
geben sind endlos und wo man dabei gerade Halt macht,
ist nur durch den Zufall bestimmt, also auch die Meinung eine zufällige. Und wenn nun noch die Angst um
Dich dazwischen kommt, verwirrt sich alles, Du darfst
meine Worte nicht zu streng beurteilen. Wenn z.B. wie

[363]

es einmal geschehen ist, Barnabas mit der Nachricht
kommt, daß Du mit seinem Botendienst unzufrieden
bist und er im ersten Schrecken und leider auch nicht
ohne Botenempfindlichkeit sich angeboten hat, von diesem Dienst zurückzutreten, dann bin ich allerdings, um
den Fehler gutzumachen, imstande, zu täuschen, zu lügen, zu betrügen, alles Böse zu tun, wenn es nur hilft.
Aber das tue ich dann, wenigstens nach meinem Glauben, so gut Deinetwegen wie unseretwegen."

Es klopfte. Olga lief zur Tür und sperrte auf. In das
Dunkel fiel ein Lichtstreifen aus einer Blendlaterne. Der
späte Besucher stellte flüsternde Fragen und bekam ge-
flüsterte Antwort, wollte sich aber damit nicht begnügen
und in die Stube eindringen. Olga konnte ihn wohl nicht
mehr zurückhalten und rief deshalb Amalia, von der sie
offenbar hoffte, daß diese um den Schlaf der Eltern zu
schützen, alles aufwenden werde, um den Besucher zu
entfernen. Tatsächlich eilte sie auch schon herbei, schob
Olga beiseite, trat auf die Straße und schloß hinter sich
die Tür. Es dauerte nur einen Augenblick, gleich kam sie
wieder zurück, so schnell hatte sie erreicht, was Olga
unmöglich gewesen war.

K. erfuhr dann von Olga, daß der Besuch ihm gegolten hatte, es war einer der Gehilfen gewesen, der ihn im
Auftrag Friedas suchte. Olga hatte K. vor dem Gehilfen
schützen wollen; wenn K. seinen Besuch hier später
Frieda gestehen wollte, mochte er es tun, aber es sollte

[364]

nicht durch den Gehilfen entdeckt werden; K. billigte das. Das Angebot Olgas aber, hier die Nacht zu verbringen und auf Barnabas zu warten, lehnte er ab; an und für sich hätte er es vielleicht angenommen, denn es war schon spät in der Nacht und es schien ihm, daß er jetzt, ob er wolle oder nicht, mit dieser Familie derart verbunden sei, daß ein Nachtlager hier, aus andern Gründen vielleicht peinlich, mit Rücksicht auf diese Verbundenheit aber das für ihn natürlichste im ganzen Dorf sei, trotzdem lehnte er ab, der Besuch des Gehilfen hatte ihn aufgeschreckt, es war ihm unverständlich wie Frieda, die doch seinen Willen kannte, und die Gehilfen, die ihn fürchten gelernt hatten, wieder derart zusammengekommen waren, daß sich Frieda nicht scheute, einen Gehilfen um ihn zu schicken, einen übrigens nur, während der andere wohl bei ihr geblieben war. Er fragte Olga, ob sie eine Peitsche habe, die hatte sie nicht, aber eine gute Weidenrute hatte sie, die nahm er; dann fragte er, ob es noch einen zweiten Ausgang aus dem Haus gebe, es gab einen solchen Ausgang durch den Hof, nur mußte man dann noch über den Zaun des Nachbargartens klettern und durch diesen Garten gehn ehe man auf die Straße kam. Das wollte K. tun. Während ihn Olga durch den Hof und zum Zaun führte, suchte K. sie schnell wegen ihrer Sorgen zu beruhigen, erklärte, daß er ihr wegen ihrer kleinen Kunstgriffe in der Erzählung gar nicht böse sei, sondern sie sehr wohl verstehe, dankte ihr für das

[365]

Vertrauen, das sie zu ihm hatte und durch ihre Erzählung bewiesen hatte und trug ihr auf, Barnabas gleich nach seiner Rückkehr in die Schule zu schicken und sei es noch in der Nacht. Zwar seien die Botschaften des Barnabas nicht seine einzige Hoffnung, sonst stünde es schlimm um ihn, aber verzichten wolle er keineswegs auf sie, er wolle sich an sie halten und dabei Olga nicht vergessen, denn noch wichtiger fast als die Botschaften sei ihm Olga selbst, ihre Tapferkeit, ihre Umsicht, ihre Klugheit, ihre Aufopferung für die Familie. Wenn er zwischen Olga und Amalia zu wählen hätte, würde ihn das nicht viel Überlegung kosten. Und er drückte ihr noch herzlich die Hand, während er sich schon auf den Zaun des Nachbargartens schwang.

Als er dann auf der Straße war, sah er soweit die trübe Nacht es erlaubte weiter oben vor des Barnabas Haus noch immer den Gehilfen auf und abgehn, manchmal blieb er stehn und versuchte durch das verhängte Fenster in die Stube zu leuchten. K. rief ihn an; ohne sichtlich zu erschrecken ließ er von dem Ausspionieren des Hauses ab und kam auf K. zu. „Wen suchst Du?" fragte K. und prüfte am Schenkel die Biegsamkeit der Weidenrute. „Dich", sagte der Gehilfe im Näherkommen. „Wer bist Du denn?" sagte K. plötzlich, denn es schien nicht der Gehilfe zu sein. Er schien älter, müder, faltiger, aber voller im Gesicht, auch sein Gang war ganz anders als der flinke, in den Gelenken wie elektrisierte Gang der

Gehilfen, er war langsam, ein wenig hinkend, vornehm kränklich. „Du erkennst mich nicht?" fragte der Mann, „Jeremias, Dein alter Gehilfe." „So?" sagte K. und zog wieder die Weidenrute ein wenig hervor, die er schon hinter dem Rücken versteckt hatte. „Du siehst aber ganz anders aus." „Es ist, weil ich allein bin", sagte Jeremias. „Bin ich allein, dann ist auch die fröhliche Jugend dahin." „Wo ist denn Artur?" fragte K. „Artur?" fragte Jeremias, „der kleine Liebling? Er hat den Dienst verlassen. Du warst aber auch ein wenig gar zu hart zu uns. Die zarte Seele hat es nicht ertragen. Er ist ins Schloß zurückgekehrt und führt Klage über Dich." „Und Du?" fragte K. „Ich konnte bleiben", sagte Jeremias, „Artur führt die Klage auch für mich." „Worüber klagt Ihr denn?" fragte K. „Darüber", sagte Jeremias, „daß Du keinen Spaß verstehst. Was haben wir denn getan? Ein wenig gescherzt, ein wenig gelacht, ein wenig Deine Braut geneckt. Alles übrigens nach dem Auftrag. Als uns Galater zu Dir schickte –" „Galater?" fragte K. „Ja Galater", sagte Jeremias, „er vertrat damals gerade Klamm. Als er uns zu Dir schickte, sagte er – ich habe es mir genau gemerkt, denn darauf berufen wir uns ja –: Ihr geht hin als die Gehilfen des Landvermessers. Wir sagten: Wir verstehn aber nichts von dieser Arbeit. Er darauf: Das ist nicht das Wichtigste; wenn es nötig sein wird, wird er es Euch beibringen. Das Wichtigste aber ist, daß Ihr ihn ein wenig erheitert. Wie man mir berichtet, nimmt er alles sehr schwer. Er ist jetzt ins Dorf gekommen und gleich ist ihm das ein großes Ereignis, während es doch in Wirklichkeit gar nichts ist. Das sollt Ihr ihm beibringen." „Nun", sagte K., „hat Galater Recht gehabt und habt Ihr den Auftrag ausgeführt?" „Das weiß ich nicht", sagte Jeremias. „In der kurzen Zeit war es wohl auch nicht möglich. Ich weiß nur, daß Du sehr grob warst und darüber klagen wir. Ich verstehe nicht, wie Du, der Du doch auch nur ein Angestellter bist und nicht einmal ein Schloßangestellter, nicht einsehen kannst, daß ein solcher Dienst eine harte Arbeit ist und daß es sehr unrecht ist, mutwillig, fast kindisch dem Arbeiter die Arbeit so zu erschweren, wie Du es getan hast. Diese Rücksichtslosigkeit, mit der Du uns am Gitter frieren ließest oder wie Du Artur, einen Menschen, den ein böses Wort tagelang schmerzt, mit der Faust auf der Matratze fast erschlagen hast oder wie Du mich am Nachmittag kreuz und quer durch den Schnee jagtest, daß ich dann eine Stunde brauchte, um mich von der Hetze zu erholen. Ich bin doch nicht mehr jung!" „Lieber Jeremias", sagte K., „mit dem allen hast Du Recht, nur solltest Du es bei Galater vorbringen. Er hat Euch aus eigenem Willen geschickt, ich habe Euch nicht von ihm erbeten. Und da ich Euch nicht verlangt habe, konnte ich Euch auch wieder zurückschicken und hätte es auch lieber in Frieden getan, als mit Gewalt, aber Ihr wolltet es offenbar nicht anders. Warum hast Du übri-

gens nicht gleich als Ihr zu mir kamt, so offen gesprochen, wie jetzt?" „Weil ich im Dienst war", sagte Jeremias, „das ist doch selbstverständlich." „Und jetzt bist
Du nicht mehr im Dienst?" fragte K. „Jetzt nicht
mehr", sagte Jeremias, „Artur hat im Schloß den Dienst 5
aufgesagt oder es ist zumindest das Verfahren im Gang,
das uns von ihm endgiltig befreien soll." „Aber Du
suchst mich doch noch so, als wärest Du im Dienst",
sagte K. „Nein", sagte Jeremias, „ich suche Dich nur,
um Frieda zu beruhigen. Als Du sie nämlich wegen der 10
Barnabassischen Mädchen verlassen hast, war sie sehr
unglücklich, nicht so sehr wegen des Verlustes als wegen
Deines Verrates, allerdings hatte sie es schon lange kommen gesehn und schon viel deshalb gelitten. Ich kam
gerade wieder einmal zum Schulfenster, um nachzusehn, 15
ob Du doch vielleicht schon vernünftiger geworden
seist. Aber Du warst nicht dort, nur Frieda, saß in einer
Schulbank und weinte. Da ging ich also zu ihr und wir
einigten uns. Es ist auch schon alles ausgeführt. Ich bin
Zimmerkellner im Herrenhof, wenigstens solange meine 20
Sache im Schloß nicht erledigt ist und Frieda ist wieder
im Ausschank. Es ist für Frieda besser. Es lag für sie
keine Vernunft darin Deine Frau zu werden. Auch hast
Du das Opfer, das sie Dir bringen wollte nicht zu würdigen verstanden. Nun hat aber die Gute noch immer 25
manchmal Bedenken, ob Dir nicht Unrecht geschehn ist,
ob Du vielleicht doch nicht bei den Barnabassischen

[369]

warst. Trotzdem natürlich gar kein Zweifel daran sein
konnte, wo Du warst, bin ich doch noch gegangen, es
ein für alle Mal festzustellen; denn nach all den Aufregungen verdient es Frieda endlich einmal ruhig zu schlafen, ich allerdings auch. So bin ich also gegangen und
habe nicht nur Dich gefunden, sondern nebenbei auch
noch sehen können, daß Dir die Mädchen wie am
Schnürchen folgen. Besonders die Schwarze, eine wahre
Wildkatze, hat sich für Dich eingesetzt. Nun jeder nach
seinem Geschmack. Jedenfalls aber war es nicht nötig,
daß Du den Umweg über den Nachbargarten gemacht
hast, ich kenne den Weg."

21

Nun war es also doch geschehn, was vorauszusehen, aber nicht zu verhindern gewesen war. Frieda hatte ihn verlassen. Es mußte nichts endgiltiges sein, so schlimm war es nicht, Frieda war zurückzuerobern, sie war leicht von Fremden zu beeinflussen, gar von diesen Gehilfen, welche Friedas Stellung für ähnlich der ihren hielten und nun, da sie gekündigt hatten, auch Frieda dazu veranlaßt hatten, aber K. mußte nur vor sie treten, an alles erinnern, was für ihn sprach und sie war wieder reuevoll die seine, gar wenn er etwa imstande gewesen wäre, den Besuch bei den Mädchen durch einen Erfolg zu rechtfertigen, den er ihnen verdankte. Aber trotz diesen Überlegungen, mit welchen er sich wegen Frieda zu beruhigen suchte, war er nicht beruhigt. Noch vor kurzem hatte er sich Olga gegenüber Friedas gerühmt und sie seinen einzigen Halt genannt, nun, dieser Halt war nicht der festeste, nicht der Eingriff eines Mächtigen war nötig, um K. Friedas zu berauben, es genügte auch dieser nicht sehr appetitliche Gehilfe, dieses Fleisch, das manchmal den Eindruck machte, als sei es nicht recht lebendig.

Jeremias hatte sich schon zu entfernen angefangen, K.

rief ihn zurück. „Jeremias", sagte er, „ich will ganz offen zu Dir sein, beantworte mir auch ehrlich eine Frage. Wir sind ja nicht mehr im Verhältnis des Herrn und des Dieners, worüber nicht nur Du froh bist sondern auch ich, wir haben also keinen Grund, einander zu betrügen. Hier vor Deinen Augen zerbreche ich die Rute, die für Dich bestimmt gewesen ist, denn nicht aus Angst vor Dir habe ich den Weg durch den Garten gewählt, sondern um Dich zu überraschen und die Rute einigemal an Dir abzuziehn. Nun, nimm mir das nicht mehr übel, das alles ist vorüber; wärest Du nicht ein vom Amt mir aufgezwungener Diener, sondern einfach mein Bekannter gewesen, wir hätten uns gewiß, wenn mich auch Dein Aussehen manchmal ein wenig stört, ausgezeichnet vertragen. Und wir könnten ja auch das was wir in dieser Hinsicht versäumt haben, jetzt nachtragen." „Glaubst Du?" sagte der Gehilfe und drückte gähnend die müden Augen, „ich könnte Dir ja die Sache ausführlicher erklären, aber ich habe keine Zeit, ich muß zu Frieda, das Kindchen wartet auf mich, sie hat den Dienst noch nicht angetreten, der Wirt hat ihr auf mein Zureden – sie wollte sich, wahrscheinlich um zu vergessen, gleich in die Arbeit stürzen – noch eine kleine Erholungszeit gegeben, die wollen wir doch wenigstens mit einander verbringen. Was Deinen Vorschlag betrifft, so habe ich gewiß keinen Anlaß Dich zu belügen, aber ebensowenig Dir etwas anzuvertrauen. Bei mir ist es nämlich anders

[372]

als bei Dir. Solange ich im Dienstverhältnis zu Dir stand, warst Du mir natürlich eine sehr wichtige Person, nicht wegen Deiner Eigenschaften sondern wegen des Dienstauftrags und ich hätte alles für Dich getan, was Du wolltest, jetzt aber bist Du mir gleichgültig. Auch das Zerbrechen der Rute rührt mich nicht, es erinnert mich nur daran, einen wie rohen Herrn ich hatte; mich für Dich einzunehmen, ist es nicht geeignet." „Du sprichst so mit mir", sagte K., „wie wenn es ganz gewiß wäre, daß Du von mir niemals mehr etwas zu fürchten haben wirst. So ist es aber doch eigentlich nicht. Du bist wahrscheinlich doch noch nicht frei von mir, so schnell finden die Erledigungen hier nicht statt –" „Manchmal noch schneller", warf Jeremias ein. „Manchmal", sagte K., „nichts deutet aber daraufhin, daß es diesmal geschehen ist, zumindest hast weder Du noch habe ich eine schriftliche Erledigung in Händen. Das Verfahren ist also erst im Gang und ich habe durch meine Verbindungen noch gar nicht eingegriffen, werde es aber tun. Fällt es ungünstig für Dich aus, so hast Du nicht sehr dafür vorgearbeitet, Dir Deinen Herrn geneigt zu machen und es war vielleicht sogar überflüssig die Weidenrute zu zerbrechen. Und Frieda hast Du zwar fortgeführt, wovon Dir ganz besonders der Kamm geschwollen ist, aber bei allem Respekt vor Deiner Person, den ich habe, auch wenn Du für mich keinen mehr hast, paar Worte von mir an Frieda gerichtet, genügen, das weiß ich, um die Lügen, mit denen Du sie eingefangen hast, zu zerreißen. Und nur Lügen konnten Frieda mir abwendig machen." „Diese Drohungen schrecken mich nicht", sagte Jeremias, „Du willst mich doch gar nicht zum Gehilfen haben, Du fürchtest mich doch als Gehilfen, Du fürchtest Gehilfen überhaupt, nur aus Furcht hast Du den guten Artur geschlagen." „Vielleicht", sagte K., „hat es deshalb weniger weh getan? Vielleicht werde ich auf diese Weise meine Furcht vor Dir noch öfters zeigen können. Sehe ich, daß Dir die Gehilfenschaft wenig Freude macht, macht es wiederum mir über alle Furcht hinweg den größten Spaß Dich dazu zu zwingen. Undzwar werde ich es mir diesmal angelegen sein lassen Dich allein ohne Artur zu bekommen, ich werde Dir dann mehr Aufmerksamkeit zuwenden können." „Glaubst Du", sagte Jeremias, „daß ich auch nur die geringste Furcht vor dem allen habe?" „Ich glaube wohl", sagte K., „ein wenig Furcht hast Du gewiß und wenn du klug bist, viel Furcht. Warum wärst Du denn sonst nicht schon zu Frieda gegangen? Sag, hast Du sie denn lieb?" „Lieb?" sagte Jeremias, „sie ist ein gutes kluges Mädchen, eine gewesene Geliebte Klamms, also respektabel auf jeden Fall. Und wenn sie mich fortwährend bittet, sie von Dir zu befreien, warum sollte ich ihr den Gefallen nicht tun, besonders da ich damit doch auch Dir kein Leid antue, der Du mit den verfluchten Barnabassischen Dich getröstet hast." „Nun sehe ich Deine Angst", sagte K., „eine

[374]

ganz jämmerliche Angst, Du versuchst mich durch Lügen einzufangen. Frieda hat nur um eines gebeten, sie von den wild gewordenen, hündisch lüsternen Gehilfen zu befreien, leider habe ich nicht Zeit gehabt, ihre Bitte ganz zu erfüllen und jetzt sind die Folgen meiner Versäumnis da."

„Herr Landvermesser! Herr Landvermesser!" rief jemand durch die Gasse. Es war Barnabas. Atemlos kam er an, vergaß aber nicht vor K. sich zu verbeugen. „Es ist mir gelungen", sagte er. „Was ist gelungen?" fragte K. „Du hast meine Bitte Klamm vorgebracht?" „Das ging nicht", sagte Barnabas, „ich habe mich sehr bemüht, aber es war unmöglich, ich habe mich vorgedrängt, stand den ganzen Tag über, ohne dazu aufgefordert zu sein, so nahe am Pult, daß mich einmal ein Schreiber, dem ich im Licht war, sogar wegschob, meldete mich, was verboten ist, mit erhobener Hand, wenn Klamm aufsah, blieb am längsten in der Kanzlei, war schon nur allein mit den Dienern dort, hatte noch einmal die Freude, Klamm zurückkommen zu sehn, aber es war nicht meinetwegen, er wollte nur schnell noch etwas in einem Buche nachsehn und ging gleich wieder, schließlich kehrte mich der Diener, da ich mich noch immer nicht rührte, fast mit dem Besen aus der Tür. Ich gestehe das alles, damit Du nicht wieder unzufrieden bist mit meinen Leistungen." „Was hilft mir all Dein Fleiß, Barnabas", sagte K., „wenn er gar keinen Erfolg hat." „Aber ich hatte Erfolg", sagte

[375]

Barnabas. „Als ich aus meiner Kanzlei trat – ich nenne sie meine Kanzlei – sehe ich, wie aus den tiefern Korridoren ein Herr langsam herankommt, sonst war schon alles leer, es war ja schon sehr spät, ich beschloß auf ihn zu warten, es war eine gute Gelegenheit noch dort zu bleiben, am liebsten wäre ich ja überhaupt dort geblieben, um Dir die schlechte Meldung nicht bringen zu müssen. Aber es lohnte sich auch sonst auf den Herrn zu warten, es war Erlanger. Du kennst ihn nicht? Er ist einer der ersten Sekretäre Klamms. Ein schwacher kleiner Herr, er hinkt ein wenig. Er erkannte mich sofort, er ist berühmt wegen seines Gedächtnisses und seiner Menschenkenntnis, er zieht nur die Augenbrauen zusammen, das genügt ihm, um jeden zu erkennen, oft auch Leute, die er nie gesehen hat, von denen er nur gehört oder gelesen hat, mich z. B. dürfte er kaum je gesehn haben. Aber trotzdem er jeden Menschen gleich erkennt, fragt er zuerst so wie wenn er unsicher wäre. ‚Bist Du nicht Barnabas?' sagte er zu mir. Und dann fragte er: ‚Du kennst den Landvermesser, nicht?' Und dann sagte er: ‚Das trifft sich gut. Ich fahre jetzt in den Herrenhof. Der Landvermesser soll mich dort besuchen. Ich wohne im Zimmer Nr. 15. Doch müßte er gleich jetzt kommen. Ich habe nur einige Besprechungen dort, und fahre um fünf Uhr früh wieder zurück. Sag ihm, daß mir viel daran liegt, mit ihm zu sprechen'."

Plötzlich setzte sich Jeremias in Lauf. Barnabas, der

[376]

ihn in seiner Aufregung bisher kaum beachtet hatte, fragte: „Was will denn Jeremias?" „Mir bei Erlanger zuvorkommen", sagte K., lief schon hinter Jeremias her, fing ihn ein, hing sich an seinen Arm und sagte: „Ist es die Sehnsucht nach Frieda, die Dich plötzlich ergriffen hat? Ich habe sie nicht minder und so werden wir in gleichem Schritte gehn."

Vor dem dunklen Herrenhof stand eine kleine Gruppe Männer, zwei oder drei hatten Handlaternen mit, so daß manche Gesichter kenntlich waren. K. fand nur einen Bekannten, Gerstäcker, den Fuhrmann. Gerstäcker begrüßte ihn mit der Frage: „Du bist noch immer im Dorf?" „Ja", sagte K., „ich bin für die Dauer gekommen." „Mich kümmert es ja nichts", sagte Gerstäcker, hustete kräftig und wandte sich andern zu.

Es stellte sich heraus, daß alle auf Erlanger warteten. Erlanger war schon angekommen, verhandelte aber, ehe er die Parteien empfing, noch mit Momus. Das allgemeine Gespräch drehte sich darum, daß man nicht im Hause warten durfte, sondern hier draußen im Schnee stehen mußte. Es war zwar nicht sehr kalt, trotzdem war es rücksichtslos die Parteien vielleicht stundenlang in der Nacht vor dem Haus zu lassen. Das war freilich nicht die Schuld Erlangers, der vielmehr sehr entgegenkommend war, davon kaum wußte und sich gewiß sehr geärgert hätte, wenn es ihm gemeldet worden wäre. Es war die Schuld der Herrenhofwirtin, die in ihrem schon krankhaften Streben nach Feinheit es nicht leiden wollte, daß viele Parteien auf einmal in den Herrenhof kamen. „Wenn es schon sein muß und sie kommen müssen", pflegte sie zu sagen, „dann um des Himmels willen nur immer einer hinter dem andern." Und sie hatte es durchgesetzt, daß die Parteien, die zuerst einfach in einem Korridor, später auf der Treppe, dann im Flur, zuletzt im Ausschank gewartet hatten, schließlich auf die Gasse hinausgeschoben worden waren. Und selbst das genügte ihr noch nicht. Es war ihr unerträglich im eigenen Haus immerfort „belagert zu werden", wie sie sich ausdrückte. Es war ihr unverständlich, wozu es überhaupt Parteienverkehr gab. „Um vorn die Haustreppe schmutzig zu machen", hatte ihr einmal ein Beamter auf ihre Frage, wahrscheinlich im Ärger, gesagt, ihr aber war das sehr einleuchtend gewesen und sie pflegte diesen Ausspruch gern zu citieren. Sie strebte danach, und dies begegnete sich nun schon mit den Wünschen der Parteien, daß gegenüber dem Herrenhof ein Gebäude aufgeführt werde, in welchem die Parteien warten könnten. Am liebsten wäre ihr gewesen, wenn auch die Parteibesprechungen und Verhöre außerhalb des Herrenhofes stattgefunden hätten, aber dem widersetzten sich die Beamten und wenn sich die Beamten ernstlich widersetzten, so drang natürlich die Wirtin nicht durch, trotzdem sie in Nebenfragen kraft ihres unermüdlichen und dabei frauenhaft zarten Eifers eine Art kleiner Tyrannei ausübte. Die Be-

sprechungen und Verhöre würde aber die Wirtin voraus-
sichtlich auch weiterhin im Herrenhof dulden müssen,
denn die Herren aus dem Schloß weigerten sich, im
Dorfe in Amtsangelegenheiten den Herrenhof zu verlassen. Sie waren immer in Eile, nur sehr wider Willen
waren sie im Dorfe, über das unbedingt Notwendige
ihren Aufenthalt hier auszudehnen, hatten sie nicht die
geringste Lust und es konnte daher nicht von ihnen verlangt werden, nur mit Rücksicht auf den Hausfrieden im
Herrenhof zeitweilig mit allen ihren Schriften über die
Straße in irgendein anderes Haus zu ziehn und so Zeit zu
verlieren. Am liebsten erledigten ja die Beamten die
Amtsachen im Ausschank oder in ihrem Zimmer, womöglich während des Essens oder vom Bett aus vor dem
Einschlafen oder morgens, wenn sie zu müde waren aufzustehn und sich im Bett noch ein wenig strecken wollten. Dagegen schien die Frage der Errichtung eines Wartegebäudes einer günstigen Lösung sich zu nähern, freilich war es eine empfindliche Strafe für die Wirtin – man
lachte ein wenig darüber – daß gerade die Angelegenheit
des Wartegebäudes zahlreiche Besprechungen nötig
machte und die Gänge des Hauses kaum leer wurden.
   Über alle diese Dinge unterhielt man sich halblaut unter den Wartenden. K. war es auffallend, daß zwar der
Unzufriedenheit genug war, niemand aber etwas dagegen einzuwenden hatte, daß Erlanger die Parteien mitten
in der Nacht berief. Er fragte danach und erhielt die

[379]

Auskunft, daß man dafür Erlanger sogar sehr dankbar sein müsse. Es sei ja ausschließlich sein guter Wille und die hohe Auffassung, die er von seinem Amte habe, die ihn dazu bewegen überhaupt ins Dorf zu kommen, er könnte ja, wenn er wollte – und es würde dies sogar den Vorschriften vielleicht besser entsprechen – irgendeinen untern Sekretär schicken und von ihm die Protokolle aufnehmen lassen. Aber er weigere sich eben meistens dies zu tun, wolle selbst alles sehn und hören, müsse dann aber zu diesem Zwecke seine Nächte opfern, denn in seinem Amtsplan sei keine Zeit für Dorfreisen vorgesehn. K. wandte ein, daß doch auch Klamm bei Tag ins Dorf komme und sogar mehrere Tage hier bleibe; sei denn Erlanger, der doch nur Sekretär sei, oben unentbehrlicher? Einige lachten gutmütig, andere schwiegen betreten, diese letzteren bekamen das Übergewicht und es wurde K. kaum geantwortet. Nur einer sagte zögernd, natürlich sei Klamm unentbehrlich, im Schloß wie im Dorf.

Da öffnete sich die Haustür und Momus erschien zwischen zwei lampentragenden Dienern. „Die ersten, die zum Herrn Sekretär Erlanger vorgelassen werden", sagte er, „sind: Gerstäcker und K. Sind die zwei hier?" Sie meldeten sich, aber noch vor ihnen schlüpfte Jeremias mit einem: „Ich bin hier Zimmerkellner", von Momus lächelnd mit einem Schlag auf die Schulter begrüßt ins Haus. „Ich werde auf Jeremias mehr achten müssen", sagte sich K., wobei er sich dessen bewußt blieb, daß Jeremias wahrscheinlich viel ungefährlicher war als Artur, der im Schloß gegen ihn arbeitete. Vielleicht war es sogar klüger, sich von ihnen als Gehilfen quälen zu lassen, als sie so unkontrolliert umherstreichen und ihre Intrigen, für die sie eine besondere Anlage zu haben schienen, frei betreiben zu lassen.

Als K. an Momus vorüberkam, tat dieser als erkenne er erst jetzt in ihm den Landvermesser. „Ah der Herr Landvermesser!" sagte er, „der welcher sich so ungern verhören läßt, drängt sich zum Verhör. Bei mir wäre es damals einfacher gewesen. Nun freilich, es ist schwer, die richtigen Verhöre auszuwählen." Als K. auf diese Ansprache hin stehn bleiben wollte, sagte Momus: „Gehen Sie, gehen Sie! Damals hätte ich Ihre Antworten gebraucht, jetzt nicht." Trotzdem sagte K., erregt durch des Momus' Benehmen: „Ihr denkt nur an Euch. Bloß des Amtes wegen antworte ich nicht, weder damals noch heute." Momus sagte: „An wen sollen wir denn denken? Wer ist denn sonst noch hier? Gehen Sie!"

Im Flur empfing sie ein Diener und führte sie den K. schon bekannten Weg über den Hof, dann durch das Tor und in den niedrigen ein wenig sich senkenden Gang. In den oberen Stockwerken wohnten offenbar nur die höheren Beamten, die Sekretäre dagegen wohnten an diesem Gang, auch Erlanger, trotzdem er einer ihrer obersten war. Der Diener löschte seine Laterne aus, denn hier war helle elektrische Beleuchtung. Alles war hier klein aber zierlich gebaut. Der Raum war möglichst ausgenützt. Der Gang genügte knapp, aufrecht in ihm zu gehn. An den Seiten war eine Tür fast neben der andern. Die Seitenwände reichten nicht bis zur Decke; dies war wahrscheinlich aus Ventilationsrücksichten, denn die Zimmerchen hatten wohl hier in dem tiefen kellerartigen Gang keine Fenster. Der Nachteil dieser nicht ganz schließenden Wände war die Unruhe im Gang und notwendiger Weise auch in den Zimmern. Viele Zimmer schienen besetzt zu sein, in den meisten war man noch wach, man hörte Stimmen, Hammerschläge, Gläserklingen. Doch hatte man nicht den Eindruck besonderer Lustigkeit. Die Stimmen waren gedämpft, man verstand kaum hie und da ein Wort, es schienen auch nicht Unterhaltungen zu sein, wahrscheinlich diktierte nur jemand etwas oder las etwas vor, gerade aus den Zimmern, aus denen der Klang von Gläsern und Tellern kam, hörte man kein Wort und die Hammerschläge erinnerten K. daran, was ihm irgendwo erzählt worden war, daß manche Beamte, um sich von der fortwährenden geistigen Anstrengung zu erholen, sich zeitweilig mit Tischlerei, Feinmechanik u. dgl. beschäftigen. Der Gang selbst war leer, nur vor einer Tür saß ein bleicher schmaler großer Herr im Pelz, unter dem die Nachtwäsche hervorsah, wahrscheinlich war es ihm im Zimmer zu dumpf geworden, so hatte er sich hinausgesetzt und las dort eine Zei-

tung, aber nicht aufmerksam, gähnend ließ er öfters vom
Lesen ab, beugte sich vor und blickte den Gang entlang,
vielleicht erwartete er eine Partei, die er vorgeladen hatte
und die zu kommen säumte. Als sie an ihm vorübergekommen waren, sagte der Diener inbezug auf den Herrn
zu Gerstäcker: „Der Pinzgauer!" Gerstäcker nickte; „er
ist schon lange nicht unten gewesen", sagte er. „Schon
sehr lange nicht", bestätigte der Diener.

Schließlich kamen sie vor eine Tür, die nicht anders als
die übrigen war und hinter der doch, wie der Diener
mitteilte, Erlanger wohnte. Der Diener ließ sich von K.
auf die Schultern heben und sah oben durch den freien
Spalt ins Zimmer. „Er liegt", sagte der Diener herabstei-
gend, „auf dem Bett, allerdings in Kleidern, aber ich
glaube doch, daß er schlummert. Manchmal überfällt ihn
so die Müdigkeit hier im Dorf bei der geänderten Lebensweise. Wir werden warten müssen. Wenn er auf-
wacht wird er läuten. Es ist allerdings schon vorgekommen, daß er seinen ganzen Aufenthalt im Dorf verschlafen hat und nach dem Aufwachen gleich wieder ins
Schloß zurückfahren mußte. Es ist ja freiwillige Arbeit,
die er hier leistet." „Wenn er jetzt nur schon lieber bis
zum Ende schliefe", sagte Gerstäcker, „denn wenn er
nach dem Aufwachen noch ein wenig Zeit zur Arbeit
hat, ist er sehr unwillig darüber, daß er geschlafen hat,
sucht alles eilig zu erledigen und man kann sich kaum
aussprechen." „Sie kommen wegen der Vergebung der

[383]

Fuhren für den Bau?" fragte der Diener. Gerstäcker
nickte, zog den Diener beiseite und redete leise zu ihm,
aber der Diener hörte kaum zu, blickte über Gerstäcker,
den er um mehr als Haupteslänge überragte, hinweg und
5 strich sich ernst und langsam das Haar.

22

Da sah K., wie er ziellos umherblickte, weit in der Ferne
an einer Wendung des Ganges Frieda; sie tat, als erkenne
sie ihn nicht, blickte nur starr auf ihn, in der Hand trug
sie eine Tasse mit leerem Geschirr. Er sagte dem Diener,   5
der aber gar nicht auf ihn achtete – je mehr man zu dem
Diener sprach, desto geistesabwesender schien er zu
werden – er werde gleich zurückkommen, und lief zu
Frieda. Bei ihr angekommen, faßte er sie bei den Schultern, so als ergreife er wieder von ihr Besitz, stellte einige   10
belanglose Fragen und suchte dabei prüfend in ihren Augen. Aber ihre starre Haltung löste sich kaum, zerstreut
versuchte sie einige Umstellungen des Geschirrs auf der
Tasse und sagte: „Was willst Du denn von mir? Geh
doch zu den – nun Du weißt ja, wie sie heißen, Du   15
kommst ja gerade von ihnen, ich kann es Dir ansehn.‟
K. lenkte schnell ab; die Aussprache sollte nicht so
plötzlich kommen und bei dem Bösesten, bei dem für
ihn Ungünstigsten anfangen. „Ich dachte Du wärest im
Ausschank‟, sagte er. Frieda sah ihn erstaunt an und   20
fuhr ihm dann sanft mit der einen Hand, die sie frei
hatte, über Stirn und Wange. Es war, als habe sie sein

Aussehn vergessen und wolle es sich so wieder ins Bewußtsein zurückrufen, auch ihre Augen hatten den ver-
schleierten Ausdruck des mühsamen Sich-Erinnerns.
„Ich bin für den Ausschank wiederaufgenommen",
sagte sie dann langsam, als sei es unwichtig was sie sage,
aber unter den Worten führe sie noch ein Gespräch mit
K. und dies sei das wichtigere, „diese Arbeit taugt nicht
für mich, die kann auch eine jede andere besorgen; jede,
die aufbetten und ein freundliches Gesicht machen kann
und die Belästigung durch die Gäste nicht scheut, sondern sie sogar noch hervorruft, eine jede solche kann
Stubenmädchen sein. Aber im Ausschank, da ist es etwas
anderes. Ich bin auch gleich für den Ausschank wieder
aufgenommen worden, trotzdem ich damals nicht sehr
ehrenvoll ihn verlassen habe, freilich hatte ich jetzt Protektion. Aber der Wirt war glücklich, daß ich Protektion
hatte und es ihm deshalb leicht möglich war, mich wieder aufzunehmen. Es war sogar so, daß man mich drängen mußte, den Posten anzunehmen; wenn Du be-
denkst, woran mich der Ausschank erinnert, wirst Du es
begreifen. Schließlich habe ich den Posten angenommen.
Hier bin ich nur aushilfsweise. Pepi hat gebeten ihr nicht
die Schande zu tun, sofort den Ausschank verlassen zu
müssen, wir haben ihr deshalb, weil sie doch fleißig gewesen ist und alles so besorgt hat, wie es nur ihre Fähigkeiten erlaubt haben, eine vierundzwangzigstündige
Frist gegeben." „Das ist alles sehr gut eingerichtet",

[386]

sagte K., „nur hast Du einmal meinetwegen den Ausschank verlassen und nun da wir kurz vor der Hochzeit sind kehrst Du wieder in ihn zurück?" „Es wird keine Hochzeit geben", sagte Frieda. „Weil ich untreu war?" fragte K. Frieda nickte. „Nun sieh, Frieda," sagte K., „über diese angebliche Untreue haben wir schon öfters gesprochen und immer hast Du schließlich einsehn müssen, daß es ein ungerechter Verdacht war. Seidem aber hat sich auf meiner Seite nichts geändert, alles ist so unschuldig geblieben wie es war und wie es nicht anders werden kann. Also muß sich etwas auf Deiner Seite geändert haben, durch fremde Einflüsterungen oder anderes. Unrecht tust Du mir auf jeden Fall, denn sieh, wie verhält es sich mit diesen zwei Mädchen? Die eine, die dunkle – ich schäme mich fast, mich so im einzelnen verteidigen zu müssen, aber Du forderst es heraus – die dunkle also ist mir wahrscheinlich nicht weniger peinlich als Dir; wenn ich mich nur irgendwie von ihr fernhalten kann, tue ich es und sie erleichtert das ja auch, man kann nicht zurückhaltender sein, als sie es ist." „Ja", rief Frieda aus, die Worte kamen ihr wie gegen ihren Willen hervor; K. war froh, sie so abgelenkt zu sehn; sie war anders, als sie sein wollte, „die magst Du für zurückhaltend ansehn, die schamloseste von allen nennst Du zurückhaltend und Du meinst es, so unglaubwürdig es ist, ehrlich, Du verstellst Dich nicht, das weiß ich. Die Brückenhofwirtin sagt von Dir: leiden kann ich ihn nicht, aber verlassen kann ich ihn auch nicht, man kann doch auch beim Anblick eines kleinen Kindes, das noch nicht gut gehen kann und sich weit vorwagt, unmöglich sich beherrschen, man muß eingreifen." „Nimm diesmal ihre Lehre an", sagte K. lächelnd, „aber jenes Mädchen, ob es zurückhaltend oder schamlos ist, können wir bei Seite lassen, ich will von ihr nichts wissen." „Aber warum nennst Du sie zurückhaltend?" fragte Frieda unnachgiebig, K. hielt diese Teilnahme für ein ihm günstiges Zeichen, „hast Du es erprobt oder willst Du andere dadurch herabsetzen?" „Weder das eine noch das andere", sagte K., „ich nenne sie so aus Dankbarkeit, weil sie es mir leicht macht, sie zu übersehn und weil ich, selbst wenn sie mich nur öfters ansprechen würde, es nicht über mich bringen könnte wieder hinzugehn, was doch ein großer Verlust für mich wäre, denn ich muß hingehn, wegen unserer gemeinsamen Zukunft, wie Du weißt. Und deshalb muß ich auch mit dem andern Mädchen sprechen, das ich zwar wegen seiner Tüchtigkeit, Umsicht und Selbstlosigkeit schätze, von dem aber doch niemand behaupten kann, daß es verführerisch ist." „Die Knechte sind anderer Meinung", sagte Frieda. „In dieser wie auch wohl in vieler anderer Hinsicht", sagte K. „Aus den Gelüsten der Knechte willst Du auf meine Untreue schließen?" Frieda schwieg und duldete es, daß K. ihr die Tasse aus der Hand nahm, auf den Boden stellte, seinen Arm unter den ihren schob und in kleinem

[388]

Raum langsam mit ihr hin- und herzugehn begann. „Du weißt nicht was Treue ist", sagte sie, sich ein wenig wehrend gegen seine Nähe, „wie Du Dich auch zu den Mädchen verhalten magst, ist ja nicht das Wichtigste; daß Du in diese Familie überhaupt gehst und zurückkommst, den Geruch ihrer Stube in den Kleidern, ist schon eine unerträgliche Schande für mich. Und Du läufst aus der Schule fort, ohne etwas zu sagen. Und bleibst gar bei ihnen die halbe Nacht. Und läßt, wenn man nach Dir fragt, Dich von den Mädchen verleugnen, leidenschaftlich verleugnen, besonders von der unvergleichlich Zurückhaltenden. Schleichst Dich auf einem geheimen Weg aus dem Haus, vielleicht gar um den Ruf jener Mädchen zu schonen, den Ruf jener Mädchen! Nein, sprechen wir nicht mehr davon!" „Von diesem nicht", sagte K., „aber von etwas anderem, Frieda. Von diesem ist ja auch nichts zu sagen. Warum ich hingehn muß, weißt Du. Es wird mir nicht leicht, aber ich überwinde mich. Du solltest es mir nicht schwerer machen als es ist. Heute dachte ich nur für einen Augenblick hinzugehn und nachzufragen, ob Barnabas, der eine wichtige Botschaft schon längst hätte bringen sollen, endlich gekommen ist. Er war nicht gekommen, aber er mußte, wie man mir versicherte und wie es auch glaubwürdig war, sehr bald kommen. Ihn mir in die Schule nachkommen lassen, wollte ich nicht, um Dich durch seine Gegenwart nicht zu belästigen. Die Stunden vergingen und er kam leider nicht. Wohl aber

kam ein anderer, der mir verhaßt ist. Von ihm mich
ausspionieren zu lassen, hatte ich keine Lust und ging
also durch den Nachbargarten, aber auch vor ihm verbergen wollte ich mich nicht, sondern ging dann auf der
Straße frei auf ihn zu, mit einer sehr biegsamen Weidenrute, wie ich gestehe. Das ist alles, darüber ist also weiter
nichts zu sagen, wohl aber über etwas anderes. Wie verhält es sich denn mit den Gehilfen, die zu erwähnen mir
fast so widerlich ist wie Dir die Erwähnung jener Familie? Vergleiche Dein Verhältnis zu ihnen damit, wie ich
mich zu der Familie verhalte. Ich verstehe Deinen Widerwillen gegenüber der Familie und kann ihn teilen.
Nur um der Sache willen gehe ich zu ihnen, fast scheint
es mir manchmal, daß ich ihnen Unrecht tue, sie aus-
nütze. Du und die Gehilfen dagegen. Du hast gar nicht
in Abrede gestellt, daß sie Dich verfolgen und hast ein-
gestanden, daß es Dich zu ihnen zieht. Ich war Dir nicht
böse deshalb, habe eingesehn, daß hier Kräfte im Spiel
sind, denen Du nicht gewachsen bist, war schon glücklich darüber, daß Du Dich wenigstens wehrst, habe geholfen Dich zu verteidigen und nur weil ich paar Stunden darin nachgelassen habe, im Vertrauen auf Deine
Treue, allerdings auch in der Hoffnung daß das Haus
unweigerlich verschlossen ist und die Gehilfen endgiltig
in die Flucht geschlagen sind – ich unterschätze sie noch
immer, fürchte ich – nur weil ich paar Stunden darin
nachgelassen habe und jener Jeremias, genau betrachtet

ein nicht sehr gesunder, ältlicher Bursche, die Keckheit
gehabt hat, ans Fenster zu treten, nur deshalb soll ich
Dich, Frieda, verlieren und als Begrüßung zu hören bekommen: ‚Es wird keine Hochzeit geben.' Wäre ich es
nicht eigentlich der Vorwürfe machen dürfte und ich
mache sie nicht, mache sie noch immer nicht." Und wieder schien es K. gut, Frieda ein wenig abzulenken und er
bat sie ihm etwas zum Essen zu bringen, weil er schon
seit Mittag nichts gegessen habe. Frieda, offenbar auch
durch die Bitte erleichtert, nickte und lief etwas zu holen, nicht den Gang weiter wo K. die Küche vermutete,
sondern seitlich paar Stufen abwärts. Sie brachte bald
einen Teller mit Aufschnitt und eine Flasche Wein, aber
es waren wohl nur schon die Reste einer Mahlzeit, flüchtig waren die einzelnen Stücke neu ausgebreitet um es
unkenntlich zu machen, sogar Wurstschalen waren dort
vergessen und die Flasche war zu dreivierteln geleert.
Doch sagte K. nichts darüber und machte sich mit gutem
Appetit ans Essen. „Du warst in der Küche?" fragte er.
„Nein, in meinem Zimmer", sagte sie, „ich habe hier
unten ein Zimmer." „Hättest Du mich doch mitgenommen", sagte K., „ich werde hinuntergehn, um mich zum
Essen ein wenig zu setzen." „Ich werde Dir einen Sessel
bringen", sagte Frieda und war schon auf dem Weg.
„Danke", sagte K. und hielt sie zurück, „ich werde we-
der hinuntergehn noch brauche ich mehr einen Sessel."
Frieda ertrug trotzig seinen Griff, hatte den Kopf tief

geneigt und biß die Lippen. „Nun ja, er ist unten", sagte
sie, „hast Du es anders erwartet? Er liegt in meinem
Bett, er hat sich draußen verkühlt, er fröstelt, er hat
kaum gegessen. Im Grunde ist alles Deine Schuld, hättest Du die Gehilfen nicht verjagt und wärst jenen Leuten nicht nachgelaufen, wir könnten jetzt friedlich in der
Schule sitzen. Nur Du hast unser Glück zerstört.
Glaubst Du, daß Jeremias, solange er im Dienst war, es
gewagt hätte mich zu entführen? Dann verkennst du die
hiesige Ordnung ganz und gar. Er wollte zu mir, er hat
sich gequält, er hat auf mich gelauert, das war aber nur
ein Spiel, so wie ein hungriger Hund spielt und es doch
nicht wagt auf den Tisch zu springen. Und ebenso ich.
Es zog mich zu ihm, er ist mein Spielkamerad aus der
Kinderzeit – wir spielten miteinander auf dem Abhang
des Schloßberges, schöne Zeiten, Du hast mich niemals
nach meiner Vergangenheit gefragt – doch das alles war
nicht entscheidend, solange Jeremias durch den Dienst
gehalten war, denn ich kannte ja meine Pflicht als Deine
künftige Frau. Dann aber vertriebst Du die Gehilfen und
rühmst Dich noch dessen, als hättest Du damit etwas für
mich getan, nun in einem gewissen Sinn ist es wahr. Bei
Artur gelang Deine Absicht, allerdings nur vorläufig, er
ist zart, er hat nicht die keine Schwierigkeit fürchtende
Leidenschaft des Jeremias, auch hast Du ihn ja durch
den Faustschlag in der Nacht – jener Schlag war auch
gegen unser Glück geführt – nahezu zerstört, er flüch-

tete ins Schloß um zu klagen und wenn er auch bald
wieder kommen wird, immerhin er ist jetzt fort. Jeremias aber blieb. Im Dienst fürchtet er ein Augenzucken
des Herrn, außerhalb des Dienstes aber fürchtet er
nichts. Er kam und nahm mich; von Dir verlassen, von
ihm, dem alten Freund, beherrscht, konnte ich mich
nicht halten. Ich habe das Schultor nicht aufgesperrt, er
zerschlug das Fenster und zog mich hinaus. Wir flogen
hierher, der Wirt achtet ihn, auch kann den Gästen
nichts willkommener sein, als einen solchen Zimmerkellner zu haben, so wurden wir aufgenommen, er
wohnt nicht bei mir, sondern wir haben ein gemeinsa-
mes Zimmer." „Trotz allem", sagte K., „bedauere ich es
nicht, die Gehilfen aus dem Dienst getrieben zu haben.
War das Verhältnis so wie Du es beschreibst, Deine
Treue also nur durch die dienstliche Gebundenheit der
Gehilfen bedingt, dann war es gut, daß alles ein Ende
nahm. Das Glück der Ehe inmitten der zwei Raubtiere,
die sich nur unter der Knute duckten, wäre nicht sehr
groß gewesen. Dann bin ich auch jener Familie dankbar,
welche unabsichtlich ihr Teil beigetragen hat, um uns zu
trennen." Sie schwiegen und gingen wieder nebeneinander auf und ab, ohne daß zu unterscheiden gewesen
wäre, wer jetzt damit begonnen hätte. Frieda, nahe an
K., schien ärgerlich, daß er sie nicht wieder unter den
Arm nahm. „Und so wäre alles in Ordnung", fuhr K.
fort, „und wir könnten Abschied nehmen, Du zu Dei-

nem Herrn Jeremias gehn, der wahrscheinlich noch vom Schulgarten her verkühlt ist und den Du mit Rücksicht darauf schon viel zulange allein gelassen hast, und ich allein in die Schule oder, da ich ja ohne Dich dort nichts zu tun habe, sonst irgendwohin, wo man mich aufnimmt. Wenn ich nun trotzdem zögere, so deshalb, weil ich aus gutem Grund noch immer ein wenig daran zweifle, was Du mir erzählt hast. Ich habe von Jeremias den gegenteiligen Eindruck. Solange er im Dienst war, ist er hinter Dir her gewesen und ich glaube nicht, daß der Dienst ihn auf die Dauer zurückgehalten hätte, Dich einmal ernstlich zu überfallen. Jetzt aber, seitdem er den Dienst für aufgehoben ansieht, ist es anders. Verzeih, wenn ich es mir auf folgende Weise erkläre: Seitdem Du nicht mehr die Braut seines Herrn bist, bist Du keine solche Verlockung mehr für ihn wie früher. Du magst seine Freundin aus der Kinderzeit sein, doch legt er – ich kenne ihn eigentlich nur aus einem kurzen Gespräch heute nacht – solchen Gefühlsdingen meiner Meinung nach nicht viel Wert bei. Ich weiß nicht, warum er Dir als ein leidenschaftlicher Charakter erscheint. Seine Denkweise scheint mir eher besonders kühl. Er hat inbezug auf mich irgendeinen, mir vielleicht nicht sehr günstigen Auftrag von Galater bekommen, diesen strengt er sich an auszuführen, mit einer gewissen Dienstleidenschaft, wie ich zugeben will – sie ist hier nicht allzu selten –, dazu gehört, daß er unser Verhältnis zerstört; er

[394]

hat es vielleicht auf verschiedene Weise versucht, eine davon war die, daß er Dich durch sein lüsternes Schmachten zu verlocken suchte, eine andere, hier hat ihn die Wirtin unterstützt, daß er von meiner Untreue fabelte, sein Anschlag ist ihm gelungen, irgendeine Er- innerung an Klamm, die ihn umgibt, mag mitgeholfen haben, den Posten hat er zwar verloren, aber vielleicht gerade in dem Augenblick, in dem er ihn nicht mehr be- nötigte, jetzt erntet er die Früchte seiner Arbeit und zieht Dich aus dem Schulfenster, damit ist aber seine Ar- beit beendet und, von der Dienstleidenschaft verlassen, wird er müde, er wäre lieber an Stelle Arturs, der gar nicht klagt sondern sich Lob und neue Aufträge holt, aber es muß doch auch jemand zurückbleiben, der die weitere Entwicklung der Dinge verfolgt. Eine etwas lästige Pflicht ist es ihm Dich zu versorgen. Von Liebe zu Dir ist keine Spur, er hat es mir offen gestanden, als Geliebte Klamms bist Du ihm natürlich respektabel und in Dei- nem Zimmer sich einnisten und sich einmal als ein klei- ner Klamm zu fühlen, tut ihm gewiß sehr wohl, das aber ist alles, Du selbst bedeutest ihm jetzt nichts, nur ein Nachtrag zu seiner Hauptaufgabe ist es ihm, daß er Dich hier untergebracht hat; um Dich nicht zu beunruhigen, ist er auch selbst geblieben, aber nur vorläufig, solange er nicht neue Nachrichten vom Schloß bekommt und seine Verkühlung von Dir nicht auskuriert ist." „Wie Du ihn verleumdest!" sagte Frieda und schlug ihre kleinen Fäu-

[395]

ste aneinander. „Verleumden?" sagte K., „nein, ich will ihn nicht verleumden. Wohl aber tue ich ihm vielleicht Unrecht, das ist freilich möglich. Ganz offen an der Oberfläche liegt es ja nicht, was ich über ihn gesagt habe, es läßt sich auch anders deuten. Aber verleumden? Verleumden könnte doch nur den Zweck haben, damit gegen Deine Liebe zu ihm anzukämpfen. Wäre es nötig und wäre Verleumdung ein geeignetes Mittel, ich würde nicht zögern ihn zu verleumden. Niemand könnte mich deshalb verurteilen, er ist durch seine Auftraggeber in solchem Vorteil mir gegenüber, daß ich, ganz allein auf mich angewiesen, auch ein wenig verleumden dürfte. Es wäre ein verhältnismäßig unschuldiges und letzten Endes ja auch ohnmächtiges Verteidigungsmittel. Laß also die Fäuste ruhn." Und K. nahm Friedas Hand in die seine; Frieda wollte sie ihm entziehn, aber lächelnd und nicht mit großer Kraftanstrengung. „Aber ich muß nicht verleumden", sagte K., „denn Du liebst ihn ja nicht, glaubst es nur und wirst mir dankbar sein, wenn ich Dich von der Täuschung befreie. Sieh, wenn jemand Dich von mir fortbringen wollte, ohne Gewalt, aber mit möglichst sorgfältiger Berechnung, dann müßte er es durch die beiden Gehilfen tun. Scheinbar gute, kindliche, lustige, verantwortungslose, von hoch her, vom Schloß hergeblasene Jungen, ein wenig Kindheitserinnerung auch dabei, das ist doch schon alles sehr liebenswert, besonders wenn ich etwa das Gegenteil von alle-

dem bin, dafür immerfort hinter Geschäften herlaufe,
die Dir nicht ganz verständlich, die Dir ärgerlich sind,
die mich mit Leuten zusammenbringen, die Dir hassens-
wert sind und etwas davon bei aller meiner Unschuld
auch auf mich übertragen. Das ganze ist nur eine bösar-
tige, allerdings sehr kluge Ausnützung der Mängel unseres Verhältnisses. Jedes Verhältnis hat seine Mängel, gar
unseres; wir kamen ja jeder aus einer ganz andern Welt
zusammen und seitdem wir einander kennen, nahm das
Leben eines jeden von uns einen ganz neuen Weg, wir
fühlen uns noch unsicher, es ist doch allzu neu. Ich rede
nicht von mir, das ist nicht so wichtig, ich bin ja im
Grunde immerfort beschenkt worden, seitdem Du
Deine Augen zum erstenmal mir zuwandtest und an das
Beschenktwerden sich gewöhnen ist nicht sehr schwer.
Du aber, von allem andern abgesehn, wurdest von
Klamm losgerissen, ich kann nicht ermessen, was das
bedeutet, aber eine Ahnung dessen habe ich doch allmählich schon bekommen, man taumelt, man kann sich
nicht zurechtfinden, und wenn ich auch bereit war Dich
immer aufzunehmen, so war ich doch nicht immer zugegen und wenn ich zugegen war, hielten Dich manchmal
Deine Träumereien fest oder noch Lebendigeres, wie
etwa die Wirtin – kurz es gab Zeiten, wo Du von mir
wegsahst, Dich irgendwohin ins Halb-Unbestimmte
sehntest, armes Kind, und es mußten nur in solchen
Zwischenzeiten in der Richtung Deines Blicks passende

[397]

Leute aufgestellt werden und Du warst an sie verloren, erlagst der Täuschung, daß das, was nur Augenblicke waren, Gespenster, alte Erinnerungen, im Grunde vergangenes und immer mehr vergehendes einstmaliges Leben, daß dieses noch Dein wirkliches jetziges Leben sei. Ein Irrtum, Frieda, nichts als die letzte, richtig angesehn verächtliche Schwierigkeit unserer endlichen Vereinigung. Komme zu Dir, fasse Dich; wenn Du auch dachtest, daß die Gehilfen von Klamm geschickt sind – es ist gar nicht wahr, sie kommen von Galater – und wenn sie Dich auch mit Hilfe dieser Täuschung so bezaubern konnten, daß Du selbst in ihrem Schmutz und ihrer Unzucht Spuren von Klamm zu finden meintest, so wie jemand in einem Misthaufen einen einst verlorenen Edelstein zu sehen glaubt, während er ihn in Wirklichkeit dort gar nicht finden könnte, selbst wenn er dort wirklich wäre – so sind es doch nur Burschen von der Art der Knechte im Stall, nur daß sie nicht ihre Gesundheit haben, ein wenig frische Luft sie krank macht und aufs Bett wirft, das sie sich allerdings mit knechtischer Pfiffigkeit auszusuchen verstehn.“ Frieda hatte ihren Kopf an K.'s Schulter gelehnt, die Arme um einander geschlungen giengen sie schweigend auf und ab. „Wären wir doch“, sagte Frieda, langsam, ruhig, fast behaglich, so als wisse sie, daß ihr nur eine ganz kleine Frist der Ruhe an K.'s Schulter gewährt sei, diese aber wolle sie bis zum Letzten genießen, „wären wir doch gleich, noch

in jener Nacht ausgewandert, wir könnten irgendwo in
Sicherheit sein, immer beisammen, Deine Hand immer
nahe genug, sie zu fassen; wie brauche ich Deine Nähe,
wie bin ich, seitdem ich Dich kenne, ohne Deine Nähe
verlassen; Deine Nähe ist, glaube mir, der einzige   5
Traum, den ich träume, keinen andern."

Da rief es in dem Seitengang, es war Jeremias, er stand
dort auf der untersten Stufe, er war nur im Hemd, hatte
aber ein Umhängetuch Friedas um sich geschlagen. Wie
er dort stand, das Haar zerrauft, den dünnen Bart wie   10
verregnet, die Augen mühsam, bittend und vorwurfsvoll
aufgerissen, die dunklen Wangen gerötet aber wie aus
allzu lockerem Fleisch bestehend, die nackten Beine zitternd vor Kälte, so daß die langen Fransen des Tuches
mitzitterten, war er wie ein aus dem Spital entflohener   15
Kranker, demgegenüber man an nichts anderes denken
durfte, als ihn wieder ins Bett zurückzubringen. So faßte
es auch Frieda auf, entzog sich K. und war gleich unten
bei ihm. Ihre Nähe, die sorgsame Art, mit der sie das
Tuch fester um ihn zog, die Eile, mit der sie ihn gleich   20
zurück ins Zimmer drängen wollte, schien ihn schon ein
wenig kräftiger zu machen, es war, als erkenne er K. erst
jetzt, „Ah, der Herr Landvermesser", sagte er, Frieda,
die keine Unterhaltung mehr zulassen wollte, zur Begü-
tigung die Wange streichelnd, „verzeihen Sie die Stö-   25
rung. Mir ist aber gar nicht wohl, das entschuldigt doch.
Ich glaube ich fiebere, ich muß einen Tee haben und

[399]

schwitzen. Das verdammte Gitter im Schulgarten, daran werde ich noch zu denken haben, und jetzt, schon verkühlt, bin ich noch in der Nacht herumgelaufen. Man opfert, ohne es gleich zu merken, seine Gesundheit für Dinge, die es wahrhaftig nicht wert sind. Sie aber Herr Landvermesser müssen sich durch mich nicht stören lassen, kommen Sie zu uns ins Zimmer herein, machen Sie einen Krankenbesuch und sagen Sie dabei Frieda, was noch zu sagen ist. Wenn zwei die aneinander gewöhnt sind, auseinander gehn, haben sie natürlich einander in den letzten Augenblicken soviel zu sagen, daß das ein Dritter, gar wenn er im Bett liegt und auf den versprochenen Tee wartet, unmöglich begreifen kann. Aber kommen Sie nur herein, ich werde ganz still sein." „Genug, genug", sagte Frieda und zerrte an seinem Arm, „er fiebert und weiß nicht was er spricht. Du aber K., geh nicht mit, ich bitte Dich. Es ist mein und des Jeremias Zimmer oder vielmehr nur mein Zimmer, ich verbiete Dir mithineinzugehn. Du verfolgst mich, ach K. warum verfolgst Du mich. Niemals, niemals werde ich zu Dir zurückkommen, ich schaudere, wenn ich an eine solche Möglichkeit denke. Geh doch zu Deinen Mädchen; im bloßen Hemd sitzen sie auf der Ofenbank zu Deinen Seiten, wie man mir erzählt hat, und wenn jemand kommt Dich abzuholen fauchen sie ihn an. Wohl bist Du dort zuhause, wenn es Dich gar so sehr hinzieht. Ich habe Dich immer von dort abgehalten, mit wenig Erfolg,

[400]

aber immerhin abgehalten, das ist vorüber, Du bist frei.
Ein schönes Leben steht Dir bevor, wegen der einen
wirst Du vielleicht mit den Knechten ein wenig kämpfen
müssen, aber was die zweite betrifft, gibt es niemanden
im Himmel und auf Erden, der sie Dir mißgönnt. Der
Bund ist von vornherein gesegnet. Sag nichts dagegen,
gewiß, Du kannst alles widerlegen, aber zum Schluß ist
gar nichts widerlegt. Denk nur, Jeremias, er hat alles
widerlegt!" Sie verständigten sich durch Kopfnicken
und Lächeln. „Aber", fuhr Frieda fort, „angenommen er
hätte alles widerlegt, was wäre damit erreicht, was kümmert es mich? Wie es dort bei jenen zugehn mag, ist
völlig ihre und seine Sache, meine nicht. Meine ist es,
Dich zu pflegen, solange bis Du wieder gesund wirst,
wie Du einstmals warst, ehe Dich K. meinetwegen
quälte." „Sie kommen also wirklich nicht mit, Herr
Landvermesser?" fragte Jeremias, wurde nun aber von
Frieda, die sich gar nicht mehr nach K. umdrehte, endgiltig fortgezogen. Man sah unten eine kleine Tür, noch
niedriger als die Türen hier im Gang, nicht nur Jeremias
auch Frieda mußte sich beim Hineingehn bücken, innen
schien es hell und warm zu sein, man hörte noch ein
wenig Flüstern, wahrscheinlich liebreiches Überreden
um Jeremias ins Bett zu bringen, dann wurde die Tür
geschlossen.

[401]

23

Erst jetzt merkte K. wie still es auf dem Gang geworden
war, nicht nur hier in diesem Teil des Ganges, wo er mit
Frieda gewesen war und der zu den Wirtschaftsräumen
zu gehören schien, sondern auch in dem langen Gang
mit den früher so lebhaften Zimmern. So waren also die
Herren doch endlich eingeschlafen. Auch K. war sehr
müde, vielleicht hatte er aus Müdigkeit sich gegen Jeremias nicht so gewehrt, wie er es hätte tun sollen. Es wäre
vielleicht klüger gewesen, sich nach Jeremias zu richten,
der seine Verkühlung sichtlich übertrieb – seine Jämmerlichkeit stammte nicht von Verkühlung, sondern war
ihm eingeboren und durch keinen Gesundheitstee zu
vertreiben – ganz sich nach Jeremias zu richten, die
wirklich große Müdigkeit ebenso zur Schau zu stellen,
hier auf dem Gang niederzusinken, was ja schon an sich
sehr wohltun mußte, ein wenig zu schlummern und
dann vielleicht auch ein wenig gepflegt zu werden. Nur
wäre es nicht so günstig ausgegangen wie bei Jeremias,
der in diesem Wettbewerb um das Mitleid gewiß und
wahrscheinlich mit Recht gesiegt hätte und offenbar
auch in jedem andern Kampf. K. war so müde, daß er

daran dachte, ob er nicht versuchen könnte in eines dieser Zimmer zu gehn, von denen gewiß manche leer waren und sich in einem schönen Bett auszuschlafen. Das hätte seiner Meinung nach Entschädigung für vieles werden können. Auch einen Schlaftrunk hatte er bereit. Auf dem Geschirrbrett, das Frieda auf dem Boden liegen gelassen hatte, war eine kleine Karaffe Rum gewesen. K. scheute nicht die Anstrengung des Rückwegs und trank das Fläschchen leer.

Nun fühlte er sich wenigstens kräftig genug vor Erlanger zu treten. Er suchte Erlangers Zimmertür, aber da der Diener und Gerstäcker nicht mehr zu sehen und alle Türen gleich waren, konnte er sie nicht finden. Doch glaubte er sich zu erinnern, an welcher Stelle des Ganges die Tür etwa gewesen war und beschloß eine Tür zu öffnen, die seiner Meinung nach wahrscheinlich die gesuchte war. Der Versuch konnte nicht allzu gefährlich sein; war es das Zimmer Erlangers, so würde ihn dieser wohl empfangen, war es das Zimmer eines andern, so würde es doch möglich sein, sich zu entschuldigen und wieder zu gehn, und schlief der Gast, was am wahrscheinlichsten war, würde K.'s Besuch gar nicht bemerkt werden, schlimm konnte es nur werden, wenn das Zimmer leer war, denn dann würde K. kaum der Versuchung widerstehen können, sich ins Bett zu legen und endlos zu schlafen. Er sah noch einmal rechts und links den Gang entlang, ob nicht doch jemand käme, der ihm Auskunft geben und das Wagnis unnötig machen könnte, aber der lange Gang war still und leer. Dann horchte K. an der Tür, auch hier kein Laut. Er klopfte so leise, daß ein Schlafender dadurch nicht hätte geweckt werden können und als auch jetzt nichts erfolgte, öffnete er äußerst vorsichtig die Tür. Aber nun empfing ihn ein leichter Schrei. Es war ein kleines Zimmer, von einem breiten Bett mehr als zur Hälfte ausgefüllt, auf dem Nachttischchen brannte die elektrische Lampe, neben ihr war eine Reisehandtasche. Im Bett, aber ganz unter der Decke verborgen, bewegte sich jemand unruhig und flüsterte durch einen Spalt zwischen Decke und Bettuch: „Wer ist es?" Nun konnte K. nicht ohne weiters mehr fort, unzufrieden betrachtete er das üppige, aber leider nicht leere Bett, erinnerte sich dann an die Frage und nannte seinen Namen. Das schien eine gute Wirkung zu machen, der Mann im Bett zog ein wenig die Decke vom Gesicht, aber ängstlich, bereit sich gleich wieder ganz zu bedecken, wenn draußen etwas nicht stimmen sollte. Dann aber schlug er die Decke ohne Bedenken zurück und setzte sich aufrecht. Erlanger war es gewiß nicht. Es war ein kleiner, wohl aussehender Herr, dessen Gesicht dadurch einen gewissen Widerspruch in sich trug, daß die Wangen kindlich rund, die Augen kindlich fröhlich waren, aber die hohe Stirn, die spitze Nase, der schmale Mund, dessen Lippen kaum zusammenhalten wollten, das sich fast verflüchtigende Kinn gar nicht kindlich waren, sondern überlegenes Denken verrieten. Es war wohl die Zufriedenheit damit, die Zufriedenheit mit sich selbst, die ihm einen starken Rest gesunder Kindlichkeit bewahrt hatte. „Kennen Sie Friedrich?" fragte er. K. verneinte. „Aber er kennt Sie", sagte der Herr lächelnd. K. nickte, an Leuten, die ihn kannten, fehlte es nicht, das war sogar eines der Haupthindernisse auf seinem Wege. „Ich bin sein Sekretär", sagte der Herr, „mein Name ist Bürgel." „Entschuldigen Sie", sagte K. und langte nach der Klinke, „ich habe leider Ihre Tür mit einer andern verwechselt. Ich bin nämlich zu Sekretär Erlanger berufen." „Wie schade!" sagte Bürgel. „Nicht daß Sie anderswohin berufen sind, sondern daß Sie die Türen verwechselt haben. Ich schlafe nämlich, einmal geweckt, ganz gewiß nicht wieder ein. Nun, das muß Sie aber nicht gar so betrüben, das ist mein persönliches Unglück. Warum sind auch die Türen hier unversperrbar, nicht? Das hat freilich seinen Grund. Weil nach einem alten Spruch die Türen der Sekretäre immer offen sein sollen. Aber so wörtlich mußte auch das allerdings nicht genommen werden." Bürgel sah K. fragend und fröhlich an, im Gegensatz zu seiner Klage schien er recht wohl ausgeruht, so müde wie K. jetzt, war Bürgel wohl noch überhaupt nie gewesen. „Wohin wollen Sie denn jetzt gehn?" fragte Bürgel. „Es ist vier Uhr. Jeden zu dem Sie gehn wollten, müßten Sie wecken, nicht jeder ist an Störungen so gewöhnt wie ich, nicht jeder wird es so geduldig hinnehmen, die Sekretäre sind ein nervöses Volk. Bleiben Sie also ein Weilchen. Gegen fünf Uhr beginnt man hier aufzustehn, dann werden Sie am besten Ihrer Vorladung entsprechen können. Lassen Sie bitte also endlich die Klinke los und setzen Sie sich irgendwohin, der Platz ist hier freilich beengt, am besten wird es sein, wenn Sie sich hier auf den Bettrand setzen. Sie wundern sich, daß ich weder Sessel noch Tisch hier habe? Nun, ich hatte die Wahl, entweder eine vollständige Zimmereinrichtung mit einem schmalen Hotelbett zu bekommen, oder dieses große Bett und sonst nichts als den Waschtisch. Ich habe das große Bett gewählt, in einem Schlafzimmer ist doch wohl das Bett die Hauptsache. Ach, wer sich ausstrecken und gut schlafen könnte, dieses Bett müßte für einen guten Schläfer wahrhaft köstlich sein. Aber auch mir, der ich immerfort müde bin ohne schlafen zu können, tut es wohl, ich verbringe darin einen großen Teil des Tages, erledige darin alle Korrespondenzen, führe hier die Parteieinvernahmen aus. Es geht recht gut. Die Parteien haben allerdings keinen Platz zum Sitzen, aber das verschmerzen sie, es ist doch auch für sie angenehmer, wenn sie stehn und der Protokollist sich wohlfühlt, als wenn sie bequem sitzen und dabei angeschnauzt werden. Dann habe ich nur noch diesen Platz am Bettrand zu vergeben, aber das ist kein Amtsplatz und nur für nächtliche Unterhaltungen bestimmt. Aber Sie sind so still Herr Landvermesser."

„Ich bin sehr müde", sagte K., der sich auf die Aufforderung hin sofort, grob, ohne Respekt, aufs Bett gesetzt und an den Pfosten gelehnt hatte. „Natürlich", sagte Bürgel lachend, „hier ist jeder müde. Es ist z. B. keine kleine Arbeit, die ich gestern und auch heute schon geleistet habe. Es ist ja völlig ausgeschlossen, daß ich jetzt einschlafe, wenn aber doch dieses Allerunwahrscheinlichste geschehen und ich noch solange Sie hier sind einschlafen sollte, dann bitte halten Sie sich still und machen Sie auch die Tür nicht auf. Aber keine Angst, ich schlafe gewiß nicht ein und günstigsten Falls nur für paar Minuten. Es verhält sich nämlich mit mir so, daß ich, wahrscheinlich weil ich an Parteienverkehr so sehr gewöhnt bin, immerhin noch am leichtesten einschlafe, wenn ich Gesellschaft habe." „Schlafen Sie nur bitte, Herr Sekretär", sagte K., erfreut von dieser Ankündigung, „ich werde dann, wenn Sie erlauben, auch ein wenig schlafen." „Nein, nein", lachte Bürgel wieder, „auf die bloße Einladung hin kann ich leider nicht einschlafen, nur im Laufe des Gesprächs kann sich die Gelegenheit dazu ergeben; am ehesten schläfert mich ein Gespräch ein. Ja, die Nerven leiden bei unserem Geschäft. Ich z. B. bin Verbindungssekretär. Sie wissen nicht was das ist? Nun, ich bilde die stärkste Verbindung" – hiebei rieb er sich eilig in unwillkürlicher Fröhlichkeit die Hände – „zwischen Friedrich und dem Dorf, ich bilde die Verbindung zwischen seinen Schloß- und Dorfsekre-

[407]

tären, bin meist im Dorf, aber nicht ständig, jeden Augenblick muß ich darauf gefaßt sein ins Schloß hinaufzufahren, Sie sehn die Reisetasche, ein unruhiges Leben, nicht für jeden taugts. Andererseits ist es richtig, daß ich diese Art der Arbeit nicht mehr entbehren könnte, alle andere Arbeit schiene mir schal. Wie verhält es sich denn mit der Landvermesserei?" „Ich mache keine solche Arbeit, ich werde nicht als Landvermesser beschäftigt", sagte K., er war wenig mit seinen Gedanken bei der Sache, eigentlich brannte er nur darauf, daß Bürgel einschlafe, aber auch das tat er nur aus einem gewissen Pflichtgefühl gegen sich selbst, zuinnerst glaubte er zu wissen, daß der Augenblick von Bürgels Einschlafen noch unabsehbar fern sei. „Das ist erstaunlich", sagte Bürgel mit lebhaftem Werfen des Kopfes und zog einen Notizblock unter der Decke hervor, um sich etwas zu notieren, „Sie sind Landvermesser und haben keine Landvermesserarbeit." K. nickte mechanisch, er hatte oben auf dem Bettpfosten den linken Arm ausgestreckt und den Kopf auf ihn gelegt; schon verschiedentlich hatte er es sich bequem zu machen versucht, diese Stellung war aber die bequemste von allen, er konnte nun auch ein wenig besser darauf achten, was Bürgel sagte. „Ich bin bereit", fuhr Bürgel fort, „diese Sache weiter zu verfolgen. Bei uns hier liegen doch die Dinge ganz gewiß nicht so, daß man eine fachliche Kraft unausgenützt lassen dürfte. Und auch für Sie muß es doch kränkend sein,

[408]

leiden Sie denn nicht darunter?" „Ich leide darunter",
sagte K. langsam und lächelte für sich, denn gerade jetzt
litt er darunter nicht im geringsten. Auch machte das
Anerbieten Bürgels wenig Eindruck auf ihn. Es war ja
durchaus dilettantisch. Ohne etwas von den Umständen
zu wissen, unter welchen K.'s Berufung erfolgt war, von
den Schwierigkeiten, welchen sie in der Gemeinde und
im Schloß begegnete, von den Verwicklungen, welche
während K.'s hiesigem Aufenthalt sich schon ergeben
oder angekündigt hatten – ohne von dem allen etwas zu
wissen, ja sogar ohne zu zeigen, daß ihn, was von einem
Sekretär ohneweiters hätte angenommen werden sollen,
wenigstens eine Ahnung dessen berühre, erbot er sich
aus dem Handgelenk mit Hilfe seines kleinen Notiz-
blockes die Sache in Ordnung zu bringen. „Sie scheinen
schon einige Enttäuschungen gehabt zu haben", sagte da
aber Bürgel und bewies damit doch wieder einige Menschenkenntnis, wie sich K. überhaupt seitdem er das
Zimmer betreten hatte, von Zeit zu Zeit aufforderte, Bürgel nicht zu unterschätzen, aber in seinem Zustand war es
schwer, etwas anderes als die eigene Müdigkeit gerecht
zu beurteilen. „Nein", sagte Bürgel, als antworte er auf
einen Gedanken K.'s und wolle ihm rücksichtsvoll die
Mühe des Aussprechens ersparen, „Sie müssen sich nicht
durch Enttäuschungen abschrecken lassen. Es scheint
hier ja manches daraufhin eingerichtet abzuschrecken,
und wenn man neu hier ankommt, scheinen einem die

[409]

Hindernisse völlig undurchdringlich. Ich will nicht untersuchen, wie es sich damit eigentlich verhält, vielleicht
entspricht der Schein tatsächlich der Wirklichkeit, in
meiner Stellung fehlt mir der richtige Abstand um das
festzustellen, aber merken Sie auf, es ergeben sich dann
doch wieder manchmal Gelegenheiten, die mit der Gesamtlage fast nicht übereinstimmen, Gelegenheiten bei
welchen durch ein Wort, durch einen Blick, durch ein
Zeichen des Vertrauens mehr erreicht werden kann, als
durch lebenslange, auszehrende Bemühungen. Gewiß,
so ist es. Freilich stimmen dann diese Gelegenheiten
doch wieder insofern mit der Gesamtlage überein, als sie
niemals ausgenützt werden. Aber warum werden sie
denn nicht ausgenützt, frage ich immer wieder." K.
wußte es nicht, zwar merkte er, daß ihn das wovon Bürgel sprach, wahrscheinlich sehr betraf, aber er hatte jetzt
eine große Abneigung gegen alle Dinge, die ihn betrafen,
er rückte mit dem Kopf ein wenig beiseite, als mache er
dadurch den Fragen Bürgels den Weg frei und könne
von ihnen nicht mehr berührt werden. „Es ist", fuhr
Bürgel fort, streckte die Arme und gähnte, was in einem
verwirrenden Widerspruch zum Ernst seiner Worte war,
„es ist eine ständige Klage der Sekretäre, daß sie gezwungen sind, die meisten Dorfverhöre in der Nacht
durchzuführen. Warum aber klagen sie darüber? Weil es
sie zu sehr anstrengt? Weil sie die Nacht lieber zum
Schlafen verwenden wollen? Nein, darüber klagen sie

gewiß nicht. Es gibt natürlich unter den Sekretären Fleißige und minder Fleißige, wie überall, aber über allzu
große Anstrengung klagt niemand von ihnen, gar öffentlich nicht. Es ist das einfach nicht unsere Art. Wir kennen in dieser Hinsicht keinen Unterschied zwischen ge- 5
wöhnlicher Zeit und Arbeitszeit. Solche Unterscheidun-
gen sind uns fremd. Was haben aber dann also die Sekretäre gegen die Nachtverhöre? Ist es etwa gar Rücksicht
auf die Parteien? Nein, nein, das ist es auch nicht. Gegen
die Parteien sind die Sekretäre rücksichtslos, allerdings 10
nicht um das geringste rücksichtsloser als gegen sich
selbst, sondern nur genau so rücksichtslos. Eigentlich ist
ja diese Rücksichtslosigkeit, nämlich eiserne Befolgung
und Durchführung des Dienstes, die größte Rücksichtnahme, welche sich die Parteien nur wünschen können. 15
Dies wird auch im Grunde – ein oberflächlicher Beobachter merkt das freilich nicht – völlig anerkannt, ja es
sind z. B. in diesem Fall gerade die Nachtverhöre, welche
den Parteien willkommen sind, es laufen keine grund-
sätzlichen Beschwerden gegen die Nachtverhöre ein. 20
Warum also doch die Abneigung der Sekretäre?" Auch
das wußte K. nicht, er wußte so wenig, er unterschied
nicht einmal, ob Bürgel ernstlich oder nur scheinbar die
Antwort forderte, ‚Wenn Du mich in Dein Bett legen
läßt', dachte er, ‚werde ich Dir morgen mittag oder noch 25
lieber abends alle Fragen beantworten.' Aber Bürgel
schien auf ihn nicht zu achten, allzusehr beschäftigte ihn

die Frage, die er sich selbst vorgelegt hatte: „Soviel ich erkenne und soviel ich selbst erfahren habe, haben die Sekretäre hinsichtlich der Nachtverhöre etwa folgendes Bedenken. Die Nacht ist deshalb für Verhandlungen mit den Parteien weniger geeignet, weil es nachts schwer oder geradezu unmöglich ist, den amtlichen Charakter der Verhandlungen voll zu wahren. Das liegt nicht an Äußerlichkeiten, die Formen können natürlich in der Nacht nach Belieben ebenso streng beobachtet werden wie bei Tag. Das ist es also nicht, dagegen leidet die amtliche Beurteilung in der Nacht. Man ist unwillkürlich geneigt, in der Nacht die Dinge von einem mehr privaten Gesichtspunkt zu beurteilen, die Vorbringungen der Parteien bekommen mehr Gewicht als ihnen zukommt, es mischen sich in die Beurteilung gar nicht hingehörige Erwägungen der sonstigen Lage der Parteien, ihrer Leiden und Sorgen ein, die notwendige Schranke zwischen Parteien und Beamten, mag sie äußerlich fehlerlos vorhanden sein, lockert sich und wo sonst, wie es sein soll, nur Fragen und Antworten hin- und wiedergingen, scheint sich manchmal ein sonderbarer, ganz und gar unpassender Austausch der Personen zu vollziehn. So sagen es wenigstens die Sekretäre, also Leute allerdings, die von Berufs wegen mit einem ganz außerordentlichen Feingefühl für solche Dinge begabt sind. Aber selbst sie – dies wurde schon oft in unsern Kreisen besprochen – merken während der Nachtverhöre von jenen ungünstigen Einwirkungen wenig, im Gegenteil, sie strengen sich von vornherein an, ihnen entgegenzuarbeiten und glauben schließlich ganz besonders gute Leistungen zustandegebracht zu haben. Liest man aber später die Protokolle nach, staunt man oft über ihre offen zutage liegenden Schwächen. Und es sind dies Fehler, undzwar immer wieder halb unberechtigte Gewinne der Parteien, welche wenigstens nach unsern Vorschriften im gewöhnlichen kurzen Wege nicht mehr gutzumachen sind. Ganz gewiß werden sie einmal noch von einem Kontrollamt verbessert werden, aber dies wird nur dem Recht nützen, jener Partei aber nicht mehr schaden können. Sind unter solchen Umständen die Klagen der Sekretäre nicht sehr berechtigt?" K. hatte schon ein kleines Weilchen in einem halben Schlummer verbracht, nun war er wieder aufgestört. ‚Warum dies alles? Warum dies alles?‘ fragte er sich und betrachtete unter den gesenkten Augenlidern Bürgel nicht wie einen Beamten, der mit ihm schwierige Fragen besprach, sondern nur wie irgendetwas, das ihn am Schlafen hinderte und dessen sonstigen Sinn er nicht ausfindig machen konnte. Bürgel aber, ganz seinem Gedankengang hingegeben, lächelte, als sei es ihm eben gelungen, K. ein wenig irre zu führen. Doch war er bereit, ihn gleich wieder auf den richtigen Weg zurückzubringen. „Nun", sagte er, „ganz berechtigt kann man diese Klagen ohne weiteres auch wieder nicht nennen. Die Nachtverhöre sind zwar nirgends geradezu

[413]

vorgeschrieben, man vergeht sich also gegen keine Vorschrift, wenn man sie zu vermeiden sucht, aber die Verhältnisse, die Überfülle der Arbeit, die Beschäftigungsart
der Beamten im Schloß, ihre schwere Abkömmlichkeit,
5 die Vorschrift, daß das Parteienverhör erst nach vollstän-
digem Abschluß der sonstigen Untersuchung, dann aber
sofort zu erfolgen habe, alles dieses und anderes mehr
hat die Nachtverhöre doch zu einer unumgänglichen
Notwendigkeit gemacht. Wenn sie nun aber eine Not-
10 wendigkeit geworden sind – so sage ich – ist dies doch
auch, wenigstens mittelbar, ein Ergebnis der Vorschriften und an dem Wesen der Nachtverhöre mäkeln hieße
dann fast – ich übertreibe natürlich ein wenig, darum, als
Übertreibung darf ich es aussprechen – hieße dann, so-
15 gar an den Vorschriften mäkeln. Dagegen mag es den
Sekretären zugestanden bleiben, daß sie sich innerhalb
der Vorschriften gegen die Nachtverhöre und ihre vielleicht nur scheinbaren Nachteile zu sichern suchen so
gut es geht. Das tun sie ja auch undzwar in größtem
20 Ausmaß, sie lassen nur Verhandlungsgegenstände zu,
von denen in jenem Sinne möglichst wenig zu befürch-
ten ist, prüfen sich vor den Verhandlungen genau und
sagen, wenn das Ergebnis der Prüfung es verlangt auch
noch im letzten Augenblick, alle Einvernahmen ab, stär-
25 ken sich, indem sie eine Partei oft zehnmal berufen, ehe
sie sie wirklich vornehmen, lassen sich gern von Kollegen vertreten, welche für den betreffenden Fall unzu-

ständig sind und ihn daher mit größerer Leichtigkeit behandeln können, setzen die Verhandlungen wenigstens auf den Anfang oder das Ende der Nacht an und vermeiden die mittleren Stunden – solcher Maßnahmen gibt es noch viele; sie lassen sich nicht leicht beikommen, die Sekretäre, sie sind fast ebenso widerstandsfähig, wie verletzlich." K. schlief, es war zwar kein eigentlicher Schlaf, er hörte Bürgels Worte vielleicht besser als während des frühern totmüden Wachens, Wort für Wort schlug an sein Ohr, aber das lästige Bewußtsein war geschwunden, er fühlte sich frei, nicht Bürgel hielt ihn mehr, nur er tastete noch manchmal nach Bürgel hin, er war noch nicht in der Tiefe des Schlafs, aber eingetaucht in ihn war er, niemand sollte ihm das mehr rauben. Und es war ihm, als sei ihm damit ein großer Sieg gelungen und schon war auch eine Gesellschaft da es zu feiern und er oder auch jemand anderer hob das Champagnerglas zu Ehren des Sieges. Und damit alle wissen sollten, um was es sich handle, wurde der Kampf und der Sieg noch einmal wiederholt oder vielleicht gar nicht wiederholt sondern fand erst jetzt statt und war schon früher gefeiert worden und es wurde darin nicht abgelassen ihn zu feiern, weil der Ausgang glücklicher Weise gewiß war. Ein Sekretär, nackt, sehr ähnlich der Statue eines griechischen Gottes, wurde von K. im Kampf bedrängt. Es war sehr komisch und K. lächelte darüber sanft im Schlaf, wie der Sekretär aus seiner stolzen Haltung durch K.'s

[415]

Vorstöße immer aufgeschreckt wurde und etwa den hochgestreckten Arm und die geballte Faust schnell dazu verwenden mußte um seine Blößen zu decken und doch damit noch immer zu langsam war. Der Kampf dauerte nicht lange, Schritt für Schritt und es waren sehr große Schritte rückte K. vor. War es überhaupt ein Kampf? Es gab kein ernstliches Hindernis, nur hie und da ein Piepsen des Sekretärs. Dieser griechische Gott piepste wie ein Mädchen, das gekitzelt wird. Und schließlich war er fort; K. war allein in einem großen Raum, kampfbereit drehte er sich herum und suchte den Gegner, es war aber niemand mehr da, auch die Gesellschaft hatte sich verlaufen, nur das Champagnerglas lag zerbrochen auf der Erde, K. zertrat es völlig. Die Scherben aber stachen, zusammenzuckend erwachte er doch wieder, ihm war übel, wie einem kleinen Kind, wenn es geweckt wird, trotzdem streifte ihn beim Anblick der entblößten Brust Bürgels vom Traum her der Gedanke: „Hier hast Du ja Deinen griechischen Gott! Reiß ihn doch aus den Federn!" „Es gibt aber", sagte Bürgel, nachdenklich das Gesicht zur Zimmerdecke erhoben, als suche er in der Erinnerung nach Beispielen, könne aber keine finden, „es gibt aber dennoch trotz aller Vorsichtsmaßregeln für die Parteien eine Möglichkeit, diese nächtliche Schwäche der Sekretäre, immer vorausgesetzt daß es eine Schwäche ist, für sich auszunützen. Freilich eine sehr seltene oder besser gesagt eine fast niemals vorkom-

[416]

mende Möglichkeit. Sie besteht darin, daß die Partei mitten in der Nacht unangemeldet kommt. Sie wundern sich vielleicht, daß dies, trotzdem es so naheliegend scheint, gar so selten geschehen soll. Nun ja, Sie sind mit unseren Verhältnissen nicht vertraut. Aber auch Ihnen dürfte doch schon die Lückenlosigkeit der amtlichen Organisation aufgefallen sein. Aus dieser Lückenlosigkeit aber ergibt sich, daß jeder der irgendein Anliegen hat oder der aus sonstigen Gründen über etwas verhört werden muß, sofort, ohne Zögern, meistens sogar noch ehe er selbst sich die Sache zurechtgelegt hat, ja noch ehe er selbst von ihr weiß, schon die Vorladung erhält. Er wird diesmal noch nicht einvernommen, meistens noch nicht einvernommen, so reif ist die Angelegenheit gewöhnlich noch nicht, aber die Vorladung hat er, unangemeldet, d. h. gänzlich überraschend kann er nicht mehr kommen, er kann höchstens zur Unzeit kommen, nun, dann wird er nur auf das Datum und die Stunde der Vorladung aufmerksam gemacht und kommt er dann zu rechter Zeit wieder, wird er in der Regel weggeschickt, das macht keine Schwierigkeit mehr, die Vorladung in der Hand der Partei und die Vormerkung in den Akten, das sind für die Sekretäre zwar nicht immer ausreichende, aber doch starke Abwehrwaffen. Das bezieht sich allerdings nur auf den für die Sache gerade zuständigen Sekretär, die andern überraschend in der Nacht anzugehn, stünde doch noch jedem frei. Doch wird das

[417]

kaum jemand tun, es ist fast sinnlos. Zunächst würde man dadurch den zuständigen Sekretär sehr erbittern, wir Sekretäre sind zwar unter einander hinsichtlich der Arbeit gewiß nicht eifersüchtig, jeder trägt ja eine allzu hoch bemessene, wahrhaftig ohne jede Kleinlichkeit aufgeladene Arbeitslast, aber gegenüber den Parteien dürfen wir Störungen der Zuständigkeit keinesfalls dulden. Mancher hat schon die Partie verloren, weil er, da er an zuständiger Stelle nicht vorwärtszukommen glaubte, an unzuständiger durchzuschlüpfen versuchte. Solche Versuche müssen übrigens auch daran scheitern, daß ein unzuständiger Sekretär, selbst wenn er nächtlich überrumpelt wird und besten Willens ist zu helfen, eben infolge seiner Unzuständigkeit kaum mehr eingreifen kann als irgendein beliebiger Advokat oder im Grunde viel weniger, denn ihm fehlt ja, selbst wenn er sonst irgendetwas tun könnte, da er doch die geheimen Wege des Rechtes besser kennt als alle die advokatorischen Herrschaften, – es fehlt ihm einfach für Dinge, bei denen er nicht zuständig ist, jede Zeit, keinen Augenblick kann er dafür aufwenden. Wer würde also bei diesen Aussichten seine Nächte dafür verwenden, unzuständige Sekretäre abzugehn, auch sind ja die Parteien vollbeschäftigt, wenn sie neben ihrem sonstigen Berufe den Vorladungen und Winken der zuständigen Stellen entsprechen wollen, ‚voll beschäftigt‘ freilich im Sinne der Parteien, was natürlich noch bei weitem nicht das gleiche ist, wie ‚voll beschäftigt' im Sinne der Sekretäre." K. nickte lächelnd, er glaubte jetzt alles genau zu verstehn, nicht deshalb weil es ihn bekümmerte, sondern weil er nun überzeugt war, in den nächsten Augenblicken würde er völlig einschlafen, diesmal ohne Traum und Störung; zwischen den zuständigen Sekretären auf der einen Seite und den unzuständigen auf der andern und angesichts der Masse der voll beschäftigten Parteien würde er in tiefen Schlaf sinken und auf diese Weise allen entgehn. An die leise, selbstzufriedene, für das eigene Einschlafen offenbar vergeblich arbeitende Stimme Bürgels hatte er sich nun so gewöhnt, daß sie seinen Schlaf mehr befördern als stören würde. ‚Klappere Mühle klappere', dachte er, ‚Du klapperst nur für mich.' „Wo ist nun also", sagte Bürgel, mit zwei Fingern an der Unterlippe spielend, mit geweiteten Augen, gestrecktem Hals, so etwa als nähere er sich nach einer mühseligen Wanderung einem entzückenden Aussichtspunkt, „wo ist nun also jene erwähnte, seltene, fast niemals vorkommende Möglichkeit? Das Geheimnis steckt in den Vorschriften über die Zuständigkeit. Es ist nämlich nicht so und kann bei einer großen lebendigen Organisation nicht so sein, daß für jede Sache nur ein bestimmter Sekretär zuständig ist. Es ist nur so, daß einer die Hauptzuständigkeit hat, viele andere aber auch zu gewissen Teilen eine wenn auch kleinere Zuständigkeit haben. Wer könnte allein, und wäre es der größte Arbeiter, alle Beziehungen auch nur des kleinsten Vor-

[419]

falles auf seinem Schreibtisch zusammenhalten? Selbst
was ich von der Hauptzuständigkeit gesagt habe, ist zuviel gesagt. Ist nicht in der kleinsten Zuständigkeit auch
schon die ganze? Entscheidet hier nicht die Leidenschaft, mit welcher die Sache ergriffen wird? Und ist die
nicht immer die gleiche, immer in voller Stärke da? In
allem mag es Unterschiede unter den Sekretären geben
und es gibt solcher Unterschiede unzählige, in der Leidenschaft aber nicht, keiner von ihnen wird sich zurückhalten können, wenn an ihn die Aufforderung herantritt
sich mit einem Fall, für den er nur die geringste Zuständigkeit besitzt zu beschäftigen. Nach außen allerdings
muß eine geordnete Verhandlungsmöglichkeit geschaf-
fen werden und so tritt für die Parteien je ein bestimmter
Sekretär in den Vordergrund, an den sie sich amtlich zu
halten haben. Es muß dies aber nicht einmal derjenige
sein, der die größte Zuständigkeit für den Fall besitzt,
hier entscheidet die Organisation und ihre besondern
augenblicklichen Bedürfnisse. Dies ist die Sachlage. Und
nun erwägen Sie Herr Landvermesser die Möglichkeit,
daß eine Partei durch irgendwelche Umstände trotz der
Ihnen schon beschriebenen, im allgemeinen völlig aus-
reichenden Hindernisse dennoch mitten in der Nacht
einen Sekretär überrascht, der eine gewisse Zuständigkeit für den betreffenden Fall besitzt. An eine solche
Möglichkeit haben Sie wohl noch nicht gedacht? Das
will ich Ihnen gern glauben. Es ist ja auch nicht nötig an

sie zu denken, denn sie kommt ja fast niemals vor. Was
für ein sonderbar und ganz bestimmt geformtes, kleines
und geschicktes Körnchen müßte eine solche Partei sein,
um durch das unübertreffliche Sieb durchzugleiten. Sie
glauben es kann gar nicht vorkommen? Sie haben Recht,
es kann gar nicht vorkommen. Aber eines Nachts – wer
kann für alles bürgen? – kommt es doch vor. Ich kenne
unter meinen Bekannten allerdings niemanden, dem es
schon geschehen wäre; nun beweist das zwar sehr wenig,
meine Bekanntschaft ist im Vergleich zu den hier in Betracht kommenden Zahlen beschränkt und außerdem ist
es auch gar nicht sicher, daß ein Sekretär, dem etwas
derartiges geschehen ist, es auch gestehen will, es ist immerhin eine sehr persönliche und gewissermaßen die
amtliche Scham eng berührende Angelegenheit. Immerhin beweist aber meine Erfahrung vielleicht, daß es sich
um eine so seltene, eigentlich nur dem Gerücht nach
vorhandene, durch gar nichts anderes bestätigte Sache
handelt, daß es also sehr übertrieben ist sich vor ihr zu
fürchten. Selbst wenn sie wirklich geschehen sollte, kann
man sie – sollte man glauben – förmlich dadurch un-
schädlich machen, daß man ihr, was sehr leicht ist, beweist, für sie sei kein Platz auf dieser Welt. Jedenfalls ist
es krankhaft, wenn man sich aus Angst vor ihr etwa
unter der Decke versteckt und nicht wagt hinauszu-
schauen. Und selbst wenn die vollkommene Unwahr-
scheinlichkeit plötzlich hätte Gestalt bekommen sollen,

ist denn schon alles verloren? Im Gegenteil. Daß alles verloren sei, ist noch unwahrscheinlicher als das Unwahrscheinlichste. Freilich, wenn die Partei im Zimmer ist, ist es schon sehr schlimm. Es beengt das Herz. ‚Wie lange wirst Du Widerstand leisten können?' fragt man sich. Es wird aber gar kein Widerstand sein, das weiß man. Sie müssen sich die Lage nur richtig vorstellen. Die niemals gesehene, immer erwartete, mit wahrem Durst erwartete und immer vernünftiger Weise als unerreichbar angesehene Partei sitzt da. Schon durch ihre stumme Anwesenheit ladet sie ein in ihr armes Leben einzudringen, sich darin umzutun wie in eigenem Besitz und dort unter ihren vergeblichen Forderungen mitzuleiden. Diese Einladung in der stillen Nacht ist berückend. Man folgt ihr und hat nun eigentlich aufgehört Amtsperson zu sein. Es ist eine Lage in der es schon bald unmöglich wird eine Bitte abzuschlagen. Genau genommen ist man verzweifelt, noch genauer genommen ist man sehr glücklich. Verzweifelt, denn diese Wehrlosigkeit, mit der man hier sitzt und auf die Bitte der Partei wartet und weiß daß man sie, wenn sie einmal ausgesprochen ist, erfüllen muß, wenn sie auch, wenigstens soweit man es selbst übersehen kann, die Amtsorganisation förmlich zerreißt – das ist ja wohl das Ärgste, was einem in der Praxis begegnen kann. Vor allem – von allem andern abgesehen – weil es auch eine über alle Begriffe gehende Rangerhöhung ist, die man hier für den Augenblick für

sich gewaltsam in Anspruch nimmt. Unserer Stellung nach
sind wir ja gar nicht befugt, Bitten wie die um die es
sich hier handelt zu erfüllen, aber durch die Nähe dieser
nächtlichen Partei wachsen uns gewissermaßen auch die
Amtskräfte, wir verpflichten uns zu Dingen, die außer- 5
halb unseres Bereiches sind, ja wir werden sie auch ausführen, die Partei zwingt uns in der Nacht wie der Räu-
ber im Wald Opfer ab, deren wir sonst niemals fähig
wären – nun gut, so ist es jetzt, wenn die Partei noch da
ist, uns stärkt und zwingt und aneifert und alles noch 10
halb besinnungslos im Gange ist, wie wird es aber nachher sein, wenn es vorüber ist, die Partei gesättigt und
unbekümmert uns verläßt und wir dastehn, allein, wehrlos im Angesicht unseres Amtsmißbrauches – das ist gar
nicht auszudenken. Und trotzdem sind wir glücklich. 15
Wie selbstmörderisch das Glück sein kann. Wir könnten
uns ja anstrengen, der Partei die wahre Lage geheim zu
halten. Sie selbst aus eigenem merkt ja kaum etwas. Sie
ist ja ihrer Meinung nach wahrscheinlich nur aus irgendwelchen gleichgültigen zufälligen Gründen, übermüdet, 20
enttäuscht, rücksichtslos und gleichgültig aus Übermü-
dung und Enttäuschung in ein anderes Zimmer einge-
drungen, als sie wollte, sie sitzt unwissend da und beschäftigt sich in Gedanken, wenn sie sich überhaupt beschäftigt, mit ihrem Irrtum oder mit ihrer Müdigkeit. 25
Könnte man sie nicht dabei belassen? Man kann es nicht.
In der Geschwätzigkeit des Glücklichen muß man ihr

[423]

alles erklären. Man muß, ohne sich im Geringsten schonen zu können, ihr ausführlich zeigen, was geschehen ist
und aus welchen Gründen dies geschehen ist, wie außerordentlich selten und wie einzig groß die Gelegenheit ist,
man muß zeigen, wie die Partei zwar in diese Gelegenheit in aller Hilflosigkeit, wie sie deren kein anderes Wesen als eben nur eine Partei fähig sein kann, hineinge-
tappt ist, wie sie aber jetzt, wenn sie will, Herr Landvermesser, alles beherrschen kann und dafür nichts anderes
zu tun hat, als ihre Bitte irgendwie vorzubringen, für
welche die Erfüllung schon bereit ist, ja welcher sie sich
entgegenstreckt – das alles muß man zeigen, es ist die
schwere Stunde des Beamten. Wenn man aber auch das
getan hat, ist, Herr Landvermesser, das Notwendigste
geschehn, man muß sich bescheiden und warten."
Mehr hörte K. nicht, er schlief, abgeschlossen gegen
alles was geschah. Sein Kopf, der zuerst auf dem linken
Arm oben auf dem Bettpfosten gelegen war, war im
Schlaf abgeglitten und hing nun frei, langsam tiefer sin-
kend, die Stütze des Armes oben genügte nicht mehr,
unwillkürlich verschaffte sich K. eine neue dadurch, daß
er die rechte Hand gegen die Bettdecke stemmte, wobei
er zufällig gerade den unter der Decke aufragenden Fuß
Bürgels ergriff. Bürgel sah hin und überließ ihm den
Fuß, so lästig das sein mochte.
Da klopfte es mit einigen starken Schlägen an die Seitenwand, K. schreckte auf und sah die Wand an. „Ist

[424]

nicht der Landvermesser dort?" fragte es. „Ja", sagte
Bürgel, befreite seinen Fuß von K. und streckte sich
plötzlich wild und mutwillig wie ein kleiner Junge.
„Dann soll er endlich herüberkommen", sagte es wieder; auf Bürgel oder darauf, daß er etwa K. noch benöti-
gen könnte, wurde keine Rücksicht genommen. „Es ist
Erlanger", sagte Bürgel flüsternd; daß Erlanger im Nebenzimmer war, schien ihn nicht zu überraschen, „gehn
Sie gleich zu ihm, er ärgert sich schon, suchen Sie ihn zu
besänftigen. Er hat einen guten Schlaf, wir haben uns
aber doch zu laut unterhalten, man kann sich und seine
Stimme nicht beherrschen, wenn man von gewissen Dingen spricht. Nun, gehen Sie doch, Sie scheinen sich ja aus
dem Schlaf gar nicht herausarbeiten zu können. Gehen
Sie, was wollen Sie denn noch hier? Nein, Sie müssen
sich wegen Ihrer Schläfrigkeit nicht entschuldigen,
warum denn? Die Leibeskräfte reichen nur bis zu einer
gewissen Grenze, wer kann dafür, daß gerade diese
Grenze auch sonst bedeutungsvoll ist. Nein, dafür kann
niemand. So korrigiert sich selbst die Welt in ihrem Lauf
und behält das Gleichgewicht. Das ist ja eine vorzügliche, immer wieder unvorstellbar vorzügliche Einrichtung, wenn auch in anderer Hinsicht trostlos. Nun gehen Sie, ich weiß nicht warum Sie mich so ansehn. Wenn
Sie noch lange zögern, kommt Erlanger über mich, das
möchte ich sehr gern vermeiden. Gehen Sie doch, wer
weiß was Sie drüben erwartet, hier ist ja alles voll Gele-

[425]

genheiten. Nur gibt es freilich Gelegenheiten, die gewissermaßen zu groß sind, um benützt zu werden; es gibt Dinge, die an nichts anderem als an sich selbst scheitern. Ja, das ist staunenswert. Übrigens hoffe ich jetzt doch ein wenig einschlafen zu können. Freilich ist schon fünf Uhr und der Lärm wird bald beginnen. Wenn wenigstens Sie schon gehen wollten!"

Betäubt von dem plötzlichen Gewecktwerden aus tiefem Schlaf, noch grenzenlos schlafbedürftig, mit überall infolge der unbequemen Haltung schmerzhaftem Körper konnte sich K. lange nicht entschließen aufzustehn, hielt sich die Stirn und sah hinab auf seinen Schooß. Selbst die fortwährenden Verabschiedungen Bürgels hätten ihn nicht dazu bewegen können fortzugehn, nur ein Gefühl der völligen Nutzlosigkeit jedes weitern Aufenthaltes in diesem Zimmer brachte ihn langsam dazu. Unbeschreiblich öde schien ihm dieses Zimmer. Ob es so geworden oder seit jeher so gewesen war, wußte er nicht. Nicht einmal wieder einzuschlafen würde ihm hier gelingen. Diese Überzeugung war sogar das Entscheidende, darüber ein wenig lächelnd erhob er sich, stützte sich, wo er nur eine Stütze fand, am Bett, an der Wand, an der Tür und ging, als hätte er sich längst von Bürgel verabschiedet, ohne Gruß hinaus.

24

Wahrscheinlich wäre er ebenso gleichgültig an Erlangers Zimmer vorübergegangen, wenn Erlanger nicht in der offenen Türe gestanden wäre und ihm gewinkt hätte. Ein kurzer einmaliger Wink mit dem Zeigefinger. Erlanger war zum Weggehn schon völlig bereit, er trug einen schwarzen Pelzmantel mit knappem hochgeknöpften Kragen. Ein Diener reichte ihm gerade die Handschuhe und hielt noch eine Pelzmütze. „Sie hätten schon längst kommen sollen", sagte Erlanger. K. wollte sich entschuldigen, Erlanger zeigte durch ein müdes Schließen der Augen, daß er darauf verzichte. „Es handelt sich um Folgendes", sagte er, „im Ausschank war früher eine gewisse Frieda bedienstet, ich kenne nur ihren Namen, sie selbst kenne ich nicht, sie bekümmert mich nicht. Diese Frieda hat manchmal Klamm das Bier serviert. Jetzt scheint dort ein anderes Mädchen zu sein. Nun ist diese Veränderung natürlich belanglos, wahrscheinlich für jeden und für Klamm ganz gewiß. Je größer aber eine Arbeit ist und Klamms Arbeit ist freilich die größte, desto weniger Kraft bleibt, sich gegen die Außenwelt zu wehren, infolgedessen kann dann jede belanglose Verän-

derung der belanglosesten Dinge ernstlich stören. Die
kleinste Veränderung auf dem Schreibtisch, die Beseiti-
gung eines dort seit jeher vorhanden gewesenen
Schmutzflecks, das alles kann stören und ebenso ein
neues Serviermädchen. Nun stört freilich das alles, selbst
wenn es jeden andern und bei jeder beliebigen Arbeit
stören würde, Klamm nicht, davon kann gar keine Rede
sein. Trotzdem sind wir verpflichtet über Klamms Behagen derart zu wachen, daß wir selbst Störungen, die für
ihn keine sind – und wahrscheinlich gibt es für ihn überhaupt keine – beseitigen, wenn sie uns als mögliche Störungen auffallen. Nicht seinetwegen, nicht seiner Arbeit
wegen beseitigen wir diese Störungen, sondern unseretwegen, unseres Gewissens und unserer Ruhe wegen.
Deshalb muß jene Frieda sofort wieder in den Ausschank zurückkehren, vielleicht wird sie gerade dadurch,
daß sie zurückkehrt, stören, nun dann werden wir sie
wieder wegschicken, vorläufig aber muß sie zurückkehren. Sie leben mit ihr, wie man mir gesagt hat, veranlas-
sen Sie daher sofort ihre Rückkehr. Auf persönliche Ge-
fühle kann dabei keine Rücksicht genommen werden,
das ist ja selbstverständlich, daher lasse ich mich auch
nicht in die geringste weitere Erörterung der Sache ein.
Ich tue schon viel mehr als nötig ist, wenn ich erwähne,
daß, wenn Sie sich in dieser Kleinigkeit bewähren, Ihnen
dies in Ihrem Fortkommen gelegentlich nützlich sein
kann. Das ist alles was ich Ihnen zu sagen habe." Er

[428]

nickte K. zum Abschied zu, setzte sich die vom Diener
gereichte Pelzmütze auf und ging vom Diener gefolgt
schnell aber ein wenig hinkend den Gang hinab.

Manchmal wurden hier Befehle gegeben, die sehr
leicht zu erfüllen waren, aber diese Leichtigkeit freute K.
nicht. Nicht nur weil der Befehl Frieda betraf und zwar
als Befehl gemeint war, aber K. wie ein Verlachen klang,
sondern vor allem deshalb weil aus ihm für K. die Nutzlosigkeit aller seiner Bestrebungen entgegensah. Über
ihn hinweg gingen die Befehle, die ungünstigen und die
günstigen, und auch die günstigen hatten wohl einen
letzten ungünstigen Kern, jedenfalls aber gingen alle
über ihn hinweg und er war viel zu tief gestellt, um in sie
einzugreifen oder gar sie verstummen zu machen und für
seine Stimme Gehör zu bekommen. Wenn Dir Erlanger
abwinkt, was willst Du tun, und wenn er nicht abwinken
würde, was könntest Du ihm sagen? Zwar blieb sich K.
dessen bewußt, daß seine Müdigkeit ihm heute mehr
geschadet hatte, als alle Ungunst der Verhältnisse, aber
warum konnte er, der geglaubt hatte sich auf seinen Körper verlassen zu können und der ohne diese Überzeugung sich gar nicht auf den Weg gemacht hätte, warum
konnte er einige schlechte und eine schlaflose Nacht
nicht ertragen, warum wurde er gerade hier so unbe-
herrschbar müde, wo niemand müde war oder wo vielmehr jeder und immerfort müde war, ohne daß dies aber
die Arbeit schädigte, ja es schien sie vielmehr zu fördern.

[429]

Daraus war zu schließen, daß es in ihrer Art eine ganz
andere Müdigkeit war als jene K.'s. Hier war es wohl die
Müdigkeit inmitten glücklicher Arbeit, etwas was nach
außenhin wie Müdigkeit aussah und eigentlich unzer-
störbare Ruhe, unzerstörbarer Frieden war. Wenn man
mittags ein wenig müde ist, so gehört das zum glücklichen natürlichen Verlauf des Tags. Die Herren hier
haben immerfort Mittag, sagte sich K.

Und es stimmte sehr damit überein, daß es jetzt um
fünf Uhr schon überall zu Seiten des Ganges lebendig
wurde. Dieses Stimmengewirr in den Zimmern hatte etwas äußerst Fröhliches. Einmal klang es wie der Jubel
von Kindern, die sich zu einem Ausflug bereitmachen,
ein andermal wie der Aufbruch im Hühnerstall, wie die
Freude, in völliger Übereinstimmung mit dem erwa-
chenden Tag zu sein, irgendwo ahmte sogar ein Herr den
Ruf eines Hahnes nach. Der Gang selbst war zwar noch
leer, aber die Türen waren schon in Bewegung, immer
wieder wurde eine ein wenig geöffnet und schnell wieder
geschlossen, es schwirrte im Gang von solchen Türöff-
nern und -schließern, hie und da sah K. auch oben im
Spalt der nicht bis zur Decke reichenden Wände mor-
gendlich zerraufte Köpfe erscheinen und gleich verschwinden. Aus der Ferne kam langsam ein kleines von
einem Diener geführtes Wägelchen, welches Akten ent-
hielt. Ein zweiter Diener ging daneben, hatte ein Verzeichnis in der Hand und verglich danach offenbar die

[430]

Nummern der Türen mit jenen der Akten. Vor den meisten Türen blieb das Wägelchen stehn, gewöhnlich öffnete sich dann auch die Tür und die zugehörigen Akten, manchmal auch nur ein Blättchen – in solchen Fällen entspann sich ein kleines Gespräch vom Zimmer zum Gang, wahrscheinlich wurden dem Diener Vorwürfe gemacht – wurde ins Zimmer hineingereicht. Blieb die Tür geschlossen, wurden die Akten sorgfältig auf der Türschwelle aufgehäuft. In solchen Fällen schien es K. als ob die Bewegung der Türen in der Umgebung nicht nachließe, trotzdem auch dort schon die Akten verteilt worden waren, sondern eher sich verstärke. Vielleicht lugten die andern begehrlich nach den auf der Türschwelle unbegreiflicher Weise noch unbehoben liegenden Akten, sie konnten nicht verstehn, wie jemand nur die Tür zu öffnen brauche, um in den Besitz seiner Akten zu kommen und es doch nicht tue; vielleicht war es sogar möglich, daß endgiltig unbehobene Akten später unter die andern Herren verteilt wurden, welche schon jetzt durch häufiges Nachschauen sich überzeugen wollten, ob die Akten noch immer auf der Schwelle liegen und ob also noch immer für sie Hoffnung vorhanden sei. Übrigens waren diese liegen gebliebenen Akten meistens besonders große Bündel und K. nahm an, daß sie aus einer gewissen Prahlerei oder Bosheit oder auch aus berechtigtem, die Kollegen aufmunterndem Stolz vorläufig liegen gelassen worden waren. In dieser Annahme bestärkte es

[431]

ihn, daß manchmal, immer wenn er gerade nicht hinsah,
der Pack, nachdem er lange genug zur Schau gestellt
gewesen war, plötzlich und eiligst ins Zimmer hineingezogen wurde und die Tür dann wieder unbeweglich wie
früher blieb; auch die Türen in der Umgebung beruhig-
ten sich dann, enttäuscht oder auch zufrieden damit, daß
dieser Gegenstand fortwährender Reizung endlich besei-
tigt war, doch kamen sie dann allmählich wieder in Bewegung.

K. betrachtete das alles nicht nur mit Neugier, sondern auch mit Teilnahme. Er fühlte sich fast wohl inmitten des Getriebes, sah hierhin und dorthin und folgte –
wenn auch in entsprechender Entfernung – den Dienern,
die sich freilich schon öfters mit strengem Blick, gesenktem Kopf, aufgeworfenen Lippen nach ihm umgewandt
hatten, und sah ihrer Verteilungsarbeit zu. Sie ging, je
weiter sie fortschritt, immer weniger glatt von statten,
entweder stimmte das Verzeichnis nicht ganz oder waren
die Akten für den Diener nicht immer gut unterscheid-
bar oder erhoben die Herren aus andern Gründen Einwände, jedenfalls kam es vor, daß manche Verteilungen
rückgängig gemacht werden mußten, dann fuhr das Wägelchen zurück und es wurde durch den Türspalt wegen
Rückgabe von Akten verhandelt. Diese Verhandlungen
machten schon an sich große Schwierigkeiten, es kam
aber häufig genug vor, daß, wenn es sich um die Rückgabe handelte, gerade Türen, die früher in der lebhafte-

sten Bewegung gewesen waren, jetzt unerbittlich geschlossen blieben, wie wenn sie von der Sache gar nichts
mehr wissen wollten. Dann begannen erst die eigentlichen Schwierigkeiten. Derjenige welcher Anspruch auf
die Akten zu haben glaubte, war äußerst ungeduldig,   5
machte in seinem Zimmer großen Lärm, klatschte in die
Hände, stampfte mit den Füßen, rief durch den Türspalt
immer wieder eine bestimmte Aktennummer in den
Gang hinaus. Dann blieb das Wägelchen oft ganz verlassen. Der eine Diener war damit beschäftigt, den Unge-   10
duldigen zu besänftigen, der andere kämpfte vor der geschlossenen Tür um die Rückgabe. Beide hatten es
schwer. Der Ungeduldige wurde durch die Besänfti-
gungsversuche oft noch ungeduldiger, er konnte die leeren Worte des Dieners gar nicht mehr anhören, er wollte 15
nicht Trost, er wollte Akten, ein solcher Herr goß einmal oben durch den Spalt ein ganzes Waschbecken auf
den Diener aus. Der andere Diener, offenbar der im
Rang höhere, hatte es aber noch viel schwerer. Ließ sich
der betreffende Herr auf Verhandlungen überhaupt ein, 20
gab es sachliche Besprechungen, bei welchen sich der
Diener auf sein Verzeichnis, der Herr auf seine Vormer-
kungen und gerade auf die Akten berief, die er zurück-
geben sollte, die er aber vorläufig fest in der Hand hielt,
so daß kaum ein Eckchen von ihnen für die begehrlichen 25
Augen des Dieners sichtbar blieb. Auch mußte dann der
Diener wegen neuer Beweise zu dem Wägelchen zurück-

[433]

laufen, das auf dem ein wenig sich senkenden Gang immer von selbst ein Stück weitergerollt war, oder er mußte zu dem die Akten beanspruchenden Herrn gehn und dort die Einwände des bisherigen Besitzers für neue Gegeneinwände austauschen. Solche Verhandlungen dauerten sehr lange, bisweilen einigte man sich, der Herr gab etwa einen Teil der Akten heraus oder bekam als Entschädigung einen andern Akt, da nur eine Verwechslung vorgelegen hatte, es kam aber auch vor, daß jemand auf alle verlangten Akten ohne weiters verzichten mußte, sei es daß er durch die Beweise des Dieners in die Enge getrieben war, sei es daß er des fortwährenden Handelns müde war, dann aber gab er die Akten nicht dem Diener, sondern warf sie mit plötzlichem Entschluß weit in den Gang hinaus, daß sich die Bindfäden lösten und die Blätter flogen und die Diener viel Mühe hatten, alles wieder in Ordnung zu bringen. Aber alles war noch verhältnismäßig einfacher, als wenn der Diener auf seine Bitten um Rückgabe überhaupt keine Antwort bekam, dann stand er vor der verschlossenen Tür, bat, beschwor, citierte sein Verzeichnis, berief sich auf Vorschriften, alles vergeblich, aus dem Zimmer kam kein Laut und ohne Erlaubnis einzutreten hatte der Diener offenbar kein Recht. Dann verließ auch diesen vorzüglichen Diener manchmal die Selbstbeherrschung, er ging zu seinem Wägelchen, setzte sich auf die Akten, wischte sich den Schweiß von der Stirn und unternahm ein Weil-

chen lang gar nichts, als hilflos mit den Füßen zu schlen-
kern. Das Interesse an der Sache war ringsherum sehr
groß, überall wisperte es, kaum eine Tür war ruhig und
oben an der Wandbrüstung verfolgten, merkwürdiger
Weise mit Tüchern fast gänzlich vermummte Gesichter,
die überdies kein Weilchen lang ruhig an ihrer Stelle
blieben, alle Vorgänge. Inmitten dieser Unruhe war es K.
auffällig, daß Bürgels Tür die ganze Zeit über geschlossen blieb und daß die Diener diesen Teil des Ganges
schon passiert hatten, Bürgel aber keine Akten zugeteilt
worden waren. Vielleicht schlief er noch, was allerdings
in diesem Lärm einen sehr gesunden Schlaf bedeutet
hätte, warum aber hatte er keine Akten bekommen? Nur
sehr wenige Zimmer und überdies wahrscheinlich unbe-
wohnte waren in dieser Weise übergangen worden. Dagegen war in dem Zimmer Erlangers schon ein neuer
und besonders unruhiger Gast, Erlanger mußte von ihm
in der Nacht förmlich ausgetrieben worden sein; das
paßte wenig zu Erlangers kühlem, weltläufigen Wesen,
aber daß er K. an der Türschwelle hatte erwarten müssen, deutete doch darauf hin.

Von allen abseitigen Beobachtungen kehrte dann K.
immer bald wieder zu dem Diener zurück; für diesen
Diener traf das wahrlich nicht zu, was man K. sonst von
den Dienern im allgemeinen, von ihrer Untätigkeit, ihrem bequemen Leben, ihrem Hochmut erzählt hatte, es
gab wohl auch Ausnahmen unter den Dienern oder was

wahrscheinlicher war verschiedene Gruppen unter ihnen, denn hier waren, wie K. merkte, viele Abgrenzun-
gen, von denen er bisher kaum eine Andeutung zu sehen
bekommen hatte. Besonders die Unnachgiebigkeit dieses
5 Dieners gefiel ihm sehr. Im Kampf mit diesen kleinen
hartnäckigen Zimmern – K. schien es oft ein Kampf mit
den Zimmern, da er die Bewohner kaum zu sehen bekam
– ließ der Diener nicht nach. Er ermattete zwar – wer
wäre nicht ermattet? – aber bald hatte er sich wieder
10 erholt, glitt vom Wägelchen hinunter und gieng aufrecht
mit zusammengebissenen Zähnen wieder gegen die zu
erobernde Tür los. Und es geschah, daß er zweimal und
dreimal zurückgeschlagen wurde, auf sehr einfache
Weise allerdings, nur durch das verteufelte Schweigen,
15 und dennoch gar nicht besiegt war. Da er sah, daß er
durch offenen Angriff nichts erreichen konnte,
versuchte er es auf andere Weise, z. B. soweit es K. richtig verstand, durch List. Er ließ dann scheinbar von der
Tür ab, ließ sie gewissermaßen ihre Schweigekraft er-
20 schöpfen, wandte sich anderen Türen zu, nach einer
Weile aber kehrte er wieder zurück, rief den andern Diener, alles auffallend und laut, und begann auf der
Schwelle der verschlossenen Tür Akten aufzuhäufen, so
als habe er seine Meinung geändert und dem Herrn sei
25 rechtmäßiger Weise nichts wegzunehmen, sondern vielmehr zuzuteilen. Dann ging er weiter, behielt aber die
Tür immer im Auge und wenn dann der Herr, wie es

[436]

gewöhnlich geschah, bald vorsichtig die Tür öffnete, um
die Akten zu sich hineinzuziehn, war der Diener mit
paar Sprüngen dort, schob den Fuß zwischen Tür und
Pfosten und zwang so den Herrn wenigstens von Angesicht zu Angesicht mit ihm zu verhandeln, was dann
gewöhnlich doch zu einem halbwegs befriedigenden Ergebnis führte. Und gelang es nicht so oder schien ihm bei
einer Tür dies nicht die richtige Art, versuchte er es
anders. Er verlegte sich dann z. B. auf den Herrn, welcher die Akten beanspruchte. Dann schob er den andern, 10
immer nur mechanisch arbeitenden Diener, eine recht
wertlose Hilfskraft, bei Seite und begann selbst auf den
Herrn einzureden, flüsternd, heimlich, den Kopf tief ins
Zimmer steckend, wahrscheinlich machte er ihm Versprechungen und sicherte ihm auch für die nächste Ver- 15
teilung eine entsprechende Bestrafung des andern Herrn
zu, wenigstens zeigte er öfters nach der Tür des Gegners
und lachte, soweit es seine Müdigkeit erlaubte. Dann
aber gab es Fälle, ein oder zwei, wo er freilich alle
Versuche aufgab, aber auch hier glaubte K., daß es nur 20
ein scheinbares Aufgeben oder zumindest ein Aufgeben
aus berechtigten Gründen sei, denn ruhig ging er weiter,
duldete ohne sich umzusehn den Lärm des benachteilig-
ten Herrn, nur ein zeitweises länger dauerndes Schließen
der Augen zeigte, daß er unter dem Lärm litt. Doch 25
beruhigte sich dann auch allmählich der Herr; so wie
ununterbrochenes Kinderweinen allmählich in immer

vereinzelteres Schluchzen übergeht, war es auch mit seinem Geschrei, aber auch nachdem er schon ganz still geworden war, gab es doch wieder noch manchmal einen vereinzelten Schrei oder ein flüchtiges Öffnen und Zuschlagen jener Tür. Jedenfalls zeigte sich, daß auch hier der Diener wahrscheinlich völlig richtig vorgegangen war. Nur ein Herr blieb schließlich, der sich nicht beruhigen wollte, lange schwieg er, aber nur um sich zu erholen, dann fuhr er wieder los, nicht schwächer als früher. Es war nicht ganz klar, warum er so schrie und klagte, vielleicht war es gar nicht wegen der Aktenverteilung. Inzwischen hatte der Diener seine Arbeit beendigt, nur ein einziger Akt, eigentlich nur ein Papierchen, ein Zettel von einem Notizblock, war durch Verschulden der Hilfskraft im Wägelchen zurückgeblieben und nun wußte man nicht wem ihn zuzuteilen. „Das könnte recht gut mein Akt sein", gieng es K. durch den Kopf. Der Gemeindevorsteher hatte ja immer von diesem allerkleinsten Fall gesprochen. Und K. suchte sich, so willkürlich und lächerlich er selbst im Grunde seine Annahme fand, dem Diener, der den Zettel nachdenklich durchsah, zu nähern; das war nicht ganz leicht, denn der Diener vergalt K.'s Zuneigung schlecht; auch inmitten der härtesten Arbeit hatte er immer noch Zeit gefunden, um böse oder ungeduldig, mit nervösem Kopfzucken nach K. hinzusehn. Erst jetzt nach beendigter Verteilung schien er K. ein wenig vergessen zu haben, wie er auch

[438]

sonst gleichgültiger geworden war, seine große Erschöpfung machte das begreiflich, auch mit dem Zettel gab er sich nicht viel Mühe, er las ihn vielleicht gar nicht durch, er tat nur so, und trotzdem er hier auf dem Gang wahrscheinlich jedem Zimmerherrn mit der Zuteilung des Zettels eine Freude gemacht hätte, entschloß er sich anders, er war des Verteilens schon satt, mit dem Zeigefinger an den Lippen gab er seinem Begleiter ein Zeichen zu schweigen, zerriß – K. war noch lange nicht bei ihm – den Zettel in kleine Stücke und steckte sie in die Tasche. Es war wohl die erste Unregelmäßigkeit, die K. hier im Bureaubetrieb gesehen hatte, allerdings war es möglich, daß er auch sie unrichtig verstand. Und selbst wenn es eine Unregelmäßigkeit war, war sie zu verzeihn, bei den Verhältnissen, die hier herrschten, konnte der Diener nicht fehlerlos arbeiten, einmal mußte der angesammelte Ärger, die angesammelte Unruhe ausbrechen, und äußerte sie sich nur im Zerreißen eines kleinen Zettels war es noch unschuldig genug. Noch immer gellte ja die Stimme des durch nichts zu beruhigenden Herrn durch den Gang und die Kollegen, die in anderer Hinsicht sich nicht sehr freundschaftlich zu einander verhielten, schienen hinsichtlich des Lärms völlig einer Meinung zu sein, es war allmählich, als habe der Herr die Aufgabe übernommen, Lärm für alle zu machen, die ihn nur durch Zurufe und Kopfnicken aufmunterten, bei der Sache zu bleiben. Aber nun kümmerte sich der Diener gar nicht

mehr darum, er war mit seiner Arbeit fertig, zeigte auf
den Handgriff des Wägelchens, daß ihn der andere Diener fasse und so zogen sie wieder weg, wie sie gekommen waren, nur zufriedener und so schnell, daß das Wägelchen vor ihnen hüpfte. Nur einmal zuckten sie noch
zusammen und blickten zurück, als der immerfort
schreiende Herr, vor dessen Tür sich jetzt K. umher-
trieb, weil er gern verstanden hätte, was der Herr eigentlich wollte, mit dem Schreien offenbar nicht mehr das
Auskommen fand, wahrscheinlich den Knopf einer elek-
trischen Glocke entdeckt hatte und wohl entzückt darüber, so entlastet zu sein, statt des Schreiens jetzt ununterbrochen zu läuten anfing. Daraufhin begann ein
großes Gemurmel in den andern Zimmern, es schien
Zustimmung zu bedeuten, der Herr schien etwas zu tun,
was alle gern schon längst getan hätten und nur aus un-
bekanntem Grunde hatten unterlassen müssen. War es
vielleicht die Bedienung, vielleicht Frieda, die der Herr
herbeiläuten wollte? Da mochte er lange läuten. Frieda
war ja damit beschäftigt, Jeremias in nasse Tücher zu
wickeln und selbst wenn er schon gesund sein sollte,
hatte sie keine Zeit, denn dann lag sie in seinen Armen.
Aber das Läuten hatte doch sofort eine Wirkung. Schon
eilte aus der Ferne der Herrenhofwirt selbst herbei,
schwarz gekleidet und zugeknöpft wie immer; aber es
war als vergesse er seine Würde, so lief er; die Arme
hatte er halb ausgebreitet, so als sei er wegen eines gro-

ßen Unglücks gerufen und komme um es zu fassen und an seiner Brust gleich zu ersticken; und unter jeder kleinen Unregelmäßigkeit des Läutens schien er kurz hochzuspringen und sich noch mehr zu beeilen. Ein großes Stück hinter ihm erschien nun auch noch seine Frau, auch sie lief mit ausgebreiteten Armen, aber ihre Schritte waren kurz und geziert und K. dachte, sie werde zu spät kommen, der Wirt werde inzwischen schon alles Nötige getan haben. Und um dem Wirt für seinen Lauf Platz zu machen, stellte sich K. eng an die Wand. Aber der Wirt blieb gerade bei K. stehn, als sei dieser sein Ziel, und gleich war auch die Wirtin da und beide überhäuften ihn mit Vorwürfen, die er in der Eile und Überraschung nicht verstand, besonders da sich auch die Glocke des Herrn einmischte und sogar andere Glocken zu arbeiten begannen, jetzt nicht mehr aus Not, sondern nur zum Spiel und im Überfluß der Freude. K. war, weil ihm viel daran lag, seine Schuld genau zu verstehn, sehr damit einverstanden, daß ihn der Wirt unter den Arm nahm und mit ihm aus diesem Lärm fortging, der sich immerfort noch steigerte, denn hinter ihnen – K. drehte sich gar nicht um, weil der Wirt und noch mehr von der andern Seite her die Wirtin auf ihn einredeten – öffneten sich nun die Türen ganz, der Gang belebte sich, ein Verkehr schien sich dort zu entwickeln, wie in einem lebhaften engen Gäßchen, die Türen vor ihnen warteten offenbar ungeduldig darauf, daß K. endlich vorüberkomme,

[441]

damit sie die Herren entlassen könnten und in das alles hinein läuteten, immer wieder angeschlagen, die Glokken, wie um einen Sieg zu feiern. Nun endlich – sie waren schon wieder in dem stillen weißen Hof, wo einige Schlitten warteten – erfuhr K. allmählich, um was es sich handelte. Weder der Wirt noch die Wirtin konnten begreifen, daß K. etwas derartiges zu tun hatte wagen können. Aber was hatte er denn getan? Immer wieder frug es K., konnte es aber lange nicht erfragen, weil die Schuld den beiden allzu selbstverständlich war und sie daher an seinen guten Glauben nicht im entferntesten dachten. Nur sehr langsam erkannte K. alles. Er war zu Unrecht in dem Gang gewesen, ihm war im allgemeinen höchstens und auch dies nur gnadenweise und gegen Widerruf der Ausschank zugänglich. War er von einem Herrn vorgeladen, mußte er natürlich am Ort der Vorladung erscheinen, sich aber immer dessen bewußt bleiben – er hatte doch wohl wenigstens den üblichen Menschenverstand? – daß er irgendwo war, wo er eigentlich nicht hingehörte, wohin ihn nur ein Herr, höchst widerwillig, nur weil es eine amtliche Angelegenheit verlangte und entschuldigte, gerufen hatte. Er hatte daher schnell zu erscheinen, sich dem Verhör zu unterziehn, dann aber womöglich noch schneller zu verschwinden. Hatte er denn dort auf dem Gang gar nicht das Gefühl der schweren Ungehörigkeit gehabt? Aber wenn er es gehabt hatte, wie hatte er sich dort herumtreiben können, wie

ein Tier auf der Weide? Sei er nicht zu einem Nachtver-
hör vorgeladen gewesen und wisse er nicht warum die
Nachtverhöre eingeführt sind? Die Nachtverhöre – und
hier bekam K. eine neue Erklärung ihres Sinnes – hätten
doch nur den Zweck, Parteien, deren Anblick den Her- 5
ren bei Tag völlig unerträglich wäre, abzuhören, schnell,
in der Nacht, bei künstlichem Licht, mit der Möglichkeit, gleich nach dem Verhör alle Häßlichkeit im Schlaf
zu vergessen. Das Benehmen K.'s aber habe aller Vorsichtsmaßregeln gespottet. Selbst Gespenster verschwin- 10
den gegen Morgen, aber K. sei dort geblieben, die Hände
in den Taschen, so als erwarte er, daß, da er sich nicht
entferne, der ganze Gang mit allen Zimmern und Herren
sich entfernen werde. Und dies wäre auch – dessen
könne er sicher sein – ganz gewiß geschehn, wenn es nur 15
irgendwie möglich wäre, denn das Zartgefühl der Herren sei grenzenlos. Keiner werde K. etwa forttreiben
oder auch nur das allerdings Selbstverständliche sagen,
daß er endlich fortgehn solle, keiner werde das tun,
trotzdem sie während K.'s Anwesenheit vor Aufregung 20
wahrscheinlich zittern und der Morgen, ihre liebste Zeit,
ihnen vergällt wird. Statt gegen K. vorzugehn, ziehn sie
es vor zu leiden, wobei allerdings wohl die Hoffnung
mitspielt, daß K. doch endlich das in die Augen Schla-
gende auch werde allmählich erkennen müssen und ent- 25
sprechend dem Leid der Herren selbst auch darunter bis
zur Unerträglichkeit werde leiden müssen, so entsetzlich

[443]

unpassend, allen sichtbar, hier auf dem Gang am Morgen
zu stehn. Vergebliche Hoffnung. Sie wissen nicht oder
wollen es in ihrer Freundlichkeit und Herablassung
nicht wissen, daß es auch unempfindliche, harte, durch
keine Ehrfurcht zu erweichende Herzen gibt. Sucht
nicht selbst die Nachtmotte, das arme Tier, wenn der
Tag kommt, einen stillen Winkel auf, macht sich platt,
möchte am liebsten verschwinden und ist unglücklich
darüber, daß sie es nicht kann. K. dagegen, er stellt sich
dorthin, wo er am sichtbarsten ist und könnte er dadurch das Heraufkommen des Tages verhindern, würde
er es tun. Er kann es nicht verhindern, aber verzögern,
erschweren kann er es leider. Hat er nicht die Verteilung
der Akten mitangesehn? Etwas was niemand mitansehn
dürfe, außer die nächsten Beteiligten. Etwas was weder
Wirt noch Wirtin in ihrem eigenen Hause haben sehen
dürfen. Wovon sie nur andeutungsweise haben erzählen
hören, wie z. B. heute von dem Diener. Habe er denn
nicht bemerkt unter welchen Schwierigkeiten die Aktenverteilung vor sich gegangen sei, etwas an sich Unbe-
greifliches, da doch jeder der Herren nur der Sache
dient, niemals an seinen Einzelvorteil denkt und daher
mit allen Kräften darauf hinarbeiten müßte, daß die Aktenverteilung, diese wichtige grundlegende Arbeit,
schnell und leicht und fehlerlos erfolge? Und sei denn K.
wirklich auch nicht von der Ferne die Ahnung aufge-
taucht, daß die Hauptsache aller Schwierigkeiten die sei,

[444]

daß die Verteilung bei fast verschlossenen Türen durch-
geführt werden müsse, ohne die Möglichkeit unmittel-
baren Verkehres zwischen den Herren, die sich mit einander natürlich im Nu verständigen könnten, während
die Vermittlung durch die Diener fast stundenlang dau- 5
ern muß, niemals klaglos geschehen kann, eine dauernde
Qual für Herren und Diener ist und wahrscheinlich
noch bei der späteren Arbeit schädliche Folgen haben
wird. Und warum konnten die Herren nicht miteinander
verkehren? Ja, verstehe es denn K. noch immer nicht? 10
Etwas ähnliches sei der Wirtin – und der Wirt bestätigte
es auch für seine Person – noch nicht vorgekommen und
sie hätten doch schon mit mancherlei widerspenstigen
Leuten zu tun gehabt. Dinge, die man sonst nicht auszusprechen wage, müsse man ihm offen sagen, denn sonst 15
verstehe er das Allernotwendigste nicht. Nun also, da es
gesagt werden müsse: seinetwegen, nur und ausschließlich seinetwegen haben die Herren aus ihren Zimmern
nicht hervorkommen können, da sie am Morgen kurz
nach dem Schlaf zu schamhaft, zu verletzlich sind, um 20
sich fremden Blicken aussetzen zu können, sie fühlen
sich förmlich, mögen sie auch noch so vollständig angezogen sein, zu sehr entblößt, um sich zu zeigen. Es ist ja
schwer zu sagen, weshalb sie sich schämen, vielleicht
schämen sie sich, diese ewigen Arbeiter, nur deshalb weil 25
sie geschlafen haben. Aber vielleicht noch mehr als sich
zu zeigen, schämen sie sich fremde Leute zu sehn; was

sie glücklich mit Hilfe der Nachtverhöre überwunden
haben, den Anblick der ihnen so schwer erträglichen
Parteien, wollen sie nicht jetzt am Morgen, plötzlich,
unvermittelt, in aller Naturwahrheit von neuem auf sich
5 eindringen lassen. Dem sind sie eben nicht gewachsen.
Was für ein Mensch muß das sein, der das nicht respek-
tiert! Nun, es muß ein Mensch wie K. sein. Einer, der
sich über alles, über das Gesetz so wie über die allerge-
wöhnlichste menschliche Rücksichtnahme mit dieser
10 stumpfen Gleichgültigkeit und Verschlafenheit hinweg-
setzt, dem nichts daran liegt, daß er die Aktenverteilung
fast unmöglich macht und den Ruf des Hauses schädigt
und der das noch nie Geschehene zustandebringt, daß
sich die zur Verzweiflung gebrachten Herren selbst zu
15 wehren anfangen, nach einer für gewöhnliche Menschen
unausdenkbaren Selbstüberwindung zur Glocke greifen
und Hilfe herbeirufen, um den auf andere Weise nicht zu
erschütternden K. zu vertreiben. Sie, die Herren, rufen
um Hilfe! Wäre denn nicht längst Wirt und Wirtin und
20 ihr ganzes Personal herbeigelaufen, wenn sie es nur gewagt hätten, ungerufen, am Morgen vor den Herren zu
erscheinen, sei es auch nur um Hilfe zu bringen und
dann gleich zu verschwinden. Zitternd vor Empörung
über K., trostlos wegen ihrer Ohnmacht hätten sie hier
25 am Beginn des Ganges gewartet und das eigentlich nie
erwartete Läuten sei für sie eine Erlösung gewesen. Nun
das Schlimmste sei vorüber! Könnten sie doch nur einen

[446]

Blick hineintun in das fröhliche Treiben der endlich von K. befreiten Herren! Für K. sei es freilich nicht vorüber, er werde sich für das was er hier angerichtet hat, gewiß zu verantworten haben.

Sie waren inzwischen bis in den Ausschank gekom- men; warum der Wirt trotz allen seines Zornes K. doch noch hierher geführt hatte, war nicht ganz klar, vielleicht hatte er doch erkannt, daß K.'s Müdigkeit es ihm zu- nächst unmöglich machte das Haus zu verlassen. Ohne eine Aufforderung sich zu setzen abzuwarten, sank K. gleich auf einem der Fässer förmlich zusammen. Dort im Finstern war ihm wohl. In dem großen Raum brannte jetzt nur eine schwache elektrische Lampe über den Bierhähnen. Auch draußen war noch tiefe Finsternis, es schien Schneetreiben zu sein. War man hier in der Wärme, mußte man dankbar sein und Vorsorge treffen, daß man nicht vertrieben werde. Der Wirt und die Wir- tin standen noch immer vor ihm, als bedeute er immer- hin noch eine gewisse Gefahr, als sei es bei seiner völli- gen Unzuverlässigkeit gar nicht ausgeschlossen, daß er sich plötzlich aufmache und versuche, wieder in den Gang einzudringen. Auch waren sie selbst müde von dem nächtlichen Schrecken und dem vorzeitigen Auf- stehn, besonders die Wirtin, die ein seidenartig knistern- des, breitröckiges, braunes, ein wenig unordentlich ge- knöpftes und gebundenes Kleid anhatte – wo hatte sie es in der Eile hervorgeholt? – den Kopf wie geknickt an die

[447]

Schulter ihres Mannes gelehnt hielt, mit einem feinen Tüchelchen ihre Augen betupfte und dazwischen kindlich böse Blicke auf K. richtete. Um das Ehepaar zu beruhigen sagte K., daß alles was sie ihm jetzt erzählt hätten, ihm völlig neu sei, daß er aber trotz der Unkenntnis dessen doch nicht so lange im Gang geblieben wäre, wo er wirklich nichts zu tun hatte und gewiß niemanden hatte quälen wollen, sondern daß alles nur aus übergroßer Müdigkeit geschehen sei. Er danke ihnen dafür, daß sie der peinlichen Szene ein Ende gemacht hätten. Sollte er zur Verantwortung gezogen werden, werde ihm das sehr willkommen sein, denn nur so könne er eine allgemeine Mißdeutung seines Benehmens verhindern. Nur Müdigkeit und nichts anderes sei daran schuld gewesen. Diese Müdigkeit aber stamme daher, daß er an die Anstrengung der Verhöre noch nicht gewöhnt sei. Er sei ja noch nicht lange hier. Werde er darin einige Erfahrung haben, werde etwas ähnliches nicht wieder vorkommen können. Vielleicht nehme er die Verhöre zu ernst aber das sei doch wohl an sich kein Nachteil. Er habe zwei Verhöre kurz nacheinander durchzumachen gehabt, eines bei Bürgel und das zweite bei Erlanger, besonders das erste habe ihn sehr erschöpft, das zweite allerdings habe nicht lange gedauert, Erlanger habe ihn nur um eine Gefälligkeit gebeten, aber beide zusammen seien mehr als er auf einmal ertragen könne, vielleicht wäre etwas derartiges auch für einen andern, etwa den

[448]

Herrn Wirt zuviel. Aus dem zweiten Verhör sei er eigentlich nur schon fortgetaumelt. Es sei fast eine Art Trunkenheit gewesen – er habe ja die zwei Herren zum erstenmal gesehn und gehört und ihnen doch auch antworten müssen. Alles sei soviel er wisse recht gut ausgefallen, dann aber sei jenes Unglück geschehn, das man ihm aber nach dem Vorhergegangenen wohl kaum zur Schuld anrechnen könne. Leider hätten nur Erlanger und Bürgel seinen Zustand gekannt und sicher hätten sie sich seiner angenommen und alles weitere verhütet, aber Erlanger habe nach dem Verhör gleich weggehn müssen, offenbar um ins Schloß zu fahren und Bürgel sei, wahrscheinlich eben von jenem Verhör ermüdet – wie hätte es also K. ungeschwächt überdauern sollen? – eingeschlafen und habe sogar die ganze Aktenverteilung verschlafen. Hätte K. eine ähnliche Möglichkeit gehabt, er hätte sie mit Freude benützt und gern auf alle verbotenen Einblicke verzichtet, dies umso leichter als er ja in Wirklichkeit gar nichts zu sehen imstande gewesen sei und deshalb auch die empfindlichsten Herren sich ungescheut vor ihm hätten zeigen können.

Die Erwähnung der beiden Verhöre, gar jenes von Erlanger, und der Respekt, mit welchem K. von den Herren sprach, stimmten ihm den Wirt günstig. Er schien schon K.'s Bitte, ein Brett auf die Fässer legen und dort wenigstens bis zur Morgendämmerung schlafen zu dürfen, erfüllen zu wollen, die Wirtin war aber deutlich dagegen, an ihrem Kleid, dessen Unordnung ihr erst jetzt zu Bewußtsein gekommen war, hier und dort nutzlos rückend, schüttelte sie immer wieder den Kopf, ein offenbar alter Streit die Reinheit des Hauses betreffend war wieder daran, auszubrechen. Für K. in seiner Müdigkeit nahm das Gespräch des Ehepaars übergroße Bedeutung an. Von hier wieder weggetrieben zu werden schien ihm ein alles bisher Erlebte übersteigendes Unglück zu sein. Das durfte nicht geschehn, selbst wenn Wirt und Wirtin sich gegen ihn einigen sollten. Lauernd sah er, zusammengekrümmt auf dem Faß, die beiden an. Bis die Wirtin in ihrer ungewöhnlichen Empfindlichkeit, die K. längst aufgefallen war, plötzlich bei Seite trat und – wahrscheinlich hatte sie mit dem Wirt schon von andern Dingen gesprochen – ausrief: „Wie er mich ansieht! Schick ihn doch endlich fort!" K. aber, die Gelegenheit ergreifend und nun völlig, fast bis zur Gleichgültigkeit davon überzeugt, daß er bleiben werde, sagte: „Ich sehe nicht Dich an, nur Dein Kleid." „Warum mein Kleid?" fragte die Wirtin erregt. K. zuckte die Achseln. „Komm", sagte die Wirtin zum Wirt, „er ist ja betrunken, der Lümmel. Laß ihn hier seinen Rausch ausschlafen", und sie befahl noch Pepi, die auf ihren Ruf hin aus dem Dunkel auftauchte, zerrauft, müde, einen Besen lässig in der Hand, K. irgendein Kissen hinzuwerfen.

25

Als K. aufwachte, glaubte er zuerst, kaum geschlafen zu haben, das Zimmer war unverändert, leer und warm, alle Wände in Finsternis, die eine Glühlampe über den Bier-hähnen, auch vor den Fenstern Nacht. Aber als er sich streckte, das Kissen hinunterfiel und Brett und Fässer knarrten, kam gleich Pepi und nun erfuhr er, daß es schon Abend war und er weit über zwölf Stunden ge-schlafen hatte. Die Wirtin hatte einigemal während des Tages nach ihm gefragt, auch Gerstäcker, der am Mor-gen, als K. mit der Wirtin gesprochen hatte, hier im Dunkel beim Bier gewartet aber dann K. nicht mehr zu stören gewagt hatte, war inzwischen einmal hier gewe-sen, um nach K. zu sehn, und schließlich war angeblich auch Frieda gekommen und war einen Augenblick lang bei K. gestanden, doch war sie kaum K.'s wegen gekom-men, sondern weil sie verschiedenes hier vorzubereiten hatte, denn am Abend sollte sie ja wieder ihren alten Dienst antreten. „Sie mag Dich wohl nicht mehr?" fragte Pepi, während sie Kaffee und Kuchen brachte. Aber sie fragte es nicht mehr boshaft nach ihrer früheren Art, sondern traurig, als habe sie inzwischen die Bosheit der Welt kennen gelernt, gegenüber der alle eigene Bosheit versagt und sinnlos wird; wie zu einem Leidensgenossen sprach sie zu K. und als er den Kaffee kostete und sie zu sehen glaubte, daß er ihn nicht genug süß finde, lief sie und brachte ihm die volle Zuckerdose. Ihre Traurigkeit hatte sie freilich nicht gehindert, sich heute vielleicht noch mehr zu schmücken als das letzte Mal; an Maschen und an Bändern, die durch das Haar geflochten waren, hatte sie eine Fülle, die Stirn entlang und an den Schläfen waren die Haare sorgfältig gebrannt und um den Hals hatte sie ein Kettchen, das in den tiefen Ausschnitt der Bluse hinabhing. Als K. in der Zufriedenheit, endlich einmal ausgeschlafen zu sein und einen guten Kaffee trinken zu dürfen, heimlich nach einer Masche langte und sie zu öffnen versuchte, sagte Pepi müde: „Laß mich doch" und setzte sich neben ihm auf ein Faß. Und K. mußte sie gar nicht nach ihrem Leid fragen, sie begann selbst gleich zu erzählen, den Blick starr in K.'s Kaffeetopf gerichtet, als brauche sie eine Ablenkung, selbst während sie erzähle, als könne sie, selbst wenn sie sich mit ihrem Leid beschäftige, sich ihm nicht ganz hingeben, denn das ginge über ihre Kräfte. Zunächst erfuhr K., daß eigentlich er an Pepis Unglück schuld sei, daß sie es ihm aber nicht nachtrage. Und sie nickte eifrig während der Erzählung, um keinen Widerspruch K.'s aufkommen zu lassen. Zuerst habe er Frieda aus dem Ausschank fortgenommen und dadurch Pepis Aufstieg

[452]

ermöglicht. Es ist sonst nichts anderes ausdenkbar, was
Frieda hätte bewegen können, ihren Posten aufzugeben,
sie saß dort im Ausschank wie die Spinne im Netz, hatte
überall ihre Fäden, die nur sie kannte; sie gegen ihren
Willen auszuheben, wäre ganz unmöglich gewesen, nur   5
Liebe zu einem Niedrigen, also etwas was sich mit ihrer
Stellung nicht vertrug, konnte sie von ihrem Platze treiben. Und Pepi? Hatte sie denn jemals daran gedacht die
Stelle für sich zu gewinnen? Sie war Zimmermädchen,
hatte eine unbedeutende, wenig aussichtsreiche Stelle,   10
Träume von großer Zukunft hatte sie wie jedes Mädchen, Träume kann man sich nicht verbieten, aber ernstlich dachte sie nicht an ein Weiterkommen, sie hatte sich
mit dem Erreichten abgefunden. Und nun verschwand
Frieda plötzlich aus dem Ausschank, es war so plötzlich   15
gekommen, daß der Wirt nicht gleich einen passenden
Ersatz zur Hand hatte, er suchte und sein Blick fiel auf
Pepi, die sich freilich entsprechend vorgedrängt hatte. In
jener Zeit liebte sie K. wie sie noch nie jemanden geliebt
hatte, sie war monatelang unten in ihrer winzigen dunk-   20
len Kammer gesessen und war vorbereitet, dort Jahre
und im ungünstigsten Fall ihr ganzes Leben unbeachtet
zu verbringen und nun war plötzlich K. erschienen, ein
Held, ein Mädchenbefreier und hatte ihr den Weg nach
oben freigemacht. Er wußte allerdings nichts von ihr,   25
hatte es nicht ihretwegen getan, aber das verschlug nichts
ihrer Dankbarkeit, in der Nacht, die ihrer Anstellung

vorherging – die Anstellung war noch unsicher, aber doch schon sehr wahrscheinlich – verbrachte sie Stunden damit, mit ihm zu sprechen, ihm ihren Dank ins Ohr zu flüstern. Und es erhöhte noch seine Tat in ihren Augen, daß es gerade Frieda war, deren Last er auf sich genommen hatte, etwas unbegreiflich Selbstloses lag darin, daß er, um Pepi hervorzuholen, Frieda zu seiner Geliebten machte, Frieda, ein unhübsches, ältliches, mageres Mädchen mit kurzem, schütterem Haar, überdies ein hinterhältiges Mädchen, das immer irgendwelche Geheimnisse hat, was ja wohl mit ihrem Aussehn zusammenhängt; ist am Gesicht und Körper die Jämmerlichkeit zweifellos, muß sie doch wenigstens andere Geheimnisse haben, die niemand nachprüfen kann, etwa ihr angebliches Verhältnis zu Klamm. Und selbst solche Gedanken waren Pepi damals gekommen: ist es möglich, daß K. wirklich Frieda liebt, täuscht er sich nicht oder täuscht er vielleicht gar nur Frieda und wird vielleicht das einzige Ergebnis alles dessen doch nur Pepis Aufstieg sein und wird dann K. den Irrtum merken oder ihn nicht mehr verbergen wollen und nicht mehr Frieda, sondern nur Pepi sehn, was gar keine irrsinnige Einbildung Pepis sein mußte, denn mit Frieda konnte sie es als Mädchen gegen Mädchen sehr wohl aufnehmen, was niemand leugnen wird, und es war doch auch vor allem Friedas Stellung gewesen und der Glanz, den Frieda ihr zu geben verstanden hatte, von welchem K. im Augenblick geblendet

[454]

worden war. Und da hatte nun Pepi davon geträumt, K.
werde, wenn sie die Stellung habe, bittend zu ihr kommen und sie werde nun die Wahl haben, entweder K. zu
erhören und die Stelle zu verlieren oder ihn abzuweisen
und weiter zu steigen. Und sie hatte sich zurechtgelegt, 5
sie werde auf alles verzichten und sich zu ihm hinabwen-
den und ihn wahre Liebe lehren, die er bei Frieda nie
erfahren könnte und die unabhängig ist von allen Ehren-
stellungen der Welt. Aber dann ist es anders gekommen.
Und was war daran schuld? K. vor allem und dann frei- 10
lich Friedas Durchtriebenheit. K. vor allem, denn was
will er, was ist er für ein sonderbarer Mensch? Wonach
strebt er, was sind das für wichtige Dinge, die ihn beschäftigen und die ihn das Allernächste, das Allerbeste,
das Allerschönste vergessen lassen? Pepi ist das Opfer 15
und alles ist dumm und alles ist verloren und wer die
Kraft hätte, den ganzen Herrenhof anzuzünden und zu
verbrennen, aber vollständig, daß keine Spur zurück-
bleibt, verbrennen wie ein Papier im Ofen, der wäre
heute Pepis Auserwählter. Ja, Pepi kam also in den Aus- 20
schank, heute vor vier Tagen, kurz vor dem Mittagessen.
Es ist keine leichte Arbeit hier, es ist fast eine menschen-
mordende Arbeit, aber was zu erreichen ist, ist auch
nicht klein. Pepi hatte auch früher nicht in den Tag hin-
eingelebt und wenn sie auch niemals in kühnsten Gedan- 25
ken diese Stelle für sich in Anspruch genommen hatte, so
hatte sie doch reichlich Beobachtungen gemacht, wußte,

[455]

was es mit dieser Stelle auf sich hatte, unvorbereitet hatte
sie die Stelle nicht übernommen. Unvorbereitet kann
man sie gar nicht übernehmen, sonst verliert man sie in
den ersten Stunden. Gar wenn man sich nach Art der
Zimmermädchen hier aufführen wollte. Als Zimmermädchen kommt man sich ja mit der Zeit ganz verloren
und vergessen vor, es ist eine Arbeit wie in einem Berg-
werk, wenigstens im Gang der Sekretäre ist es so, tagelang sieht man dort, bis auf die wenigen Tagesparteien
die hin- und herhuschen und nicht aufzuschauen wagen,
keinen Menschen außer den zwei, drei andern Zimmermädchen und die sind ähnlich verbittert. Des Morgens
darf man überhaupt nicht aus dem Zimmer, da wollen
die Sekretäre allein unter sich sein, das Essen bringen
ihnen die Knechte aus der Küche, damit haben die Zimmermädchen gewöhnlich nichts zu tun, auch während
der Essenszeit darf man sich nicht auf dem Gang zeigen.
Nur während die Herren arbeiten, dürfen die Zimmermädchen aufräumen, aber natürlich nicht in den be-
wohnten, nur in den gerade leeren Zimmern und diese
Arbeit muß ganz leise geschehn, damit die Arbeit der
Herren nicht gestört wird. Aber wie ist es möglich, leise
aufzuräumen, wenn die Herren mehrere Tage in den
Zimmern wohnen, überdies auch die Knechte, dieses
schmutzige Pack, drin herumhantieren und das Zimmer,
wenn es endlich dem Zimmermädchen frei gegeben ist,
in einem solchen Zustand ist, daß nicht einmal eine

Sündflut es reinwaschen könnte. Wahrhaftig, es sind hohe Herren, aber man muß kräftig seinen Ekel überwinden, um nach ihnen aufräumen zu können. Die Zimmermädchen haben ja nicht übermäßig viel Arbeit, aber kernige. Und niemals ein gutes Wort, immer nur Vorwürfe, besonders dieser quälendste und häufigste: daß beim Aufräumen Akten verloren gegangen sind. In Wirklichkeit geht nichts verloren, jedes Papierchen liefert man beim Wirt ab, aber Akten gehn freilich doch verloren, nur eben nicht durch die Mädchen. Und dann kommen Kommissionen und die Mädchen müssen ihr Zimmer verlassen und die Kommission durchwühlt die Betten; die Mädchen haben ja kein Eigentum, ihre paar Sachen haben in einem Rückenkorb Platz, aber die Kommission sucht doch stundenlang. Natürlich findet sie nichts; wie sollten dort Akten hinkommen? Was machen sich die Mädchen aus Akten? Aber das Ergebnis sind doch wieder nur durch den Wirt vermittelte Schimpfworte und Drohungen seitens der enttäuschten Kommission. Und niemals Ruhe – nicht bei Tag, nicht bei Nacht. Lärm die halbe Nacht und Lärm vom frühesten Morgen. Wenn man dort wenigstens nicht wohnen müßte, aber das muß man, denn in den Zwischenzeiten je nach Bestellung Kleinigkeiten aus der Küche zu bringen ist doch Sache der Zimmermädchen, besonders in der Nacht. Immer plötzlich der Faustschlag gegen die Tür der Zimmermädchen, das Diktieren der Bestellung,

[457]

das Hinunterlaufen in die Küche, das Aufrütteln der
schlafenden Küchenjungen, das Hinausstellen der Tasse
mit den bestellten Dingen vor die Tür der Zimmermädchen, von wo es die Knechte holen – wie traurig ist das
alles. Aber es ist nicht das Schlimmste. Das Schlimmste
ist vielmehr wenn keine Bestellung kommt, wenn es
nämlich in tiefer Nacht, wo alles schon schlafen sollte
und auch die meisten endlich wirklich schlafen, manchmal vor der Tür der Zimmermädchen herumzuschlei-
chen anfängt. Dann steigen die Mädchen aus ihren Betten – die Betten sind übereinander, es ist ja dort überall
sehr wenig Raum, das ganze Zimmer der Mädchen ist
eigentlich nichts anderes als ein großer Schrank mit drei
Fächern – horchen an der Tür, knien nieder, umarmen
sich in Angst. Und immerfort hört man den Schleicher
vor der Tür. Alle wären schon glücklich, wenn er endlich hereinkäme, aber es geschieht nichts, niemand
kommt herein. Und dabei muß man sich sagen, daß hier
nicht unbedingt eine Gefahr drohen muß, vielleicht ist es
nur jemand, der vor der Tür auf und ab geht, überlegt ob
er eine Bestellung machen soll und sich dann doch nicht
dazu entschließen kann. Vielleicht ist es nur das, vielleicht ist aber etwas ganz anderes. Eigentlich kennt man
ja die Herren gar nicht, man hat sie ja kaum gesehn.
Jedenfalls vergehn die Mädchen drinnen vor Angst und,
wenn es draußen endlich still ist, lehnen sie an der Wand
und haben nicht genug Kraft wieder in ihre Betten zu

[458]

steigen. Dieses Leben wartet wieder auf Pepi, noch heute
abend soll sie wieder ihren Platz im Mädchenzimmer be-
ziehn. Und warum? Wegen K. und Frieda. Wieder zurück in dieses Leben dem sie kaum entflohen ist, dem sie
zwar mit K.'s Hilfe, aber doch auch mit größter eigener
Anstrengung entflohen ist. Denn in jenem Dienst dort
vernachlässigen sich die Mädchen, auch die sonst sorg-
samsten. Für wen sollen sie sich schmücken? Niemand
sieht sie, bestenfalls das Personal in der Küche; welcher
das genügt, die mag sich schmücken. Sonst aber immerfort in ihrem Zimmerchen oder in den Zimmern der
Herren, welche auch nur in reinen Kleidern zu betreten
Leichtsinn und Verschwendung ist. Und immer in dem
künstlichen Licht und in der dumpfen Luft – es wird
immerfort geheizt – und eigentlich immer müde. Den
einen freien Nachmittag in der Woche verbringt man am
besten, indem man ihn in irgendeinem Verschlag in der
Küche ruhig und angstlos verschläft. Wozu sich also
schmücken? Ja, man zieht sich kaum an. Und nun wurde
Pepi plötzlich in den Ausschank versetzt, wo, vorausgesetzt daß man sich dort behaupten wollte, gerade das
Gegenteil nötig war, wo man immer unter den Augen
der Leute war, und darunter sehr verwöhnter und aufmerksamer Herren und wo man daher immer möglichst
fein und angenehm aussehn mußte. Nun, das war eine
Wendung. Und Pepi darf von sich sagen, daß sie nichts
versäumt hat. Wie es sich später gestalten würde, das

[459]

machte Pepi nicht besorgt. Daß sie die Fähigkeiten hatte, welche für diese Stelle nötig waren, das wußte sie, dessen war sie ganz gewiß, diese Überzeugung hat sie auch noch jetzt und niemand kann sie ihr nehmen, auch heute am Tage ihrer Niederlage nicht. Nur wie sie sich in der allerersten Zeit bewähren würde, das war schwierig, weil sie doch ein armes Zimmermädchen war ohne Kleider und Schmuck und weil die Herren nicht die Geduld haben zu warten, wie man sich entwickelt, sondern gleich ohne Übergang ein Ausschankmädchen haben wollen, wie es sich gebürt, sonst wenden sie sich ab. Man sollte denken, ihre Ansprüche wären nicht gar groß, da doch Frieda sie befriedigen konnte. Das ist aber nicht richtig. Pepi hat oft darüber nachgedacht, ist ja auch öfter mit Frieda zusammengekommen und hat eine Zeitlang sogar mit ihr geschlafen. Es ist nicht leicht Frieda auf die Spur zu kommen und wer nicht sehr acht gibt – und welche Herren geben denn sehr acht? – ist von ihr gleich irregeführt. Niemand weiß genauer als Frieda selbst wie kläglich sie aussieht; wenn man z. B. zum erstenmal sie ihre Haare auflösen sieht, schlägt man vor Mitleid die Hände zusammen, ein solches Mädchen dürfte, wenn es rechtlich zugienge, nicht einmal Zimmermädchen sein; sie weiß es auch und manche Nacht hat sie darüber geweint, sich an Pepi gedrückt und Pepis Haare um den eigenen Kopf gelegt. Aber wenn sie im Dienst ist, sind alle Zweifel verschwunden, sie hält sich

für die Allerschönste und jedem weiß sie es auf die richtige Weise einzuflößen. Sie kennt die Leute und das ist
ihre eigentliche Kunst. Und lügt schnell und betrügt,
damit die Leute nicht Zeit haben, sie genauer anzusehn.
Natürlich genügt das nicht für die Dauer, die Leute haben doch Augen und die würden schließlich Recht behalten. Aber in dem Augenblick, wo sie eine solche Gefahr merkt, hat sie schon ein anderes Mittel bereit, in der
letzten Zeit z.B. ihr Verhältnis zu Klamm. Ihr Verhältnis
mit Klamm! Glaubst Du nicht daran, kannst es ja nachprüfen, geh zu Klamm und frag ihn. Wie schlau, wie
schlau. Und wenn Du etwa nicht wagen solltest, wegen
einer solchen Anfrage zu Klamm zu gehn und vielleicht
mit unendlich wichtigern Anfragen nicht vorgelassen
werden solltest und Klamm Dir sogar völlig verschlossen ist – nur Dir und Deinesgleichen, denn Frieda z.B.
hüpft zu ihm hinein wann sie will – wenn das so ist, so
kannst Du die Sache trotzdem nachprüfen, Du brauchst
nur zu warten. Klamm wird doch ein derartig falsches
Gerücht nicht lange dulden können, er ist doch gewiß
wild dahinter her, was man von ihm im Ausschank und
in den Gastzimmern erzählt, das alles hat für ihn die
größte Wichtigkeit und ist es falsch, wird er es gleich
richtigstellen. Aber er stellt es nicht richtig, nun dann ist
nichts richtigzustellen und es ist die lautere Wahrheit.
Was man sieht, ist zwar nur, daß Frieda das Bier in
Klamms Zimmer trägt und mit der Bezahlung wieder

herauskommt, aber das was man nicht sieht, erzählt Frieda und man muß es ihr glauben. Und sie erzählt es gar nicht, sie wird doch nicht solche Geheimnisse ausplaudern, nein, um sie herum plaudern sich die Geheimnisse von selbst aus und da sie nun einmal ausgeplaudert sind, scheut sie sich allerdings nicht mehr auch selbst von ihnen zu reden, aber bescheiden, ohne irgendetwas zu behaupten, sie beruft sich nur auf das ohnehin allgemein Bekannte. Nicht auf alles, davon z. B. daß Klamm, seit sie im Ausschank ist, weniger Bier trinkt als früher, nicht viel weniger, aber doch deutlich weniger, davon spricht sie nicht, es kann ja auch verschiedene Gründe haben, es ist eben eine Zeit gekommen, in der das Bier Klamm weniger schmeckt oder er vergißt gar über Frieda das Biertrinken. Jedenfalls also ist, wie erstaunlich das auch sein mag, Frieda Klamms Geliebte. Was aber Klamm genügt, wie sollten das nicht auch die andern bewundern und so ist Frieda, ehe man sich dessen versieht, eine große Schönheit geworden, ein Mädchen genau so beschaffen, wie es der Ausschank braucht, ja fast zu schön, zu mächtig, schon genügt ihr der Ausschank kaum. Und tatsächlich, es erscheint den Leuten merkwürdig, daß sie noch immer im Ausschank ist; ein Ausschankmädchen zu sein, ist viel; von da aus erscheint die Verbindung mit Klamm sehr glaubwürdig; wenn aber einmal das Ausschankmädchen Klamms Geliebte ist, warum läßt er sie und gar so lange im Ausschank?

Warum führt er sie nicht höher? Man kann tausendmal den Leuten sagen, daß hier kein Widerspruch besteht, daß Klamm bestimmte Gründe hat so zu handeln, oder daß plötzlich einmal, vielleicht schon in allernächster Zeit Friedas Erhöhung kommen wird, das alles macht nicht viel Wirkung, die Leute haben bestimmte Vorstellungen und lassen sich durch alle Kunst auf die Dauer von ihnen nicht ablenken. Es hat ja niemand mehr daran gezweifelt, daß Frieda Klamms Geliebte ist, selbst die, welche es offenbar besser wußten, waren schon zu müde um zu zweifeln, „Sei in Teufels Namen Klamms Geliebte", dachten sie, „aber wenn Du es schon bist, dann wollen wir es auch an Deinem Aufstieg merken." Aber man merkte nichts und Frieda blieb im Ausschank wie bisher und war im Geheimen noch sehr froh, daß es so blieb. Aber bei den Leuten verlor sie an Ansehn, das konnte ihr natürlich nicht unbemerkt bleiben, sie merkt ja gewöhnlich Dinge, noch ehe sie vorhanden sind. Ein wirklich schönes liebenswürdiges Mädchen muß, wenn es sich einmal im Ausschank eingelebt hat, keine Künste aufwenden; solange es schön ist wird es, wenn nicht ein besonderer unglücklicher Zufall eintritt, Ausschankmädchen sein. Ein Mädchen wie Frieda aber muß immerfort um ihre Stelle besorgt sein, natürlich zeigt sie es verständiger Weise nicht, eher pflegt sie zu klagen und die Stelle zu verwünschen. Aber im Geheimen beobachtet sie die Stimmung fortwährend. Und so sah sie wie die

[463]

Leute gleichgültig wurden, das Auftreten Friedas war nichts mehr, was auch nur lohnte die Augen zu heben, nicht einmal die Knechte kümmerten sich mehr um sie, die hielten sich verständiger Weise an Olga und derglei-
5 chen Mädchen, auch am Benehmen des Wirts merkte sie, daß sie immer weniger unentbehrlich war, immer neue Geschichten von Klamm konnte man auch nicht erfinden, alles hat Grenzen – und so entschloß sich die gute Frieda zu etwas Neuem. Wer nur imstande gewesen
10 wäre, es gleich zu durchschauen! Pepi hat es geahnt, aber durchschaut hat sie es leider nicht. Frieda entschloß sich Skandal zu machen, sie, die Geliebte Klamms, wirft sich irgendeinem Beliebigen, womöglich dem Allergering-sten hin. Das wird Aufsehen machen, davon wird man
15 lange reden und endlich, endlich wird man sich wieder daran erinnern, was es bedeutet Klamms Geliebte zu sein und was es bedeutet diese Ehre im Rausche einer neuen Liebe zu verwerfen. Schwer war es nur, den geeig-neten Mann zu finden, mit dem das kluge Spiel zu spie-
20 len war. Ein Bekannter Friedas durfte es nicht sein, nicht einmal einer von den Knechten, er hätte sie wahrschein-lich mit großen Augen angesehn und wäre weiter gegan-gen, vor allem hätte er nicht genug Ernst bewahrt und es wäre mit aller Redefertigkeit unmöglich gewesen zu ver-
25 breiten, daß Frieda von ihm überfallen worden sei, sich seiner nicht habe erwehren können und in einer besin-nungslosen Stunde ihm erlegen sei. Und wenn es auch

[464]

ein Allergeringster sein sollte, so mußte es doch einer sein, von dem glaubhaft gemacht werden konnte, daß er trotz seiner stumpfen unfeinen Art sich doch nach niemandem andern als gerade nach Frieda sehnte und kein höheres Verlangen hatte, als – Du lieber Himmel! – Frieda zu heiraten. Aber wenn es auch ein gemeiner Mann sein sollte, womöglich noch niedriger als ein Knecht, viel niedriger als ein Knecht, so doch einer, wegen dessen einen nicht jedes Mädchen verlacht, an dem vielleicht auch ein anderes urteilsfähiges Mädchen einmal etwas Anziehendes finden könnte. Wo findet man aber einen solchen Mann? Ein anderes Mädchen hätte ihn wahrscheinlich ein Leben lang vergeblich gesucht, Friedas Glück führt ihr den Landvermesser in den Ausschank vielleicht gerade an dem Abend, an dem ihr der Plan zum erstenmal in den Sinn kommt. Der Landvermesser! Ja, woran denkt denn K.? Was hat er für besondere Dinge im Kopf? Will er etwas Besonderes erreichen? Eine gute Anstellung, eine Auszeichnung? Will er etwas derartiges? Nun, dann hätte er es von allem Anfang an anders anstellen müssen. Er ist doch gar nichts, es ist ein Jammer seine Lage anzusehn. Er ist Landvermesser, das ist vielleicht etwas, er hat also etwas gelernt, aber wenn man nichts damit anzufangen weiß, ist es doch auch wieder nichts. Und dabei stellt er Ansprüche; ohne den geringsten Rückhalt zu haben, stellt er Ansprüche, nicht geradezu, aber man merkt daß er irgendwelche Ansprüche macht, das ist doch aufreizend. Ob er denn wisse, daß sich sogar ein Zimmermädchen etwas vergibt, wenn sie länger mit ihm spricht. Und mit allen diesen besondern Ansprüchen plumpst er gleich am ersten Abend in die gröbste Falle. Schämt er sich denn nicht? Was hat ihn denn an Frieda so bestochen? Jetzt könnte er es doch gestehn. Hat sie ihm denn wirklich gefallen können, dieses magere gelbliche Ding? Ach nein, er hat sie ja gar nicht angesehn, sie hat ihm nur gesagt, daß sie Klamms Geliebte sei, bei ihm schlug das noch als Neuigkeit ein und da war er verloren. Sie aber mußte nun ausziehn, jetzt war natürlich kein Platz mehr für sie im Herrenhof. Pepi hat sie noch am Morgen vor dem Auszug gesehn, das Personal war zusammengelaufen, neugierig auf den Anblick war doch jeder. Und so groß war noch ihre Macht, daß man sie bedauerte, alle, auch ihre Feinde bedauerten sie; so richtig erwies sich schon am Anfang ihre Rechnung; an einen solchen Mann sich weggeworfen zu haben, schien allen unbegreiflich und ein Schicksalsschlag, die kleinen Küchenmädchen, die natürlich jedes Ausschankmädchen bewundern, waren untröstlich. Selbst Pepi war davon berührt, nicht einmal sie konnte sich ganz wehren, wenn auch ihre Aufmerksamkeit eigentlich etwas anderem galt. Ihr fiel auf, wie wenig traurig Frieda eigentlich war. Es war doch im Grunde ein entsetzliches Unglück, das sie betroffen hatte, sie tat ja auch so als wenn sie sehr unglück-

[466]

lich wäre, aber es war nicht genug, dieses Spiel konnte
Pepi nicht täuschen. Was hielt sie also aufrecht? Etwa das
Glück der neuen Liebe? Nun, diese Erwägung schied
aus. Was war es aber sonst? Was gab ihr die Kraft sogar
gegen Pepi, die damals schon als ihre Nachfolgerin galt, 5
kühl freundlich zu sein wie immer. Pepi hatte damals
nicht genug Zeit darüber nachzudenken, sie hatte zuviel
zu tun mit den Vorbereitungen für die neue Stelle. Sie
sollte sie wahrscheinlich in paar Stunden antreten und
hatte noch keine schöne Frisur, kein elegantes Kleid, 10
keine feine Wäsche, keine brauchbaren Schuhe. Das alles
mußte in paar Stunden beschafft werden, konnte man
sich nicht richtig ausstatten, dann war es besser auf die
Stelle überhaupt zu verzichten, denn dann verlor man sie
schon in der ersten halben Stunde ganz gewiß. Nun, es 15
gelang zum Teil. Für Frisieren hat sie eine besondere
Anlage, einmal hat die Wirtin sogar sie kommen lassen,
ihr die Frisur zu machen, es ist das eine besondere Leichtigkeit der Hand die ihr gegeben ist, freilich fügt sich
auch ihr reiches Haar gleich wie man nur will. Auch für 20
das Kleid war Hilfe da. Ihre zwei Kolleginnen hielten
treu zu ihr, es ist auch eine gewisse Ehre für sie, wenn
ein Mädchen gerade aus ihrer Gruppe Ausschankmädchen wird und dann hätte ihnen ja Pepi später, wenn sie
zur Macht gekommen wäre, manche Vorteile verschaf- 25
fen können. Eines der Mädchen hatte seit langem einen
teueren Stoff liegen, es war ihr Schatz, öfters hatte sie ihn

[467]

von den andern bewundern lassen, träumte wohl davon ihn einmal für sich großartig zu verwenden und – das war sehr schön von ihr gehandelt – jetzt da ihn Pepi brauchte, opferte sie ihn. Und beide halfen ihr bereitwilligst beim Nähen, hätten sie für sich genäht, sie hätten nicht eifriger sein können. Das war sogar eine sehr fröhliche beglückende Arbeit. Sie saßen, jede auf ihrem Bett, eine über der andern, nähten und sangen, und reichten einander die fertigen Teile und das Zubehör hinauf und hinab. Wenn Pepi daran denkt, fällt es ihr umso schwerer aufs Herz, daß alles vergeblich war, und daß sie mit leeren Händen wieder zu ihren Freundinnen kommt. Was für ein Unglück und wie leichtsinnig verschuldet, vor allem von K. Wie sich damals alle freuten über das Kleid. Es schien die Bürgschaft des Gelingens, und wenn sich nachträglich noch ein Platz für ein Bändchen fand, verschwand der letzte Zweifel. Und ist es nicht wirklich schön das Kleid? Es ist jetzt schon zerdrückt und ein wenig fleckig, Pepi hatte eben kein zweites Kleid, hatte Tag und Nacht dieses tragen müssen, aber noch immer sieht man wie schön es ist, nicht einmal die verfluchte Barnabassische brächte ein besseres zustande. Und daß man es nach Belieben zuziehn und wieder lockern kann, oben und unten, daß es also zwar nur ein Kleid ist, aber so veränderlich, das ist ein besonderer Vorzug und war eigentlich ihre Erfindung. Es ist freilich auch nicht schwer für sie zu nähn, Pepi rühmt sich dessen nicht,

[468]

jungen gesunden Mädchen paßt ja alles. Viel schwerer war es Wäsche und Stiefel zu beschaffen und hier beginnt eigentlich der Mißerfolg. Auch hier halfen die Freundinnen aus, so gut sie konnten, aber sie konnten nicht viel. Es war doch nur grobe Wäsche, die sie zusammenbrachte und zusammenflickte und statt gestöckelter Stiefelchen mußte es bei Hausschuhen bleiben, die man lieber versteckt als zeigt. Man tröstete Pepi: Frieda war doch auch nicht sehr schön angezogen und manchmal zog sie so schlampig herum, daß die Gäste sich lieber von den Kellerburschen servieren ließen als von ihr. So war es tatsächlich, aber Frieda durfte das tun, sie war schon in Gunst und Ansehn; wenn eine Dame einmal beschmutzt und nachlässig angezogen sich zeigt, so ist das umso lockender, aber bei einem Neuling wie Pepi? Und außerdem konnte sich Frieda gar nicht gut anziehn, sie ist ja von allem Geschmack verlassen; hat jemand schon eine gelbliche Haut, so muß er sie freilich behalten, aber er muß nicht, wie Frieda, noch eine tief ausgeschnittene crême Bluse dazu anziehn, so daß einem vor lauter Gelb die Augen übergingen. Und selbst wenn das nicht gewesen wäre, sie war ja zu geizig, um sich gut anzuziehn, alles was sie verdiente, hielt sie zusammen, niemand wußte wofür. Sie brauchte im Dienst kein Geld, sie kam mit Lügen und Kniffen aus, dieses Beispiel wollte und konnte Pepi nicht nachahmen und darum war es berechtigt, daß sie sich so schmückte, um sich ganz

[469]

zur Geltung zu bringen, gar am Beginn. Hätte sie es nur
mit stärkern Mitteln tun können, sie wäre trotz aller
Schlauheit Friedas, trotz aller Torheit K.'s, Siegerin geblieben. Es fing ja auch sehr gut an. Die paar Handgriffe
und Kenntnisse die nötig waren, hatte sie schon vorher
in Erfahrung gebracht. Kaum war sie im Ausschank, war
sie dort schon eingelebt. Niemand vermißte bei der Arbeit Frieda. Erst am zweiten Tag erkundigten sich manche Gäste, wo denn eigentlich Frieda sei. Es geschah
kein Fehler, der Wirt war zufrieden, den ersten Tag war
er in seiner Angst immerfort im Ausschank gewesen,
später kam er nur noch hie und da, schließlich überließ
er, da die Kassa stimmte – die Eingänge waren durch-
schnittlich sogar etwas größer als zu Friedas Zeit – Pepi
schon alles. Sie führte Neuerungen ein. Frieda hatte,
nicht aus Fleiß, sondern aus Geiz, aus Herrschsucht, aus
Angst, jemandem etwas von ihren Rechten abzutreten,
auch die Knechte, zum Teil wenigstens, besonders wenn
jemand zusah, beaufsichtigt; Pepi dagegen wies diese Arbeit völlig den Kellerburschen zu, die dafür ja auch viel
besser taugen. Dadurch erübrigte sie mehr Zeit für die
Herrenzimmer, die Gäste wurden schnell bedient, trotzdem konnte sie mit jedem noch paar Worte sprechen,
nicht wie Frieda, die sich angeblich gänzlich für Klamm
aufbewahrte und jedes Wort, jede Annäherung eines andern als eine Kränkung Klamms ansah. Das war freilich
auch klug, denn wenn sie einmal jemanden an sich her-

[470]

anließ war es eine unerhörte Gunst. Pepi aber haßt solche Künste, auch sind sie am Anfang nicht brauchbar. Pepi war zu jedem freundlich und jeder vergalt es ihr mit Freundlichkeit. Alle waren sichtlich froh über die Änderung; wenn sich die abgearbeiteten Herren endlich für ein Weilchen zum Bier setzen dürfen, kann man sie durch ein Wort, durch einen Blick, durch ein Zucken der Achseln förmlich verwandeln. So eifrig fuhren alle Hände durch Pepis Locken, daß sie wohl zehnmal im Tag ihre Frisur erneuern mußte, der Verführung dieser Locken und Maschen widersteht keiner, nicht einmal der sonst so gedankenlose K. So verflogen aufregende, arbeitsvolle aber erfolgreiche Tage. Wären sie nicht so schnell verflogen, wären ihrer doch ein wenig mehr gewesen! Vier Tage sind zu wenig, wenn man sich auch bis zur Erschöpfung anstrengt, vielleicht hätte schon der fünfte Tag genügt, aber vier Tage waren zu wenig. Pepi hatte zwar schon in vier Tagen Gönner und Freunde erworben, hätte sie allen Blicken trauen dürfen, schwamm sie ja, wenn sie mit den Bierkrügen daher kam, in einem Meer von Freundschaft, ein Schreiber namens Bratmeier ist vernarrt in sie, hat ihr dieses Kettchen und Anhängsel verehrt und in das Anhängsel sein Bild gegeben, was allerdings eine Keckheit war – dieses und anderes war geschehn, aber es waren doch nur vier Tage, in vier Tagen kann, wenn Pepi sich dafür einsetzt, Frieda fast, aber doch nicht ganz vergessen werden, und

[471]

sie wäre doch vergessen worden, vielleicht noch früher, hätte sie nicht vorsorglich durch ihren großen Skandal sich im Mund der Leute erhalten, sie war den Leuten dadurch neu geworden, nur aus Neugierde hätten sie sie
5 gerne wieder gesehn; was ihnen öde bis zum Überdruß geworden war, hatte durch des sonst gänzlich gleichgültigen K. Verdienst wieder einen Reiz für sie, Pepi hätten sie dafür freilich nicht hingegeben, solange sie dastand und durch ihre Gegenwart wirkte, aber es sind meist
10 ältere Herren, schwerfällig in ihren Gewohnheiten, ehe sie sich an ein neues Ausschankmädchen gewöhnen, dauert es, und sei der Tausch noch so vorteilhaft doch paar Tage, gegen den eigenen Willen der Herren dauert es paar Tage, vielleicht nur fünf Tage, aber vier reichen
15 nicht aus, Pepi galt trotz allem noch immer nur als die Provisorische. Und dann das vielleicht größte Unglück, in diesen vier Tagen kam Klamm, trotzdem er während der ersten zwei Tage im Dorfe war, in das Gastzimmer nicht herunter. Wäre er gekommen, das wäre Pepis ent-
20 scheidende Erprobung gewesen, eine Erprobung übrigens die sie am wenigsten fürchtete, auf die sie sich eher freute. Sie wäre – an solche Dinge rührt man freilich am besten gar nicht mit Worten – Klamms Geliebte nicht geworden und hätte sich auch nicht zu einer solchen
25 hinaufgelogen, aber sie hätte zumindest so nett wie Frieda das Bierglas auf den Tisch zu stellen gewußt, ohne Friedas Aufdringlichkeiten hübsch gegrüßt und

[472]

hübsch sich empfohlen und wenn Klamm überhaupt in
den Augen eines Mädchens etwas sucht, er hätte es in
Pepis Augen bis zur völligen Sättigung gefunden. Aber
warum kam er nicht? Aus Zufall? Pepi hatte das damals
auch geglaubt. Die zwei Tage lang erwartete sie ihn jeden 5
Augenblick, auch in der Nacht wartete sie. „Jetzt wird
Klamm kommen", dachte sie immerfort und lief hin und
her ohne andern Grund als die Unruhe der Erwartung
und das Verlangen, ihn als erste sofort bei seinem Eintritt zu sehn. Diese fortwährende Enttäuschung ermü- 10
dete sie sehr, vielleicht leistete sie deshalb nicht soviel als
sie hätte leisten können. Sie schlich, wenn sie ein wenig
Zeit hatte, hinauf in den Korridor, den zu betreten dem
Personal streng verboten ist, dort drückte sie sich in eine
Nische und wartete. „Wenn doch jetzt Klamm käme", 15
dachte sie, „wenn ich doch den Herrn aus seinem Zimmer nehmen und auf meinen Armen in das Gastzimmer
hinunter tragen könnte. Unter dieser Last würde ich
nicht zusammensinken und wäre sie noch so groß."
Aber er kam nicht. In diesen Korridoren oben ist es so 20
still, das kann man sich gar nicht vorstellen, wenn man
nicht dort gewesen ist. Es ist so still, daß man es dort gar
nicht lange aushalten kann, die Stille treibt einen fort.
Aber immer wieder, zehnmal vertrieben, zehnmal wieder stieg Pepi hinauf. Es war ja sinnlos. Wenn Klamm 25
kommen wollte, würde er kommen; wenn er aber nicht
kommen wollte, würde ihn Pepi nicht herauslocken,

[473]

auch wenn sie in der Nische vor Herzklopfen halb er-
stickte. Es war sinnlos, aber wenn er nicht kam, war ja
fast alles sinnlos. Und er kam nicht. Heute weiß Pepi
warum Klamm nicht kam. Frieda hätte eine herrliche
5 Unterhaltung gehabt, wenn sie oben im Korridor Pepi in
der Nische, beide Hände am Herzen, hätte sehen können. Klamm kam nicht herunter, weil Frieda es nicht
zuließ. Nicht durch ihre Bitten hat sie das bewirkt, ihre
Bitten dringen nicht zu Klamm. Aber sie hat, diese
10 Spinne, Verbindungen, von denen niemand weiß. Wenn
Pepi einem Gast etwas sagt, sagt sie es offen, auch der
Nebentisch kann es hören; Frieda hat nichts zu sagen,
sie stellt das Bier auf den Tisch und geht; nur ihr seide-
ner Unterrock, das einzige, wofür sie Geld ausgibt,
15 rauscht. Wenn sie aber einmal etwas sagt, dann nicht
offen, dann flüstert sie es dem Gast zu, bückt sich hinab,
daß man am Nachbartisch die Ohren spitzt. Was sie sagt,
ist ja wahrscheinlich belanglos, aber doch nicht immer,
Verbindungen hat sie, stützt die einen durch die andern
20 und mißlingen die meisten – wer würde sich dauernd um
Frieda kümmern? – hält hie und da doch eine fest. Diese
Verbindungen begann sie jetzt auszunützen, K. gab ihr
die Möglichkeit dazu, statt bei ihr zu sitzen und sie zu
bewachen, hält er sich kaum zuhause auf, wandert
25 herum, hat Besprechungen hier und dort, für alles hat er
Aufmerksamkeit, nur nicht für Frieda, und um ihr
schließlich noch mehr Freiheit zu geben, übersiedelt er

[474]

aus dem Brückenhof in die leere Schule. Das alles ist ja ein schöner Anfang der Flitterwochen. Nun, Pepi ist gewiß die letzte, die K. Vorwürfe deshalb machen wird, daß er es nicht bei Frieda ausgehalten hat; man kann es bei ihr nicht aushalten. Aber warum hat er sie dann nicht ganz verlassen, warum ist er immer wieder zu ihr zurückgekommen, warum hat er durch seine Wanderungen den Anschein erweckt, daß er für sie kämpft. Es sah ja aus, als habe er erst durch die Berührung mit Frieda seine tatsächliche Nichtigkeit entdeckt, wolle sich Friedas würdig machen, wolle sich irgendwie hinaufhaspeln, verzichte deshalb vorläufig auf das Beisammensein, um sich später ungestört für die Entbehrungen entschädigen zu dürfen. Inzwischen verliert Frieda nicht die Zeit, sie sitzt in der Schule, wohin sie ja K. wahrscheinlich gelenkt hat, und beobachtet den Herrenhof und beobachtet K. Boten hat sie ausgezeichnete zur Hand, K.'s Gehilfen, die er ihr – man begreift es nicht, selbst wenn man K. kennt, begreift mans nicht – gänzlich überläßt. Sie schickt sie zu ihren alten Freunden, bringt sich in Erinnerung, klagt darüber, daß sie von einem Mann wie K. gefangen gehalten ist, hetzt gegen Pepi, verkündet ihre baldige Ankunft, bittet um Hilfe, beschwört sie, Klamm nichts zu verraten, tut so, als müsse Klamm geschont werden und dürfe daher auf keinen Fall in den Ausschank hinuntergelassen werden. Was sie den einen gegenüber als Schonung Klamms ausgibt, nützt sie dem

[475]

Wirt gegenüber als ihren Erfolg aus, macht darauf aufmerksam, daß Klamm nicht mehr kommt; wie könne er
denn kommen, wenn unten nur eine Pepi bedient; zwar
hat der Wirt keine Schuld, diese Pepi war immerhin noch
der beste Ersatz, der zu finden war, nur genügt er nicht,
nicht einmal für paar Tage. Von dieser ganzen Tätigkeit
Friedas weiß K. nichts; wenn er nicht herumwandert,
liegt er ahnungslos zu ihren Füßen, während sie die
Stunden zählt, die sie noch vom Ausschank trennen.
Aber nicht nur diesen Botendienst leisten die Gehilfen,
sie dienen auch dazu K. eifersüchtig zu machen, ihn
warm zu halten. Seit ihrer Kindheit kennt Frieda die
Gehilfen, Geheimnisse haben sie gewiß keine mehr vor
einander, aber K. zu Ehren fangen sie an, sich nach einander zu sehnen und es entsteht für K. die Gefahr, daß es
eine große Liebe wird. Und K. tut Frieda alles zu Gefallen, auch das Widersprechendste, er läßt sich von den
Gehilfen eifersüchtig machen, duldet aber doch daß alle
drei beisammen bleiben, während er allein auf seine
Wanderungen geht. Es ist fast als sei er Friedas dritter
Gehilfe. Da entscheidet sich Frieda endlich auf Grund
ihrer Beobachtungen zum großen Schlag, sie beschließt
zurückzukehren. Und es ist wirklich höchste Zeit, es ist
bewunderungswürdig, wie Frieda, die Schlaue, dieses erkennt und ausnützt, diese Kraft der Beobachtung und
des Entschlusses sind Friedas unnachahmbare Kunst;
wenn Pepi sie hätte, wie anders würde ihr Leben verlau-

fen. Wäre Frieda noch ein, zwei Tage länger in der
Schule geblieben, ist Pepi nicht mehr zu vertreiben, ist
endgiltig Ausschankmädchen, von allen geliebt und gehalten, hat genug Geld verdient, um die notdürftige
Ausstattung blendend zu ergänzen, noch ein, zwei Tage
und Klamm ist durch keine Ränke mehr vom Gastzimmer abzuhalten, kommt, trinkt, fühlt sich behaglich und
ist, wenn er Friedas Abwesenheit überhaupt bemerkt,
mit der Veränderung hoch zufrieden, noch ein, zwei
Tage und Frieda mit ihrem Skandal, mit ihren Verbindungen, mit den Gehilfen, mit allem, ist ganz und gar
vergessen, niemals kommt sie mehr hervor. Dann
könnte sie sich vielleicht desto fester an K. halten und
könnte ihn, vorausgesetzt daß sie dessen fähig ist, wirklich lieben lernen? Nein, auch das nicht. Denn mehr als
einen Tag braucht auch K. nicht, um ihrer überdrüssig
zu werden, um zu erkennen, wie schmählich sie ihn
täuscht, mit allem, mit ihrer angeblichen Schönheit, ihrer
angeblichen Treue und am meisten mit der angeblichen
Liebe Klamms, nur einen Tag noch, nicht mehr, braucht
er um sie mit der ganzen schmutzigen Gehilfenwirt-
schaft aus dem Haus zu jagen, man denke, nicht einmal
K. braucht mehr. Und da zwischen diesen beiden Gefahren, wo sich förmlich schon das Grab über ihr zu schließen anfängt, K. in seiner Einfalt hält ihr noch den letzten
schmalen Weg frei, da brennt sie durch. Plötzlich – das
hat kaum jemand mehr erwartet, es geht gegen die Natur

[477]

– plötzlich ist sie es, die K., den noch immer sie lieben-
den, immer sie verfolgenden, fortjagt und unter dem
nachhelfenden Druck der Freunde und Gehilfen dem
Wirt als Retterin erscheint, durch ihren Skandal viel lok-
kender als früher, erwiesenermaßen begehrt von den
Niedrigsten wie von den Höchsten, dem Niedrigen aber
nur für einen Augenblick verfallen, bald ihn fortstoßend
wie es sich gehört und ihm und allen wieder unerreichbar wie früher, nur daß man früher das alles schon mit
Recht bezweifelte, jetzt aber wieder überzeugt worden
ist. So kommt sie zurück, der Wirt mit einem Seitenblick
auf Pepi zögert – soll er sie opfern, die sich so bewährt
hat? – aber bald ist er überredet, zuviel spricht für Frieda
und vor allem, sie wird ja Klamm für die Gastzimmer
zurückgewinnen. Dabei halten wir jetzt abend. Pepi
wird nicht warten, bis Frieda kommt und aus der Übernahme der Stelle einen Triumph macht. Die Kassa hat sie
der Wirtin schon übergeben, sie kann gehn. Das Bettfach
unten in dem Mädchenzimmer ist für sie bereit, sie wird
hinkommen, von den weinenden Freundinnen begrüßt,
wird sich das Kleid vom Leib, die Bänder aus den Haaren reißen und alles in einen Winkel stopfen, wo es gut
verborgen ist und nicht unnötig an Zeiten erinnert, die
vergessen bleiben sollen. Dann wird sie den großen Eimer und den Besen nehmen, die Zähne zusammenbeißen
und an die Arbeit gehn. Vorläufig aber mußte sie noch
alles K. erzählen, damit er, der ohne Hilfe auch jetzt dies

[478]

noch nicht erkannt hätte, einmal deutlich sieht, wie häßlich er an Pepi gehandelt und wie unglücklich er sie gemacht hat. Freilich, auch er ist dabei nur mißbraucht
worden.

Pepi hatte geendet. Sie wischte sich aufatmend paar
Tränen von Augen und Wangen und sah dann K. kopf-
nickend an, so als wolle sie sagen, im Grunde handle es
sich gar nicht um ihr Unglück, sie werde es tragen und
brauche hiezu weder Hilfe noch Trost irgendjemandes
und K.'s am wenigsten, sie kenne trotz ihrer Jugend das
Leben und ihr Unglück sei nur eine Bestätigung ihrer
Kenntnisse, aber um K. handle es sich, ihm habe sie sein
Bild vorhalten wollen, noch nach dem Zusammenbrechen aller ihrer Hoffnungen habe sie das zu tun für nötig
gehalten.

„Was für eine wilde Phantasie Du hast, Pepi", sagte K.
„Es ist ja gar nicht wahr, daß Du erst jetzt alle diese
Dinge entdeckt hast, das sind ja nichts anderes als
Träume aus Euerem dunklen engen Mädchenzimmer
unten, die dort an ihrem Platze sind, hier aber im freien
Ausschank sich sonderbar ausnehmen. Mit solchen Gedanken konntest Du Dich hier nicht behaupten, das ist ja
selbstverständlich. Schon Dein Kleid und Deine Frisur,
deren Du Dich so rühmst, sind nur Ausgeburten jenes
Dunkels und jener Betten in Euerem Zimmer; dort sind
sie gewiß sehr schön, hier aber lacht jeder im Geheimen
oder offen darüber. Und was erzählst Du sonst? Ich sei

[479]

also mißbraucht und betrogen worden? Nein, liebe Pepi, ich bin so wenig mißbraucht und betrogen worden wie Du. Es ist richtig, Frieda hat mich gegenwärtig verlassen oder ist, wie Du es ausdrückst, mit einem Gehilfen durchgebrannt, einen Schimmer der Wahrheit siehst Du, und es ist auch wirklich sehr unwahrscheinlich, daß sie noch meine Frau werden wird, aber es ist ganz und gar unwahr, daß ich ihrer überdrüssig geworden wäre oder sie gar am nächsten Tag schon verjagt hätte oder daß sie mich betrogen hätte, wie sonst vielleicht eine Frau einen Mann betrügt. Ihr Zimmermädchen seid gewohnt, durch das Schlüsselloch zu spionieren und davon behaltet Ihr die Denkweise, von einer Kleinigkeit, die Ihr wirklich seht, ebenso großartig wie falsch auf das Ganze zu schließen. Die Folge dessen ist, daß ich z. B. in diesem Fall viel weniger weiß als Du. Ich kann beiweitem nicht so genau, wie Du, erklären, warum Frieda mich verlassen hat. Die wahrscheinlichste Erklärung scheint mir die auch von Dir gestreifte aber nicht ausgenützte, daß ich sie vernachlässigt habe. Das ist leider wahr, ich habe sie vernachlässigt, aber das hatte besondere Gründe, die nicht hierher gehören, ich wäre glücklich, wenn sie zu mir zurückkäme, aber ich würde gleich wieder anfangen sie zu vernachlässigen. Es ist so. Da sie bei mir war, bin ich immerfort auf den von Dir verlachten Wanderungen gewesen, jetzt da sie weg ist, bin ich fast beschäftigungslos, bin müde, habe Verlangen nach immer vollständigerer Beschäftigungslosigkeit. Hast Du keinen Rat für mich, Pepi?" „Doch", sagte Pepi plötzlich lebhaft werdend und K. bei den Schultern fassend, „wir sind beide die Betrogenen, bleiben wir beisammen, komm mit hinunter zu den Mädchen." „Solange Du über Betrogenwerden klagst", sagte K., „kann ich mich mit Dir nicht verständigen. Du willst immerfort betrogen worden sein, weil Dir das schmeichelt und weil es Dich rührt. Die Wahrheit aber ist, daß Du für diese Stelle nicht geeignet bist. Wie klar muß diese Nichteignung sein, wenn sogar ich, der Deiner Meinung nach Unwissendste das einsehe. Du bist ein gutes Mädchen, Pepi, aber es ist nicht ganz leicht das zu erkennen, ich z.B. habe Dich zuerst für grausam und hochmütig gehalten, das bist Du aber nicht, es ist nur diese Stelle, welche Dich verwirrt, weil Du für sie nicht geeignet bist. Ich will nicht sagen, daß die Stelle für Dich zu hoch ist, es ist ja keine so außerordentliche Stelle, vielleicht ist sie, wenn man genau zusieht, etwas ehrenvoller als Deine frühere Stelle, im ganzen aber ist der Unterschied nicht groß, beide sind eher zum Verwechseln einander ähnlich, ja man könnte fast behaupten, daß Zimmermädchen-sein dem Ausschank vorzuziehen wäre, denn dort ist man immer unter Sekretären, hier dagegen muß man, wenn man auch in den Gastzimmern die Vorgesetzten der Sekretäre bedienen darf, doch auch mit ganz niedrigem Volk sich abgeben, z.B. mit mir; ich darf ja von Rechts wegen gar

[481]

nicht anderswo mich aufhalten, als eben hier im Ausschank und die Möglichkeit mit mir zu verkehren, sollte
so über alle Maßen ehrenvoll sein? Nun Dir scheint es so
und vielleicht hast Du auch Gründe dafür. Aber eben
deshalb bist Du ungeeignet. Es ist eine Stelle wie eine
andere, für Dich aber ist sie das Himmelreich, infolgedessen faßt Du alles mit übertriebenem Eifer an,
schmückst Dich wie Deiner Meinung nach die Engel
geschmückt sind – sie sind aber in Wirklichkeit anders –
zitterst für die Stelle, fühlst Dich immerfort verfolgt,
suchst alle, die Deiner Meinung nach Dich stützen
könnten, durch übergroße Freundlichkeit zu gewinnen,
störst sie aber dadurch und stößt sie ab, denn sie wollen
im Wirtshaus Frieden und nicht zu ihren Sorgen noch
die Sorgen der Ausschankmädchen. Es ist möglich, daß
nach Friedas Abgang niemand von den hohen Gästen
das Ereignis eigentlich gemerkt hat, heute aber wissen sie
davon und sehnen sich wirklich nach Frieda, denn
Frieda hat alles doch wohl ganz anders geführt. Wie sie
auch sonst sein mag und wie sie auch ihre Stelle zu schätzen wußte, im Dienst war sie vielerfahren, kühl und
beherrscht, Du hebst es ja selbst hervor, ohne allerdings
von der Lehre zu profitieren. Hast Du einmal ihren
Blick beachtet? Das war schon gar nicht mehr der Blick
eines Ausschankmädchens, das war schon fast der Blick
einer Wirtin. Alles sah sie und dabei auch jeden Einzelnen und der Blick, der für den Einzelnen übrig blieb,

[482]

war noch stark genug, um ihn zu unterwerfen. Was lag daran, daß sie vielleicht ein wenig mager, ein wenig ältlich war, daß man sich reicheres Haar vorstellen konnte, das sind Kleinigkeiten verglichen mit dem, was sie wirklich hatte und derjenige, welchen diese Mängel gestört hätten, hätte damit nur gezeigt, daß ihm der Sinn für Größeres fehlte. Klamm kann man dies gewiß nicht vorwerfen und es ist nur der falsche Gesichtswinkel eines jungen unerfahrenen Mädchens, der Dich an Klamms Liebe zu Frieda nicht glauben läßt. Klamm scheint Dir – und dies mit Recht – unerreichbar und deshalb glaubst Du, auch Frieda hätte an Klamm nicht herankommen können. Du irrst. Ich würde darin allein Friedas Wort vertrauen, selbst wenn ich nicht untrügliche Beweise dafür hätte. So unglaublich es Dir vorkommt und so wenig Du es mit Deinen Vorstellungen von Welt und Beamtentum und Vornehmheit und Wirkung der Frauenschönheit vereinen kannst, es ist doch wahr, so wie wir hier nebeneinander sitzen und ich Deine Hand zwischen die meinen nehme, so saßen wohl, als sei es die selbstverständlichste Sache von der Welt, auch Klamm und Frieda nebeneinander und er kam freiwillig herunter, ja eilte sogar herab, niemand lauerte ihm im Korridor auf und vernachlässigte die übrige Arbeit, Klamm mußte sich selbst bemühn, herabzukommen und die Fehler in Friedas Kleidung, vor denen Du Dich entsetzt hättest, störten ihn gar nicht. Du willst ihr nicht glauben! Und weißt nicht wie Du Dich damit bloßstellst, wie Du gerade damit Deine Unerfahrenheit zeigst. Selbst jemand der gar nicht von dem Verhältnis zu Klamm wüßte, müßte an ihrem Wesen erkennen, daß es jemand geformt hat, der mehr war als Du und ich und alles Volk im Dorf und daß ihre Unterhaltungen über die Scherze hinausgingen, wie sie zwischen Gästen und Kellnerinnen üblich sind und das Ziel Deines Lebens scheinen. Aber ich tue Dir Unrecht. Du erkennst ja selbst sehr gut Friedas Vorzüge, merkst ihre Beobachtungsgabe, ihre Entschlußkraft, ihren Einfluß auf die Menschen, nur deutest Du freilich alles falsch, glaubst daß sie alles eigensüchtig nur zu ihrem Vorteil und zum Bösen verwende oder gar als Waffe gegen Dich. Nein Pepi, selbst wenn sie solche Pfeile hätte, auf so kleine Entfernung könnte sie sie nicht abschießen. Und eigensüchtig? Eher könnte man sagen daß sie unter Aufopferung dessen was sie hatte und dessen was sie erwarten durfte, uns zwei die Gelegenheit gegeben hat, uns auf höherem Posten zu bewähren, daß wir zwei aber sie enttäuscht haben und sie geradezu zwingen wieder hierher zurückzukehren. Ich weiß nicht ob es so ist, auch ist mir meine Schuld gar nicht klar, nur wenn ich mich mit Dir vergleiche, taucht mir etwas derartiges auf; so als ob wir uns beide zu sehr, zu lärmend, zu kindisch, zu unerfahren bemüht hätten, um etwas, das z. B. mit Friedas Ruhe, mit Friedas Sachlichkeit leicht und unmerklich zu gewinnen ist, durch Weinen, durch

[484]

Kratzen, durch Zerren zu bekommen, so wie ein Kind am Tischtuch zerrt, aber nichts gewinnt, sondern nur die ganze Pracht herunterwirft und sie sich für immer unerreichbar macht – ich weiß nicht ob es so ist, aber daß es eher so ist, als wie Du es erzählst, das weiß ich gewiß." „Nun ja", sagte Pepi, „Du bist verliebt in Frieda, weil sie Dir weggelaufen ist, es ist nicht schwer in sie verliebt zu sein wenn sie weg ist. Aber mag es sein, wie Du willst, und magst Du in allem recht haben, auch darin, daß Du mich lächerlich machst, – was willst Du jetzt tun? Frieda hat Dich verlassen, weder nach meiner Erklärung noch nach Deiner hast Du Hoffnung, daß sie zu Dir zurückkommt und selbst wenn sie kommen sollte, irgendwo mußt Du die Zwischenzeit verbringen, es ist kalt und Du hast weder Arbeit noch Bett, komm zu uns, meine Freundinnen werden Dir gefallen, wir werden es Dir behaglich machen, Du wirst uns bei der Arbeit helfen, die wirklich für Mädchen allein zu schwer ist, wir Mädchen werden nicht auf uns angewiesen sein und in der Nacht nicht mehr Angst leiden. Komm zu uns! Auch meine Freundinnen kennen Frieda, wir werden Dir von ihr Geschichten erzählen, bis Du dessen überdrüssig geworden bist. Komm doch! Auch Bilder von Frieda haben wir und werden sie Dir zeigen. Damals war Frieda noch bescheidener als heute, Du wirst sie kaum wiedererkennen, höchstens an ihren Augen, die schon damals gelauert haben. Nun wirst Du also kommen?" „Ist es denn erlaubt? Gestern gab es doch noch den großen Skandal, weil ich auf Euerem Gang ertappt worden bin." „Weil Du ertappt wurdest; aber wenn Du bei uns bist, wirst Du nicht ertappt werden. Niemand wird von Dir wissen, nur wir drei. Ah, es wird lustig sein. Schon kommt mir das Leben dort viel erträglicher vor, als vor einem Weilchen noch. Vielleicht verliere ich jetzt gar nicht so viel dadurch, daß ich von hier fort muß. Du, wir haben uns auch zu dritt nicht gelangweilt, man muß sich das bittere Leben versüßen, es wird uns ja schon in der Jugend bitter gemacht, damit sich die Zunge nicht verwöhnt, nun wir drei halten zusammen, wir leben so hübsch, als es dort möglich ist, besonders Henriette wird Dir gefallen, aber auch Emilie, ich habe ihnen schon von Dir erzählt, man hört dort solche Geschichten ungläubig an, als könne außerhalb des Zimmers eigentlich nichts geschehn, warm und eng ist es dort, und wir drücken uns noch eng aneinander, nein, trotzdem wir auf einander angewiesen sind, sind wir einander nicht überdrüssig geworden, im Gegenteil, wenn ich an die Freundinnen denke, ist es mir fast recht, daß ich wieder zurückkomme; warum soll ich es weiterbringen als sie; das war es ja eben, was uns zusammenhielt, daß uns allen drei die Zukunft in gleicher Weise versperrt war und nun bin ich doch durchgebrochen und war von ihnen abgetrennt; freilich ich habe sie nicht vergessen und es war meine nächste Sorge, wie ich etwas für sie tun könnte; meine

[486]

eigene Stellung war noch unsicher – wie unsicher sie war, wußte ich gar nicht – und schon sprach ich mit dem Wirt über Henriette und Emilie. Hinsichtlich Henriettes war der Wirt nicht ganz unnachgiebig, für Emilie, die viel älter als wir ist, sie ist etwa in Friedas Alter, gab er mir allerdings keine Hoffnung. Aber denk nur, sie wollen ja gar nicht fort, sie wissen, daß es ein elendes Leben ist, das sie dort führen, aber sie haben sich schon gefügt, die guten Seelen, ich glaube, ihre Tränen beim Abschied galten am meisten der Trauer darüber, daß ich das gemeinsame Zimmer verlassen mußte, in die Kälte hinausging – uns scheint dort alles kalt, was außerhalb des Zimmers ist – und in den großen fremden Räumen mit großen fremden Menschen mich herumschlagen müsse zu keinem andern Zweck, als um das Leben zu fristen, was mir doch auch in der gemeinsamen Wirtschaft bisher gelungen war. Sie werden wahrscheinlich gar nicht staunen, wenn ich jetzt zurückkomme und nur um mir nachzugeben, werden sie ein wenig weinen und mein Schicksal beklagen. Aber dann werden sie Dich sehn und merken, daß es doch gut gewesen ist, daß ich fort war. Daß wir jetzt einen Mann als Helfer und Schutz haben, wird sie glücklich machen und geradezu entzückt werden sie darüber sein, daß alles ein Geheimnis bleiben muß und daß wir durch dieses Geheimnis noch enger verbunden sein werden als bisher. Komm, oh bitte, komm zu uns! Es entsteht ja keine Verpflichtung für

[487]

Dich, Du wirst nicht an unser Zimmer für immer gebunden sein, so wie wir. Wenn es dann Frühjahr wird und Du anderswo ein Unterkommen findest und es Dir bei uns nicht mehr gefällt, kannst Du ja gehn, nur allerdings das Geheimnis mußt Du auch dann wahren und nicht etwa uns verraten, denn das wäre dann unsere letzte Stunde im Herrenhof; und auch sonst mußt Du natürlich, wenn Du bei uns bist, vorsichtig sein, Dich nirgends zeigen, wo wir es nicht für ungefährlich ansehn und überhaupt unsern Ratschlägen folgen; das ist das einzige was Dich bindet und daran muß Dir ja auch ebenso gelegen sein wie uns, sonst aber bist Du völlig frei, die Arbeit die wir Dir zuteilen werden, wird nicht zu schwer sein, davor fürchte Dich nicht. Kommst Du also?" „Wie lange haben wir noch bis zum Frühjahr?" fragte K. „Bis zum Frühjahr?" wiederholte Pepi, „der Winter ist bei uns lang, ein sehr langer Winter und einförmig. Darüber aber klagen wir unten nicht, gegen den Winter sind wir gesichert. Nun, einmal kommt auch das Frühjahr und der Sommer und es hat wohl auch seine Zeit, aber in der Erinnerung, jetzt, scheint Frühjahr und Sommer so kurz, als wären es nicht viel mehr als zwei Tage und selbst an diesen Tagen, auch durch den allerschönsten Tag fällt dann noch manchmal Schnee."

Da öffnete sich die Tür, Pepi zuckte zusammen, sie hatte sich in Gedanken zu sehr aus dem Ausschank entfernt, aber es war nicht Frieda, es war die Wirtin. Sie tat

erstaunt K. noch hier zu finden, K. entschuldigte sich
damit daß er auf die Wirtin gewartet habe, gleichzeitig
dankte er dafür, daß ihm erlaubt worden war, hier zu
übernachten. Die Wirtin verstand nicht, warum K. auf
sie gewartet habe. K. sagte, er hätte den Eindruck ge- 5
habt, daß die Wirtin noch mit ihm sprechen wolle, er
bitte um Entschuldigung, wenn das ein Irrtum gewesen
sei, übrigens müsse er nun allerdings gehn, allzu lange
habe er die Schule, wo er Diener sei, sich selbst überlassen, an allem sei die gestrige Vorladung schuld, er habe 10
noch zu wenig Erfahrung in diesen Dingen, es werde
gewiß nicht wieder geschehn, daß er der Frau Wirtin
solche Unannehmlichkeiten mache, wie gestern. Und er
verbeugte sich, um zu gehn. Die Wirtin sah ihn an mit
einem Blick, als träume sie. Durch den Blick wurde K. 15
auch länger festgehalten, als er wollte. Nun lächelte sie
auch noch ein wenig und erst durch K.'s erstauntes Gesicht, wurde sie gewissermaßen geweckt, es war, als
hätte sie eine Antwort auf ihr Lächeln erwartet und erst
jetzt, da sie ausblieb, erwache sie. „Du hattest gestern, 20
glaube ich, die Keckheit, etwas über mein Kleid zu sagen." K. konnte sich nicht erinnern. „Du kannst Dich
nicht erinnern? Zur Keckheit gehört dann hinterher die
Feigheit." K. entschuldigte sich mit seiner gestrigen Müdigkeit, es sei gut möglich, daß er gestern etwas ge- 25
schwätzt habe, jedenfalls könne er sich nicht mehr erinnern. Was hätte er auch über der Frau Wirtin Kleider

haben sagen können. Daß sie so schön seien, wie er noch nie welche gesehn habe. Zumindest habe er noch keine Wirtin in solchen Kleidern bei der Arbeit gesehn. „Laß diese Bemerkungen", sagte die Wirtin schnell, „ich will von Dir kein Wort mehr über die Kleider hören. Du hast Dich nicht um meine Kleider zu kümmern. Das verbiete ich Dir ein für allemal." K. verbeugte sich nochmals und ging zur Tür. „Was soll denn das heißen", rief die Wirtin hinter ihm her, „daß Du in solchen Kleidern noch keine Wirtin bei der Arbeit gesehen hast. Was sollen solche sinnlose Bemerkungen? Das ist doch völlig sinnlos. Was willst Du damit sagen?" K. wandte sich um und bat die Wirtin sich nicht aufzuregen. Natürlich sei die Bemerkung sinnlos. Er verstehe doch auch gar nichts von Kleidern. In seiner Lage erscheine ihm schon jedes ungeflickte und reine Kleid kostbar. Er sei nur erstaunt gewesen, die Frau Wirtin dort im Gang, in der Nacht, unter allen den kaum angezogenen Männern, in einem so schönen Abendkleid erscheinen zu sehn, nichts weiter. „Nun also", sagte die Wirtin, „endlich scheinst Du Dich doch an Deine gestrige Bemerkung zu erinnern. Und vervollständigst sie durch weitern Unsinn. Daß Du nichts von Kleidern verstehst, ist richtig. Dann aber unterlasse auch – darum will ich Dich ernstlich gebeten haben – darüber abzuurteilen, was kostbare Kleider sind, oder unpassende Abendkleider u. dgl. Überhaupt – hiebei war es als überliefe sie ein Kälteschauer – sollst

Du Dich nicht an meinen Kleidern zu schaffen machen, hörst Du?" Und als K. sich schweigend wieder umwenden wollte, fragte sie: „Woher hast Du denn Dein Wissen von den Kleidern?" K. zuckte die Achseln, er habe kein Wissen. „Du hast keines", sagte die Wirtin, „Du sollst Dir aber auch keines anmaßen. Komm hinüber in das Kontor, ich werde Dir etwas zeigen, dann wirst Du Deine Keckheiten hoffentlich für immer unterlassen." Sie gieng voraus durch die Tür; Pepi sprang zu K.; unter dem Vorwand, von K. die Zahlung zu bekommen, verständigten sie sich schnell; es war sehr leicht, da K. den Hof kannte, dessen Tor in die Seitenstraße führte, neben dem Tor war ein kleines Pförtchen, hinter dem wollte Pepi in einer Stunde etwa stehn und es auf dreimaliges Klopfen öffnen.

Das Privatkontor lag gegenüber dem Ausschank, nur der Flur war zu durchqueren, die Wirtin stand schon im beleuchteten Kontor und sah ungeduldig K. entgegen. Es gab aber noch eine Störung. Gerstäcker hatte im Flur gewartet und wollte mit K. sprechen. Es war nicht leicht ihn abzuschütteln, auch die Wirtin half mit und verwies Gerstäcker seine Zudringlichkeit. „Wohin denn? Wohin denn?" hörte man Gerstäcker noch rufen, als die Tür schon geschlossen war, und die Worte vermischten sich häßlich mit Seufzen und Husten.

Es war ein kleines überheiztes Zimmer. An den Schmalwänden stand ein Stehpult und eine eiserne

Kasse, an den Längswänden ein Kasten und eine Ottomane. Am meisten Raum nahm der Kasten in Anspruch,
nicht nur daß er die ganze Längswand ausfüllte, auch
durch seine Tiefe engte er das Zimmer sehr ein, drei
Schiebetüren waren nötig ihn völlig zu öffnen. Die Wirtin zeigte auf die Ottomane, daß sich K. setzen möge, sie
selbst setzte sich auf den Drehsessel beim Pult. „Hast
Du nicht einmal Schneiderei gelernt?" fragte die Wirtin.
„Nein, niemals", sagte K. „Was bist Du denn eigentlich?" „Landvermesser." „Was ist denn das?" K. erklärte es, die Erklärung machte sie gähnen. „Du sagst
nicht die Wahrheit. Warum sagst Du denn nicht die
Wahrheit?" „Auch Du sagst sie nicht." „Ich? Du beginnst wohl wieder mit Deinen Keckheiten. Und wenn
ich sie nicht sagte – habe ich mich denn vor Dir zu
verantworten? Und worin sage ich denn nicht die Wahrheit?" „Du bist nicht nur Wirtin, wie Du vorgibst."
„Sieh mal, Du bist voll Entdeckungen. Was bin ich denn
noch? Deine Keckheiten nehmen nun aber schon wahrhaftig überhand." „Ich weiß nicht, was Du sonst noch
bist. Ich sehe nur daß Du eine Wirtin bist und außerdem
Kleider trägst, die nicht für eine Wirtin passen und wie
sie auch sonst meines Wissens niemand hier im Dorfe
trägt." „Nun also kommen wir zu dem eigentlichen, Du
kannst es ja nicht verschweigen, vielleicht bist Du gar
nicht keck, Du bist nur wie ein Kind, das irgendeine
Dummheit weiß und durch nichts dazu gebracht werden

könnte sie zu verschweigen. Rede also. Was ist das Besondere dieser Kleider?" „Du wirst böse sein, wenn ich es sage." „Nein, ich werde darüber lachen, es wird ja kindliches Geschwätz sein. Wie sind also die Kleider?" „Du willst es wissen. Nun sie sind aus gutem Material, recht kostbar, aber sie sind veraltet, überladen, oft überarbeitet, abgenützt und passen weder für Deine Jahre, noch Deine Gestalt, noch Deine Stellung. Sie sind mir aufgefallen, gleich als ich Dich das erstemal sah, es war vor einer Woche etwa, hier im Flur." „Da haben wir es also. Sie sind veraltet, überladen und was denn noch? Und woher willst Du das alles wissen?" „Das sehe ich. Dazu braucht man keine Belehrung." „Das siehst Du ohne weiters. Du mußt nirgends nachfragen und weißt gleich was die Mode verlangt. Da wirst Du mir ja unentbehrlich werden, denn für schöne Kleider habe ich allerdings eine Schwäche. Und was wirst Du dazu sagen, daß dieser Schrank voll Kleider ist." Sie stieß die Schiebetüren bei Seite, man sah ein Kleid gedrängt am andern, dicht in der ganzen Breite und Tiefe des Schrankes, es waren meist dunkle, graue, braune, schwarze Kleider, alle sorgfältig aufgehängt und ausgebreitet. „Das sind meine Kleider, alle veraltet, überladen, wie Du meinst. Es sind aber nur die Kleider, für die ich oben in meinem Zimmer keinen Platz habe, dort habe ich noch zwei Schränke voll, zwei Schränke, jeder fast so groß wie dieser. Staunst Du?" „Nein, ich habe etwas Ähnliches er-

[493]

wartet, ich sagte ja, daß Du nicht nur Wirtin bist, Du
zielst auf etwas anderes ab." „Ich ziele nur darauf ab
mich schön zu kleiden und Du bist entweder ein Narr
oder ein Kind oder ein sehr böser, gefährlicher Mensch.
Geh, nun geh schon!" K. war schon im Flur und Gerstäcker hielt ihn wieder am Ärmel fest, als die Wirtin
ihm nachrief: „Ich bekomme morgen ein neues Kleid,
vielleicht lasse ich Dich holen."

Gerstäcker, ärgerlich mit der Hand fuchtelnd, so als
wolle er von weitem die ihn störende Wirtin zum
Schweigen bringen, forderte K. auf, mit ihm zu gehn.
Auf eine nähere Erklärung wollte er sich zuerst nicht
einlassen. Den Einwand K.'s, daß er jetzt in die Schule
gehn müsse, beachtete er kaum. Erst als sich K. dagegen
wehrte von ihm fortgezogen zu werden, sagte ihm Gerstäcker, er solle sich nicht sorgen, er werde bei ihm alles
haben was er brauche, den Schuldienerposten könne er
aufgeben, er möge nur endlich kommen, den ganzen Tag
warte er nun schon auf ihn, seine Mutter wisse gar nicht
wo er sei. K. fragte, langsam ihm nachgebend, wofür er
ihm denn Kost und Wohnung geben wolle. Gerstäcker
antwortete nur flüchtig, er brauche K. zur Aushilfe
bei den Pferden, er selbst habe jetzt andere Geschäfte,
aber nun möge K. sich doch nicht so von ihm ziehen
lassen und ihm nicht unnötige Schwierigkeiten machen.
Wolle er Bezahlung, werde er ihm auch Bezahlung geben.
Aber nun blieb K. stehn trotz allen Zerrens. Er verstehe

ja gar nichts von Pferden. Das sei doch auch nicht nötig, sagte Gerstäcker ungeduldig und faltete vor Ärger
die Hände, um K. zum Mitgehn zu bewegen. „Ich weiß
warum Du mich mitnehmen willst", sagte nun endlich
K. Gerstäcker war es gleichgültig, was K. wußte. „Weil   5
Du glaubst, daß ich bei Erlanger etwas für Dich durch-
setzen kann." „Gewiß", sagte Gerstäcker, „was läge mir
sonst an Dir." K. lachte, hing sich in Gerstäckers Arm
und ließ sich von ihm durch die Finsternis führen.

Die Stube in Gerstäckers Hütte war nur vom Herd-   10
feuer matt beleuchtet und von einem Kerzenstumpf, bei
dessen Licht jemand in einer Nische gebeugt unter den
dort vortretenden schiefen Dachbalken in einem Buche
las. Es war Gerstäckers Mutter. Sie reichte K. die zit-
ternde Hand und ließ ihn neben sich niedersetzen, müh-   15
selig sprach sie, man hatte Mühe sie zu verstehn, aber
was sie sagte

Inhalt